愿世间美好
与你媛媛相扣

昕然书

《甄嬛传》安陵容 饰演者 陶昕然女士为本书题字

光头读书／著

"嬛嬛"

愿世间美好与你

相扣

作家出版社

图书在版编目（CIP）数据

愿世间美好与你"嬛嬛"相扣／光头读书著 . -- 北京：作家出版社，2022.10（2024.5 重印）

ISBN 978 - 7 - 5212 - 1975 - 3

Ⅰ.①愿… Ⅱ.①光… Ⅲ.①随笔 - 作品集 - 中国 - 当代 Ⅳ.①I267.1

中国版本图书馆 CIP 数据核字（2022）第 132916 号

愿世间美好与你"嬛嬛"相扣

作 者：光头读书
题 字：陶昕然
责任编辑：桑桑 晓寒
装帧设计：祖艺修
出版发行：作家出版社有限公司
社 址：北京农展馆南里 10 号 邮 编：100125
电话传真：86 - 10 - 65067186（发行中心及邮购部）
86 - 10 - 65004079（总编室）
E - mail: zuojia@zuojia. net. cn
http: // www. zuojiachubanshe. com
印 刷：河北宝昌佳彩印刷有限公司
成品尺寸：142 × 210
字 数：290 千
印 张：12.5
版 次：2022 年 10 月第 1 版
印 次：2024 年 5 月第 3 次印刷
ISBN 978 - 7 - 5212 - 1975 - 3
定 价：50.00 元

目录
contents

引 子

大家好，我是光头。我从未想过有一天会给自己起一个听上去这么"油腻"的名字，就像我从未想过有一天会因为解读《甄嬛传》而认识了更多的朋友一样。

《甄嬛传》开播已是十年前的事情了，大家可能都会觉得恍如隔世。说来有趣，十年前《甄嬛传》播出的时候我正读大四，是那种一个班里只有三个女生的工科专业。记得那会儿我晚上回到宿舍，看到一大群钢铁直男就像看"王者"打游戏一样，围在一台电脑前看《甄嬛传》，听到剧中"嬛嬛""四郎"这样的台词，我还觉得不可思议，心想这么肉麻的电视剧有什么可看的？而我开始看《甄嬛传》是在这部剧热播两三年后了，那时我在拉萨做志愿者，有很多空闲时间，终于在一个不特殊的夜晚打开了这扇新世界的大门。

蒋勋先生曾说："许多年，《红楼梦》在我的床头，临睡前我总是随便翻到一页，随意看下去，看到累了，也就丢下不看。"这些年，相信《甄嬛传》于很多人而言，也是如此。每年都有热门剧，但能让大家看三遍以上的剧、看到台词就能想起画面的剧、电视里换台看到便舍不得按下遥控器按钮的剧、每次看都有新奇体会的剧、十年后相关话题还能上热搜的剧……仅此一部了吧。

这些年影视剧市场无比繁荣，各种热门剧、爆火剧如前后浪一样此起彼伏，"像御花园里的花朵，谢了自然会再开""老了一群，又进来一群新的，像开不尽的春花一样"，但《甄嬛传》却留在了一代又一代人的心中，这里面的很多人物形象、经典台词，早已成为一种时代符号，成为很多人的共享记忆。

有人"剧荒"的时候，就会把《甄嬛传》拿出来打发时光，随便翻出一集都可以看下去；我碰到很多喜欢《甄嬛传》的人，会把它当作"睡前读物"来听，让《甄嬛传》陪他入睡。这不就像蒋勋先生把《红楼梦》当作可以随便翻到某一页的床头睡前读物吗？在视听科技尚未发展的年代，尤其在古代，读小说也是一种主流的娱乐方式，读《红楼梦》为很多人提供了娱乐消遣和精神慰藉；而在影视媒体如此发达的现代，看电视剧《甄嬛传》同样为很多人提供了娱乐消遣和精神慰藉。所以，从这个层面上讲，我认为电视剧《甄嬛传》就是这个时代的《红楼梦》，是《红楼梦》在这个时代影视化的表达、投射和延伸。

说到这里，有人就要笑了："它也配？"我特别喜欢袁枚的一句诗："苔花如米小，也学牡丹开。"意思是说，墙角的苔藓哪怕开的花像米粒那样小，也像牡丹一样，有模有样地开放。且不论苔藓到底开不开花，我欣赏的是这种不妄自菲薄的品质。你看《甄嬛传》里经常把"他也配"这样的话挂在嘴边的是什么人？基本都是身无正气、眼高手低还很喜欢对他人评头论足的人。

我记得《红楼梦》里元妃省亲这段，贾元春见到贾母、王夫人一家上下，说的第一句话是："当日既送我到那不得见人的去处，好容易今日回家娘儿们一会，不说说笑笑，反倒哭起来。"按理说，贾元春已是妃位，身后又有显赫的身世和盛大的家族，不至于见面第一句话说得这么重，可以想见，那个"不得见人的去处"多么残酷和可怕。甄嬛入宫，父母百般叮嘱"一入宫门深似海"，所以《甄嬛传》讲的其实就是元春所说的那个"不得见人"的世界。

《甄嬛传》于我而言，最迷人的地方有三点——

第一个迷人的地方，是隐藏的一个个小细节。

比如除夕雪夜的倚梅园里，皇上问甄嬛："你叫什么名字？"甄嬛回答："奴婢贱名，恐污了尊耳。"后来果郡王和甄嬛见面时，果郡王也问甄嬛："你叫什么名字？"甄嬛同样回答："贱名恐污了尊耳。"

甄嬛初进宫时，抬头看到天空中数只大雁飞过，这时旁边的小太监说："鸿雁高飞，这可是好兆头啊！"到后来，甄嬛生下儿子，取名为弘曕，并母以子贵成为熹贵妃。

安陵容进宫时，甄嬛为她头上插了一朵秋海棠，皇帝夸她"鬓边的秋海棠不俗"，这朵花成为安陵容顺利入选的因素之一；最后，甄嬛又用狐尾百合设计安陵容倒台。所以说安陵容是成也送花，败也送花。而安陵容在初进宫和临死前一模一样的头饰，传达的则是"繁华落尽皆是一场空"的寓意。

甄嬛和果郡王的第一次正式碰面，是在破败的桐花台上，夕颜花开。而甄嬛和果郡王的最后一次诀别，也是在桐花台，甄嬛失足跌下台阶时一句"花落了"，道不尽，别有一番滋味，在心头。

这种种细节，可以说很"红楼"了。

角色无大小。华妃宫里的首领太监周宁海去甄嬛宫里送东西时，甄嬛宫里的太监康禄海一开始对周宁海在面上极尽奉承之态，当他看到甄嬛打赏周宁海时，又是探出头来满脸的鄙夷，这在画面虚化的背景里被细心的观众捕捉；滴血验亲这样的大戏中，没有一句台词的宝鹃在画面背景里用力撕扯着手绢，表达出了担心自己主子安陵容被牵连的紧张情绪……

哪怕是一块牌匾，都是有戏的：甄嬛所住的碎玉轩，有两块牌匾——"不知春色早，疑是弄珠人""沧海月明珠有泪，蓝田日暖玉生烟"。不仅合于轩名，更被解读暗合情节。

无论是镜头语言、画面背景、剧中台词，还是"草蛇灰线，伏脉千里"的故事情节，都经得起我们细细推敲。十年过去，时光匆匆如掌中流沙易逝，岁月没有饶过这世间的许多，却当真格外疼惜《甄嬛传》，因为它没有"以色侍人"。电影《一代宗师》里有句话："老猿挂印回首望，关隘不在挂印，而是回头。"《甄嬛传》里很多迷人的细节，我们也只有在回过头再去看的时候，才会有那种恍然大悟的感觉。

第二个迷人的地方，是留白与克制。

当代影视剧的一大弊病就是把观众当傻子。所有的故事情节都要放在台词里，像给小学生上课一样讲得明明白白，看似认真敬业，实际上是不尊重大家的智识。月盈则亏，这就是很多影视剧无法成为经典的原因。

皇上为什么喜欢甄嬛？除了她长得像纯元外，有一句经典台词可以说明原因："你还有什么惊喜是朕不知道的？"甄嬛谈恋爱的时候并没有把自己的爱好、兴趣像相亲一样一股脑儿地倒出来，而是今天跟你说点诗词歌赋，明天吹箫弹琴，后天跳惊鸿舞，大后天还能展现出治国理政的天赋，这样的人太有魅力了。

为什么皇后每次都欲言又止，只能抓着床单无声淌泪？甄嬛出宫时端妃为什么没有任何表示？安陵容是否看出了沈眉庄和温实初的私情？甄嬛究竟只是替身，还是真正被皇上爱过？很多这样类似的问题，创作者没有评判、没有给出标准答案，只是讲了一个完整的故事，而故事的答案则"留白"在每个观众的心里。每个人心中都有一部《甄嬛传》。

另外一种"克制"，也是《甄嬛传》特别迷人的地方。《论语》中有句话："乐而不淫，哀而不伤。"很多事情不克制，就都弄巧成拙。金庸的武侠片为什么越翻拍越难看？因为现在特效普及了，创作者不专注戏剧本身，演员不专注提升演技，一个小喽啰都能在剧中上天入地，那"武功"这种需要天赋和努力才能修来的东西就会变得不稀罕。

美国 HBO 剧集《权力的游戏》为何那么有魅力？原因就是它虽然是一部魔幻巨制，但从来不会滥用魔法。拥有至高无上权力的人也不能只手遮天。没有人能够永立不败之地，凡人皆有一死。不是说龙妈拥有着具备超级力量的三条巨龙，就不需要努力了。巨龙们也需要哺育和慢慢成长，要面临种种威胁和挑战，也有它们的致命弱点。剧中的每个人都在这场游戏里厮杀和抗争，必须不断壮大自身才有活下去的资格。而巨龙的威力到了最后两季才真正展现出来。

这就是"克制"的魅力。而《甄嬛传》设定了一个游戏规则，所有人都在这场游戏里筹谋算计、步步为营，战争大多是暗流涌动的，扇巴掌不是随手就能来的，高潮与平淡是相得益彰的。

第三个迷人的地方，是让我们看见和认识自己。

我一直认为《甄嬛传》只是披了一件宫斗剧的外套，来讲大千世界的世情百态。就像《红楼梦》一样，以宝、黛、钗三人的情感纠葛为主线，来讲一个时代的兴衰沉浮。

文艺作品之于我们大众而言，首要的一个功能就是度人，即有一种映射现实、让我们反观自身的力量。我们从甄嬛和安陵容的友情里看到了亲密关系里痴迷型依恋的焦虑与惶恐，从甄嬛和皇上的爱情里看到了人生经历和感情经历不对等对于恋人关系的影响，从皇上和太后的母子关系中看到了家庭成长环境对人性格的养成，从整部《甄嬛传》里看到了这个世界与你"嬛嬛"相扣……

而我们自己的人性中，有安陵容的敏感，有沈眉庄的孤傲，有端妃的忍耐，有浣碧的不甘，有甄嬛的八面玲珑……理解这一点，就能够明白《甄嬛传》讲的不仅仅是一个女孩如何从白莲花通过升级打斗成为心机腹黑女的过程，它更在讲每个人在大环境里的困顿与挣扎。后宫中的一个个女人如是，居庙堂之高的皇帝亦如是。

如果一部作品，能够让人不断地看见和认识自己，那它就是值得我们铭记一生的作品。我只是想通过我的解读，抛砖引玉，唤醒每个人心中属于自己的《甄嬛传》。十年里，《甄嬛传》陪伴和影响着我们，我们也在重塑着《甄嬛传》。

每本书、每部作品、每个人物都有其命运。我很开心看到这本书能够在《甄嬛传》开播十年后降临到这个世界。而它的诞生，要感谢很多很多人。

感谢我的同事李楠给了我用视频形式解读《甄嬛传》的灵感，后来才有了"光头读甄嬛"系列视频，有了短视频平台宏大的《甄嬛传》解读"宇宙"；感谢清华大学出版社的编辑刘洋，在他的邀请下，才孕育出了这本书最初的模样；感谢我的朋友大卫，如果没有他积极的催促，我根本不会主动联系在我通信录里"躺"了很久、素未谋面的桑良勇老师；感谢封面和插图设计师艺修，我们也是因《甄嬛传》结缘，谢谢他能够不厌其烦地忍受我这个"甲方"提出的修改意见；感谢安陵容的饰演者陶昕然和她的经纪人张一，让本书有了一副鸾翔凤翥的题词；感谢喜欢《甄嬛传》和"光头读书"的朋友和粉丝，那段每天晚上九点被催更的时光令我难忘；最后，要特别感谢作家出版社的编辑桑良勇，谢谢桑老师让这本书以自在洒脱的方式诞生。

回过头来会发现，能够完成一件事情，自身的努力只是一部分，这背后很多人的推动和督促，让你往前一步一步走了很远。

这本书的名字源自歌手柏松的一首歌《世间美好与你环环相扣》，我很喜欢其中一句歌词"邀你细看心中缺口，裂缝中留存温柔"，其实每个人心中都有一个缺口或裂缝，当我们渐渐长大，总会回避那个裂痕的存在，不想让自己和他人轻易触碰。可抚摸这个看似更匹配孩童的动作，也是我们每个成年人都很需要的。没错，就是抚摸，抚摸那些奇怪丑陋、不得见人的缺口、裂缝或者创伤。

甄嬛给如懿起名时，如懿问："懿便很好，为何是如懿？"甄嬛叹了口气："你还年轻，不懂世间完满的美好，太难得。"甄嬛说的是对的，世间完满的美好实在难得。所以我在书名里加了个"愿"字，希望我们对平凡生活仍然有相信和憧憬。

总之，愿世间美好与你"嬛嬛"相扣。

第一章

原生家庭的爱与罚

I

《甄嬛传》表面上看是一部宫斗剧，可其中却折射出了很多与原生家庭有关的现实问题——

有些人会觉得自己是现代版安陵容，事实也的确如此，因为每5个人里就会有一个痴迷型依恋的"安陵容"，那安陵容的痴迷型依恋是如何造成的呢？

这个时代如此提倡女性独立，可独立这种品质在亲密关系中往往会表现为疏离型依恋，从这个角度来看，独立一定是件好事吗？沈眉庄的疏离型依恋是如何造成的呢？

作为一国之君的皇帝为何在母亲去世后，心心念念的是要听妈妈给自己唱一句儿歌？

有多少父母是在以爱之名给孩子行"投毒"之实？如果原生家庭带来的伤害已成既定事实，那我们又该做点什么呢？

我们从《甄嬛传》看原生家庭的爱与罚，去追溯原生家庭之恶，并不是想要控诉那些"有毒"的父母，要去找谁秋后算账、"报仇雪恨"，而是为了得到一个"我为什么会成为今天的我"的答案。

我们审视和反思原生家庭，最终是为了超越原生家庭：我们现在的样子由过去决定，但未来的样子由现在决定。

被误解的原生家庭与亲密关系

原生家庭和亲密关系,早就成为国民度很高的话题了,这两个词语的存在感太高,甚至到了触目皆是招人烦的程度。光头粗略统计了抖音、快手和微博三个平台上的数据,与原生家庭有关的话题播放量和阅读量超过了130亿,与亲密关系有关的话题播放量和阅读量超过了40亿。

有句话叫"被误解是表达者的宿命",当一个话题知道的人越多时,它被误解的可能性就会越大。作为话题参与者,我们有必要避免可能的误解。

原生家庭提了这么多年,有谁关心过它最早是由谁提出的、这个词语被创造的初衷是什么?我们总在追责原生家庭里的父母,可父母不也有他们的原生家庭吗,他们又该找谁控诉?当我们讨论原生家庭的时候,我们究竟在讨论什么?

原生家庭对亲密关系有什么影响?有多少人对亲密关系的认识来自于小说和影视剧?我们认定的亲密关系该有的样子有多少是不切实际的?

原生家庭不应该沦为热搜的流量密码

近些年的影视剧在塑造女性角色时越来越多地会提到一个概

念，就是原生家庭。

事实上，《甄嬛传》中也有很多地方涉及原生家庭的话题，只是相比而言，它的叙述手法有点"无声处听惊雷，无色处见繁花"的味道，需要细细品味与琢磨。

原生家庭这个话题变得越来越热闹，以至于到后来逐渐成为资本迎合大众的"流量密码"，抖音上与原生家庭话题有关的视频播放量超过了50亿。可是，当市场掌握流量密码后，原生家庭话题逐渐沦落为都市剧想要上热搜的工具，最终泛滥成灾。这就像一首再好听的歌也禁不起在短视频平台上的病毒式循环播放，当一个大家普遍关心的话题成为流水线上的商品被不断复制生产，这个议题的传播就失去了它最初的意义，到最后关于原生家庭的讨论都变成了欲加之罪何患无辞，对原生家庭的追责和控诉也逐渐变得有些矫枉过正。

更魔幻的是，虽然原生家庭提了这么多年，引起了如此广泛的讨论和关注，却很少有人真正了解这四个字，比如它最早是由谁提出的？它被创造的真实初衷是什么？难道仅仅是追责和控诉父母吗？

"原生家庭"这个词并不是汉语语境下萌生的词语，而是由西方心理学研究著作里"family of origin"这个英文概念翻译过来的。

20世纪50年代，美国有一位叫萨提亚的心理治疗师创立了一种叫"萨提亚模式"的心理治疗方法。这种方法是从家庭、社会等方面入手，来处理个人身上所背负的种种心理问题。在给人治疗的过程中，萨提亚发现"人是家庭塑造出来的，在面对个人问题和关系问题时应从原生家庭解决"。很多人是从她的治疗方法中认识到原生家庭这个问题，进而认定我们成年后自己身上的很多问题都应归咎于原生家庭。

但其实萨提亚被误解了，原生家庭在萨提亚模式里是解决问题的一个路径和方法，却被很多不明所以的人当作一种终级答案和罪魁祸首。

萨提亚通过大量的治疗案例很明确地提出了自己的观点："在这个世界上的任何一个人，不论他拥有怎样的外部条件和环境，都可以在内部加以改变。"在她看来，探讨原生家庭只是为了找到限制自己的规则，然后转化它。"我们不能改变过去的事情，但是可以改变它们对我们的影响。"这是萨提亚真正想表达的。

另外，很多人对原生家庭的概念也是混沌不清的。所谓的原生家庭其实是一个相对概念，如果把一对伴侣和未婚子女组成的家庭称为"小家庭"，那对孩子而言，这个小家庭就是他们的原生家庭，但对父母而言，这个小家庭则是他们的再生家庭。父母的原生家庭是他们和他们各自父母组成的那个家庭，而孩子长大成人后组建起的新家庭，又会成为他们的再生家庭。

家庭背后是一个家族传承系统。一般情况下，每个个体在他的人生历程中都会经历两个家庭：原生家庭和再生家庭。每个小家庭也往往会包含不同人的原生家庭和再生家庭这些元素。在一个人从原生家庭走到再生家庭的过程中，还有一个词叫"自我分化"，分化程度的高低也会影响到一个人再生家庭的幸福感。关于自我分化，光头会在后面的内容里详细展开。

如果把父母这种身份理解为一份职业的话，那没有父母是接受培训实习后再上岗的，而这也确实是一份没办法持证上岗的职业，从一个更高的维度来看，就像有人说"哪有什么父母，只不过是孩子养孩子"，家庭教育实际上是一群又一群没有父母资格证的孩子摸着石头过河。更有意思的是，我们的习惯性思维里都会认为在一个家庭里父母比孩子更成熟，但在有些家庭里，孩子却比父母更像成年人。

最后还有一个问题，当我们追责原生家庭里的父母时，我们是否在沿着族谱一代代向上声讨？毕竟父母也有他们的父母，也有他们的原生家庭。

这样一直追究下去，祖祖辈辈怎会有穷尽？这种追根溯源的探究显然会陷入一种无解的状态，所谓的追责与声讨也就失去了实际意义。这个逻辑也正好印证了前面所说的萨提亚提出"原生家庭"概念的初衷：不是为了质问归罪，而是为了解决问题。

从甄嬛、华妃和皇后看 3 种不切实际的亲密关系

和"原生家庭"高度关联的，就是我们经常提到的"亲密关系"。美国心理学教授罗兰·米勒说："人类是社会化的动物，我们需要彼此。没有与他人的亲密联系，我们就会枯萎和死亡。"几乎每个人的一生都在亲密关系中度过。

很多人对亲密关系也有误解，以为只有情侣之间的关系才可以称为亲密关系。其实和原生家庭一样，亲密关系也是一个很复杂的概念，这里的"亲密"是相对"萍水相逢的泛泛之交"而言的，所以生活中关系很好的闺蜜、工作中关系很铁的同事都可以和我们拥有亲密关系，只不过和情侣之间的亲密关系是我们讨论最多、关注最广的。

而且，影响亲密关系的因素有很多，并非只有原生家庭这一

个选项。社会文化就是影响亲密关系中的一个因素。亲密关系会随着社会文化的标准和规范发生变化，再过20年，年轻人关于亲密关系的想法可能和我们这一代人又不太一样。个体差异也是影响亲密关系的一个因素。比如性别差异、性认同差异、人格差异、自我评价差异等，都会影响我们在亲密关系中的行为。

相比而言，原生家庭是影响亲密关系的诸多因素中非常重要的一个。美国心理医疗师苏珊提出过一个说法叫"有毒的父母，中毒的孩子"，孩子的"中毒"症状主要就体现在他们的亲密关系上。

这里也有两个容易被很多人误解的地方：

第一，大部分人会觉得有毒的父母必然会培养出中毒的孩子，就好比"单亲家庭的孩子普遍有性格缺陷"这个刻板印象一样，原生家庭不幸福的孩子怎么可能拥有幸福美满的亲密关系呢？可光头身边就有这样的朋友，他们对原生家庭释放的毒性产生了免疫，不仅拥有健全的人格和良善品质，而且也拥有着安稳美好的亲密关系。

第二，基于"有毒父母"这样一个提法，很多人会误以为，原生家庭的父母无非两种，除了有毒，那就是无毒。这就好比小时候看武侠剧，总是会简单粗暴地划分正派和反派、好人和坏人，可天下苦二元对立论久矣。人性是极其复杂的，由一个个人组成的原生家庭当然也是复杂的。我们日常的生活环境里都会有灰尘、细菌和病毒，正常人不可能生活在一个完全无菌无尘的环境里，但这并不能说明我们就是不健康的。就像没有100%纯度的黄金一样，也不存在至善至美的人，因此光头一直认为不存在没有任何毒性的原生家庭。

这个道理也同样适用于亲密关系，也就是说不存在完美无瑕的亲密关系，可太多人对于亲密关系的期待是不切实际的。这是因为我们中国人传统的社会文化氛围是含蓄内敛的，在我们的成长过程中，父母几乎不会与孩子分享自己的情感经历和婚姻生活，从而导致我们对亲密关系的期待与想象会被无形放大：

一方面，我们只能通过自己的眼见耳闻感受亲密关系的样子，如果我们看到原生家庭中父母的亲密关系是和谐稳定、相伴一生的，就会认为这是亲密关系的常态，而他们婚姻生活中遇到的那些小波折、小危机，会被选择性忽视，或者我们压根儿就不知道；如果我们看到原生家庭中父母的亲密关系是满目疮痍、撕裂破败的，我们也会被推向两个极端，要么很难相信或完全不相信自己能够拥有一段美好的亲密关系，要么对亲密关系怀有更大的期望和幻想，而当自己真正面临一段亲密关系时就会期望越多、失望越大。

另一方面，含蓄内敛的中国家庭教育环境压抑了我们对亲密关系的探索和幻想，这种渴求在另一个渠道得到了充分释放——小说和影视剧中描写的爱情故事很大程度上塑造和影响了我们的亲密关系观。

可问题是，古往今来不管是像梁山伯祝英台这样被人歌颂传唱的民间故事，还是像崔莺莺张生这样广为流传的戏剧形象，正因为他们是人群中的凤毛麟角、故事里的旷世奇闻，才得以被记录、被传播、被熟知，这其实就是"幸存者偏差"，从而给很多对亲密关系心怀憧憬的人造成了误解和错觉。

很多才子佳人的故事套用的不过是千篇一律的模板，《红楼梦》里贾母就曾批判过："编这样书的人，有一等妒人家富贵的，或者有求不遂心，所以编出来污秽人家。再有一等，他自己看了这些书看魔了，他也想一个佳人，所以编了出来取乐。何尝他知道那世宦读书家的道理！"这种天马行空的故事可能会直接影响大家对亲密关系的认识，最终的结果就是，那些你以为的亲密关系其实只是你以为。典型的对亲密关系不切实际的认知有以下几种——

第一种不切实际的亲密关系：一生只和一人相爱就是幸福的，一次婚姻破裂就代表人生不完美了。当我们参加婚礼时最常听到的祝福是什么？祝新郎新娘永结同心，百年好合，夫妻恩爱，白头到老；某钻戒品牌的主打广告就是"一生只爱你一个人"，一生只能定制一枚，送给此生唯一挚爱；甄嬛初入宫时的心愿是"愿得一人心，白首不相离"……

当然并不是说我们对爱情和婚姻不可以抱有这样的期待，但过高的期许会让我们更关注感情里美好缥缈的朱砂痣和白玫瑰，而忽视了平庸现实的蚊子血和饭粘子。这就像"幸存者偏差"里那一小部分成功人士的经验分享，他们往往会告诉你在最艰难的时候要不抛弃、不放弃，只要努力就一定会取得成功，从而导致鸡汤和鸡血有了广阔的流传空间，但我们所看到的成功人士都是分母上面的那个分子，而分子下面成千上万个失败分母的案例我们并没有看到。

结果就是，人们自己真正走进柴米油盐的亲密关系里时才发现落差如此之大，天上月不过是镜花水月，眼前人不再是彼时之人，要么爱一个人低到尘埃里过于忍让，顾影自怜、一声叹息，要么感叹婚姻是爱情的坟墓，两两相望、唯余失望。这个时候人是没有办法冷静客观地去看待这段亲密关系的，不知道究竟是对方这个人不是好伴侣，还是二人的相处磨合有问题。有些人最终选择分手或离婚后，哪怕自己在这段关系里的问题很小，都会从此觉得婚姻破裂是一生的败笔。

《甄嬛传》里，甄嬛出宫后去甘露寺修行时，面对果郡王的数次示好，她都犹豫不决，一个很重要的原因就是之前一段失败的感情让她陷入一种悲观的自我批判和质疑之中——

果郡王：从前你是皇上的女人，现在已是自由之身……撇开宫里那些日子，你都是自由之身，可以和任何人在一起。

甄嬛：王爷的心思我并非不知道，只是我这从宫里出来的残躯，再也不想和皇室贵胄有沾染，纠缠不清。王爷可曾与女子相爱过？

果郡王：没有。

甄嬛：可我经历过，所以明白有些事如果一开始就明知道不能善终，就不要去痴心妄想，去勉强求一个善果。

果郡王：你只伤心了一次，便要对世间的"情"字都失望吗？

甄嬛：既然知道以后要伤心，那我就情愿从来没有认识过他。

果郡王：如果有人一心一意待你，想给你四时明媚，为你遮风蔽雨，你也不愿意吗？

甄嬛：碧玉小家女，不敢攀贵德。往事既已成梦，将来之事也是一眼望得到底的，就不必再有任何做梦之事。

从这里我们可以看出，甄嬛不仅将与皇帝的感情破裂视为人生曾经的重大失败，更是将对这次失败的恐惧和焦虑强加到对未来尚未发生事情的预示和判断上。我们一直在学习如何面对学业和工作上的失败和挫折，总结经验教训，重振旗鼓，从头再来，但很少把这种方法运用到处理感情失败的问题上。一段失败的情感经历可以成为一次宝贵的经历和财富，为下一段感情奠定基础，而不必就是人生的败笔。

第二种不切实际的亲密关系：对方要满足我提出的各种需求。如果小时候提出的各种需求在原生家庭经常被父母忽视或总是被无限满足，我们在成年后就很容易将满足自己需求的希望寄托在另一半身上。

当然，在一段良好的亲密关系中，我们的大部分需求都会被满足，但“人心贪婪，总是进了一步又想再进一步”，需求会变成一个好像永远填不满的无底洞，对方也会越来越累、难以应付和时时刻刻满足自己的需求，当一方予取予求地“作”，另一方奉若至宝地“宠”，这样的亲密关系看上去令人羡慕，但它实际上是不平等的，因为我们本质上都是一个个独立的个体，没有谁能够做一个源源不断提供宠爱的“永动机”，人都会有考虑不周、粗心大意的时候，会有无法满足对方需求的时刻，长此以往，亲密关系的天平逐渐失衡、倾斜，直至被索取的那一方最终崩溃。《甄嬛传》里的华妃就是一个希望对方满足她各种需求的人——

华妃：皇上一直喜欢听安常在唱歌，这也有些日子没听她唱了，不如请她过来清歌一曲？臣妾也好和皇上同乐一回啊！

皇上：夜深了，何苦叫人走一趟。

华妃：皇上！（噘嘴式撒娇）

皇上： 不过你喜欢叫她来便是。

其实那天晚上在华妃提出请安陵容唱歌的需求之前，她已经向皇上提出过其他需求了——

皇上： 记得你刚入王府的时候，朕也总是陪着你，有时候都冷落了刚成为福晋的宜修呢！

华妃： 臣妾入王府前，皇上陪皇后的日子多多了，皇后入王府早，皇上多匀一些时间陪臣妾才公平嘛！

皇上： 朕何尝不想多陪陪你，可朕如今是一国之君，有前朝的事要忙，后宫的人也多了，总不能为了你就都冷落了吧？

华妃： 皇上这么说，便是陪臣妾的时候还想着旁人了？

宠冠六宫的华妃所享雨露赏赐已是最多，但她还是不满足，希望皇上陪伴她的时间能再多一点，再多一点。当新人入宫后，她更是因此对新晋嫔妃得宠心怀嫉妒怨恨——

华妃： 这个月沈贵人侍寝两次，连富察贵人也是两次，还真不少啊！

颂芝： 和娘娘相比不算多。

华妃： 可是这个月皇上一共就来了后宫七次……

华妃不仅希望皇上对她的宠爱独一份儿，更是想年家上下都能享受隆恩，她为两个侄子请功时，皇上希望缓办，但华妃又使出噘嘴式撒娇，最终皇上不得不答应这个他本来不想答应的需求——

华妃：年富这孩子初战告捷，皇上以为要赏他些什么呢？

皇上：你既心疼他，赏些银子文房四宝也就是了。

华妃：男孩子家的又身在战场上，不好这些。

皇上：那你说该赏些什么？

华妃：哥哥的长子年斌已经封爵，年富这孩子虽是次子，但是英勇善战不输他哥哥，皇上何不赏个什么爵位给他，也好让兄弟二人齐心协助皇上做一番事啊！

皇上：年富年纪还小，又才刚立了战功，这个时候就封他爵位，为时尚早，再等两年。

华妃：（噘嘴式撒娇）

皇上：好吧，好吧。朕就加赏你哥哥一等男世职，由年富承袭如何？

华妃：皇上偏要臣妾急了，才肯答应臣妾，臣妾不依呢！

需要注意的是，短视频似乎在加剧人们对理想和现实亲密关系认知的差距。很多戳人泪点的视频无时无刻不在提醒观众“好男人都是别人家的”，那些男人既有着“狼狗”式的豪迈和责任感，又有着像“小奶狗”般体察入微的细腻和暖心，他们总能在物质和精神上满足女生的种种需求。但试想一下，如果这在现实中是件稀松平常的事情，那些视频还如何戳中大家的爽点？因为现实不是“玛丽苏”小说，真命天子不会在你每次需要的时候看穿你的内心所想，为你默默发电。

第三种不切实际的亲密关系：两个人要么甜言蜜语，要么相敬如宾，不会有争吵和矛盾。"家和万事兴"是根植于中国人基因里的家庭观，直到现在，仍有很多人认为那些健康的亲密关系总是心平气和、岁月静好。事实上这两者之间不能完全画等号，健康的亲密关系里可能也经常伴随着矛盾和争执，而有毒的亲密关系从表面上看也可以是相敬如宾的，像皇后和皇上的关系就是表面上举案齐眉，内里却早已发烂发臭。

被称为"婚姻教皇"的美国心理学家约翰·戈特曼曾用4年时间对美国的3000多对夫妻做过一项跟踪调查，得出的结论是："婚姻生活中的绝大部分冲突都是永久性的。准确地说这个比例是69%。"

这些冲突和矛盾之所以如此顽固不化，是因为我们每个人都是自身的原生家庭、生活习惯、个人性格、思维方式和价值观等各种元素的综合体，所以我们很难天然地认同和理解另一个综合体，当这些综合体在同一个屋檐下生活时就必然会出现碰撞和摩擦，进而发生矛盾和争吵，而且这些矛盾可能会永久存在于一段亲密关系中，这也就是为什么我们会看到有些耄耋夫妻吵吵闹闹也过了一辈子。

这些永久性的问题可能都算不上什么大事，摊到桌面上讨论的时候也觉得可以有很多种方法去解决，但只有身处于这段亲密关系里的两个人才会明白，婚姻里的很多问题是无解的。

约翰·戈特曼还说道："尽管这些夫妻之间存在分歧，但他们仍然对自己的婚姻感到满意，因为他们已经想出办法来对付这些无法改变的难题，这些难题无法打败他们。他们学会把问题悬而不论，还能幽默地调侃它……这些夫妻从直觉上懂得这些问题是他们婚姻生活中不可避免的一部分，就像人上了年纪，无法避免患上一些慢性疾病一样。这些问题就像关节炎、颈椎病、腰腿疼，也许会让我们苦恼，但是，我们也有办法来对付它们。"

一言以蔽之：争吵不应该是目的，而应成为手段。通过争吵解决掉问题自然再好不过，但即使问题没有得到解决，我们也可以通过一种幽默的调侃或理性的辩论让一些消极负面的情绪流动起来，尝试建立起彼此的边界，或者说哪怕只是拥有边界意识，让冲突和矛盾和我们共处。当然，如果能做到没有争吵和矛盾更好，只是不应该把"没有争吵和矛盾"设置为我们心里关于好的亲密关系的期待值。

《甄嬛传》里的皇后可能就是"亲密关系中不应该有矛盾冲突"的坚定拥护者，最让我印象深刻的是皇上决定迎甄嬛回宫那一段——

皇上：群臣反对朕迎废妃入宫，不外是说甄氏是罪臣之女，汉军旗下五旗出身，出身既不高贵又不曾诞育皇子，就连腹中的孩子也未知男女。

皇后：如此种种，看来眼下的确不宜接莞嫔回宫，那不如……

皇上：朕心已决。既是汉军旗下五旗出身，朕就给她抬旗，升为满军旗上三旗，赐大姓钮祜禄氏。

皇后：此事皇上可要三思啊！皇上若要赏甄氏脸面，要赐姓，可以在甄姓的后面加一"佳"字，抬为甄佳氏即可呀！

皇上：赐姓之后，便不再是罪臣甄远道之女了。既无皇子，后宫里有的是没有额娘的阿哥。

皇后：皇上是指四阿哥？可是四阿哥出身微贱……

皇上：正因为出身微贱，所以才需要一个有身份的额娘。从今往后，四阿哥的生母便不再是宫女李金桂了，而是朕的妃子钮祜禄甄嬛。

皇后：可是莞嫔才二十二岁，跟四阿哥只差了七岁，怎么能做四阿哥的额娘呢？

皇上：这事不难，就当嬛嬛是生了四阿哥，才离宫为国祈福。这样便不算是废妃。年龄的事更是小事，就是添上十岁，称作三十二岁又有何妨？

皇后：皇上执意如此臣妾也无法了，只是怕堵不住那悠悠之口。

皇上：人言何所畏惧？他们愿意议论也好，不愿意也罢，朕已决意要给嬛嬛妃位。这个"莞"字不好，为了从前的事生出许多风波来，朕要给她改个封号，往事暗沉不可追，来日之路光明灿烂，就取个"熹"字，为光明灿烂之意如何？

皇后：臣妾觉得极好。

这一段情节，熟悉《甄嬛传》的朋友应该会对皇后当时的表情管理印象深刻，有弹幕说此时皇后的内心台词应该是"干脆把我杀了给你们助兴"。皇上曾经对甄嬛如何宠爱也就罢了，迎甄嬛回宫这么大的事理应触犯到了皇后的底线，但皇后除了暗中煽动前朝大臣反对外，自己还是强装贤惠大度人设，在皇上与她私下谈话敲定迎接甄嬛回宫细节的过程里，毫无自己坚定的立场和态度，最后那句"臣妾觉得极好"让人既想哭又想笑。由此不难联想到若干年前皇上想封纯元为皇后时，宜修也可能没有"一哭二闹三上吊"，而是悠悠地说出一句"臣妾觉得极好"。

　　剧情尾声处，皇后和皇上的终极对决再次让人感觉到她内心里张爱玲式的卑微——

　　皇后：当年，皇上同样执着此环同臣妾说"若生下皇子，福晋便是臣妾的"，可臣妾生下皇子时，皇上已经娶了姐姐为福晋，连臣妾的孩子也要被迫成为庶子，和臣妾一样永远摆脱不了庶出的身份。

　　皇上：你知道朕并不在意嫡庶，皇额娘也不在意，皇额娘是庶出，朕也是庶出。

　　皇后：皇上你可曾知道，庶出的女子有多痛苦啊！嫡庶尊卑分明，臣妾与臣妾的额娘很少受到重视，你何曾明白呀！

　　皇上：朕明白，正因为朕明白，所以才在你入府以后厚待于你，即便朕立了纯元为唯一的福晋，你也是仅次于她的侧福晋。

　　皇后：本该属于臣妾的福晋之位，被她人一朝夺去；本该属于臣妾儿子的太子之位，也要另属他人，臣妾夫君所有的宠爱都给了她，臣妾很想知足，可是臣妾做不到啊！

　　……

　　皇上：你就不怕报应，午夜梦回的时候你就不怕纯元和孩子来向你追魂索命？

　　皇后：她要来索命尽管来索呀！免得臣妾长夜漫漫，总梦见我的孩子向我啼哭不已，孩子夭亡的时候姐姐有了身孕，皇上你只顾姐姐有孕之喜，何曾还记得臣妾与你的孩子啊！他还不满三岁，高烧烧得浑身滚烫，不治而死啊！臣妾抱着他的尸身，在雨中走了一晚上，想走到阎罗殿求满殿神佛，要索命就索我的命，别索我儿子的命啊！而姐姐这时竟然有了孩子，不是她的儿子索了我儿子的命吗？我怎能容忍她的儿子坐上太子之位呢？

皇上：你疯了！是朕执意要娶纯元，是朕执意要立她为福晋，是朕与她有了孩子，你为什么不恨朕？

皇后：皇上以为臣妾不想吗？臣妾多想恨你呀！可是臣妾做不到，臣妾做不到啊！

很难想象，皇后对皇帝最大的违拗竟然是这句"臣妾做不到"。皇上与皇后的这段对话发生在整个故事的尾声处，很多人从这段话里看到的是数十年前的怨恨往事，皇上似乎从来没有感受到或者在乎过宜修当时的感受。从另外一个角度看，在面临失去位分和儿子两大人生最重要的依靠之后，皇后也没有在夫君面前表现她的痛苦和难过，这是不可思议的，也是反常病态的。

在这段亲密关系里，最悲哀的地方就是真实的矛盾从未放在桌面上去争吵、去谈判，二人从未建立过彼此的边界，皇上则是不断下探皇后的底线，最后的结果就是皇后牺牲掉自己人生的所有渴望和诉求，沦为自我毁灭人格倾向的"活死人"，成为这段亲密关系的"殉道者"。

依恋：被原生家庭忽视的"爱的供养"

前面提到，亲密关系不只限于情侣双方和父母与子女之间，"生活中关系很好的闺蜜、工作中关系很铁的同事都可以和我们拥有亲密关系"。上一节中光头从甄嬛、华妃和皇后的角度带大家了解了情侣间3种不切实际的亲密关系，其实《甄嬛传》也通过大量情节讲述了闺蜜之间的亲密关系，比如甄嬛和安陵容的亲密关系为何会破裂？这与她们的原生家庭有什么样的关系？为什么那么多人能在安陵容身上寻找到共鸣？

这就必须要提到亲密关系中一个很重要的部分——依恋。依恋关系形成于原生家庭的早期，也就是我们每个人的婴幼儿时期，它对于我们每个人的成长非常重要，却又常常让我们不易察觉这份重要。

有句话说"人人都恨安陵容，人人却都是安陵容"，虽然现实情况没有这么夸张，但每5个人里就有一个"安陵容"，因为像安陵容这样的痴迷型依恋在人群中占到20%，当我们是安陵容的时候该怎么改变呢？

很多人心目中的白月光是沈眉庄，但少有人关注到她的原生家庭也存在比较大的问题，她那令人艳羡的豪门望族与她进宫后骤然失宠的经历共同塑造了她的疏离型依恋。

你知道自己是哪种依恋类型吗？当我们的依恋类型不够安全

时，我们又该如何做呢？

亲密关系中的 4 种依恋类型

当我们在讨论依恋的时候，讨论什么？

那些小时候只要挨饿受冻、生病、遇到危险或受到惊吓时就能得到很好保护的孩子，他们会很舒心地依赖他人，有更多的安全感和幸福感，在长大后也更容易和其他人发展出轻松信任的人际关系。

但不是所有的孩子从小都能得到这样的照顾。比如有些大人有时候对孩子热情呵护，有时候却又心不在焉，有时候温柔耐心，有时候又焦急烦躁，在这种环境里长大的孩子，对于他的父母会不会关心他、什么时候来关心他会产生焦虑心理，他们在成年后会比较渴望与他人有更亲密的关系，但又容易怀疑他人并不想和他更加亲密，导致和朋友爱人相处过程中往往把握不好尺度，容易产生过分依赖，过度寻求他人对自己的认同和评价。

所以，无条件的爱是依恋的基础。讨论依恋关系的核心其实是在讨论：被依恋的父母是不是在你身边、对你投入更多呵护和照顾？

如果说人的自然属性决定了我们离不开食物、空气和水，那么人的社会属性则决定了我们在成长过程中非常需要依恋。在一个健康的家庭环境里，父母与孩子的依恋关系是自然而然发生的。作为抚养者，他们不仅会关注孩子的饥饱、冷暖、健康还是生病，更会了解孩子的各种情感需求，这就像我们很少感觉到空气的存在，但它却一直存在，并且无时无刻不在影响和决定着我们的生活。

如果说食物、空气和水满足了一个人最基本的生存需求，那依恋关系则是满足了人最基本的情感需求——安全感。

为什么是安全感呢？因为小孩子尤其是婴幼儿，他们没有独自生存的能力，必须依赖以父母为主的抚养者的养育和呵护。有句话叫"会哭的孩子有奶吃"，依恋其实就是说孩子会通过哭闹、叫喊等方式，来博得父母的注意，从而降低自己被抛弃的概率，久而久之，这种"害怕自己被父母抛弃"的天性逐渐进化成为人类从出生就具有的本能，可以理解为对安全感的强烈渴望是人与生俱来的。当安全感得到保障后，小孩子才能够更安心、有更好的状态去发展和探索其他方面的特质，成长为健康成熟的大人。

可能因为长期以来我们的物质条件并没有那么丰盈且能够长期保持稳定，所以我们习惯于以一个家庭能不能给孩子提供更好的物质生活环境——那些看得到、摸得着的食物、衣服、玩具——作为评判父母是否合格的标准，却往往会忽视父母能不能满足孩子的情感需求——陪伴、照顾、无条件的爱。

与物质需求的"作为"相比，情感需求往往是隐藏在"不作为"中的，它不是缺吃少穿、虐待谩骂，可能只是一种隐形的情感忽视。直到长大后有一天你回忆自己的童年生活时，面对父母说"我供你吃最好的、穿最好的"这样类似的话，你甚至都无从反驳。

美国的一位心理学教授罗兰·米勒在他的著作《亲密关系》中，从"拒绝更亲密"和"担心被抛弃"两个维度总结出了位于X、Y坐标轴上的成年人的四种依恋类型（见下图）：

```
                            低
                         (回避亲密)

        安全型                      痴迷型

   对亲密关系和相互依赖          对有损亲密关系的任何威胁
   安心；乐观、好交际             不安和警惕；贪婪、嫉妒

 低                                                      高
(忧虑被弃)     疏离型            恐惧型            (忧虑被弃)

            自立，漠视亲密         害怕被遗弃，不信任他人；
            关系；冷淡、独立        猜忌、多疑、害羞

                            高
                         (回避亲密)
```

安全型：这一类人整体上具有低拒绝亲密、低忧虑被弃的特征，他们在感情上很容易与人相处，不管是依赖还是被依赖，他们都会觉得很舒适。甄嬛就是安全型依恋的典型代表。从她和安陵容的关系里，你就能感受到那种自信和安心，她不会像安陵容一样总是对彼此的关系处于一种紧张和担忧的情绪中。

痴迷型：这一类人整体上具有低拒绝亲密、高忧虑被弃的特征，他们渴望与人发展亲密关系，但总是担心和焦虑对方并不想把关系发展到自己所期望的那样亲密。《甄嬛传》里的安陵容就是痴迷型依恋的典型代表。

疏离型：这一类人整体上具有高拒绝亲密、低忧虑被弃的特征，他们比较漠视亲密关系，对于人际关系更加冷淡，不喜欢依赖他人或让他人依赖，表现得更独立。《甄嬛传》中的沈眉庄就倾向于这种疏离型。

恐惧型：这一类人整体上具有高拒绝亲密、高忧虑被弃的特征，他们因为害怕和他人太亲密受到伤害，因此拒绝与他人亲近，难以信任和依赖他人。《甄嬛传》中的叶澜依就倾向于这种恐惧型。

有研究对人群中四种依恋类型的占比做了一个统计，大概是：安全型依恋占比最多，约为 60%；痴迷型依恋占到 20%；疏离型和恐惧型共占到 20%。

关于依恋类型，有三个关键问题需要强调一下：

第一，我们对依恋类型进行这样的分类不是说每个人的依恋类型是一个非 A 即 B 的单选题，它更多的时候可能是一个多选题。换句话说，"拒绝亲密"和"担心被弃"两个维度构成的是一个连续的光谱，多数情况下，我们是更偏向于某种依恋类型，但也可能两种依恋类型兼而有之。

第二，虽然原生家庭对我们依恋类型的形成起着很大的影响和作用，但影响依恋类型的因素其实有很多，还有一个重要的因素就是孩子天生具有的气质和被唤醒能力，有些小孩天性就活泼好动，有的生下来就害羞内敛，所以基因也在塑造着我们的依恋类型。父母和孩子个人的行为表现都会反过来影响对方对待自己的行为，这是一个双向的过程。

第三，很多人担心"我是这个依恋类型该怎么办"，其实这个东西没有那么吓人，它不是恶性肿瘤，身体里有了就很难弄掉，依恋类型既然是从小习得的，那它就像一种习惯一样，是可以发生变化的，会随着我们人生经历和环境的改变而改变，尤其是在面对一些大起大落的经历时。沈眉庄就是一个典型例子。但依恋类型既然是习惯形成，一旦确立，就会比较稳定持久，从而影响人们新建立的人际关系，并会加强已有的行为倾向。

每5个人里就有一个"安陵容"：你是痴迷型依恋吗？

痴迷型依恋的人在人群中的比例大概是20%，这就意味着每5个人当中就有一个人可能是痴迷型依恋。痴迷型依恋在人群中占的比例比较高，如果我们没有意识到自己身上存在的这个问题，就会经常在亲密关系中陷入一种自责情绪和不知所措里。

《甄嬛传》里，甄嬛是那种典型的安全型依恋，你会发现甄嬛很擅长交际，也很容易与人发展出轻松信任的人际关系，除了个别像华妃那样几乎人人与之交恶的人，端妃、敬妃、淳儿、欣贵人都是她的盟友，哪怕是皇后和曹贵人也和她建立过短期的合作关系。而在和沈眉庄的亲密关系中，不管是依赖还是被依赖，她们的相处整体上都很融洽，以至很多人都很羡慕甄嬛和沈眉庄的姐妹情。

安陵容是典型的痴迷型依恋，她会有点过度在意他人的评价和认可，过度依赖他人，过度担心人际关系破裂。安陵容的这种依恋在和甄嬛的姐妹相处中表现得尤为明显，她的身上有痴迷型依恋几个很典型的特点：

第一，过度在意他人的评价和认可。 经常会因为自己过度敏感而过度解读亲密关系里对方的一言一行，分析他们是否接纳和喜欢自己，过度寻求他人的赞许或认同，努力活成一种她自己认为的别人希望她成为的样子。

安陵容究竟有多敏感？甄嬛和皇上泡温泉的那个晚上，宫里很多人都失眠了。第二天早上，沈眉庄一大早就去找安陵容聊天，安陵容看到沈眉庄眼睛下面一片乌青，瞬间察觉到沈眉庄昨晚肯定也失眠了："姐妹间的情谊再深，不留意也会生出芥蒂。就说眉姐姐吧，她跟甄姐姐那么要好，甄姐姐承宠那一晚，她不也一样睡不着吗？"如果安陵容把这种敏感转化为亲密关系中的细腻和体贴，其实是有利于亲密关系培养的，但安陵容的敏感并不止于此。

最典型的一个例子就是甄嬛初进宫被余莺儿下毒时，她和沈眉庄一起商量把接应的太监宫女扣下了，第二天安陵容抱怨她们："姐姐也真是的，出了这么大的事情也不告诉我。"接下来，安陵容没有事先告知甄嬛和沈眉庄，独自前往冷宫"料理"了余莺儿，这也是因为敏感察觉到甄嬛遇上麻烦事没有第一时间告诉她的一种激烈反应，觉得对方没有真正接纳自己。

事实上，甄嬛的出发点是"我不是故意要瞒你的，这种事听了伤神害怕，还是不知道的好"，当然这是场面上的漂亮话，潜台词是：一来你安陵容比较胆小，侍寝都害怕到被皇上"完璧归赵"，这种打打杀杀的场面你更没见过，还是别告诉你比较妥当；二来咱们的姐妹关系确实也没到那个需要事事告知的情分上。不得不承认，这些都是事实，但安陵容会过度解读甄嬛的一言一行，并急切地想要证明自己。你看安陵容当时一个人战战兢兢去冷宫时是怎么说的："我要让姐姐知道，我这么做都是为了她。"

这件事情处理完后，安陵容不小心听到了甄嬛和沈眉庄聊天时对她的评价，沈眉庄说"可是我没有想到这件事情陵容会那么心狠"，安陵容听到这样的评价虽然当时没有发作，但其实都积压在自己心里，直到三人共同合谋扮鬼吓疯丽嫔后，专门问沈眉庄和甄嬛："姐姐不会怪我狠毒吧？""心狠"和"狠毒"，一字之差，谬以千里。

安陵容得宠后，得到皇帝赏赐的几件浮光锦，便送给甄嬛两套。这里要注意，安陵容不是一件都没给自己留，她自己留了一件，然后给皇后、华妃各一件。甄嬛出于安抚亲妹妹浣碧情绪的原因，赏了浣碧一套，结果浣碧就大摇大摆穿出去了。巧不巧，正好被安陵容撞见，宝鹃又在旁边说了句："赏给浣碧，那当小主您是什么？"痴迷型依恋的人很在意别人对自己的看法，在意自己在对方心里的分量，安陵容可能会觉得"在你甄嬛心里，我连你的一个丫鬟都不如"。

第二，因为过度依赖带来的自我否定。痴迷型的人过度寻求他人认可，恐惧和担心自己被对方抛弃，随着这种内心的焦虑感不断增强，长此以往容易产生自我否定情绪，最后甚至会导致自我分离。

后宫例会上，甄嬛计算着淳儿每天的吃食："早膳是两碗米粥三个糖包，午膳是肥鸡肥鸭，不到晚膳又用了点心，晚膳要不是我拦着，恐怕那整碗火腿炖肘子就全到你肚子里去了……"常人可能只会笑淳儿是个"吃货"，但敏感的安陵容察觉到的是："能吃是福，有人挂记也是福，你看你莞姐姐连你平日里吃多少东西她都放在心上。"没错，安陵容是吃醋了，淳儿的闯入让她对自己和甄嬛的亲密关系有了很深的危机感，恐惧和担心自己被甄嬛抛弃，进而产生了自我否定情绪。

淳儿决定从延禧宫搬到碎玉轩时，安陵容问淳儿："这里也挺好的，离碎玉轩又近，何必搬来搬去的麻烦？"淳儿说："我和莞姐姐都爱热闹，自然更合得来。"安陵容这时自己补了一句："是啊，出身差不多，性子更合得来些。"

后来淳儿无意间说安陵容给皇上绣的那件寝衣"定是绣院的绣娘们做的",安陵容听了后很难过,甄嬛看出她的不高兴,便让槿汐给她送去一副玉钗以作慰藉,安陵容于是顾影自怜地说了一大段:"我与她平起平坐,同是皇上的嫔妃,可这样好的东西我连见都没见过,她却什么都有。知道我不高兴了,便赏我这个赏我那个。她有好的料子,高兴了便赏我两匹……如今连淳常在也敢对我蹬鼻子上脸,还笑话我的绣样小家子气登不得台面,还咒我孤孤单单。她是怕我跟淳常在闹气才送这玉钗给我的,淳常在说了,她俩出身差不多所以亲近些,我算什么呀?莞贵人正是为了护着淳常在才送我这个的,否则的话她平日里哪送过我这么贵重的东西?我算是明白了,若不是沈答应失势,她又何尝会帮我?"

一句"我算什么呀",安陵容不仅否定了甄嬛和她的亲密关系,也否定了她自己的存在和价值。而淳儿也完全没有说过"她俩出身差不多,所以亲近些"这样的话,这其实是她自我否定后脑补出来的台词。这个时候的安陵容觉得自己在甄嬛心里没有一点点分量,没有一点点位置,没有一点点存在感,她完全忘记了自己面临大难的时候,甄嬛是如何帮助她的。处于自我否定状态中的痴迷型依恋的安陵容,把甄嬛曾经的屡次扶危救困都忘在脑后了。

第三,过度牺牲自我。过度牺牲的目的往往是获得对方的认可、维持一段亲密关系,认为自己是有价值的、对别人是有用的、能够从中感受到积极意义的,但一个人过度牺牲自己,既不会让自己感到幸福,也会增加他人的心理负担,结果不仅会过度消耗自己,也让亲密关系走向终结。

我们先来看看安全型依恋的甄嬛是如何帮助安陵容的:

安陵容选秀的时候不小心弄湿了夏冬春的衣服，"碰瓷女孩"夏冬春死缠烂打，局面僵持不下的时候甄嬛路见不平帮忙解围。

安陵容的父亲安比槐卷入贪腐风云，差点儿就要掉脑袋，甄嬛也是仗义出手，轻松化解了僵局。

华妃叫安陵容去唱小曲作陪，甄嬛也愿意陪安陵容一同唱歌弹琴被华妃羞辱。

甄嬛身上本就有一种乐于助人的侠女风范，她帮助安陵容是一种很放松的心态，觉得自己有能力就多帮她一点，她这么做是出于利他和同情，提供的是有效的"社会支持"。

另外，甄嬛刚进宫假病避宠身处弱势时，也不会担心和害怕自己不被沈眉庄和安陵容看重和接纳。不管是被人依赖还是依赖别人，安全型依恋的甄嬛都很安心。

我们再来看看安陵容是如何对甄嬛的：

从讽刺夏冬春骁勇这件事情开始，安陵容就一直在鼓足勇气佯装强大，进而维护三人的关系。你看她私下里在夏冬春面前唯唯诺诺，可当甄嬛和沈眉庄遇到夏冬春纠缠时，却能够大着胆子为她们解围。

在甄嬛假病避宠时，安陵容便用刚进宫时赏给每位新人只有一匹的织花锦做了个暖炉套子，连甄嬛都觉得可惜，那对安陵容来说就更像割肉一样。

接下来就是亲自去冷宫，给了余莺儿一个了断。要知道安陵容是一个比较胆小的人，却硬是鼓起勇气做这件事情，她的这种"狠劲"让当时刚进宫还没见过太多世面的沈眉庄和甄嬛听了都觉得害怕。

在甄嬛复宠养病期间，安陵容曾自己割腕以人血做药引送给甄嬛喝，彼时甄嬛和她的关系已是貌合神离，安陵容是被皇后指派去维持这段塑料姐妹情的，但她的表现依然如此冒失和激进，可见她把痴迷型的依恋风格贯彻到底了。

在亲密关系中，甄嬛作为安全型依恋的人能轻松接纳与他人相互依赖的亲密关系，提供有效的支持和安慰；安陵容作为痴迷型依恋的人在表达情感时会过于冒失或太过殷勤，而给对方造成一定的心理负担。一段亲密关系如果是通过其中一方的过度牺牲实现的，他们的关系就不会很稳定、持久，最终也容易出现一些问题。

第四，以他人为中心。痴迷型依恋的人很容易让他所痴迷的那个人占据其全部的注意力，这样导致的结果就是他没有更多精力分配给工作和生活等其他部分了。

痴迷型依恋的人会否认对方展示出来的那些不好的、自己不喜欢的特质，并下意识地找理由为他开脱。还是以浮光锦事件为例，当看到浣碧穿着浮光锦时，安陵容身边的宝鹃说："莞贵人也忒大方了，那么好的料子，小主您自己都舍不得穿，留了两件给她，她倒好，拿来打赏给下人了。"安陵容打断了宝鹃的话："不许胡说，浣碧是姐姐的陪嫁丫头，她素日的穿戴也比别人好些。"安陵容这个时候内心其实很在意和介怀这件事，但她想通过表面上的极力否认来给甄嬛开脱。

痴迷型依恋的人为了不惜一切代价地取悦他人，会把那个痴迷对象变成自己生活的中心。对甄嬛而言，沈眉庄是她最好的闺蜜，淳儿是她的天真小妹，敬妃、端妃是她的盟友，皇上是她的初恋情人，她的生活首先是以自己为中心的。但安陵容在初期几乎把全部精力都投注到甄嬛身上："你左右逢源八面见光，而我却只有你，所以我希望你的世界也只有我。"安陵容对这段亲密关系有更高的期盼和要求，但她个人的进步成长，比如歌技的精进提升、冰嬉的惊艳众人，都是在她摆脱这种痴迷型依恋风格后自己努力习得的。

可以看出，安陵容确实可以为痴迷型依恋人群代言了。

既然依恋类型是从我们在原生家庭里还是个孩子的时候开始塑造和形成的，那不妨回头看看安陵容的原生家庭。安陵容在临死前曾回顾过她的家庭成长环境："我娘曾经是苏州的一位绣娘，我爹很喜欢她，当年我爹还是一个卖香料的小生意人，靠我娘卖绣品给我爹捐了个芝麻小官，我娘为我爹熬坏了眼睛，人也不似从前漂亮，我爹便娶了好几房姨太太，我娘虽是正房可人老色衰，又没有心机，所以处处吃亏，以致我爹在最后连见她一面也不愿意。"

父亲母亲是夫妻店创业发家，一开始她父亲对母女俩可能也很疼爱，后来她父亲吃软饭买了个官职，又娶了几房姨娘，对安陵容和她母亲就不像从前那样好了。我们从后面安陵容父亲仗着自己是"国丈"嚣张跋扈、贪污受贿也能看出他这人的品性。在安陵容的成长环境里，她认为的那种来源于父亲的爱是不可预测也没有持续的，所以当她碰到甄嬛这样一个会无条件对她好、为她提供帮助的人时，她就会从内心深处想要倾己之所有给对方，甚至会超出自己的能力范围为对方提供帮助和支持。

"你这辈子，有没有为别人拼过命"，说的就是安陵容这样的人在一段亲密关系里的投入程度。对于甄嬛而言，她对人的帮助是真心的、坦诚的，但不会到达那种拼命的地步。当一方是乐善好施、慷慨侠义，而另一方是倾囊相授、"舍生取义"，两份付出的真心不对等时，亲密关系的裂痕就会出现。

如果你在一段不管是亲情还是友情的亲密关系里和安陵容很像，那可能需要考虑一下，自己是不是陷入了对一个人的过分痴迷。关于痴迷型依恋的人如何改善自己的亲密关系，有几点小建议分享给大家：

第一，人生的重心首先是自己。我们自己的价值和尊严应该由自己决定，而不是交由他人评判和认可。学会设置底线和原则，学会真正对自己负责，永远不要丧失和丢掉自我，最终对我们负责的只有我们自己。

第二，对自己要有更大的自信。在亲密关系里，为了一个人或一段关系而做出很大改变，只会让自己成为他人的附属品。无限度地讨好大可不必，相信自己是值得被爱和珍惜的，也相信他人对自己是欣赏和认可的。充分地信任他人，不恐惧暴露自己的脆弱，懂得求助。不追求得到所有人的喜欢。

第三，不要过快投入一段感情。痴迷型的人急于寻求对方的赞许和认同，所以在亲密关系的一开始容易表现过火，这样会容易吓到对方，对于建立更稳固持久的亲密关系造成障碍。所以在想要与他人建立一段亲密关系时，不要太过激进和冲动，改掉别人一对你好你就掏心掏肺的毛病。

第四，可以探寻更广阔的世界。很多人陷入痴迷泥潭的一个重要原因是自己的世界太小了，小到眼里只有对方。可以试着扩大自己的朋友圈，去社交，认识更多的人，看看更大的世界，你会发现有更多值得你关注和了解的人和事。

依恋类型虽然可以改变，但并没有那么容易改变。遇到这样的问题时，大家最喜欢听建议，急切地想知道自己该怎么办。但建议就像主观题的标准答案一样，那不是非 A 即 B 的客观是非题，没办法直接抄作业，因为每个人思考和处理问题的方式是不同的，身处的环境以及自己的性格也都不一样，所谓的建议只能作为参考，我们更需要在实践中不断摸索和总结出能让自己在亲密关系中更轻松快乐的方法。

疏离型依恋的沈眉庄：独立不一定是件好事

"一段如胶似漆的恋情可以让回避亲密的人不再怀疑和戒备亲密关系，一次悲痛欲绝的分手会让原本安全型的人不再安全。"依恋类型会因为人生中的一些关键转折由差变好，也会由好变差，可惜沈眉庄是后者。

如果说人的依恋类型可以转变的话，那沈眉庄就是一个例子。前面说过，依恋类型会随着我们的人生经历和所处环境发生变化，尤其是在面对一些大起大落的经历后，沈眉庄被陷害假孕争宠就是她人生的一次重要转折，你会发现她在这件事情前后的依恋类型发生了一些变化：如果说在此事之前她是介于安全型和疏离型之间的依恋类型，或者只是轻微的疏离型依恋，那此事之后她的依恋类型就完全成了疏离型。

虽然假孕争宠事件是沈眉庄依恋类型转向疏离的重要节点，但她的原生家庭其实早就开始塑造她的"疏离"。如果你细心留意的话会发现，在甄嬛、安陵容、沈眉庄三姐妹里，提到父母、家庭最少的就是沈眉庄。

甄嬛就不用说了，她是个"家庭本位"的人，张口闭口都是甄家满门荣耀。安陵容也是，经常会想起家里的亲人，惦记母亲一个人在家日子好不好过:"爹娘,我终于入选了。爹娘,我终于侍寝了。"但沈眉庄几乎没有提过家里的父母亲人。

先来看看甄嬛一家的最后送别。甄父语重心长地说:"你要切记,若无完全把握获得皇上恩宠,你可一定要韬光养晦,收敛锋芒。为父不指望你日后大富大贵,但愿我的掌上明珠,能舒心快乐,平安终老。"甄母则是和甄嬛面对面坐着促膝长谈,并且拉着她的手体贴入微地叮嘱道:"你此去要多多心疼自己,后妃间相处更要处处留意。将来你若能有福气做皇上宠妃自然是好,但自己的性命更紧要。"

在这个世界上,很多人只关心你飞得有多高,而只有好父母才会关心你飞得累不累。和大多数后宫女人相比,甄嬛的父母从不会施加给她家族荣耀的压力和光耀门楣的期望,而更想要女儿多心疼自己。

再来回忆下沈眉庄进宫前和家人的互动。沈眉庄小心翼翼地走到沈母面前,沈母则是上下打量端详着女儿,然后开始提问:"若是皇上问你读过什么书呢?"沈眉庄一开始回答:"读的是《诗经》《孟子》《左传》……"她母亲打断后说:"错了,皇上今天是选秀女,充实他自己的后宫,繁衍子嗣,不是考状元,问学问的。"对比一下二人进宫前在各自家中和父母相处的细节,你就能感受到为什么沈眉庄会逐渐发展成疏离型依恋。

虽然聪明的沈母押中了"高考题",但是从这对母女间的对话中能够感受到她们并没有那么亲热。沈眉庄的母亲,更关心的是女儿如何才能博得皇帝的宠爱,飞得有多高有多远,可以想见,进宫前的分别,一家人更像是高考中榜一样大摆宴席,喜悦远远多于哀伤。

沈眉庄从小是在京中的外祖父家长大的，就像一些富贵人家的父母都在忙自己的事业和社交一样，虽然沈眉庄的物质生活很好，但缺乏来源于父母的情感关怀，比如父母的拥抱亲吻、言语关爱等。在这种环境中长大的孩子就会变得在生活和情感上更加独立，所以我们从沈眉庄身上总能看到一种遗世独立的气质。

沈眉庄被关禁闭后，甄嬛偷偷跑去看她："等真相水落石出那一天，皇上必定会补偿你，还你清白的。"但沈眉庄很决绝地说："补偿？我这些天的苦痛岂是他能补偿我的？把我捧在手心又弃我不信我，皇上他真的是好薄情啊，竟然半点儿也不念往日的情分。到我这地步我才能明白，君恩，不过如是。"此后的沈眉庄不去争宠、不爱社交，每日陪伴太后左右，逐渐成为后宫名利圈的边缘人物。

可以看出，沈眉庄的原生家庭和成年后的个人经历共同塑造了她的疏离型依恋。她和父母的亲密关系从深层次上讲是疏离的，进宫遭遇的大起大落更是加深了她的这种疏离，使她变得不愿意与她人发展亲密关系，也不在乎她人是否喜欢自己。沈眉庄身上有疏离型依恋的两个特点：

第一，追求独立。疏离型依恋最大的特点就是独立。与安全型相比，他们不会担心自己被抛弃，也不会轻易发展亲密关系，但这并不是说他们不会拥有或发展亲密关系。沈眉庄自幼和甄嬛有很长一段时间的相处，就是因为父母把她丢在京中的外祖父家，以至于沈眉庄和甄嬛有机会建立这样一种稳固长久、牢不可破的亲密关系。

但在发现自己和甄嬛职场观念不合时，沈眉庄能斩钉截铁地说出"无事不必再来了"这样的话，因为她完全不担心自己一个人面对后宫生活。

侍奉太后是她在深宫里除了甄嬛以外发展的另一段亲密关系。沈眉庄日日去太后身边伺候的根本原因是什么？是为了寻求依靠和稳固地位吗？当然不是。太后决定晋封沈眉庄为惠嫔时，沈眉庄说"臣妾孝敬太后不是为了尊荣位分"，光头觉得她说的是心里话。那她是为了打发时间摆脱寂寞吗？当然也不是，疏离型依恋的人最享受独处了。寻求依靠、摆脱寂寞都只是她做此选择的结果而非目的，她发展这段亲密关系的出发点是为了逃避另一段亲密关系——她和皇上的亲密关系。甄嬛出宫后，沈眉庄搬到碎玉轩去住也是出于这个原因。

第二，对待亲密关系保持清醒。光头觉得《甄嬛传》里皇上最深的忏悔不是发生在对甄嬛身上，而是在沈眉庄身上。沈眉庄一人饮酒醉的那个晚上，皇上对她说了很多掏心窝子的话："朕许久未见你，现在仔细看你总觉得跟刚入宫的时候有些不同了。以前总觉得你大方端和，经过了这些事才知道你是个有傲气的。朕知道这些年你总怨着朕，你口里说不敢，朕问你一句真心话，熹妃离宫后你一直住在这儿，不就是为了避开朕吗？朕知道这些年总是委屈了你，可朕是皇上，有些事不能不保全大局而委屈你，更何况有时候朕自己何尝不委屈？朕今天跟你说的都是掏心窝子的话，你冷了朕多年，朕也冷了你多年……"可见沈眉庄在这段关系中是冷静克制的。

沈眉庄的清醒不仅表现在和皇上的关系中，哪怕是和自己后来心有所属的温实初，她也是清醒至极。当他看到温实初为了甄嬛精神萎靡时，义正词严地警醒他："你一个大男人怎么变得这样啰唆？你若是喜欢她，她喜不喜欢你又何妨？你只需执着自己

044

的本心就好。你若是不喜欢她了，坦然放下也就是了，又何必把自己弄得这么憔悴难堪？白白地惹人笑话。"沈眉庄这一番发言都吓到了温实初："微臣从不知道，端庄持重的惠嫔娘娘说起话来却如此厉害！"沈眉庄回答："不是厉害，只是劝人劝己，都是一样的话。""劝人劝己都是一样的话"，短短十个字，勘破了世间情爱中的苦痛烦恼。沈眉庄知道温实初对自己没有那么喜欢，所以她在这段感情里也一直努力做到"执着自己的本心就好"。

关于疏离型依恋的人如何改善自己的亲密关系，可以关注下面两点：

第一，多表达、多沟通。疏离型的人往往表现得很独立甚至冷漠，所以总给人一种"你要这么想我也没办法"的感觉，正因如此，疏离型的人才更需要认真表达和沟通，告诉对方自己需要空间并不是因为不爱对方，而只是因为自己喜欢和享受这种状态。

第二，要学会对别人负责。和痴迷型的人需要学会对自己更负责相反，疏离型的人需要学会对亲密关系里的另一方更负责。你要明白一旦处于或拥有一段亲密关系，那就不只是一个人的生活，不能只按照自己的需求和意愿来，而是要慢慢学会考虑对方的感受，为他人着想。

但事实上，相比痴迷型的人，疏离型的人更难自行改变，因为他们很享受那种独立带来的快乐，会觉得自己这样过得很好，通常没有改变的动力。所以如果我们碰到疏离型依恋的人，要做好面对他们的心理准备：

第一，要给对方更多空间。如果疏离型依恋的人对你若即若离，排斥你的接近，那么不要强迫他们接受，强迫会让他们更加退缩和远离。

第二，帮助他们认识自己。帮助他们认识到自己的行为和情感反应规律，比如哪种情况容易让他们产生疏远，哪些是他们难以接受的亲密举动。要让他们意识到他们之所以这样是因为害怕自己在亲密关系中受伤害，但的确存在他们可以信任的人。一旦开始意识到，他们也可能发生改变。

在依恋维度图里，疏离型和痴迷型是正好相反的两种类型，而且神奇的是，痴迷型和疏离型还很容易组合成伴侣，这是因为我们往往会追求那些给自己带来"熟悉"感觉的亲密关系，痴迷型的人容易被高度拒绝亲密的疏离型的人吸引，找到童年时父母若即若离的感觉。

这种类型的伴侣关系，需要双方都愿意为这段关系付出努力，才有可能建立好的亲密关系。比如，疏离型的人需要认真表达，自己需要空间并不是因为不爱对方，而痴迷型的人也需要真诚地说明自己的一些行为是因为无法自控，比如查岗、嫉妒、情绪失控等。对于"疏离型＋痴迷型"的亲密关系而言，找到彼此都能够接受的关系是相处的关键。

在依恋类型中，还有一种比较极端的类型就是恐惧型，他们不仅高度拒绝亲密，也非常害怕自己被抛弃。当然这一类人在人群中是最少的那一部分。

如果说疏离型的人看上去是一种高冷范儿的独立，那么恐惧型给人的感觉就是浑身长满刺，更加无法接近，叶澜依就偏向于这种恐惧型。恐惧型依恋的人其实很渴望亲密关系，但是害怕与别人太亲密而受到伤害，因此拒绝与他人亲近，难以信任和依赖他人，当没有形成亲密关系时，那种渴望和焦虑感会更强，以至于害怕自己因为与别人太亲密而受到伤害的感觉也更强烈，如此便陷入了一个死循环。

叶澜依在人际关系里的样子，已经不只是不爱社交、冷淡、独立，而是谁靠近她都会被怼。她怼过皇上、怼过沈眉庄、怼过甄嬛、怼过齐妃。

恐惧型的人很特别，或者说看上去有些神经质，一般情况下没办法用常人的思维与他们相处。**恐惧型依恋的人想要做出改变，要学会增强自己的信心、尝试多培养一些兴趣爱好、多与安全型依恋的人交往。**

我们了解自己的依恋类型，并不代表我们一定要完全修正和改变它。痴迷型也好，疏离型也罢，都是我们成长过程中长在我们身上的铠甲。有时候我们了解自己比改变自己更加重要。现代医学研究里，30%的成年男性体内都会携带前列腺癌细胞，但绝大多数人不会因为前列腺癌去世。其实我们并不是要杀死每一个癌细胞，而是要把它们控制住，与它们和谐共存。面对自己的依恋类型也是这样，最重要的是通过了解自身的依恋类型减轻它们带给我们的负面影响，找到与他人更好的相处方式。

畸形的孝道与有毒的父母

提起孝道我们会想到什么？"百善孝为先""父母之命不可违""君叫臣死，臣不敢不死；父叫子亡，子不得不亡""天下无不是的父母""父母肯定也是为你好"……在我们的印象里孝道代表的是绝对权威和绝对服从。但事实上，孝道一直被曲解和误读了。孔子在《论语》中有一段对"孝"的回答——

孟懿子问孝。子曰："无违。"樊迟御，子告之曰："孟孙问孝于我，我对曰'无违'。"樊迟曰："何谓也？"子曰："生，事之以礼；死，葬之以礼，祭之以礼。"

孟懿子问孔子什么是孝？孔子回答说"不要违背礼"。后来樊迟给孔子开车的时候，孔子和他聊天说起这件事，樊迟就问他"不要违背礼是什么意思"，孔子说："父母活着的时候，要按礼侍奉他们；父母去世以后，要按礼埋葬和祭祀他们。"

孔子在这里讲的是礼在孝道中的重要性，他说的"无违"是有前提的，就是在给父母养老和送终的事情上需要尽到责任和礼数，这样就尽到了孝。但后来有些人就会断章取义地认为，孔子说孝就是不能违背父母，绝对服从父母，完全忽略掉孔子后面补充的前提条件，曲解了人家的意思。

如果说这一段关于孝顺的论述还比较隐晦的话，另一部儒家经典《孝经》中有一段曾子向孔子请教什么是孝的对话，孔子泾渭分明地亮出了自己对于孝顺的观点——

曾子曰："若夫慈爱、恭敬、安亲、扬名，则闻命矣。敢问子从父之令，可谓孝乎？"子曰："是何言与！……父有争子，则身不陷于不义。故当不义，则子不可以不争于父……从父之令，又焉得为孝乎？"

曾子问："我已经聆听过您关于慈爱、恭敬、安亲、扬名这些孝道的教诲，再问您个问题：子女服从父母的命令可不可以称作孝？"孔子回答："你这说的是什么话？……如果当父母的有敢于和自己争论的子女，那就不会让父母陷于不合情理道义的错误之中。所以当遇到不合情理道义的事情时，子女应当和父母争论。一味服从父母命令让父母陷于不合情理道义的错误之中，这怎么能说是孝顺呢？"

所以，中国传统的孝道文化没有要求绝对服从父母的愚孝观点，对于父母的不合乎情理道义的错误不仅不能一味顺从，而且要及时提醒和劝谏，甚至要与他们进行理性的争论。

那为什么我们现在对孝道的理解和认识与古代经典中的论述大相径庭呢？为什么孝道的最初含义在千百年的演化进程中被硬生生扭曲了180度，去向它本义的对立面？从统治阶级的层面讲，封建掌权者为了更好地统治民众而提倡这种所谓的盲目服从，从而出现了"君叫臣死、父叫子亡"等极端化的愚忠愚孝；从家族秩序的层面讲，一个家族中的尊长需要树立并保持自己的权威，从而出现了"父母之命不可违"这样无条件顺从的纲领为他们站台。

结果就是,"孝顺"最后被强调的只有"顺",势弱服从势强,晚辈顺从长辈。虽然每个家庭的生活都很不相同,但两代人的相处方式却是异曲同工,父母总是希望我们的所言所行是在他们的接受范围内的,一旦越过边界,他们就会试图跟你讲道理,可滑稽的是,道理就像辩论场上的正反方,有时候对方可能都觉得我方的某个观点有理有据,但他表面上是不能承认这点的,因为他必须代表自己持有的观点。当他觉得自己的立论不具有强大的说服力时,他就会抛出诛心的伦理观,说你"不孝顺""不懂事""自私"。

你看电视剧里犯了错的皇位继承者们,都会被长辈叫到祖宗牌位前下跪反省:"你这样做对得起列祖列宗吗?对得起死去的×××吗?他们都在天上看着你呢!"现实生活中没有皇位要继承的普通人也没有好到哪里去,短视频创作者 papi 酱在一次采访里就吐槽过父母的诛心伦理观:"我们这一代人(80 后)从小长大经常听到父母跟我们说的话都是,我做的一切都是为了你。我爸妈经常跟我说的话是,爸爸妈妈砸锅卖铁也要……爸爸妈妈是为了你才……如果当初不是为了你我就……我知道父母说这些话是为了让我们知道他们对我们付出了很多,希望我们可以更努力地学习、工作,但作为子女,我听完这些话后心里面不是感动,而是会有一种负罪感,我会觉得父母人生中所有糟糕的部分是我造成的。"

在这种被孝道绑架的环境中长大的年轻人,往往会持有这样的观点,"我以后有了孩子,肯定不会这么干涉他,他想干吗就干吗，只要不违法就行"。能做到"己所不欲，勿施于人"当然是好事，可我们有一天会不会也变成下一代眼里落伍、过时、固执的老 baby 呢？单就当下而论，我们该如何处理与父母的关系？我们可不可以不孝顺父母？

著名导演李安创作"父亲三部曲"——《推手》《喜宴》《饮食男女》，面对采访时说过这样一段话："与父母的关系，能够彼此相爱就够了，不必要制造一个阶级观念。你一定要小的服从大的，但每个人都是一个个体，你都要尊重他，他的性取向、他的爱好，他的任何东西你都要尊重他、接受他，这是和平相处的一个基准。……我觉得孝顺其实是一种过时的观念。当然跟中国人讲，可能几百年也讲不过去，这是一种根深蒂固的存在。可是在我的思想里面，还有家庭生活里面，我已经不教小孩孝顺这个东西，只要他感受到我的爱，同时也爱我就够了。"

李安的话让人豁然开朗。当我们还在讨论要不要事事顺从父母时，李安已经到达了一个更广博的维度，他用一个"爱"字直接把中国家庭中的阶级关系消解掉了。是啊，我们的文化里父母与子女之间从来都羞于谈爱，一直在强调要报答父母的养育之恩，可"报恩"二字无限拉远了血浓于水的距离。

如果孝顺是道德上的必须，那爱就是情感上的渴望。如果我们内心充满了渴望，孝不孝顺也许就无关紧要了。

从《甄嬛传》看你的原生家庭是否存在有毒父母

《甄嬛传》的故事里"父母"这个身份的存在感似乎很弱，但因为情节的严谨和人物的饱满，以至于我们能从很多角色的视角里窥见他们原生家庭的模样。

相比而言，甄嬛的原生家庭是更美满幸福的。前面说过，甄父和甄母从未将女儿当作光耀家族的政治工具，甄嬛进宫前父亲的期望是"为父不指望你日后大富大贵，但愿我的掌上明珠，能舒心快乐，平安终老"，甄母进宫看望甄嬛时的叮嘱是"万事唯有要靠娘娘自己了"。

光头常常在想，健康幸福的原生家庭有没有什么共性？看到《甄嬛传》这一段时好像找到了部分答案。彼时的甄嬛已是诞下龙凤胎、地位稳固的熹贵妃，垂垂老矣的甄父和甄母进宫看望她，甄父感叹道："当年家中败落的时候，为父只怕连累你……"甄嬛打断父亲道："一家人，不说什么连累不连累的话。"

照顾好自己的同时惦记帮衬着对方，尽量不给彼此添麻烦，我觉得这也许就是安稳幸福原生家庭的共性。但不是每一个人都有甄嬛这般幸运，《甄嬛传》里有几位父母，可以说是有毒父母的典型了。

安比槐：天下无不是的父母

安陵容的父亲安比槐就是一位"天下无不是的父母"的典型。安比槐当年只是一个卖香料的小生意人，是靠安陵容母亲卖绣品攒下第一桶金才捐了个小官。吃软饭也就算了，升官发财后不仅没有厚待曾经共创业同患难的老婆，还娶了几房姨太太苛待人家。

很明显，安比槐是一个陈世美式的人物，但听听安陵容是怎么评价的："我娘为我爹熬坏了眼睛，人也不似从前漂亮，我爹便娶了好几房姨太太，我娘虽是正房可人老色衰，又没有心机，所以处处吃亏，以致我爹在最后连见她一面也不愿意。"安陵容对父亲不仅没有半分指责和怨恨，反而把原因归咎于自己母亲年老色衰、没有心机、过度付出，才致使父亲最后不愿见她一面。

后来安比槐任职松阳县丞时，因随军押送粮草一事差点儿就要人头落地，安陵容在宫里求三拜四才救下安比槐，但安比槐却从来没有心生敬畏、谨小慎微。安比槐凭借安陵容在宫里得宠而被皇上封为知府，甚至还自封国丈。女儿在宫里"一年三百六十日，风刀霜剑严相逼"，安比槐却在老家逍遥快活不说，还顶着"国丈"的名号贪污受贿，最终被废了官职锒铛入狱。

安陵容跪在养心殿外脱簪请罪，皇上说："此刻她心里只有她那个不成器的父亲，朕许他知府，给他升官的恩惠，他竟这般糟蹋丢朕的脸……朕何尝想责罚她呢？是她自己要跪在那儿替父代罪，朕既不会迁怒于她，也不会因为她而宽恕安比槐。"

为了救自己那位不争气的父亲，安陵容不顾自己的安危强行有孕，皇上因此赏安比槐黄金百两返乡养老。安比槐会就此消停吗？恐怕不会。

原生家庭不仅塑造了安陵容的痴迷型依恋，还不断吞噬着安陵容本就身不由己的人生。安比槐算不上一位合格的父亲，他对安陵容和她母亲不断苛待和索取，但安陵容从来没有因此抱怨过自己的父亲，没有去客观理智地审视过自己的父亲，她的一生恰恰在不断遵守那个被误读和曲解的"孝道观"，天然地认为父亲不管犯下任何错误都应当体谅，父亲成为她一生的桎梏和拖累。

沈自山：驱动型的父母

相对而言，沈眉庄的父母是存在感最弱的一对父母，我们唯一能看到的就是沈眉庄进宫前沈母为她押中了"高考大题"。光头前面说过，从沈眉庄和她母亲的对话间能够感受到她们并没有那么亲热。沈眉庄的母亲，更关心的是女儿如何才能博得皇帝的宠爱，飞得有多高有多远，而至于沈自山，就只有"沈眉庄父亲"这样一个象征性的身份而已。

从沈自山的官位来推测，沈家也是高门大户，沈眉庄的父亲常年忙于事业和工作，母亲则要操持管理全家内务，所以她从小是在京中的外祖父家长大，虽然物质生活可谓钟鸣鼎食，但情感需求却被忽视了。

驱动型的父母表面上看起来很正常，因为他们不是完全不关注自己的孩子，以至于有时候很难察觉他们的问题。虽然沈眉庄的父母没有时间给她更多的陪伴和关爱，但是却会投入精力去规划她的人生道路，逼迫她去做他们认为应该做的事情，忽视她的个人意愿，并美其名曰"都是为你好"，在这个过程中，沈眉庄的情感需求被彻底压抑了。

按理说大家闺秀沈眉庄应该是绝对传统和保守的，可最终的结果却令人意外，她成为《甄嬛传》里对腐朽的旧制度和旧观念背叛最彻底的一个人。也许正是因为从小遭受到驱动型父母的情感忽视，再加上入宫后跌入谷底的人生流变，沈眉庄更渴望撕下虚伪面具，做出了任情恣性的人生选择。

太后：差异化对待子女的父母

《甄嬛传》里有一个人的原生家庭有很大的问题，那就是九五至尊的皇帝。

太后临终前，皇上对她说过一段话："皇额娘和隆科多的事，儿子隐忍不发，又真心爱护纯元，善待宜修，儿子已是孝顺至极。"

纵使这般位高权重，皇帝都没有办法和自己的原生家庭保持合适的距离，根本原因就是"孝道"观念在中国人的心里太沉重了。

在皇帝心里，他一直觉得自己是一个孝子，妈妈嘱咐什么事他都尽量顺应满足，他觉得自己很委屈，付出那么多孝心，做出那么多让步。可这对母子走到生死离别时刻，彼此间仍有无限埋怨。

心理学家武志红说："家是爱与温暖的传递通道，也是恨与伤害的传递通道。"但千百年来在这个社会扎根很深的"孝道"观念让我们总是回避后者的存在，这也是太后和皇上母子关系不融洽的根源所在。

原生家庭最让人头痛的地方就是，哪怕遇到有毒的父母，我们都不得不和他们继续相处，他们不像没有血缘关系的朋友和恋人，如果觉得话不投机、习性不和，大可以斩断关系，死生不复相见。但这对于父母和子女而言太难了。

皇帝的原生家庭比安陵容还要差一些。他的父亲有那么多孩子，所以他能从父亲那里得到的关怀和教育是极其有限的，因此在很大程度上，皇帝的个人成长和发展与母亲有很大的关系。太后作为母亲是不太称职的。

皇帝出生的时候，因为太后的位分不够高，所以只能寄养在别人那里，没有得到母亲过多的疼爱和照顾。而太后生老十四的时候已是德妃（皇帝排行老四），所以老十四从小享受到了更多的母爱。要知道同样是一位母亲生的孩子，寄养的孩子和母亲的关系往往没有那么亲密，而且这种亲密感的缺失是双向的。

甄嬛传里有一场让光头觉得特别心酸的戏，就是曹贵人带着温宜去给皇上请安，皇上对曹贵人说："你刚才唱的那首歌叫什么？特别好听，你再给温宜唱一遍吧！"

曹贵人唱道："摇啊摇，小宝宝，快快睡觉觉……"

这难道不是很温馨的画面吗？为什么会觉得心酸呢，因为光头觉得，真正想听曹贵人唱儿歌的，是皇帝自己。

谁能想到太后临终前，生死离别的最后时刻，这对母子仍然会吵得面红耳赤，不断指责对方的错误？待太后闭上眼时，皇上跪在床前说道："皇额娘，'快睡吧，好长大，长大把弓拉响'，这样哄孩子的歌，您从来、从来未对我唱过，您能为我唱一遍吗？"这是皇帝在剧中少有的几次以"我"自称。

一国之君什么世面没见过，竟然会在亲娘闭眼后提起唱儿歌这样的小事。这个时候再回去看他让曹贵人给温宜唱儿歌就会明白，一首简单的儿歌里暗含的是少年皇帝对母爱的渴望与执念，可以想见母爱缺失在少年皇帝心里留下多么深的印记，少年天子躲在角落里听着母亲抱着弟弟给他唱儿歌，他多么想听皇额娘也能给自己唱一遍啊，但太后似乎并没有意识到这个问题。

太后在临终前，求皇帝放了老十四，放了他同父同母的亲弟弟。皇帝对老十四无法释怀，除了因为一些众所周知的因素，又何尝不是因为亲弟弟得到了比自己多得多的母爱呢，至少"快睡吧，好长大，长大把弓拉响"，这样母亲从来没有给自己唱过的歌，老十四却能经常听到。皇帝拒绝太后说想见老十四的话里也充满了醋意："皇额娘，儿子是在孝懿仁皇后的膝下长大的，不比老十四是您亲手带大的，儿子陪伴您的时间不多，这种时候就让儿子陪着您吧！"

另一个影响母子亲密关系的重要因素是太后和隆科多的私情，在这件事情上太后更是做了非常不好的示范，让皇帝对亲密关系的信任程度大打折扣。躺在病床上的皇帝听到孙答应和侍卫私通时气到鼻窍流血："也是这样一个阴霾天，朕躲在帐帏后面，额娘被隆科多牢牢地抱着。皇阿玛他是天子啊，朕也是天子，为什么你们要背叛朕？"且不说天子不天子，亲眼看到自己的母亲和其他男人有私情，这样的事情任何一个人碰到都会不知如何面对，这也最终导致皇帝在处理隆科多的事情上辣手无情。

太后临终前回忆她一生的奋斗史："哀家从低微的秀女一步一步成为妃嫔，为了自己，为了你的皇位，费尽心机，难道老了却要眼睁睁地看着你们骨肉相残吗？你连亲弟弟都不放过，当年你是怎么争得皇位，先帝在天上都看着呢！"皇上反驳道："儿子如何谋夺皇位，皇额娘桩桩件件都参与了。"可以想见，太后成长过程中经历的肮脏卑鄙应该一点儿都不比甄嬛所处的时代少，可是作为母亲，她一直没有给儿子做好健康成长的心理建设和保护，而是早早把他拉入"人吃人"的战争中来，这对他的成长肯定会起到负面作用。

像安比槐那种"天下无不是的"吸血父亲、"为什么不能让我过自己的生活"的操控性父母以及"我要是没生下你该有多好"的言语虐待型父母，我们都很容易感受出来，但像太后这样的父母的问题往往是不易察觉的，因为他们对子女的伤害往往是因为"不作为"而导致的，可不作为并不等于没有造成事实性的伤害。

当然也不能说太后完全不疼爱自己的儿子，她为了皇帝亲手"料理"了隆科多，很多事情都与皇帝站在统一战线，在皇帝生病时陪伴照顾。但皇帝和太后之间的关系是疏离的、客气的，这种疏离源于太后与皇帝之间的回避型母子关系。

太后很多时候混淆了皇帝身上帝王和儿子的双重身份，她对皇帝更多时候是以一位帝王的标准在塑造和培养，比如她会说："皇帝可以有宠爱的人，但是不能专宠、钟情。情深意重，是帝王家最不该有的。"可是作为一位有七情六欲的男子，他何尝不想卸下这帝王身上的万重枷锁，体会普通人的温情爱意？在太后看来，她想要把儿子培养成一位优秀的帝王，所以她通过严厉的教育方式尽可能地让皇帝尽早独立，成为符合大环境要求的合格帝王，"父母也是为了你好"的观念放在这里最合适不过。

回避型母子关系中的母亲还会抑制孩子表达情绪，像我们刚刚说的"情深意重，是帝王家最不该有的"就是很典型的做法。甄嬛小产后很长时间无法走出来，皇帝亲自去碎玉轩看她，正好碰到甄嬛在睡觉，他特意叮嘱流朱："不必告诉他朕来过。"

另外，回避型的母子关系也会影响一个人的亲密关系。在这种关系里成长的皇上既想和他人建立亲密关系，又难以信任和依赖他人，缺乏安全感。我们从皇帝和沈眉庄、甄嬛的亲密关系里就能看出来，他在感情里很容易怀疑别人。为了处理准噶尔之乱，皇上派果郡王去滇藏查探，派他去的理由是"你在朝政上牵扯不多"，果郡王前脚刚走，皇上就召张廷玉前来，命他"派可靠的人暗中小心保护果郡王"，同时"也需防着果郡王干政过多。他每到一地，和谁说话，做了些什么，都要察看清楚，及时回报"。

概括起来，父爱母爱双双缺失的家庭环境塑造了一位性格被动、多疑善妒、不懂得表达、难以维持良好亲密关系的皇帝。

除了上述几种"有毒"父母外，现实生活中的情况更加多样复杂：操控型的父母、放纵型的父母、完美主义的父母、虐待的父母……有的父母还兼具几种特征。

果郡王：其实我们也可以反过来影响父母

《甄嬛传》里，甄嬛被华妃罚跪在翊坤宫院子里的时候，果郡王正好去看望太后，而且亲自给太后喂药。按理说这样的画面应该常常发生在太后和自己的亲儿子皇帝身上，然而综观全剧，皇上从来没有这么亲切关爱地照顾过自己的母亲，这对母子的每次见面，像极了打卡上班，有着非常明显的距离感。舒太妃为了自己的儿子，不惜离开名利圈，常年与青灯古佛相伴。舒太妃也很愿意让自己的儿子去给曾经是竞争对手的太后、同时也是果郡王的养母尽一份孝心，舒太妃的爱是豁朗的、开明的。

相比而言，舒太妃和果郡王的母子关系也是更健康的。我们举个很简单的例子，果郡王和甄嬛在一起后，便迫不及待地带她去见舒太妃，说明果郡王心里是没有负担和压力的，不会担心母亲不同意他们在一起，他相信舒太妃的态度会是友好宽容的；另一方面我们从果郡王能够用生命去爱的行动上也能看出来，他得到过来自母亲的满满的无条件的爱。

原生家庭对人的成长确实很重要，也正是因为原生家庭的重要性，现在人们习惯于把自己身上的很多问题归咎于原生家庭，但我们很容易忽略一个事实，那就是亲密关系之间互动模式的形成，从来不是单向的。

心理学家专门做过研究，即使在同一个家庭、同一时期长大的孩子，也有可能和父母建立不一样的相处模式，而这种相处模式是父母和子女之间相互影响和塑造的。就像前面在谈到依恋类型时所说的，父母和孩子个人的行为表现都会反过来影响对方对待自己的行为，这是一个双向的过程。孩子自身所具备的特质、表现出的性情也可以激发父母性格中和他们相匹配的一面，父母的这一面被激活后就会通过行为表现出来，又会反过来激发孩子的本能特质，孩子再继续影响父母，这样就会形成一个父母和孩子之间相互正向强化的良性循环。

果郡王和皇上是同父异母的兄弟，他们的成长环境、生活经历有很大的相似和重叠，同样出生在帝王家，同样经历了寄养生活。皇上小时候是在孝懿仁皇后的膝下长大的，果郡王也是这样，小时候被寄养在当时的德妃也就是现在的太后身边，所以他们甚至共同拥有过一位母亲。但是果郡王和皇上的性格为人又是那么的不一样：皇上多疑善妒、自私寡情、心思很重，果郡王却是那样的虚怀若谷、豁达多情。也就是说，原生家庭并不必然决定一个人的成长。

果郡王的例子说明不健康的原生家庭也能培养出相对而言更健康的孩子。有的原生家庭确实很糟糕，有的原生家庭整体上很健康，这是我们无法主动选择的部分。但我们曾经在不健康的家庭环境中生活过，或者有一些伤心的经历，都不表示未来必然会受到它们的影响，一直糟糕下去。

我们会碰到很多人回忆自己的童年和原生家庭，有的人在原生家庭的经历很糟心，但这种糟心的经历激发出他们做出努力和改变，激发出他们想要摆脱原生家庭的桎梏，从而改变自己的人生；但也有人没有足够强大的能量去扭转局面，原生家庭成为他生活的"拖油瓶"，让他的生活变得更加糟糕。所以说，所谓的原生家庭更像一把"双刃剑"，可以让你变得颓废自暴自弃，也可以激励你更好地完善自己。

面对原生家庭，我们要做的是归因而不是归罪。我们要把关注点从了解父母对我们做了什么从而塑造了今天的我，转移到我们可以为自己做些什么来减少父母对我们造成的影响，最终起到决定作用的是我们看待原生家庭的角度和做出什么样的反应。下面就谈谈如何超越原生家庭。

超越原生家庭

心理学家荣格说："原生家庭对子女的影响越深刻，子女长大之后就越倾向于按照幼年时小小的世界观来观察和感受成年人的大世界。"

网上有句特别火的话："有的人用童年治愈一生，有的人却需要用一生治愈童年。"我们大部分人会在成年后离开自己的原生家庭、组建自己的再生家庭，但原生家庭对我们的影响就像灵魂一样一直伴随我们，或者说我们很难摆脱掉它，即使和原生家庭的距离很远，甚至和原生家庭断绝联系，但我们还是可能会在新的家庭中重复原生家庭里的各种规则，做一些父母曾经做过的事情，或者刻意地去做一些和父母行为完全相反的事情。

面对原生家庭，有时候我们不是不想做出改变，而是不甘心是自己先来做出改变，毕竟他们才是做父母的啊，他们理应是这段关系中的首要责任人。但问题的关键就是，太多年来父母没有做出任何改变，或者说没有意识和能力做出改变，才形成了这种局面。

比起发现自己身上的问题，我们更善于发现别人身上的问题，比起先改变自己身上的缺点和顽疾，我们更想先去改变别人身上的毛病和不足。我们更喜欢给改变别人找理由，给不改变自己找借口。

如果反过来呢？既然父母和子女之间的相处模式是双向的，那我们可不可以发挥自己在这段关系中的能动性，成为这段关系里先做出改变的那个人，成为那个推动父母和子女之间相互影响良性循环的第一股力量呢？

学会与原生家庭建立边界，客观看待父母

光头看过很多讲述"如何从原生家庭带来的痛苦中解脱出来"的书，几乎都提到了一个观点：离开你的原生家庭，和原生家庭保持距离。

可是，家族观念根植于中国人的深层认知中。在农耕时代需要一大家子人齐心协力才能获得食物丰收，遇到冲突和矛盾时也需要强大的家族群体来维护小家庭或个人的利益。数千年来这种家族观念从上而下存在于各个阶层中，《甄嬛传》中太后至死都要留下一份遗诏力图保住宜修的后位，就是"皇后的宝座要一直留在自己人手里"的根深蒂固的家族观念。随着经济的高速发展，"家族"这个概念越来越成为一种社会文化符号，它的实际功能几乎丧失殆尽。今天家族圈子已经不再是抱团取暖的生存需求，大可不必有那么多的道德批判和情感绑架，孩子成年后离开原生家庭拥有自己的生活更不是忘恩负义、大逆不道。好在随着时代发展，绝大部分父母的观念也逐渐扭转过来，开始慢慢接受子女长大后从原生家庭独立出来。

那如何与原生家庭建立边界保持距离呢？大部分人能够意识到要在经济和生活中保持独立，但其实还有更重要的一点，就是在精神上做到独立。经济和生活独立很好理解，就是能够自己赚

063

钱养活自己，生活能够自理，可以独立完成做饭、洗衣服、收拾家务等。

那所谓精神上的独立是指什么呢？光头认为是能够独立思考判断，处理工作、生活和情感中复杂问题的能力。比如你的上司对你有意见、某个同事给你"穿小鞋"，工作中事无巨细的一些事情，一个相对独立自主的人肯定会自己想办法解决，而不是像小时候在学校被同学欺负后哭哭啼啼地跑去告诉家长；再如在婚姻生活中和另一半有一些小矛盾、出现一些小危机，精神独立的人基本会和伴侣自己消化处理，而不是又像小孩子那样跑去父母那里寻求帮助，或者由父母出面替我们做判断和解决问题。

其实和原生家庭建立边界、离开原生家庭，对于任何人哪怕相对健康的原生家庭的孩子都是一个比较痛苦的过程：从一个完整的东西中分离出来都会有撕裂，而有撕裂就会有疼痛。但现实往往是，相对健康的原生家庭能够做好正常的切割分离，而那些有一堆问题的原生家庭却总是剪不断、理还乱。

我就碰到过一个非常典型的例子：父母二人年轻时感情不好并且长期分居两地，孩子从小不仅没有在父母身边长大，而且轮番寄养在各个亲戚家里。后来等孩子成年工作后，一家人却坚定地要生活在一起再也不分开，而且他们不仅生活在一起，还工作在一起。结果就是，一家人矛盾争吵时有发生，家庭成员虽然团聚在一起，但也给彼此带来了更多的消耗。该在一起的时候没在一起，该分开的时候没有分开，过期的情感补偿只会带来更大的伤害。虽然孩子不想让父母继续介入他的工作，但有时候又会依赖父母帮他，结果就是加重了彼此之间的纠缠，父母抱怨自己的付出没有得到理解，孩子又抱怨自己无法脱离父母的约束，矛盾无法从根源上调和，双方经常处于剑拔弩张的崩溃边缘。

一个正常的成年人懂得在与他人和社会的相处过程中要不断完善自己，是因为我们在这个社会上生存，每个人都有犯错成本，要懂得为自己的错误买单。家庭和工作本是两种不同的环境，和家人搅和在一起的最大问题就是工作中犯下的错误都用家庭的方式去处理和解决了，而家庭的处理方式更多的是包容、理解和原谅，可以不必自我反省和调整，因为永远有家人无条件地原谅你，可是这不应该成为工作的常态。在这种纵容中，子女不仅和父母的关系没有从根本上好转，在原生家庭里越陷越深，而且自我成长也受到阻碍，永远无法真正独立成长。

只有经济、生活和精神上都保持相对独立状态，我们与原生家庭的边界才算真正建立起来，我们才算真正掌控了自己的生活。

在建立边界的过程中，我们可能会产生自我怀疑和否定：对于父母的要求哪些应该明确拒绝？我这样做是不是太狠心太无情了？他们是养育过我的父母啊！要知道，这里说要与原生家庭建立边界保持距离，并不是说拒绝和父母保持良好的亲密关系，和原生家庭变得疏远，恰恰相反，自我独立是为了帮助我们找到一种平等、健康、尊重彼此的相处方式，所以我们对于和原生家庭建立边界要有足够坚定的信心。

和原生家庭保持距离的另外一个重要方式，就是学会客观看待自己的父母。

受孝道观影响，很长一段时间里，我们对于父母是一种仰视心态，再有血缘关系和养育之恩的加持，我们看待父母的心态几乎都是"不管怎样，他们都是我爸妈"，很少有人愿意跳出来更客观理智地看待父母。面对有毒的原生家庭和有毒的父母，如果不能保持中立客观看待，只会受到更大的伤害。如何才能做到客观看待父母？

首先，不要试图教育和改变父母。社会发展太快的副作用就是我们总觉得父母的思想落后守旧，所以我们在父母面前容易产生一种优越感，以至于很多时候希望用新的观念覆盖他们的认知。但如果我们也这样做，和他们又有什么不同呢？只不过是把父母曾经对待我们的那种"都是为你好"的思维反过来强加到他们身上，这样一来我们也会沦落为曾经讨厌的那种人。

想要改变父母，就像父母曾经想改变我们一样，都是一种缺乏边界感的体现。想要拥有更平等健康的相处方式，需要双方相互沟通，彼此妥协，最终找到一个平衡点。

其次，确认是否想要与父母继续相处。如果生活在毒性非常强的原生家庭，你完全有权利选择和父母说"分手"。有人说对原生家庭的指责是在为自己脱罪，其实我们并不是要把所有罪过都推卸给父母，只是虽然法律无法制裁原生家庭的原罪，可是该父母承担的那部分必须由他们来承担。对于糟糕透顶的原生家庭，我们可以选择不去原谅。

和父母说"分手"并非死生不复相见，既然可以"分手"，就能够"复合"，这个选择不是一锤定音不可更改的。随着时间流逝和阅历增长，我们对于和原生家庭能否相处的观念也会发生改变，最终还可以选择回归。试想，如果当初《都挺好》中的苏明玉选择牺牲自己的身心健康委曲求全，那她的人生会是怎样的呢？谁又真正能为她的人生负责呢？

最后，重新认识父母。有的父母强势，有的父母自私，有的父母懦弱……很多人主观上很难接受父母的缺点，尤其是一些人格上的致命缺陷，因为他们从潜意识里不愿意把这些缺陷和曾经含辛茹苦抚养自己长大的父母联系起来，觉得残忍和冷血。但要知道父母身上的问题不因你的心慈手软而不存在，只有正视这些存在，才能认识到问题出在哪里，才有可能重建新生活。

前面说到，我们还是可能会在新的家庭中重复原生家庭里的各种规则。那么在重新认识父母的过程中，需要警惕一点：不要把父母曾经对待我们的方式反过来对待孩子，而是要用我们曾经希望父母对待你的方式来对待下一代。

摆脱原生家庭的束缚，需要拥有这项能力

就如我前面举的例子中提到，一家人该在一起的时候没在一起，该选择分开的时候没有分开，那在不合时宜的时候在一起或没在一起很重要吗？答案是肯定的。

每个人的童年和青少年时期都需要抚养者的无条件的关爱和照顾，成年后则置身于更宽广的社会环境中磨炼和发展自我，成为独立自主的人，这是自然规律，也是社会法则。换句话说，童年时期获得的关爱和照顾只是到达这个结果必经的一程，是最终我们成为一个健康个体的前提和基础，这两个步骤不容颠倒。

从原生家庭的"温室"中走出来，发展成长为独立自主的个体的过程中，有一个非常重要的能力叫"自我分化"。前面提到的与原生家庭建立边界，就是在自我分化的过程中逐渐建立起来的，但建立边界只是第一步，我们最终的目的是要成功实现自我分化。自我分化包括两个方面，一方面是具有分辨情绪与理智的能力，另一方面是具有分辨自我与他人的能力。

分辨情绪和理智这个概念听起来比较"形而上"，还是举个例子——

太后临终前想要见亲儿子老十四一面，对着皇帝说："皇额娘快不行了，你能不能让额娘见见老十四？"遭到皇帝拒绝后，太后又向皇上求情，希望他不要置亲弟弟于死地，再次被皇帝拒绝。太后说："你连亲弟弟都不放过，当年你是怎么样争得皇位，先帝在天上看着呢！"皇上反驳道："儿子如何谋夺皇位皇额娘桩桩件件都参与了。皇额娘和隆科多的事，儿子隐忍不发，又真心爱护纯元，善待宜修，儿子已是孝顺至极。有些话皇额娘实在是不必说了，儿子也很感激皇额娘替儿子'料理'了隆科多，让儿子免遭恶名。"皇帝说完这句话，太后直接断气了。

在这里，太后提到想要见老十四一面时，皇上说："皇额娘，儿子是在孝懿仁皇后的膝下长大的，不比老十四是您亲手带大的，儿子陪伴您的时间不多，这种时候就让儿子陪着您吧！"我们前面分析过皇帝对老十四的嫉妒心理，他一方面觉得亲妈这个时候还在想着老十四，不心疼他，不理解他的处境，情绪上很烦躁，另一方面在理智上又觉得太后说的是对的，自己幽禁皇亲、手足相残的行为确实很过分，这种内心的强烈冲突致使他最后说出了很重的话，直接气死了太后。

如果皇上是一个自我分化程度比较高的人，他首先会意识到太后这样说是在担心老十四。太后如此挂念老十四让他觉得很嫉妒，如果抛开这种嫉妒情绪，太后说"你会落得六亲不认、骨肉分离的地步"也有道理，他这种行为确实很过分，这个时候如果皇帝能在情绪上和太后隔离，在理智上接受太后提出的需求，至少让老十四来见太后最后一面，那太后离世的场面也不会如此惨烈。

自我分化的另一个方面是分辨自我与他人的能力，这个理解起来更简单——

比如你谈了一个男朋友，正在犹豫要不要结婚，这个家长说"他对你很好，值得托付终身"，那个家长说"他家里条件不行，你还是再考虑考虑"，自我分化程度低的人在这个时候就很容易受到他人的影响，把别人的认知当作自己的感受；但自我分化程度高的人清楚自己想要什么，会与其他人保持感受、情感、想法和行为上的界限，能够屏蔽掉外界的种种声音然后坚持选择自己内心真正想走的路。

自我分化就像小鸡孵化时啄壳一样，原生家庭就是那个壳，在形成雏鸡之前，雏鸡要在原生家庭的壳里得到保护和滋养，等到发育完成，就要破壳而出。啄壳是小鸡成长过程中非常重要的一个环节。

高程度的分化是既和父母拥有亲密联系，又能保持一定的距离，找到一个中间的平衡点。想要提高自己的分化程度，首先在遇到事情时要努力去分辨清楚哪部分是情绪、哪部分是理智，知道哪些是你的感受、哪些是其他人的感受；还有很重要的一点，就是前面提到的保持经济和生活的独立，只有在经济和生活上保持独立了，才能慢慢建立边界，给自己的成长创造机会。

问题并没有完全解决，当你变得更自主和独立时，原生家庭的内部关系会变得不平衡，有些父母会不适应甚至抗拒这种变化，并且会以"你错了""你这样很自私""你不负责任"这样的理由来阻止你的变化。这个时候一定要坚持住，千万不能逃避或者退缩。慢慢地你会发现，在你完善自己的过程中，你和父母的关系以及父母自身也都在逐渐发生变化。

　　我们从《甄嬛传》看原生家庭的爱与罚，去追溯原生家庭之恶，并不是想要控诉那些有毒的父母，要去找谁秋后算账、"报仇雪恨"，而是为了知道一个"我为什么会成为今天的我"的答案。

　　就像心理学家罗纳德所说的："要记住你的家人只是提供了环境，以及他们自己的个性风格，他们对你的影响仅此而已。"

　　我们审视和反思原生家庭，最终是为了超越原生家庭：因为我们现在的样子由过去决定，但未来的样子由现在决定。

第二章

———————————

反观自己

II

古希腊的一座神庙前有根石柱，千百年过去了，柱子上刻着的字仍然醒目：人啊，认识你自己。

生在被互联网塑造的时代，我们这代人的情绪长时间处于向外宣泄的状态，以此来释放学习、工作、交友、家庭等许多方面的烦扰与压力。等夜深人静一人独处的时候，你仍在看短视频或在网上吃瓜，时针不知不觉指向两三点。大概很少有人手机的日均屏幕使用时间能低于3小时。我们其实少有机会，停下手头所有的一切，真正向内看，认真看看那个被我们忽略的自己——

你知道内向其实不是一种性格缺陷吗？内向敏感的人有什么优势呢？

为什么有人会觉得淳儿天真，有人又觉得她很有心机呢？这背后有什么复杂的社会因素？

后宫女人最常有的嫉妒情绪，其实也普遍存在于我们和闺蜜与同事的关系中，我们又该如何面对自己内心的嫉妒和人性中的阴暗面呢？

光头觉得文艺作品对于我们大部分人而言，首要的功能就是映射现实，让我们反观自身。如果一部作品，能够让人不断地看见和认识自己，那它就是值得我们铭记一生的作品。

MBTI：了解自己的人格倾向

短视频时代，"红"是一门玄学，你永远不知道下一个火爆全网的是什么。MBTI这么错综复杂的心理学测试工具能够再度翻红真是让人觉得不可思议。

寻根溯源，MBTI重回公众视野与体育运动员、冬奥会滑雪冠军谷爱凌有关。谷爱凌在一次采访中说："我是INTJ，我知道我是内向的人，但是我还能学习怎么更好地去跟其他人交流，如果我没有很多能量，我可能会感觉有点累，因为我没办法把我的公众人物，把我外向的自己表达出来，我更想一个人在屋子里高高兴兴地学习，学物理、写作文。""谷爱凌MBTI是INTJ"的话题还上了热搜。

接下来，很多人开始给自己贴上诸如INFP、ESTJ等性格标签，甚至把自己的人格类型写在自己的社交平台简介中，用MBTI介绍自己也成为一种新式社交礼仪，MBTI甚至还成为网友交流的一种"黑话"——"本人ENFP，在线找一个INFJ贴贴。""我是ISFJ，ESFP在哪里？听说我们很互补？"

当然大家无须知道这些话的具体含义，因为解释这些人格倾向是一个很复杂的程序，并非像网上概括的ISTJ是物流师、ESTP是企业家那么简单；搜索建筑师型人格INTJ，注释里的内容更是可笑至极：I代表内向，N代表直觉，T代表理智，J代表独立……

MBTI 测试的究竟是什么？每一个字母就是代表一种所谓的人格特质吗？它们彼此之间有什么联系？外向和内向对人格类型的影响有多大？光头还是以《甄嬛传》中的人物为例，带你认识真正的 MBTI。

"弗洛伊德"这个名字大家都很熟悉，他是享誉世界的心理学家。他有个学生叫荣格，也是 20 世纪非常有名的心理学家。荣格和弗洛伊德后来因为观念不合而分道扬镳，自己创立了人格分析心理学理论。

再后来，美国心理学家伊莎贝尔·迈尔斯和他的母亲凯瑟琳·布里格斯以荣格划分的 8 种人格类型为基础，经过 20 多年的研究后，编制成了《迈尔斯－布里格斯类型指标》，简称 MBTI。这也成为从 20 世纪 80 年代起在国内外广泛应用的心理测试工具。

人与人之间矛盾的产生很大一部分原因是我们无法从根本上理解和认同彼此。虽然我们知道每个人都是独一无二的个体，但是我们并没有从深处认同这句话。每一个人面对同一件事物都会有不同的看法、不同的反应、不同的处理方式，如果我们没有真正了解对方是一个怎样的人，我们就无法理解他为什么会这样行为处事；另一方面，我们有时候会觉得自己是个"奇葩"，不知道为什么自己和别人不一样，久而久之会造成很多误解和冲突。

MBTI 人格类型就是通过一种庖丁解牛的方式，让我们真正看到自己和他人的共性和差异。MBTI 一共有四个维度：

第一，两种感知倾向：感觉（Sensing）与直觉（iNtuition）——感知世界的时候更关注细节还是全局；

第二，两种决策倾向：思维（Thinking）与情感（Feeling）——做决定和判断的时候更倾向于理性还是感性；

第三，两种生活方式：感知（Perception）与决策（Judgement）——生活中更偏向于过程导向还是结果导向，更喜欢未知刺激的体验还是规划有序的生活；

第四，两种能量来源：外倾（Extraversion）与内倾（Introversion）——更关注外部世界还是内在世界。

这四个维度彼此间都是独立的（但又有很多内在联系，后面会具体阐述），各个维度里的两种类型都可以选出一种偏向进行自由组合，由此就有了 2×2×2×2 组成的 16 种人格类型。

在详细讨论每个维度之前，有几点要说明：

第一，与在第一章中讨论的依恋类型一样，这里讨论的人格类型的每个维度的两种倾向，也不是非 A 即 B 的，比如有的人可能工作中偏向于思维、亲密关系中偏向于情感，也有少部分人可能是所有时候都是情感型。

第二，每个维度中的两种倾向没有绝对意义上的好与坏、优与劣、高与低，关键是你能否将那种人格倾向运用于更适合它的人或环境中，从而让它发挥出更佳的效果。

第三，在现实生活中，我们想要做的和最终实际去做的事情有时候是不一致的，人格类型反映的往往是本能倾向，所以在判断自己的人格类型时，要以本能倾向为准。就像光头之前看到的一位脱口秀演员，她是那种典型的社恐型人格，也可以理解为内倾型人格，但她在台上口若悬河、滔滔不绝地讲脱口秀时，表现力可能比很多外向型的人都要好，所以我们不能从她在舞台上表演脱口秀的那几分钟断定她不是一个更偏内向的人，也不能因为她是一个内倾型的人而断定她没有更好的舞台表现力。

认真读完这一节的内容会发现，那套测试题是什么并不重要，重要的是它教给你一种认识自己和他人的方法：每个人天生不同，但人与人之间又有很多共通之处。通过对人格类型每个维度的充分认识和理解，我们能够更好地尊重人与人的差异，同时发现人与人的相似。

感觉 VS 直觉：你是凭借感官从外界获取信息的浣碧吗？

首先我们来了解第一个维度——人的两种感知倾向——感觉（Sensing）与直觉（iNtuition）。"感觉"和"直觉"这两个词，乍听起来像一回事儿。其实，它们是两个方向的感知方式。

感觉是什么呢？是人利用身体的五种感官眼、耳、鼻、舌、身，从所处的环境中获取信息。举个例子，比如你走在商场里闻到了咖啡的味道，由此你觉得前面不远处肯定有一家咖啡馆。感觉型的人更关注自己通过五种感官从外部世界直接获取和感知到的某种客观事实。

直觉呢？直觉型的人会在无意识中对外界的信息进行综合与联系，然后间接地对环境进行感知。这里有两个关键词，一个是"无意识"，另一个是"间接"。举个例子，男女朋友坐在饭馆点菜，男性忘了女性不爱吃蒜，点了份蒜蓉虾，女性根据这个点菜的行为衍生出了很多想法，最后就得出一个"这个男的不可靠"或者"他不爱我了"的想法。当然，用这个例子来讲"直觉"是什么比较夸张，但是直觉就是人对于事情发展可能性的一种评估和感知。

疏影横斜水清浅
暗香浮动月黄昏

宁可枝头抱香死

何曾吹落北风中

那来思考一个问题：我们经常说女性的"第六感"特别准、特别可怕，第六感属于感觉还是直觉？第六感更多的是一种无意识、间接的感知方式，是某种可能性，与掌握的客观事实之间没有强因果逻辑关系，所以它属于直觉范畴。

还有一些区分感觉型和直觉型的例子，比如：在读书的时候，感觉型的人会倾向于逐字逐句阅读，把注意力放在一个字一个词上面；直觉型的人可能会一目十行，更关注作者想要表达什么。同样看侦探小说，感觉型的人不会放过每处细节，以至于某些没看懂或者没看清楚的细节他们会反复去看，而直觉型的人则是更在意作者在这个地方为什么要这么写，想留下什么线索，凶手指向是谁。

再如和朋友在一块儿聊到一个秘密，讲这个秘密的人欲言又止，这个时候也能看出感觉型和直觉型的差别：感觉型的人需要你给出更确定更完整的信息才会就此罢休，你会发现他们特别需要你给他一个非常明确的答案，如果你含糊其辞会让他们变得抓狂躁动，他们讨厌那种云里雾里不明不白的状态；而直觉型的人则完全相反，对于直觉型的人，你可能给出几个关键词，他就可以凭借这些信息推断出事件全貌，他们不需要你说得那么清楚。

《甄嬛传》里也有一个很典型的例子，可以看出直觉和感觉的区别。甄嬛因为受宠而和余答应结下梁子，某日午间，浣碧给甄嬛端来了汤药——

浣碧：小主，补药熬好了。

甄嬛：最近的药似乎酸得很。

浣碧：许是温大人开的新药方吧。

甄嬛： 才起来没多久，现下又犯困了。

浣碧： 小主这两日特别爱睡，刚起来不久就又犯困了。

甄嬛： 扶我进去睡会儿吧……浣碧，我是从什么时候开始贪睡的？

浣碧： 三五日前小主就容易困倦，一天十二个时辰，有五六个时辰都在睡着。前天皇上来的时候，都已经日上三竿了，小主还睡着……

甄嬛： 你也觉出不对了，是吗？

从这段对话中，我们能很明显地看到，浣碧是偏感觉型的人，甄嬛说药酸，她就根据客观事实认为这是温太医开的新药；甄嬛说犯困了，浣碧判断她可能是因为吃药才比较贪睡。浣碧不会把"药变酸"和"贪睡"两件事情联系起来进行思考。

但甄嬛是那种典型的直觉型的人，她更关注事实背后的可能性，药变酸、每日贪睡，把这些从外界获取的信息进行综合处理和联系后，对事件全貌作出了预测：自己喝的药可能被动了手脚。

当然，我们不能就此认为直觉比感觉更优秀或更高级。这两种人格类型各有所长，各有优缺点：感觉型的人对生活有敏锐的观察力，更喜欢关注细节；享乐主义，更依赖物质环境；因为善于观察，所以常常模仿他人，别人有什么自己也想要，别人做什么自己也想做。直觉型的人对未知和挑战充满期待，更喜欢关注全局；偏个人主义，不在意和别人做比较，不依赖物质环境；因为善于想象，所以往往有开拓进取的创新能力，也富有卓越的领导力。

你可以回想下自己和身边人在上学的时候哪些科目成绩比较突出：感觉型的人在历史、地理、生物这些关注大量客观事实的科目上更有天分，直觉型的人在数学、物理这些基于抽象公理定律的科目上更有天分。数学学不好的人，物理往往也学不好。

从职业方面来看，感觉型的人更适合做一些需要关注更多细节的技能型的工作，比如会计、医生，好的医生尤其是中医往往是偏感觉型的，因为他们需要通过望、闻、问、切等实际客观事实和细节来获取信息，从而作为治疗依据。直觉型的人更适合当领导或者做一些管理型的工作，人类历史上那些伟大的先驱、某个领域的开创者往往都是直觉型。

感觉也好，直觉也罢，人的这两种感知方式不是绝对的非A即B，而只是一种个体偏好。所谓个体偏好有点像选择吃米饭还是吃面食，这种偏好是从童年开始慢慢形成的：如果一个人更关注周遭环境中的那些细节和客观事实，选择性忽视那些一闪而过的想法，那他就逐渐变得倾向于通过感觉来获取信息；如果比起关注细节和客观事实更喜欢关注一些天马行空的灵感和探索更多未知和可能，那他就会逐渐发展成一个相信和依赖直觉的人。

在构建对世界的认知过程中，我们会尽可能地忽视自己不喜欢的那种感知方式，而频繁使用自己喜欢的感知方式，随着年龄的增长，我们因为更喜欢运用某一种感知方式而影响到自己的兴趣和擅长的领域，强的会变得更强，弱的会变得更弱，最终形成了感觉型和直觉型的偏好，但这并不意味着另外一面的感知倾向会完全丧失。

思维 VS 情感：你是容易被人"带节奏"的安陵容吗？

当我们通过感觉或直觉这两种感知方式从外界获取到信息后，要对信息进行加工和分析，并以此做判断、做决定，这就是下面要说的人格类型中的两种决策倾向：思维（Thinking）与情感（Feeling）。

决策倾向相对来说更好理解，思维主要就是通过理性的逻辑分析得到相对客观的结论，而情感是一个人主观的价值取向对于人或事的评价和判断。比如当听到一个新的观点时，思维型的人会更关注这个观点的内在逻辑，从客观真理方面分析它是否有漏洞、能不能站得住脚；而一个情感型的人往往是看自己主观上喜不喜欢，这个观点能不能支持他的一些固有认知。

思维和情感的最本质区别，一言以蔽之：一个偏客观，一个偏主观。我们还是从《甄嬛传》里的两起"出卖事件"来看看人格类型的这个维度。

大家还记得甄嬛与安陵容决裂的导火索吗？就是安陵容扎小人事件。安陵容不甘于被华妃各种践踏欺凌，就做了个小人每天诅咒她。好巧不巧，皇后突然来她宫里探望，发现了床上的小人，安陵容问皇后是谁告的密，皇后说"当然是你的好姐妹"，安陵容这个时候其实是心存疑惑的，等皇后走后，她把宝鹃叫到身边，紧接着扇了宝鹃一巴掌，宝鹃跪地痛哭流涕装天真无辜，成功地把枪口转移到甄嬛派给安陵容的丫鬟菊青身上，由此安陵容判断，这一切都是甄嬛在背后搞鬼——

安陵容：吃里扒外的东西！

宝鹃：奴婢不知道做错了什么，当请小主责罚。可吃里扒外这句话奴婢实在不敢当啊！

安陵容：我的寝殿向来都是你收拾的，我宫中有什么也是你最清楚，还敢犟嘴说不知道。

宝鹃：小主息怒，奴婢是为小主打扫寝殿，可近日小主的床铺都不许奴婢动手，不知道少了什么还是怎么的，奴婢实在不知道啊！再说能进入这间寝殿的不止奴婢一人，还有菊青。若真是少了什么，也不止奴婢一人有嫌疑。

安陵容：菊青？

宝鹃：是啊，前几日小主您说冷要换厚被子，可不是菊青进来整理的吗？还好奴婢记得您的吩咐，让她放在这儿就成，小主的床铺不许别人动手。

安陵容：是啊，还有菊青。她原本可是姐姐身边的人……宝鹃快起来，让我看看你的伤。

宝鹃：奴婢不敢。

安陵容：都是我不好，下手重了些，可是宝鹃，就为着你是我的心腹，我下手才这样重，我生怕我身边那个通风报信、吃里扒外的人是你。我盼着不是你，但是也没有想到是菊青。

宝鹃：小主你怀疑菊青？

安陵容：她原本就是姐姐身边的人，除了她再没别人了。我原以为姐姐是为了我好，才把她送来伺候我，没想到她是要在我眼皮底下插个钉子。

为什么在收买安陵容这件事情上皇后能够如此顺利？其实前

面发生的很多事情都是积攒和铺垫：安陵容看到浣碧穿着自己送给甄嬛的浮光锦、淳儿加入姐妹团并嘲笑安陵容送给皇上的寝衣小家子气、皇后在背后挑拨二人关系等，这些事情使得安陵容从内心深处对甄嬛有了很大的意见，认定甄嬛对自己并非真心。安陵容对甄嬛早就有了这样的固有认知和判断，所以当扎小人事件暴露后，她只是需要有人来说服她支持自己内心的固有认识。

在这里，安陵容最大的错误就是在自己没有做任何调查、掌握任何事实证据后就直接扇了贴身侍女宝鹃一巴掌，她的那番质问都是基于自己的固有认知做出的主观判断："我的寝殿向来都是你收拾的，我宫中有什么也是你最清楚。"但是如果拿不出证据，这样的做法根本没有任何效果，宝鹃早就想好了应对方案。

情感型的人很容易被"带节奏"的人影响。安陵容刚被皇后"打了一巴掌塞了俩枣"，听皇后说"自然是与你亲近的姐妹"告的密，在宝鹃的引导下又发现菊青也有重大嫌疑，于是就认定是菊青向甄嬛告密。

安陵容不会像思维型的人那样进行客观理性的逻辑分析：甄嬛为什么一面给予她那么多关心和照顾，另一面却又在皇后那里打小报告？如果甄嬛是利用她来争宠，为什么又要用这种方式打压她呢？自己也没有威胁到甄嬛的地位……这些问题她都没有认真思考过。

她对宝鹃说"我生怕身边那个通风报信、吃里扒外的人是你""我盼着不是你"，那按照这个逻辑，甄嬛当然也害怕身边吃里扒外的那个人是浣碧，也盼着通风报信的不是自己的亲妹妹，可事实呢？我们来看看甄嬛如何处理被浣碧出卖这件事的。事情要从刚到圆明园避暑时曹琴默挑拨离间导致皇帝怀疑甄嬛对自己的感情说起——

崔槿汐： 小主是不是疑心有人把小主与皇上当年的私事告诉了曹贵人？

甄嬛： 我也只是这么猜着，并没有什么证据。

崔槿汐： 可是这种事只有和小主最亲近的人才知道，连奴婢也是今天才得知此事。想来当日亲见此事的，只有流朱姑娘一人。可是流朱姑娘是小主从娘家带来的陪嫁丫头啊！

甄嬛： 我知道。可是流朱跟了我这么多年，我是信得过的。她绝不会与曹琴默牵连在一起来出卖我。

崔槿汐： 奴婢也这么想，莫非是流朱姑娘心直口快，一不小心说与了旁人听，而说者无心听者有意，就这样口耳相传地传到了曹琴默耳朵里？

甄嬛： 思来想去，也只有这个解释了。

甄嬛一开始也搞不清楚这件事是不是有人告密和出卖，因为流朱和浣碧都是自小同她一起长大，自然就有先天的亲密感，怀疑任何人都不应该怀疑她俩。但甄嬛没有陷进固有认知情绪里，直接将身边人叫过来训斥一番。直到后来又发生木薯粉事件，浣碧接二连三在皇帝面前抖机灵，甄嬛才把目标锁定在浣碧身上——

甄嬛： 我对她并非不好，她竟然这样按捺不住。

崔槿汐： 那绸缎小主还要赏给浣碧姑娘吗？

甄嬛： 赏，自然要赏。你再把我妆台上那串珍珠项链一并给了她，皇上摆明了没有把她放入眼里，我倒要看看她还能生出什么事来。我估摸着勤政殿曹琴默生事多半是她走漏的风声，恐怕连这次温宜公主的事也脱不了她的干系，那木薯粉不就是她自作主张拿回来的吗？

崔槿汐： 是啊！人心难测，只是不知道现在与她相与的，到底是华妃还是曹贵人？

甄嬛： 我瞧着华妃不会直接见她，多半是通过曹贵人。你把东西给她时别漏了风声，以免她一时情急做出什么事来。

此时，甄嬛虽然基本确定浣碧就是那个身边的出卖者，但她没有轻举妄动，因为已发生的事实还不足以彻底拿住浣碧，要想一招制人就得拿出板上钉钉的证据。最终甄嬛使了一招"请君入瓮"的计策，用客观事实和证据拿住了浣碧，并做了大事化小的处理。

从安陵容和甄嬛对待出卖这件事，能够很直观地看到情感型和思维型的差异。这两种人格类型的差异在日常生活中表现得非常明显，因为情感与思维这两种决策方式是唯一一个存在显著性别差异的人格维度：情感型的人里，女性比例要远远高于男性；而思维型的人里，男性比例要远远高于女性。

这就可以很好地解释为什么男女朋友之间发生争执和吵架时总是难以达成真正的和解，就是因为男性更关注客观事实的逻辑，女性更关注你爱不爱我、你在不在乎我、我在你心里分量几何的主观感受，这两者之间没有对错，只是角度不同。还有一个有意思的点是，你会发现情感型的女性身边会有一些关系很好的男闺蜜，她们可以找他们倾吐心事，这是因为男性中也有部分是偏情感型的，他们可以很好地理解彼此的情感诉求。反过来，当然也有一部分女性是偏思维型的。

思维与情感两种决策方式，都有各自适用的领域。在需要思维的时候动用情感，或者在需要情感的时候动用思维，都有可能酿成大错。思维的本质是客观的，它的目的是发现客观真理，并不受个体意愿影响。对于客观问题，比如法官在面对案件时肯定要以思维为主导，这种时候需要的是"对事不对人"，若以情感为主导就可能出现结果的不公正。

但如果一个问题的主体涉及的是人与人之间的关系，这个时候思维就不太适用了，因为人都有自我尊严，谁都不喜欢被轻视，也不愿意被当成冷冰冰的物品对待，这个时候需要的是"对人不对事"，比如丈夫在处理家庭婆媳矛盾时如果以思维为主导非要弄清是非对错，那对于一个家庭来说也是灾难，这时情感就是更有效的工具。

感知 VS 决策：这就是甄嬛成为终极大 boss 的秘密武器

如果把感知（Perception）与决策（Judgement）当作总公司下面的两个分公司，感觉与直觉就是感知倾向分公司的两个部门，同理，思维与情感就是决策倾向分公司的两个部门。

虽然人格类型的各个维度都是相互独立存在的，但是在我们的日常生活中，感知和决策两个分公司是不能同时运行的。为什么呢？

举个简单的例子，你可以留意下在日常生活中人与人交流沟通时，倾听和表达是不能同时进行的，我们往往是通过倾听从外界获取到信息后，通过对信息进行加工和分析，再去决定自己要表达什么，然后输出自己的观点。如果倾听和表达同时进行，那就会变成混乱不堪、乌烟瘴气的吵架场面。

感知倾向和决策倾向与倾听和表达有点类似，这两个功能不能同时运行，因此久而久之，大部分人就会选择让自己觉得更舒适自在的那种生活方式，从而形成感知偏好或决策偏好。那么决策型和感知型有什么特征呢？

决策偏好的人是那种结果导向的人，喜欢做决定和解决问题，在意和追求结果，并从中获得安全感和满足感。而且他们有一个特点就是，不仅会把自己的事情规划得井井有条，还很喜欢给别人各种建议和评价，希望他们按照自己的想法做事情。比如说，你刚认识一个人不到 10 分钟，他就开始告诉你"你应该怎么怎么做"，那这就是一个决策偏好的人。

而感知偏好的人是那种体验派，更看重经历的事情带给他们的感受和启发，不太关心最后的那个结果，他们不会在意他人行为的是非对错，比起干涉或者评判别人，他们更喜欢倾听和理解，更关心"是什么""为什么"。在感知偏好的人看来，任何事物都包含着错综复杂的因素，而谁也不可能完全掌握真相，所以他们不会轻易对任何事情下定论，因此这种类型的人做事会比较举棋不定、有拖延症。

决策偏好的人做事更严谨，有更强的时间观念，喜欢掌控全局，做事情目的性很强。感知偏好的人有一点儿玩世不恭的心态，比较随性，时间观念薄弱，但做事情有更强的灵活性和创造力，随机应变的能力比较强。

在生活中，感知和决策两个功能是缺一不可的，比如感知偏好的人也不能丧失决策功能，他们需要良好的决策功能作为辅助。有一个很典型的例子可以解释这个问题——

网上流传过一段金星和杨丽萍在舞蹈综艺节目上发生争执的视频，激烈到拍桌吼叫的程度。争执的焦点是，有一对舞蹈演员表演结束后，几位评委依次点评，金星主张不给通过，理由是"节目走到这个时候，所有的演员都是好演员，但现在出的题目是爵士舞，你们两位好演员对爵士舞的演绎我没有看到"。杨丽萍主张通过，理由是"舞者把技巧和情感融合到舞蹈中，我看懂了，我非常喜欢这段舞蹈"。当杨丽萍说到"我们在座的几位不能评判你们是不是好的舞者"时，金星反驳道："我们坐在这个位置必须得评判，作为导师我们就是来评判的，这是我们的工作。"杨丽萍说："但我自己觉得这段舞非常好。"金星说："那您给票就完事了，您给票我不给票。"

这个时候杨丽萍拍着桌子，对坐在旁边的金星说："我喜欢这段舞怎么了？作为评委我们能评判一个舞者是好的坏的吗？"金星反驳道："我也认为他们是好舞者，但他们跳的不是爵士舞，而今天比的是爵士舞，游戏有游戏的规则，不然没法比了。"杨丽萍又说："我觉得他们是好的舞者，那一点点爵士的东西没有表现出来（也没关系）。他们刚才跳得非常好，体现出舞者本身的独特性，为什么非得要爵士，他们自己哪去了？我反对把一个人弄过来，一会儿是西班牙，一会儿是爵士，我不喜欢这样。我觉得就好像如果我站在这个舞台上没有把爵士跳出来，我就被刷掉，那我就不是好舞者了吗？"

从这个片段可以看出，杨丽萍就是典型的感知偏好的人，而且她几乎把决策评判的功能都丢掉了，这就是感知偏好没有决策功能做辅助后会出现的状态。而决策偏好的人如果没有良好的感知功能作为辅助的话，也会变得冷血、苛刻，典型如《倚天屠龙记》中的灭绝师太。

对于大部分人而言，要想健康地生活和工作，就必须学会用感知辅助自己的决策，或者用决策辅助自己的感知。而有那么一小部分人，他们有能力在人格类型的各个维度偏好里进行切换，或者说他们可以自如随心地调动他们当下需要的那种感知方式或者决策方式，以此来适应当下特定场合的需求。比如伟大的作家曹雪芹能够把那么多性格迥异的人物刻画得栩栩如生，我认为他是能够在不同的人格类型偏好中自如切换的。这种人，当然是人群中的少数。《甄嬛传》里，甄嬛也是这样能够在感知功能和决策功能之间自如切换的人。

很多人都会问一个问题，皇上临死的时候，甄嬛对他还有感情吗？大家争论的焦点是：既然有感情，为何还要那么绝情，活活把他气死？既然没有感情了，为什么在皇上闭了眼后，还是说出了皇上想听的她好久没有呼唤的那两个字——"四郎"。

其实这两个问题并不矛盾，而是分属两个相互独立维度而存在的问题：感知与决策这两个心理过程不能同时进行。

要不要让皇帝死，这属于决策范畴，追求的是一个结果。在做这个决定的过程中，甄嬛必须关闭自己的感知功能，才能够全身心地做决定。

当时的皇帝行将就木："嬛嬛，你已经很久没有叫过朕四郎了，你再叫一次，好吗？你再叫一次朕四郎，就像你刚入宫的时候一样。"

且不论皇上说的这番话里有几分真心、几分策略，但效果就是会让对方动恻隐之心，干扰甄嬛"屠龙"的决策。如果甄嬛此时不把这种从外界获取信息的感知功能关闭掉，就很容易受到干扰而影响自己的最终决策。此时的甄嬛必须维护好关于决策的所有信息和证据，忽略其他不相关的干扰因素，要确保结论的不可动摇。所以这个时候的甄嬛决策功能处于开启状态，感知功能处于关闭状态。

而当皇帝已经驾崩后，甄嬛才终于说出那句皇帝心心念念的"四郎"："四郎，那年杏花微雨，你说你是果郡王，也许从一开始，便都是错的。"

这个时候甄嬛已经做完决策了，所以就关闭了决策功能，开启了感知功能，和面前这个男人的那些情爱与时光，那些对酒当歌、吟诗赏雪的时刻都涌现出来了，所以她开口唤了这个男人一声"四郎"。

试想一下，如果甄嬛在该做决策的关键时刻没有关闭感知功能，没有做到在感知和决策之间的自如切换，最终就会因为皇帝打"感情牌"而下不去手，结果可想而知。甄嬛能成为终极大boss当上太后，这种能力也是功不可没。

还有一个很典型的例子，就是在犯罪现场凶手抓着人质不放而还未下手时，施救者往往在旁边不停讲话，给这个人分析各种道理，诉说各种感情，这其实就是在干扰他的决策功能，因为给他不停输入信息的时候，他就不得不开启感知功能来接受外界的信息，这个时候他的决策功能就会减弱，快速决断能力下降，从而给人以契机解救人质。这也很好地解释了为什么感知和决策两种心理过程不能同时进行。

外倾 VS 内倾：社交恐惧不是"病"

外倾（Extraversion）和内倾（Introversion）这个维度的人格类型比较好区分，大致可以理解为我们经常提到的外向和内向：外向的人亲切随和，善于社交，乐于周旋于各种人和事中；而内向的人一般比较害羞，沉默寡言，更喜欢思考并沉浸在自己的世界里。

在这一章的开头提到，外倾和内倾是我们的两种生活能量来源：外倾型的人更关注外部世界的人和事，精神指向外部世界，能量来源也主要是外部世界；而内倾型的人更关注对于内心世界的探索和思考，兴趣和注意力都是向内的，能量来源也主要是内部世界。

为什么说外倾和内倾是我们的能量来源呢？

人是一种社会性动物，我们不仅需要通过吃饭来补充能量、睡觉让身体得到充分的休息，也需要通过一些正确的方式让我们的头脑和心灵得到放松，这其实就像手机一样，当电量太低时就需要充电。如果你仔细观察会发现，不同人的充电方式是不一样的：结束一天紧张高压的工作或学习后，有的人喜欢去酒吧喝酒蹦迪，有的人喜欢去参加热闹的聚会，有的人喜欢去运动（运动也有很多种，多人对抗的足球、篮球，个体舒缓的瑜伽、冥想等），有的人喜欢安安静静地看场电影、看本书……

不同人格特质的人，对于充电的需求是不一样的：外倾型的人需要与他人互动和交流来获取能量，更喜欢热闹和社交，一群人聚会、唱歌、跳舞会让他们觉得心情愉悦，长时间的独处不仅会让他们觉得无聊和失落，甚至会觉得心慌和难受，他们本能地想往人多的地方跑。外倾型的人更像是风车发电，对他们而言，和外界的互动让风车不停地旋转不仅不会让他们筋疲力尽，反而能够在消耗能量的同时生产和积蓄能量。

内倾型的人则完全相反，在社交场合与人互动和交流是在消耗能量，所以对于他们而言，忙完一天的工作后，电量可能已经低到20%以下，这个时候如果继续让他们待在热闹喧嚣的场合，无疑是在让他们继续低电量负荷工作，他们会不在状态、难以忍受甚至濒临崩溃，因为再继续下去电量就要耗尽了，此时他们需要从外界过度的刺激和密集的交流中抽离出来，在安静的环境中通过独处或和少数人相处来充电，进而恢复能量。

光头记得自己上高二的时候，要主持学校的元旦晚会，与此同时还要参演一两个节目，有一次还撞上了学校的辩论比赛，元旦晚会台下有全校近千名观众，辩论比赛也是一种交流属性很强的活动，我经常得往返于几个场子彩排准备，还要兼顾完成好学业，当到了一个临界边缘后，我就会崩溃大哭。而且每次活动结束之后，我都会无比失落，整个人像被抽空了一样。以前我一直不懂其中原委，后来终于明白，虽然从小被要求在公众场合多说话、多历练，让我看起来不再腼腆内向，面对公众场合游刃有余，也能享受其中的乐趣，但我本质上仍然是一个内倾型的人，所以需要安静和独处给自己充电和休息，然后在充满电后元气满满地回到那个热闹的社交场合，但如果长时间没有充电，自然就会因为电量太低而崩溃。

光头自己的例子也说明了一个问题，就是内倾型的人不一定是不合群的、不能够如常表达沟通的、不擅长社交的，在必要的时候也能够对外部世界的各种人和事应对自如，他们可能也需要在充满电后回归到社会中，通过观察和倾听社会中的人和事反哺自己的内在世界，那些偏向内倾型的喜剧演员就有这样的需求，只不过相对而言他们更擅长在脑子里思考各种抽象的问题。反过来，外倾型的人也有从热闹环境中抽离的需求，也需要通过这种方式进行自我反省和一些向内看的思考，只不过相对而言他们在实际生活中处理一些具体的人或事的问题上会更加得心应手。

不知道你有没有听过一个词叫"社交极限"，这其实也是内倾人的专属，外倾型的人可能永远无法理解。这个说法和广泛意义上的人类社交极限不同，说的是我们个体在某个公众场合可以接受的社交极限。比如当四五个朋友在一起聚餐时，我能够更自如地表达交流，但是当饭桌上的人数超过 6 个时，我就会变得不那么健谈，不爱说话。

很长一段时间里，内向一直被贴上"特立独行""不够成熟""阴暗城府"等一些带有贬义意味的标签，甚至很多法制节目里经常提到这个词，某个犯罪嫌疑人平常很内向、不爱说话，可能是因为他太内向，于是把所有对他人的不满和愤怒都压抑在心底。整个社会文化以及人的社会属性都是更有利于外倾人，我们更容易了解和认识外倾型的人是怎样的，而寡言少语的内倾人因为其自身特质而不太引人注意，即使同是内倾型的人之间都不见得互相了解。

近些年，"社交恐惧症"的说法开始流行。社交恐惧症的人不爱和人打招呼、在路上碰到领导想要绕着走、在电梯里碰到同事不知道说什么好……这样一些对于外倾人而言不是问题的问题被大家注意到，这说明内倾型人慢慢被大家看见，逐渐变得更有存在感，被大家理解和接受。

和其他人格类型一样，外倾和内倾也没有好坏优劣之分。假设以 0 和 1 代表内倾和外倾的两个极端，因为人是社会性的动物，所以相比其他维度的人格，绝大部分人的内外倾数值不会离 0 和 1 特别近，可能是 0.2 或 0.8，也可能是 0.4 或 0.6。不管是外倾还是内倾，心理健康和人格完善的关键在于合理发展人格的互补倾向，也就是说外倾的人要发展内倾，内倾的人也要发展外倾，以此来与自己的偏好倾向相互平衡。留给多少时间去社交，留给多少时间独处，平衡和分配好社交与独处的时间比例，每个人都会找到最舒服和最适合自己的数值所对应的状态，认清并忠于自己，扬长避短，能够在不同场合灵活应用和转换内倾和外倾，这是最理想的生活状态。

真正理解内倾和外倾，不仅能够让我们在社交中掌握和发挥优势，满足自身需求，而且能够帮助我们处理好亲密关系中的一些矛盾。

当情侣双方一个人是外倾型、另一个人是内倾型时，两个人就可能很难理解和包容彼此。外倾型的人经常参加各种各样的社交活动，这就是他们喜欢的生活状态，但是内倾型的人更看重自己的内心世界，所以需要更多时间留给属于自己的空间，但是在很多时候他们又不得不迁就外倾型的人去社交，如果这个社交活动的时间和人数到达一定量级，内倾型的人可能就会崩溃，这种时候，两个人之间发生冲突和战争的概率就会直线上升。

比如白天大家一起出去社交，社交活动结束后，外倾型的人其实还是很轻松快乐的，但内倾型的人已经在社交中把自己的能量消耗完了，当回家后他们特别需要有一个安静的环境来让自己休养生息，这个时候，如果另一方外倾型的人仍然想继续请朋友到家里再聊一聊聚一聚，双方的矛盾就出来了。内倾型的人此时特别需要用安静的方式给自己充电和恢复损耗，可外倾型的人并不懂这点，而内倾型的人很多时候不仅自己意识不到这里面的问题，可能更不知道如何向外倾型的伴侣解释清楚为什么自己需要一个安静的环境。所以当我们懂得自己和伴侣在外倾内倾这个人格维度上的差异时，就不会因为那种莫须有的感受或情绪而引发二人之间的战争。

了解了内倾和外倾的真正差异后，我们回到MBTI人格类型中。虽然内倾和外倾看上去是最容易理解、最简单的维度，但光头觉得它是人格类型中最重要的关口，直接影响和决定着其他几个人格维度的发展走向。

在上节内容里提到，感知偏好和决策偏好，这两个功能是缺一不可的，但它们又不能同时进行，所以我们每个人，一定有他的主导心理功能和辅助心理功能，主导心理功能用来主导并统筹自己的生活，辅助心理功能配合主导心理功能发挥作用。

如何辨别自己的主导心理功能呢？有人会说，这很简单啊，个体偏好决策或感知哪种方式，那就是他的主导心理功能呗。还真不是这样的。问题出在哪里呢？就出在外倾型和内倾型这个维度上。

不管是外倾型还是内倾型的人，感知决策偏好作为一种生活方式，反映的是这个人处理外部世界的方式。但我们知道外倾型的人是把外部世界放在第一位，而内倾型的人则将内部世界放在第一位。我们一定是将自己最擅长的心理功能投入到自己真正关注的领域或事情上，如果在生活的次要方面投入太多，自己的生活节奏和目标就会受到影响，因此，生活中的次要方面就要交给辅助心理功能去处理。所以对于外倾型的人而言，主导心理功能用在外部世界，辅助功能用在内部世界；而对于内倾型的人，主导心理功能用在内部世界，辅助功能用在外部世界。

这个听上去有点复杂，光头以谷爱凌的INTJ为例分析一下就明白了。这里的I（Introversion）当然是指谷爱凌的能量来源是内在世界，也就是说她是一个内倾的人。如果你仔细看过前面我对外倾和内倾的分析，就知道内倾的人需要身处安静的环境来充电，恢复能量。这样你就会明白为什么谷爱凌说她"还能学习怎么更好地去跟其他人交流，如果我没有很多的能量，我可能会感觉有点累"。N（iNtuition）指的是她在感知倾向维度里偏直觉，T（Thinking）指的是在她在决策倾向维度里偏思维，J（Judgement）指的是她在生活方式的维度里偏决策，当然这反映的是她处理外部世界的方式。重点来了，因为她是一个内倾型（I）的人，所以她决策（J）的生活方式只是她的辅助心理功能，这部分功能用来处理外部世界，也就是说我们看到的是她理性独立、自信阳光的思维面（T），在大众眼里她是个自律、时间观念很强、把人生规划得井然有序的人；但她的主导心理功能，也就是处理内部世界的功能是偏好感知（P）的，倾向于直觉（I）的，她的内心里，不在意和别人作比较，有创新能力，对未知和挑战充满期待，正如她所说，"我更想一个人在屋子里高高兴兴地学习，学物理，写作文"，很难想象这是一个滑雪运动员的业余爱好，这对于她而言的确可能更有挑战。

而如果一个人的人格类型是ENTJ，那他的主导心理功能就是决策（J）偏好中的思维（T），辅助心理功能就是感知（P）偏好中的直觉（I），这就与谷爱凌处理内部和外部世界的方式截然相反了。

　　有人也许会产生疑问：是否存在人的主导和辅助心理功能完全平均的情况呢？这样是不是就没有所谓谁主导、谁辅助了？关于这个问题，心理学家荣格说："在处理信息或事务时，如果没有任何心理功能作为主导，那么两种相反的心理功能就会同时运作，并彼此干扰。如果其中一种感知功能想要得到更好的发展，那么个体就需要在这一功能上投注更多的精力，这就意味着另外一种感知功能必须经常关闭，如此一来，其发展自然会逐渐落后。而如果其中一种判断功能想要发展得更好，与之对立的另外一种判断功能也需要做出同样的牺牲。一种感知维度的心理功能和一种判断维度的心理功能可以同时发展，两者可以相互补充。但要想保证个体的生活效率，感觉、直觉、思维和情感四种心理功能就必须分出主次，进而确保处于主导地位的心理功能得到最为充分的发展。"

　　最后光头想说，MBTI 只是一种工具，我们并不是要用它来定义自己，而是用来了解自己，知道自己的优势所在并充分发展，懂得不要与自己的短板拼命对抗，最终才会成长为更好的自己。

性格不过是"甲之蜜糖、乙之砒霜"

不知道大家有没有一个疑问：人格和性格有什么区别？

其实这个问题也困扰了光头很久，而且我发现很多分析人格或性格的书籍，尤其是一些国外翻译过来的作品里，这两个词经常是混用的。我曾试图找到一个比较权威和靠谱的答案，后来发现这不是作者和译者的问题，而是一个一直有争议的历史遗留问题。

"人格"和"性格"这两个词运用最多的地方当然是心理学领域，而心理学在我们国家又是一门外来学科，所以心理学中的很多术语和概念都是西化而来的，人格和性格这两个词也是通过翻译引进的，character 一般译为性格，personality 一般译为人格。以迈克斯的《天生不同：人格类型识别和潜能开发》为例，这本书的英文原名叫 *Gifts Differing: Understanding Personality Type*。

众所周知，翻译过程中会出现一个文化等值性的问题，就是同一个词语在中国文化语境和西方文化语境中表达的意思是否一致。分歧就出现在这里：因为有人认为 character 在西方语境中的含义与我们说的"人格"所指的含义是一致的，而 personality 在西方语境中的含义与我们说的"性格"所指的含义是一致的。关于这个问题光头在这里不做深究，毕竟它在专业的翻译家和语言学家那里都没有定论，我们只来单纯看看人格和性格在我们的文化语境中是怎样的存在。

在汉语语境里，人格包含了道德品质、权利尊严、思想境界等含义，性格包含的是人在处理人际关系和具体事情上表现出的情绪、脾气、性情等特点。人格指向道德范畴，性格指向心理范畴。所以我们平常会听到"人格低劣""人格高尚"这样的词，但性格就没办法用高尚来形容。

我和一个朋友探讨过汉语语境里人格和性格的区别，最后得出了这样一个结论，当然这个结论不一定正确：假如把人比作一个个的杯子，如果一个杯子上有缺口或裂缝，那这个杯子就有了"人格缺陷"，它的根本出现了问题，就不是一个合格的杯子、合格的人；杯子的材质可以是塑料的、玻璃的、不锈钢的，杯子各种各样的材质就像人各种各样的性格一样，我们不能说塑料一定好、玻璃一定差，塑料耐摔但是不耐高温，玻璃耐高温、看着档次高，但是容易碎，他们各有各的优势和劣势，就是看你能不能把这种性格运用到更适合的环境里，从而地尽其利、物尽其用。

光头在前面的内容里反复强调，人格类型中每个维度的两种倾向没有绝对意义上的好与坏、优与劣、高与低。由此可见，心理学中经常出现的各种人格和我们平常所说的性格在含义上更接近，比如我们说一个人外向或内向，感性或理性；但人格类型似乎又与我们经常接触到的性格有所不同，比如暴躁、温柔、直率、谨慎、果断这些形容性格五花八门的词语。光头认为，性格是人心理特征更外化、更表象的行为表现，而人格类型则是性格这种行为表现的内在动因和深层基础。我们经常听到的讨好型人格、强迫型人格，也更偏向于性格的层面，只不过叫作"人格"

后显得更高大上，两者常常被混为一谈也就被大家默许了。

法国思想家西蒙娜说过一句话："人们的优点往往正是他的缺点。"性格这个"怪物"就是这样子，"善恶一念间，境界全不同"，某种性格的优点换个角度看就是缺点，而看似不太好的性格特质换个角度也会发光，从这个角度也可以理解为什么说"万物皆有裂痕，那是光照进来的地方"。我们还是回到《甄嬛传》中，去看看自己和故事里的她们那些共通的性格特质。

安陵容：内向敏感不是缺陷，短板也可以成为长板

如果做一个投票，评选《甄嬛传》中最容易让人产生共情的人物是谁，我猜安陵容应该会高票当选。光头在解读《甄嬛传》的过程中发现，很多人都觉得自己的人生遭遇和性格像极了安陵容，对这个人物有无限的同情和惋惜。如果用一个词来概括你眼中的安陵容，会是什么？自卑？嫉妒？心机？

心理学中有一个词叫"内向高敏者"，指的是兼具内向性格和高敏感特质的人。光头觉得安陵容其实就是一个内向高敏者，我们举例来看：

第一，内向高敏者拥有向内的力量，能长时间耐心专注于某件事。前面讲到内倾型人的特点就是他们的兴趣和注意力都是向内的，能够在安静独处的环境中蓄积能量。你会发现安陵容并不擅长人际交往，但是从圆明园高歌、湖心泛舟唱曲到冰上起舞，她人生的每次华丽转身都是在独处时完成的。

第二，内向高敏者善于体察他人注意不到的微小事情。安陵容是新人里第一个知道华妃欢宜香里有麝香的人，也是新人里第

一个发现丽嫔怕鬼并以此吓疯她的人，更是第一个知道纯元亡故与当今皇后有关系的人，因为内向高敏者善于发现事物之间的微妙联系。

第三，内向高敏者有同理心，能设身处地为他人着想。在余答应不肯就范时，她体会到甄嬛的焦虑和烦恼，马上做出行动。我们且不讨论这种行为的对错，以安陵容的内向性格，她迈出这样一步就是出自她对甄嬛超强的同理心。另外，在宝鹃用香灰马尿诅咒富察贵人这件事情上，她对宝鹃也有能换位思考的同理心——

宝鹃：奴婢实在是看不过富察贵人欺负小主，奴婢听说香灰拌了马尿撒在墙根儿底下就能让那个人倒霉，奴婢实在是看不过去才这么做的。千错万错都是奴婢的错，小主若是生气就只怪奴婢，奴婢认罚。若是小主带奴婢去见富察贵人，那奴婢绝对不会连累小主。

安陵容：你是我的贴身宫女，你做与我做在外人看来又有什么区别呢？再说我日日看她盛气凌人，何尝不想她气焰低些？你只不过是赶在我前面，做了我想做的事情而已。奴才跟着主子久了，主子的心意便是奴才的心意，对不对？所以你如今做什么说什么，也都是揣度我的心意做的。剪秋对皇后如此，流朱对莞贵人也是如此。所谓忠仆，就是这个样子。

"优点也是缺点"这句话在内向高敏的安陵容身上体现得格外明显。对比一下安陵容和甄嬛在公众场合的表现：甄嬛经常是八面玲珑，说话滴水不漏，基本不会让人占到便宜；安陵容往往是唯唯诺诺，腼腆羞怯，常常吃亏处于下风。

这个社会有那么多歧视，如性别歧视、职业歧视，其实还有一种很多时候我们没有意识到的歧视：性格歧视。内向这种特质在我们的教育和成长环境里，其实一直在被歧视。在学校的时候，老师会告诉家长说"这个孩子太内向了，要开朗点，大胆点"，工作的时候老板和员工会说"你这样不合群啊，要多和人打交道"。内向似乎是一种性格缺陷，甚至会导致人产生心理疾病。周围的环境一直在给出一种暗示：内向是不好的，不正确的，你要外向起来。这种偏见甚至会导致内向的人觉得自己有问题。

在捉拿碎玉轩内奸这件事上，甄嬛提前没有告知安陵容，当然是出于好心，觉得安陵容内向胆小，怕吓坏她。从另一个角度看，这何尝不是一种误解，而这种误解也让安陵容对自己内向的性格是持自我否定和怀疑态度的，这也让三姐妹关系第一次出现了裂痕："这举止完全不像她平常柔柔弱弱的样子。"

表面上看，内向的确是安陵容的短板，但这种特质却能让她从嘈杂的环境中抽离出来，积蓄能量。《甄嬛传》的后宫里有才艺的嫔妃不少，甄嬛的惊鸿舞，沈眉庄的琴，余答应的昆曲，但我们发现，其实绝大部分人都是在吃老本，只有安陵容一个人做到在进宫十数年时间里，不断突破和超越自己。她不算天赋异禀的人，却能凭借刻苦努力成为唱跳俱佳的"天后"，凭歌技实现了两次晋升，这是后宫任何其他嫔妃做不到的。后宫的环境本来就很浮躁，急功近利是一种普遍氛围，少有人愿意投入时间和精力再去学习一项新的才艺和技能，闲下来的人不是数砖块就是想着争宠，但安陵容就能沉得下心，真正做到终身学习。

安陵容身上的敏感也是如此。我们经常听到两句话"成大事者不拘小节""细节决定成败",这两种观点不矛盾吗?其实不矛盾。所谓细节决定成败,如果安陵容的敏感特质运用到发现丽嫔怕鬼、发现"皇后杀了皇后"这样的细节上,那战斗力就会飙升;但如果她的敏感重心放在和甄嬛的亲密关系上,那就是致命打击,这个时候她更需要的是"成大事者不拘小节"的胸怀。

你看,短板也是她的长板。

歌手毛不易在采访中曾说过一段话:"我一直觉得内向不是性格缺陷,它就是性格的一种,所以其实没有必要硬去强迫自己,希望大家都能坦然接纳自己,拥抱自己的性格。"

内向敏感的安陵容没有错,所谓糟糕的性格特质,不过是放错了地方的宝贝而已。

安陵容性格中敏感细腻的优势,在鹅卵石事件中体现得很明显,我们一起来回顾一下这段剧情。

怀有身孕的甄嬛在长街上乘坐轿辇时差点儿跌落下来,原因是抬轿子的人踩到鹅卵石脚底打滑,那让甄嬛差点儿跌落轿辇的鹅卵石到底是谁放的?关于这个问题,我们要从甄嬛和安陵容的长街对话谈起。

当时后宫的大背景是:安祺拉组合(安陵容、祺嫔、皇后乌拉那拉·宜修)仍然是后宫最强势的"C位女团",但其实三人面和心不和,安陵容和祺嫔势不两立自不必说,祺嫔之于皇后虽然好掌控但又太蠢笨,安陵容之于皇后虽是强助攻但难把握。而且"近来皇后偏看重祺嫔,安嫔难免有些失意",这是崔槿汐的原话。端妃和沈眉庄是后宫新旧时代下远离主流群体的两位人物。位于后宫圈中有资历有地位但又没有站队的嫔妃只剩下两位:敬妃和欣贵人。记住这个重点,下面会提到。接下来我们就逐句分析下这次长街对话——

安陵容：姐姐走后，陵容替姐姐服侍皇上那么久，竟没有一子半女，当真是陵容福薄。只是自己的亲生女儿，竟成了别人的孩子，姐姐感觉如何？

甄嬛回宫后第一头疼的事情就是胧月不认她这个亲额娘，因此她和替她抚养胧月的敬妃关系也很微妙。安陵容这句话其实就是在进一步挑拨甄嬛和敬妃的关系，同时也道出自己受皇后挟制而无所出的苦楚。

安陵容：其实姐姐前几日在储秀宫，差点儿滑落轿辇，妹妹也有所耳闻，妹妹真是替姐姐捏一把汗呢！

甄嬛：安妹妹所指储秀宫，欣贵人伺候皇上久了，性子烈些也是有的。

储秀宫中住着两位小主，一位是皇后一党的祺嫔，另一位是欣贵人。甄嬛此时并不确定安陵容的真实意图，因为这个时候她还不知道女团"安祺拉"出现内斗，担心安陵容是皇后和祺嫔派来打探消息的，所以故意说自己怀疑的是欣贵人。

安陵容：姐姐真以为是欣贵人做的吗？姐姐仔细去想想，储秀宫中，谁与姐姐积怨已久。

甄嬛：她阿玛归她阿玛，她到底也不曾对我怎样。

安陵容：姐姐宅心仁厚，她一直想取代姐姐。姐姐如何就不明白呢？

安陵容在大庭广众下直接点明当日的鹅卵石是祺嫔做的手脚，真正想表达的是：皇后和祺嫔已经是你甄嬛的明敌这一点毫无疑问，我安陵容和祺嫔已经势不两立到众所周知的程度了，我今天来找你也是表达我的诚意，是有意向你甄嬛投诚的。不信你听下面这几句——

甄嬛：她是皇后跟前的红人，妹妹怎敢在背后说这种无凭无据的话呢？

安陵容：妹妹从前做过的错事太多，见别人的错事也多，有些事本想烂在肚子里，可是如今姐姐刚回宫就遭人暗算，叫妹妹如何敢再隐瞒？昔日之错已经铸成，陵容只希望在今日能稍稍弥补。

安陵容为何想向甄嬛投诚呢？甄嬛离宫这些年，安陵容虽然早已跻身一线大花行列，但是仍然没有强有力的代表作，说白了就是没有孩子。而且她的职业发展也进入了瓶颈期，三年多仍然停留在嫔位的行列。她深刻地认识到跟着皇后是没有前途的，而且甄嬛回宫后，很快就与皇后形成了抗衡争霸的局面，后宫的势力板块面临着重新洗牌，面对这样的局面，安陵容也有且只有两个选择。

可她毕竟还是皇后手下的人，不能像没有站队的欣贵人那样大大方方走进甄嬛宫里说愿意唯娘娘马首是瞻，更何况也不能确定甄嬛愿不愿意再收留她，所以必须得给自己留条退路，因此通过这样一种场合、以一种比较暧昧和隐晦的方式表达自己的诚意。

安陵容：姐姐万事多加小心。

甄嬛：好香啊！

安陵容：这是欣贵人送我的香囊，姐姐喜欢这味道吗？

这香囊到底是不是欣贵人的呢？肯定不是。光头认为这其实就是安陵容想嫁祸给欣贵人的。那她的动机是什么呢？有人说安陵容想让甄嬛闻一下里面的麝香而小产并想找个人背锅，但是如此立竿见影的效果在整个《甄嬛传》的故事设定里是不成立的。

光头在上面说到，安陵容是想要向甄嬛投诚的。甄嬛刚回宫，正在重新建立自己的势力版图，但甄嬛团队里，目前除了游离在后宫主流边缘的沈眉庄外，还没有别人正式加入。但是请注意，欣贵人是光明正大进永寿宫向甄嬛表忠心的，而且甄嬛通过多种渠道对欣贵人进行了背景考察，眼看着欣贵人就要加盟入股了。

机会是平等的，安陵容虽然想投诚，但她有"犯罪前科"，在这稀有的坑位资源面前如何表现出自己的不可替代、拿出自己的诚意呢？那就是把欣贵人踢出局，才会增加甄嬛接纳她的成功率，所以她把这个香囊嫁祸到欣贵人身上。

甄嬛最后说："你的心意我明白了，我自会小心。"甄嬛对安陵容的话，是几分信几分不信的。但她把安陵容的话又通过佩儿告诉了欣贵人："安陵容特来告诉我此事，我倒不妨坦然接受。浣碧，你去告诉佩儿，让她转告欣贵人。"甄嬛让浣碧转告欣贵人两件事：一是有人用鹅卵石让甄嬛差点儿跌落轿辇却让欣贵人背锅，二是安陵容所说麝香香囊是欣贵人送的让她背锅。

综上可以得出，安陵容在此次长街上试图达成四个目的：离间甄嬛与敬妃的关系、加深甄嬛与皇后和祺嫔的矛盾、向甄嬛投诚、嫁祸欣贵人把她踢出局。

搞明白甄嬛和安陵容的长街对话，下面我们再回过头来讨论让甄嬛差点儿跌落轿辇的鹅卵石到底是谁放的。后来甄嬛特意调查了一番，得知有牛毛藓的鹅卵石只有种着矮子松的欣贵人才有。证据指向是欣贵人，但动机指向却是祺嫔。表面上看，像是皇后指使祺嫔用这样一种方式嫁祸给欣贵人，真的是这样吗？我们按照时间线来捋一捋。

甄嬛跌落轿辇的当天晚上，皇上来看望甄嬛，并留宿永寿宫陪伴她。而那边皇后还在独守空床顾影自怜："熹妃有身孕，不能侍寝，就算不能侍寝，皇上还要陪着她。"这个时候了皇后娘娘竟然还在吃醋！如果跌落轿辇这事儿是皇后策划指使祺贵人执行的，她关心的会是甄嬛到底有没有事，不会在那里因独守空房而失落嫉妒。

既然这事不是皇后安排的，那就是祺嫔自己动的手？祺嫔还真没这个头脑。我们来看看祺嫔都有哪些战绩：向皇上哭诉说在长街被当时只是答应的华妃欺负；当"接线员"给父亲传话，协助父亲在前朝搞垮甄远道；在御花园奚落失宠的甄嬛不给她请安；在宫里抽打欣贵人及其侍女；在公开场合叫嚣辱骂甄嬛；假装梦魇把皇上骗到自己床上；弄哑安陵容的嗓子；滴血验亲时被皇后当枪使……从祺嫔的一贯行为分析来看，她连用鹅卵石嫁祸欣贵人这样的手段都学不来。

退一万步讲，哪怕祺嫔真的有这脑子，她想嫁祸的也肯定是和自己势不两立的安陵容，因为作为一宫主位，本来就压着欣贵人一头，而且已经占了她很多便宜，对她没有那么多的嫉恨了。前后剧情也可以证明这点——

祺嫔携欣贵人去永寿宫给甄嬛请安，如果真是祺嫔嫁祸给欣贵人，干吗还要专门带着欣贵人却把她一个人撇下，气冲冲自己先行回宫："本宫就一直瞧着欣贵人不安分，果然一离了储秀宫就拨弄是非，好像本宫委屈了她似的。"旁边的奴婢说："娘娘是一宫之主，管教她是抬举她，欣贵人既然如此不识抬举，那娘娘只管拿出主子的身份压制她。"从主仆二人的对话也可以侧面感受到，用鹅卵石使甄嬛滑落轿辇并让欣贵人背锅，祺嫔没有做过。

那既然皇后没有教过，祺嫔从行为动机和证据链上来看也没有做过，放鹅卵石害甄嬛的究竟是谁呢？探求事情真相，有一个方法就是看谁是最终得利者。就甄嬛滑落轿辇这件事，除了甄嬛和沈眉庄讨论过外，皇后、祺嫔、欣贵人这些嫌疑人都没有提过。专门提及此事的，只有安陵容一人。这不很奇怪吗？

利用欣贵人的鹅卵石在储秀宫门口绊倒甄嬛，此事如果成功，则会击倒甄嬛，并追究事故责任人欣贵人，祺嫔作为储秀宫主位会受牵连（参照敬妃曾对沈眉庄说"你有任何差池我也会受牵连"），皇后一派再占上风，出谋划策者还能借此邀功；此事如果失败，就是剧情里发生的那样，嫁祸祺嫔加深她与甄嬛的矛盾，在甄嬛那里讨个人情。

安陵容是一个怎样的人？是能发现丽嫔胆小借此吓疯她的人，是能感知到沈眉庄和温实初私情的人，是能猜到宜修杀了纯元的人。长有牛毛藓的鹅卵石，只有蜀地的矮子松才有，而宫中喜欢种这种矮子松的，只有在储秀宫和祺嫔住在一起的欣贵人。

能发现这样特征鲜明的小玩意儿，并用它来四两拨千斤给敌人以致命打击，这种手段非敏感细腻的安陵容莫属了。

淳儿天真吗？为何男女看待同一件事会有分歧

甄嬛和安陵容各自做了一件睡衣送给皇上，睡衣事件也正式宣告了二人姐妹关系从安陵容角度的单方面破裂，而导致睡衣事件发生的一个重要人物，就是淳儿。淳儿当着二人的面说皇上脱掉金龙出云的睡衣，穿上甄嬛送的双龙戏珠的寝衣，金龙出云的睡衣是安陵容绣的，淳儿不知道，还说"太小家子气""定是绣院的绣娘们做的"。

大家争论的焦点是，淳儿有没有故意挑拨甄嬛和安陵容的关系？她到底是真不知道还是假不知道那件衣服是安陵容做的？她是有意为之还是无心之失？淳儿的天真是装出来的吗？下面光头说说自己的看法。

淳儿一开始和甄嬛同住碎玉轩，她的第一次出场是来甄嬛宫里吃宵夜。虽然是第一次见面，但淳儿没有任何拘谨和含蓄，反而是甄嬛显得有些不知所措。淳儿进门一路小跑，请安用常礼且直呼"莞姐姐"；推掉客人准备的茶水，吃上了点心；说起晚饭没吃饱的原因是吃糟鹅想起了爸爸妈妈。

可以想见，淳儿的家庭环境比较开明自在，她没有受到太多规矩和礼制的约束。淳儿的每一个行为都不符合那个时代严格要求的行为规范。"吃货"这种人设可以假装，但人情世故的成熟是很难掩饰的。如果她是一个心机深沉假装是吃货的人，那大概不会在那个礼制规矩大于一切的环境里如此不重视礼数。

那时淳儿只有 14 岁，光头觉得她的这种行为不是一个发育成熟有心机的姑娘故意营造出来的，而是源自一个天真烂漫、无拘无束的可人儿活泼任性的自来熟性格。当然，你也可以说这种自来熟是一种高情商的表现，有的人生下来就具备这样的能力。

紧接着，因为甄嬛生病避宠，淳儿也被迫搬离碎玉轩。在甄嬛避宠的大半年时间里，淳儿曾因欣常在被余莺儿关进慎刑司来找甄嬛哭诉。这个情节能够说明：第一，淳儿虽然不和甄嬛住一块，但还是保持了一定的来往联系；第二，淳儿来找甄嬛的目的也很明显，就是受惊吓后的闺蜜倾诉。在甄嬛完全没有恩宠的情况下，淳儿并没有完全疏远她，而对于淳儿的倾诉甄嬛明显帮不上什么忙，但是淳儿还会来找她，说明淳儿就是单纯地把甄嬛当作一个自己害怕时哄她抱她的姐姐。淳儿和甄嬛走得近，纯粹就是投眼缘，或者说淳儿喜欢甄嬛家里的佳肴美味，甄嬛喜欢淳儿的天真明媚。

照这样说，淳儿就是一个天真单纯的人了？那冬天下雪的时候，甄嬛和皇上在屋里，淳儿折了红梅直接冲进去，槿汐拦都拦不住，这怎么解释？光头一直认为，人都是处于成长变化中的，要用发展的眼光看待一个人。

淳儿再出场时已是 20 多集，甄嬛等人从圆明园避暑回来，这期间发生了很多大事：余莺儿下线、丽嫔发疯、沈眉庄失宠……而这些大事淳儿都没有参与，那这一年时间里，淳儿经历了些什么呢？

《甄嬛传》很有魅力的一个原因就是做了很多留白，一些台词让我们对这些留白有了更丰富多彩的想象，比如四阿哥身边的嬷嬷在他的成长过程中立下汗马功劳。淳儿身边也有一位嬷嬷，虽然没有正面描写，但我们可以从淳儿的只言片语中窥见一斑。

淳儿说："我宫里的姑姑整天训我，让我静心，说我静心就能像莞姐姐一样得宠了。姑姑还说我都进宫一年了，还没和皇上说上话，说我成天没个安静，其实见了皇上要守的规矩更多，我才不乐意呢！"由此我们大概可以想象出来淳儿身边有一个怎样的姑姑：淳儿爱吃、爱玩、爱闹、不爱守规矩，这个姑姑老说她身上不够白，每天给她身上涂好多香粉，非常希望淳儿像甄嬛一样得宠，这样她也能沾光，享受更多好处，于是她就告诉淳儿："你不是喜欢你莞姐姐吗？你就经常去找她玩儿。"这就像小时候妈妈让你和三好学生走得近些，实际上你经常和这位同学玩儿的原因是你们在一起很开心、真能玩儿得来，而你妈妈的出发点则是这个三好学生能带你进步。

这样来看，淳儿送红梅那件事情就很好理解了。冬天下着大雪，御花园的红梅开了，姑姑兴许就告诉淳儿："你莞姐姐不是喜欢红梅吗？你折几枝送给她，她肯定特别开心。"姑姑的想法就是让她多往甄嬛身边凑，淳儿就有更多的机会见到皇上，就有更高的概率受宠。

淳儿侍寝也是让我印象非常深刻的一段，敬事房太监徐进良说："奴才伺候这么多小主，头一个见到像您这么爱笑的。"沈眉庄承宠后是一脸争气，安陵容承宠后是喜极而泣，这都是真正意义上成年人的表现。而淳儿这样的笑声，不会出于一个对自己人生有清晰规划、步步为营的心机女孩之口。

光头从这笑声里听到的是辛酸：姑姑一直教育淳儿，要和皇上说上话，要努力得宠，要去侍寝。但淳儿一直不明白这样的行为意味着什么，不明白这样的夜晚对一个 16 岁的小女孩来说意味着什么。这像极了我们从小被教育要努力读书、学习、工作，但其实在漫长的青少年时光里，我们都不太懂这些对于我们究竟意味着什么，有什么样重大的意义，所以才会在二十出头的年纪遭遇很大的困惑和迷茫。

了解完淳儿这个人，再来看看淳儿究竟是不是故意挑拨甄嬛和安陵容的关系？我们先来回顾下这段场景——

淳儿： 昨夜我去侍寝，我就起了好奇，这皇上身上白不白呢？我很想看来着，你们要知道啊，我以前可都是闭了眼不敢看的。

甄嬛： 这丫头净胡说！

安陵容： 姐姐你别拦她，你让她说、让她说。

淳儿： 我使劲看、使劲看，结果皇上就看着我说，你今天怎么老盯着朕看哪？是不是喜欢朕身上金龙出云的花样？你要是喜欢，朕就让人铰下来给你吧！

安陵容： 然后呢？

淳儿： 然后皇上就真脱下来了，穿上了一件二龙抢珠的寝衣，皇上就跟我说，你别再盯着朕了，早点儿睡吧。

安陵容： 然后皇上就真换了寝衣？

淳儿： 是啊，这有什么可骗人的，皇上还说了，他特别喜欢二龙抢珠上的料子，说就得这样才贴心和舒服呢！我就问了，那这件衣裳是谁送给您的呢？皇上笑着说，那你去问你的莞姐姐吧！

安陵容： 原来是莞姐姐绣的。

甄嬛： 别胡说，谁信你的。

淳儿： 我才没有胡说呢！我就问皇上，是不是莞姐姐做的，皇上您特别喜欢？皇上就说了，什么人做什么衣服，朕心里有数！我就笑了，我问皇上，那是不是那件金龙出云太小家子气了皇上不喜欢？定是绣院的绣娘们做的！

甄嬛：别胡说，皇上喜欢你，也不能老这样口无遮拦的。

淳儿：我只是觉得，一条龙孤孤单单地盘在云里，有什么好呀？干吗不找个伴儿呢？

甄嬛：好了好了，不说这个了，也不害臊。我让小厨房蒸了梅花糕，你快去瞧瞧好了没有？若是好了，端来给你安姐姐尝尝。

甄嬛眼看淳儿再说下去，安陵容脸上越发挂不住，便赶紧把她支走。安陵容听完心里不爽快，也悻悻离开，回去后泪流满面，可见淳儿的话确实中伤了她。甄嬛还专门派槿汐前去安慰，当然这是另一个话题了。

在光头看来，淳儿的话确属无心，但不是说这种行为就是对的，不是说善良的人就不会伤害到他人。淳儿从好奇皇帝身上白不白的话题开始，叽叽地说了一大堆，如果她真的是一个想要挑拨甄嬛和安陵容关系的心机女孩，只要说到皇上铰了金龙出云的寝衣，夸赞甄嬛绣的寝衣这里就可以打住了，后面自己评价金龙出云的寝衣实在多余和讨嫌，这也不是有心机者的手段。

总之，在光头眼里，淳儿是一个天真单纯的姑娘，以上的长篇论述就是为了说明这一点。但无论我的论证如何充分，逻辑如何严密，一定会有人站出来代表女性立场："果然男人是看不出来绿茶的。"言外之意就是说淳儿的所言所行都有挑拨离间的意思，只是我没看出来而已。淳儿就像那种主动吃一口男生的冰激凌却故意问"哥哥你女朋友不会生气吧"的"绿茶女孩"，男生瞧不出哪里不对劲，但女生却有着孙悟空的火眼金睛，一眼就能看穿是何方妖怪。我觉得持这种观点的人并不是要抬杠，或者故意阴谋论，可能真心觉得淳儿是话里有话，她们坚持认为淳儿不单纯，也可以找出很多条理由、很多个角度来支撑这个观点，就像我坚持认为淳儿单纯一样。

那大家有没有想过，为什么在"淳儿天真与否"这个问题上会出现如此大的分歧呢？而且这种分歧与性别还有很大的关系，比如男生相信淳儿单纯的占多数，女生认为淳儿不单纯的占多数。

之所以会出现这种分歧，关键就在"果然男人看不出来绿茶"这句话上，这就要从性别认同差异这个社会现象说起。

性别差异大家都能理解，性别认同差异主要是相对性别差异而言的：性别差异指的是生理差异，性认同差异是心理差异，确切地说是由文化和教育引起的两性在社会性和心理上的差异。在生活中，这两个"差异"常常是被混淆的。

《亲密关系》一书中举了一个例子，非常生动地道破了这两种差异的差异："养育子女后，女性为母亲，男性为父亲，这就是性别差异；但认为女性比男性更有爱心，更会照顾孩子，这反映的就是一种性认同差异。但是要分清性生理和性认同的差异殊为不易，因为加诸男性和女性的社会期望、教育训练和他们的生物学性别差异常常混淆在一起。例如，因为女性能哺乳而男性不能，所以人们往往以为半夜为新生儿哺乳的一定是妈妈，而且妈妈肯定比爸爸做得好，即便婴儿吃的是奶粉，只需要把奶瓶加热一下就可以。"

由于性别差异和性认同差异长期被混淆，使得男性和女性身上都有各自的性别特质：社会文化期待男性要有自信独立、勇敢好斗、有责任心、有阳刚之气的"男人味"，而女性要有温柔贤惠、细腻敏感、有同情心、能照顾家庭的"女人味"。但事实上，这些特质与生理性别没有直接关系，只有50%的人的特质刚好符合社会文化对性别角色的期望，而很多人身上可能既有所谓的男人味，又有所谓的女人味。

为了能够跳出性别范畴来说清楚这个问题，我们将这种男人味换一种表达，叫工具性特质；把女人味称作表达性特质。那工具性特质和表达性特质在思维方式上有什么不同呢？光头刷抖音的时候特别喜欢看一类视频，就是情侣双方男性代入女性视角、腔调和思维，女性代入男性视角、腔调和思维，二人通过性别互换的方式将平常因为性别或性认同差异导致的矛盾和争吵演绎出来，举个例子让大家感受下——

女：宝贝，给你买的奶茶。

男：老公你真好，（注意到吸管已经插进去了，表情由晴转阴）第一口你喝了？

女：没有，我帮你插上的。

男：（表情由阴转晴，开心地喝起了奶茶，表情又由晴转阴）你还爱我吗？

女：（提高音量）我不爱你？我跑那么远给你买奶茶？

男：你凶什么凶啊？你什么态度啊？你有没有把我说的话放在心里啊？我什么时候喝过全糖？你就想糊弄糊弄我，然后抓紧回家玩你那破电脑，你和你那破电脑过去吧！

女：哎呀，媳妇儿，一杯奶茶不至于。

男：一杯奶茶？一杯奶茶？你到最后都觉得是一杯奶茶的问题……

这个视频的主题是"当老公模仿你时",推荐大家可以去看看原视频,男主角模仿女朋友的表演真的是活灵活现。这个视频其实就是在讲性认同差异导致的思维方式的差异。情侣在相处过程中,高工具性特质的人,也就是生活中的大部分男性思考问题的方式会比较线性、大条、就事论事,比如上面例子中的一杯奶茶就只是一杯奶茶,而高表达性特质的人,也就是日常生活中大部分女性思考问题的方式会比较发散、细腻、敏感多思,一杯奶茶背后牵涉到的是,对方有没有把自己说的话放在心上,对方的态度,对方到底爱不爱我。

我们回到淳儿的问题上来。如果你细心观察会发现,高工具性特质的人普遍会觉得淳儿是没有心机的傻白甜,而高表达性特质的人可能会觉得淳儿的天真单纯是装出来的,这就是性别认同差异导致的思维方式的大相径庭。而性别认同差异与性别差异又常常被我们混淆,最终就会出现一种现象:男生相信淳儿单纯的占多数,女生认为淳儿不单纯的占多数,这也就是日常生活中大部分男生无法识别"绿茶"的根源所在。

过去很长一段时间,因为传统社会文化鼓励男性有更高的工具性特质,女性有更高的表达性特质,以至于社会舆论往往会给那些不符合社会文化对性别角色期望的人很大的压力。当女性身上有过多的工具性特质时,她可能就是我们身边那些强势霸道的女领导,被人嘲笑不够有女人味儿;而当男性身上有更多的表达性特质时,又会被诟病不够阳刚、不够爷们儿、不够男人。

这种情况正在逐渐转变,年轻一代对性别角色的看法不再那么刻板,一个很典型的例子就是很多男性也可以成为美妆界的翘楚。要知道美妆主播面对的 90% 以上的观众或顾客是女性，如果他身上没有很高的表达性特质，是无法打动那么多女性"买它、买它、买它"的。

有一个事实是，不管在工作还是感情中，与两种特质兼具的人相处会更舒服和谐。《亲密关系》里提到："人们都期望在亲密关系中得到关爱、温情和理解。表达性特质低的人不太容易表达出热情和温柔，长期来看与表达性低的人结婚不如与那些敏感、体贴的表达性高的人结婚更幸福。因此，屈从于传统的性别角色对男人是一种伤害，剥夺了他们本可能成为更好丈夫的可能。而在工作中，工具性特质低的人不如高的人有更强的适应能力和更自信的表现，所以屈从于传统的性别角色对女人也是一种伤害，剥夺了她们可能取得更多成功和成就的可能。"

大家不妨仔细观察下身边那些受女性欢迎的男生，他们往往就是那种工具性和表达性特质都很高的人，不过大家要注意，很多"渣男"也是这种类型。而那种兼具工具性和表达性特质的女性，往往会在事业上有比较大的建树。

当然，表达性特质也好，工具性特质也罢，它们各有各的优势和劣势，没有高低好坏之分。光头其实是想借"淳儿是否单纯"的争议，来分享亲密关系中一体两面的问题：看待同一件事情，双方有分歧再正常不过，只是希望高工具性特质的人能多多理解安陵容们的细腻敏感，也希望高表达性特质的人多多理解淳儿们的大条随性。

最后还有一个问题，对于淳儿或者我们每个人而言，天真单纯究竟是不是一件好事？前面说过，不存在一种性格是绝对完美的。淳儿的天真单纯是可贵的，哪怕她看起来像小心机，但起码都写在脸上、讲在人前，在那个如履薄冰、波谲云诡的后宫，这样的小心机还倍显珍贵。但淳儿的天真也是锋利的，像一把利刃容易刺伤像安陵容这样敏感的人。

纯元的问题也类似，对于她而言，纯良和善真的是一件好事吗？在大多数情况下，这当然是一种很好的品质，芳若评价纯元"温柔娴雅，深得人心"，而崔槿汐在宫中当差数十年，多年后仍能对一位当年皇子的福晋念念不忘，足以见得纯元爱民恤物，深得人心。但善良单纯的品质并不能让纯元胜任皇后这样的职位，无法帮助她成为一位出色的政治领袖，就像宜修说的："以姐姐这样软的性子，根本不能统辖后宫，更不能弹压嫔妃、左右平衡。"

《甄嬛传》和《红楼梦》有一个很相近的地方就是，从来没有试图塑造一个完美的人，因为没有哪一种性格能够放之四海而皆准，性格中的很多东西，不过是"甲之蜜糖、乙之砒霜"。

接受人性中的阴暗面

我们生活在一个弘扬和传播正能量的年代，这当然是一件很幸福的事情。我们希望世间都是光明和大爱，人生皆是美好与完满，但世间万物就像一个太极图，有阴必有阳，有阳必有阴，因为有黑暗，光明才有意义，人生也不可能只有爱没有恨、只有喜悦没有悲伤，世界因为均衡才变得和谐。

追求正能量当然没有错，但是如果我们一味追求光明和正气，忽视或者逃避人性中的阴暗面，长此以往一定会出问题。要知道人性中的阴暗面也是我们自己的一部分，像个孩子一样需要我们去关注它、观察它、抚摸它。

有句话说："这世间，本就是各自下雪，各人有各人的隐晦和皎洁。"希望我们在追求美好皎洁的同时，能够接受并诚恳地面对自己人性中的阴暗面。

沈眉庄：我嫉妒你，敢让你知道

《甄嬛传》的故事背景发生在后宫，可以说其中 90% 以上的纠缠纷争都是因为两个字——嫉妒。

"每月十五，必定是皇上来皇后宫中的日子"，当得知皇上不来自己宫中时，哪怕历经风浪的皇后也在夜阑之时摩挲着身边的孤枕黯然落泪；雷雨交加之夜，本来睡在身旁的皇帝弃自己而去陪甄嬛，华妃怒目圆睁喊着"杀了她、杀了她"；滴血验亲中阴谋未能得逞的祺贵人，索性在大庭广众下公然叫板甄嬛："我的门第样貌哪一点比不上你，何以要皇上面前都让你占尽了风头？"被翻了牌子施脂抹粉满心欢喜等待凤鸾春恩车接驾的安陵容，等来的却是不必侍寝的旨意，忿然作色："为什么，为什么一定要抢我的？"……

浣碧身上的嫉妒情绪就更明显了。她有一句口头禅叫"我就是看不惯她那副样子"，她看不惯安陵容，瞧不上叶澜依，容不下孟静娴。当甄嬛为安陵容梳妆打扮想要让她凭借歌技出道时，站在一旁的浣碧神情落寞失望，她大概在想："为什么安陵容出身低微，都有机会得宠，而我是你甄嬛的亲妹妹，你却不愿意帮我？"

因为这种嫉妒情绪，浣碧最后有了陷害自己亲姐姐的种种行为。但比起浣碧利用木薯粉给甄嬛使绊子，更令我心寒的是滴血验亲之际，浣碧陪在果郡王身边时，果郡王说让她回宫帮甄嬛，浣碧却说："王爷不用担心，娘娘有皇上，有皇上的孩子，她什么都不怕。"所以说，嫉妒真的会让人变得丑陋。正因如此，浣碧也成为《甄嬛传》中一个比反派都惹人厌的正派角色。

其实不只配角有嫉妒心理，主角甄嬛身上也有这种阴暗面。当甄嬛帮助安陵容得宠后，她曾偷偷在河边哭泣。《甄嬛传》原著里写过甄嬛此时的内心想法："陵容的晋封我自然是高兴的。然而高兴之外有一丝莫名的失落与难受……不禁自嘲自己真不是个宽容大度的人，连陵容这样亲近的密友姐妹亦会猜疑。甄嬛啊甄嬛，难道你忘了同居甄府相亲相近的日子了吗？"后来安陵容拿着浮光锦感谢甄嬛，甄嬛却把它赏给浣碧，这里面有没有一丝丝借赏衣服发泄嫉妒情绪的可能呢？

戏中人"只缘身在此山中"，她们可能永远不会把自己的种种情绪认定为嫉妒，就像现实中的我们，谁愿意承认自己的嫉妒情绪呢？

比起其他像愤怒、消极这些情绪的阴暗面，嫉妒似乎是更羞耻不堪的，因为承认自己的嫉妒心理就是在承认自己的卑微弱小，认可别人的优秀强大，但其实嫉妒和快乐、悲伤一样，是这个世界上最普遍的一种情感。希腊神话和文学的核心就是嫉妒，就连达尔文的物种进化发展史也是一部嫉妒斗争史。如果你养猫、狗等宠物，就会发现连动物都很容易表现出嫉妒这种情感。著名学者马未都就讲过一个关于猫的故事：他家里本来养了一只蓝猫，蓝猫成年后他又偶然地抱回另外两只猫，结果这只蓝猫突然变瘸，只能三条腿走路，消瘦到皮包骨头，一家人心急如焚，求医问药，但医生说这只猫没有任何问题。后来有一天，他从镜子里不经意间瞥到了蓝猫很自如地跳到了沙发上，心想这猫的腿没毛病呀，就探头去看这只蓝猫，发现它极不好意思地看着他。自此以后，蓝猫的瘸腿好了，体重也慢慢恢复正常了。

嫉妒是进化过程中的一种自我保护策略，因为物种为了生存下去需要与很多威胁去竞争，我们小时候会嫉妒比自己得到更多关爱和照顾的兄弟姐妹，成年后嫉妒更吸引异性喜欢的情敌，在工作团队里嫉妒更有话语权、更强大的职位竞争者。嫉妒曾是我们天性的一部分，只是在人类文明高度发展后被压抑和约束了。

嫉妒本身并不是什么坏事，也不是见不得人的情感，它和另一种美好的情绪"羡慕"本是一对好姐妹，只是在前进路途中分道扬镳了：当我们身处某一个环境和领域，发现在同一件事上别人比自己做得更好时，就会产生比较心理，积极的比较心理就是羡慕，羡慕促使我们向他人学习和看齐，从而使自己也变得更优秀；消极的比较心理就是嫉妒，嫉妒让人感受到了威胁，从而想要毁掉别人拥有的东西。皇后、华妃、安陵容和祺贵人，后宫里大部分人都萌生过这种消极的比较心理。但其实有嫉妒的想法不一定就要去做嫉妒的行为，沈眉庄就是一个很好的范例。

甄嬛与沈眉庄相识于少年，是折纸船许愿要嫁给两兄弟的真闺蜜。她们之间的友谊有着很扎实的基础，但是不管是友情还是爱情、亲情，都会随着社会背景、个体年龄等变化而改变，入宫同为皇帝的妃嫔对她们而言就是一个很大的考验。

甄嬛承宠的那个晚上，沈眉庄也失眠了。甄嬛受宠后问了一些非常直白、令人不好意思回答的问题，沈眉庄的回答都很诚恳——

甄嬛：姐姐，皇上这样待我，我自己也没想到，这些东西来得太快太好，好得远远在我意料之外，姐姐你告诉我是真的吗？

沈眉庄：当然是真的了，连我看着都眼热呢！

甄嬛：皇上的宠爱是真的，丽嫔的为难是真的，以后后宫的妒恨也是真的……但是姐姐你会生气吗？

沈眉庄：你我一同进宫我便知会有今天，虽然皇上数日未曾召幸，可是你得宠我也有出头之日啊！何况我们姐妹多年，我虽羡慕，却不生气。

甄嬛：姐姐你会吃醋吗？

沈眉庄：一点点。

这里虽然没有关于沈眉庄视角的正面描写，但安陵容一针见血地点明："姐妹间的情谊再深，不留意也会生出芥蒂。就说眉姐姐吧，她跟甄姐姐那么要好，甄姐姐承宠那一晚，她不也一样睡不着吗？"就像安陵容得宠后甄嬛内心失落一样，甄嬛得宠后沈眉庄内心肯定也有过嫉妒情绪。其实嫉妒不是某一种单一的情绪，它更多时候是焦虑、失落、纠结、无助、绝望、愤怒等很多种情绪的混合体。沈眉庄接受了要和自己的好闺蜜共侍一夫的事实，接下来她们之间会面临竞争和比较，沈眉庄感受到了这种嫉妒的情绪，但其中更多的是积极羡慕的心理。

接下来甄嬛后来居上，在后宫的地位逐渐超过沈眉庄时，华妃曾当着甄嬛的面挑唆："莞贵人聪敏美貌得到皇上眷顾，那是情理中的事，可是旁人也就罢了，莞贵人与沈贵人情同姐妹，怎的忘了专宠之余分一杯羹给自己的姐妹呢？"华妃走后，二人有一段非常坦诚的交流——

甄嬛：华妃也就罢了，姐姐你可怪我？

沈眉庄：若不是你，也会有旁人，若是旁人，我宁愿是你。别怪我说句私心的话，别人若是得宠只怕有天会来害我，但嬛儿你不会。陵容虽与我们交好，终究不是一起长大的情分，若是连你我都不能相互扶持，那以后数十年的光阴又怎么熬得过去呢？

甄嬛：姐姐，有些事虽非我意料，也并非我一力可以避免，但不论是否得宠，我与姐姐的情谊一如从前。纵得皇上宠爱，姐姐也莫要与我生分了。

从某种程度上讲，华妃的这段挑唆反而让甄嬛和沈眉庄的友情变得更牢不可破。我们也可以看出，坦诚交流是闺蜜朋友之间保持良好亲密关系非常重要的一点。如果说欣贵人不嫉妒她人是甘于接受自己的平庸，选择躺平，那沈眉庄则是见贤思齐，努力使自己变得更好，而且她敢于正视和表达自己的嫉妒情绪。

在甄嬛劝谏皇上复位华妃一事中，沈眉庄将自己内心积攒多年的想法释放出来："嬛儿，我们自小就在一处，我知道自己才不如你，貌也逊色，便立意修德搏一个温婉贤良，你善舞艺，我便着意琴技，从来也不逊色于你。后来我们一起入了宫，你和我总是相互扶持，即便皇上已经不宠爱我了，我也不曾记恨你半分。可是不知道为什么，如今我看着你，总觉得和你差得好多，你有温太医的爱慕，又有皇上的宠爱，你的父亲也在皇上跟前得脸，你样样皆是得意的了，可是我却是什么都没有的。"

沈眉庄之前从来没有对甄嬛说过这些话。她没有因为嫉妒甄嬛使自己变得更糟糕，而是通过努力让自己变得更强，所以沈眉庄对甄嬛的情感，是嫉妒但不嫉恨，是羡慕但不生气。而且更值得钦佩的是一个如此清高骄傲的人对嫉妒情绪能够直言不讳，闺蜜间能做到这点的寥寥无几。

安陵容临终前也曾对甄嬛说过类似的话："你拥有那么多东西，高贵的出身，美丽的容貌，还有皇上的宠爱，而我却因出身低微备尝世人冷眼……说到底我还是最怨恨你的，因为你什么都有了，临了了，我却什么都没有。"

古希腊诗人荷马说："生来就知道尊敬走运的朋友而不怀嫉妒的人真是稀少。"短视频里经常揭示的人际关系中的一个秘密就是："除了父母，没有谁真心希望你过得好，有时候父母都不一定。"不怀嫉妒之心的人的确屈指可数，但敢于把自己的嫉妒之心说出来的人更是凤毛麟角。

其实对于现代人而言，嫉妒情绪在我们的生活里也是此起彼伏，只是我们不愿意承认它的存在。面对嫉妒，光头觉得首先要正视它，接受它的存在。会感到嫉妒的并非只有你一人，当这种情绪出现时，要告诉自己，没有人是完美的，人都有 A 面和 B 面，不必假装自己是高智慧动物而认为嫉妒是可耻的。其次不要刻意压制它或者想要甩掉它，把它当作天空中的一片乌云，给它留出属于它的地盘和空间，要知道这片乌云只是人众多情绪里的一种，当它存在时不必着急赶它走，但是需要警醒的是我们不能被它控制，要知道整片天空打雷还是下雨是你说了算。不要因为一片云彩而忘记整片天空，嫉妒只是其中的一片云，嫉妒来来去去，我们看到了、听到了，但人生还有快乐、热情、放松、安心等很多云彩，我们拥有不止一种情绪体验。

有人问过光头一个问题：如果沈眉庄没有被陷害假孕争宠，没有对皇上转变心意，那她们二人的姐妹情感是否会始终不渝？

我认为会的。很重要的一点是因为沈眉庄懂得如何面对嫉妒这种情绪，而且在她和甄嬛的关系里有着友谊规则中很重要的几点：公平、信任、自我表露、互相支持，所以她们发展出非常良好的、能够共同进步、促使对方成为更好自己的亲密关系。

宝鹃："三面夏娃"的善与恶

心理学中有一个经典案例，是一位治疗精神疾病的医生发现他的一位患者身上有着三重人格，后来这个案例经过改编被拍成了电影《三面夏娃》。这部片子的女主角平常是一位普通的贤妻良母，但她身上还有一种放纵自己欲望、举止轻浮的人格和一种聪明伶俐、幽默开朗的人格。如果把一个人比作一个家庭，这三种人格就像一个家庭中的一家三口，当一家之主变弱时，其余两个中更强势的那个人就会成为新主人，操控这个家庭。这三种人格此起彼伏、轮流当家，就是所谓的"人格分裂"。经过治疗，第一种太过克制的人格和第二种太过冒失的人格都被"杀死"，最后一种人格当家做主，女主角就此摆脱了人格分裂的折磨。

当然，在现实生活中拥有三重人格、被三种人格操控的人很少，但是很多人都会有 A 面和 B 面，善良和邪恶都可能共存于一个人身上。《甄嬛传》里有一个很小的人物，光头觉得她身上就有"三面夏娃"的特质，那就是安陵容身边的宫女宝鹃。虽然安陵容在后宫的地位不是很高，但宝鹃这个人物的刻画却比皇后身边的剪秋、华妃身边的颂芝、沈眉庄身边的采月等大宫女更多面立体，其复杂程度甚至可以和苏培盛、崔槿汐等人相比较。下面我们从三个面向来分析一下宝鹃这个人。

第一面：真诚贴心、有共情力

后宫的资源配置往往是均衡的，主子和奴才是"命运共同体"，地位高的小主，身边伺候的人自然也是"奴"中龙凤；资源好、会来事、八面玲珑的奴才也会努力凭借本事跟随一个受宠的小主，从而多拿"年终奖"，做个更体面的人下人。不难想到，安陵容在小主圈儿地位多卑微，宝鹃在奴才圈儿混得就有多差：要钱没钱，要资源没资源。但宝鹃在宫中摸爬滚打数年，她比前期的安陵容更有经验和阅历。刚进宫安陵容被夏冬春为难，宝鹃一句话解救她出了困境。

安陵容刚进宫时给夏冬春请安:"夏姐姐好。"夏冬春不屑一顾:"别,我可当不起你这姐姐,别让我沾了穷酸晦气。"宝鹃在旁边补充道:"夏常在万安。"这个时候的安陵容才反应过来,用正确的方式重新请安。宝鹃既没有喧宾夺主,也没有冷眼看笑话,正如安陵容对她的评价:"宝鹃伶俐,倒很稳妥。"

人与人的第一印象是很容易拉好感的,不管是职场共事还是日常社交,如果你比较在意对方,那一定要给他留下一个很好的第一印象。

当安陵容又遭受排挤时,宝鹃表现出了高识远见:"小主你别灰心,英雄不问出处。"当安陵容想家时,宝鹃主动开导宽慰。甄嬛和沈眉庄再亲近,也没有办法时刻陪伴左右,而宝鹃逐渐成为安陵容身边最贴心的那个人。宝鹃一开始就明白自己没有跟到一个有资源有家室的小主,但是她懂得去引导安陵容,给她更多鼓励和信心。

一开始甄嬛、沈眉庄和安陵容三人关系很亲密时,月圆之夜安陵容有点想家,宝鹃安慰她:"小主也不是孤身一人啊,莞贵人和沈贵人待小主如亲姐妹一般,小主也应该多走动走动。"安陵容觉得朋友之间相处需要有边界感,自己不应该总是凑在甄嬛跟前时,宝鹃开导她:"小主你多心了。莞贵人有什么好事儿都先想着小主,这不今儿一大早,还让人送了两匹缎子来吗?"

当安陵容碰到来给余答应送佛经的浣碧后,忧心忡忡地说道:"姐姐让浣碧给余氏送佛经,是不是怪我逼死余氏?"宝鹃宽慰多虑的安陵容:"这事儿莞贵人也脱不了关系,莞贵人怎么会怪小主呢?小主你别多想了。"

当安陵容父亲安比槐被解救后,安陵容感叹:"出了这样的事，我才知道，什么都是靠不住的。"宝鹃并没有一味顺着她的话，说："奴婢倒觉得，莞贵人对小主真心。"对安陵容这种性格的人而言，她最需要的就是有人能够给予鼓励和信心，紧接着宝鹃又给安陵容打气加油："奴婢觉得靠旁人不如靠自己，自己得宠，扬眉吐气。小主有心就好，有心就有机会。"

当安陵容看到浣碧穿着她送给甄嬛的浮光锦后，宝鹃说话了："莞贵人也忒大方了，那么好的料子，您自己都舍不得穿，她倒好，拿来打赏下人，浣碧她再高贵也是个下人，赏给她，那当小主您是什么？"

这也就是宝鹃在短时间内和安陵容建立起亲密关系的原因，她不刻意谄媚，不假装安慰，真正走进了安陵容的心，赢得了她的信赖。让一个极其敏感的人信任你，是件很难的事情，但是宝鹃做到了，这就是"三面夏娃"宝鹃的第一面：真诚贴心、善于理解他人、有很强的共情力。

第二面：不能坚持原则，向现实和利益妥协

但宝鹃也是个比较看重利益的女孩，习惯以物质来评判亲疏远近，思考问题比较短视，她的阶级局限让她不具备槿汐那样的眼界和谋略，比如她会将甄嬛送很多好东西等同于姐妹真心，把安陵容送的浮光锦打赏给下人就是看不起安陵容。这也决定了宝鹃的第二副面孔。

安比槐一事中，安陵容意识到"谁的话都没有皇后娘娘的话管用"，但此时的皇后并没有把她放在眼里。皇后真正注意到安陵容是在她和甄嬛被华妃请去当乐伎取乐后，剪秋说："莞贵人和安常在出来时，神色自若，倒也无事。"皇后说了一句话："莞

贵人的心性本宫是知道的，却不想这安常在也忍得住心性，本宫素日倒是少留意她了！"

要把一个人收入麾下，就得抓住一个人的把柄。而抓住把柄，就要从她身边的人下手。当皇后注意到安陵容后，这个时候她们就像谈恋爱时你情我愿的状态，烈火烹油，还需要一把柴。宝鹃就是那一把柴，点起了冬天里扎小人的这把火。

安陵容的未来是不可期的，论家世、样貌，都没有一等一的出挑，跟着这样的主子，不一定有出头之日。而宝鹃的资源和能力也都差了些，但如果能傍上皇后这棵大树，在后宫里的日子总是要好些的。从某种程度上来说，宝鹃没得选，或者说她必须这么选，这是强者理论。当然，这里面肯定有利益作为交换，可能是金钱，也可能是别的。

毫无疑问，皇后之所以能发现安陵容偷偷拿小人诅咒华妃，这件事是宝鹃告发的，这是宝鹃向皇后的第一次情报输送。安陵容还是聪明的，当皇后告诉她"自然是你亲爱的姐妹"时，安陵容并没有完全相信，她紧接着扇了宝鹃一巴掌，骂她是"吃里扒外的东西"。

这个时候的安陵容心里其实又有两个小孩在打架，一个小孩说："皇后娘娘说的是对的。甄嬛知道你有多恨华妃，而甄嬛把你送的衣服打赏下人，让浣碧给你脸色瞧，她没把你当姐妹。"另一个小孩说："皇后娘娘说的是错的。甄嬛从入宫以来帮了你多少大忙，怎么可能是她？这里面肯定有猫腻。"前面说过，如果安陵容心里住着两个小人的话，宝鹃也许是她心中的一个，说出了她心里其中一个小人想说的话。如果这个小孩跳出来帮皇后讲几句话，正义的天平就会偏向这一方。

之后不久，宝鹃做了一件事情彻底折服安陵容，让安陵容从心里认可了宝鹃这个心腹。安陵容咳疾一直不好，并且老被富察贵人欺负。宝鹃用香灰拌马尿的"偏方"想让富察贵人倒霉，结果却被安陵容发现。这件事和安陵容扎小人被皇后发现特别像，只不过此时的安陵容心态上成为当时的皇后。安陵容当然会理解宝鹃的行为，就像当时皇后理解宽容她一样："奴才跟着主子久了，主子的心意就是奴才的心意。你如今做什么说什么，也都是揣度我的心意做的。所谓忠仆，就是这个样子。"宝鹃很懂得换位思考，尤其是懂得站在领导的角度想问题。

这就是"三面夏娃"宝鹃的第二面：不能坚持原则，脚踏两条船、两面讨好，向现实和利益妥协。

第三面：一个精致的利己主义者

"宝鹃，我的嗓子，我的嗓子怎么成这样了……"这是《甄嬛传》中的名场面之一。很多人都有一个疑问，到底是谁毒害了安陵容的嗓子？

其实，安陵容的嗓子坏掉是一场由祺贵人策划、皇后签字、宝鹃执行的项目成果。

祺贵人策划——祺贵人和安陵容作为皇后麾下的两员大将却一直明争暗斗，二人之间有龃龉也不是一两日了。祺贵人曾说过："安嫔，你这样卑微的身份，跟我平起平坐那么久，我也算是忍够了。"

宝鹃执行——紧接着宝鹃伺候安陵容喝药，现出了一脸意味深长的笑容，第二天早上安陵容就发现嗓子哑了。

在"祺贵人策划"和"宝鹃执行"中间，最重要的一环就是

"皇后签字"。那这个环节到底发生了什么呢？

安陵容的嗓子坏掉后，她并不敢让人知道这件事，可皇后却知道得一清二楚："反正祺贵人已经下手了，安嫔的嗓子很难再好了。"而且，皇后是在祺贵人下手之前就知道了这件事。为什么说皇后提前就知道了呢？

祺贵人再傻也不可能自己告诉皇后，而下药这件事必须通过安陵容身边的人来执行，于是她找到了宝鹊，宝鹊肯定不敢私自做主，必须要汇报给皇后，因为作为皇后的线人，她有义务提前向皇后报告这一重大事件，不然事后定会被皇后怪罪。

我们来还原梳理一下宝鹊当时的心理。当祺贵人想要收买宝鹊时，宝鹊是犹豫的：第一，她是安陵容的贴身宫女，即使有再大的诱惑，她首先是和安陵容荣辱共存的；第二，比起关心安陵容个人的身心健康，她更关心安陵容得宠带给她的间接利益，我们从宝鹊死后宝鹊的态度就能看出来："小主，都这个时候了，您还只担心宝鹊？皇上都好些日子没来咱们这儿了，您也不想想办法，也不着急。"一方面是巨大的诱惑，另一方面是安陵容不得宠没出路，宝鹊这个时候不知道怎么选，于是她做了一个特别聪明的决定，将这件事事先告诉给皇后。

宜修知道后，则是将计就计，对于贞嫔、康常在等人对她的羞辱纵容不理：皇后说的让"她"全坏，光头更认为是指将她逼到绝境——因为"一个人只有到了绝境才懂得反抗"。

当安陵容发现嗓子哑掉后，她为洗清嫌疑说了一句："一定是有人故意害您的，奴婢去告诉皇后。"注意这句话，在不知道安陵容嗓子到底怎么回事的情况下，作为身边的丫鬟第一反应难道不是去请太医吗？而宝鹊这么说，就是已经知道安陵容嗓子是被下毒，但她又想把自己做的这件事撇得一干二净，却暴露了她完全知情的事实。

宝鹃通过这种方式一箭三雕：既拿到了祺贵人的好处，又卖了皇后情报自己不用担责任，还让安陵容保持着对自己的信任。她太精明了，这就是"三面夏娃"宝鹃的第三面：一个精致的利己主义者。

有人提出一个疑问：安陵容对人与人关系的细微体察，可以说敏锐到了极致，她发现了后宫中的那么多秘密，怎么可能没有察觉到宝鹃后来成为皇后的情报助理呢？

光头觉得，安陵容在后期可能也慢慢感受到了宝鹃的间谍身份，但她管理员工的能力和自身实力的缺乏，导致她没有积极采取有效措施及时进行止损。就像有人说的："安陵容心机深沉不等于安陵容擅长御下，御下是安陵容的知识盲区。"

安陵容和宝鹃的关系就像是大海里的小丑鱼和海葵，她们的关系本质上是一种互利共生，安陵容后来即使知道宝鹃为皇后送情报，但也只能默认这种关系，她们不像甄嬛和崔槿汐那样彼此真心对待，而是不得不捆绑共生但又各有各的算盘：对安陵容而言，自己已经入了皇后的坑，如果不与宝鹃利益与共，那就不会被皇后信任，从而成为一枚弃子；对宝鹃而言，皇后得讨好，安陵容也得讨好，她想谋得更多好处，于是在这夹缝里残喘生存。

安陵容没有了孩子后感叹道："我觉得自己好累，从来没有这么累过，等我身子骨好了，我又要去斗。可是宝鹃，我真的觉得我已经精疲力尽，斗不动了。"安陵容似乎只在讲她自己的处境，可这又何尝不是在讲后宫中像她一样的人呢？

在那一刻，我觉得宝鹃是深切同情安陵容的；在那一刻，这种共生关系有了些许温度和慰藉。宝鹃同情安陵容，也在同情自己："因为这条命，这口气，从来由不得自己。"在那样的地方，她可能比安陵容要更无可奈何，更无路可逃：她一方面想真心诚意辅佐安陵容，另一方面又不得不暗中给皇后传送情报，与此同时她还想为自己谋求更多利益，很难讲宝鹃是一个十足的坏人，就像我们在现实生活和工作中也会因私心自用没有坚持应有的原则，从而做出妥协和让步。

我们无法再更具体地追溯到宝鹃的出身和成长环境了，就连结局都只从皇上口中一语带过："所有伺候过她的宫人，亲近者杖杀……"无数个宝鹃们，就像宫墙角的野花，从花开到花谢，她们的灿烂与凋零，无人关怀，无人问津。

看着宝鹃，光头其实一直在想一个问题，如果自己身处于她的环境，要不要为皇后传送情报？可是如果不这样做，自己也无法苟活。毕竟宝鹃不像安陵容，安陵容尚有选择的余地，可以选择投靠甄嬛，毕竟甄嬛背后有皇上这棵大树撑腰，而宝鹃只是一个奴才，一旦得罪了皇后，下场可想而知。我想不出更好的解决方案，既可以坚持原则，又可以保全自身。

有句话叫"未经他人苦，莫劝他人善"，做"键盘侠"指点江山、站在道德制高点批判他人确实不难，但我们也有可能陷于被他人指责的情境之中。了解每个人都是多面体，人与人之间才会多一些理解和体谅。

崔槿汐：坚持原则，始终如一

除了"三面夏娃"宝鹃，甄嬛身边的崔槿汐也在向除了甄嬛以外的人传送情报，但崔槿汐的表现更具智慧，并且受到广泛认可。与此同时，她并未因此迷失本心，反而得以善终。如果说宝鹃是情报工作中的反面案例，那崔槿汐就是名副其实的正面教材。相比宝鹃而言，崔槿汐的身世背景显得更加扑朔迷离，因为她毕竟是经历过两个朝代的资深宫女，"崔槿汐到底是谁的人"也是很多人特别关注的一个问题，下面我们一起来复盘一下崔槿汐的"前世今生"。

想要深入了解一个人，就必须知道她从哪里来，知道她过去的经历。这里就涉及到一个甄迷们关心的问题：为什么甄嬛一入宫就能分到崔槿汐这样的强助攻？以崔槿汐的能力，她不应该只是个小小碎玉轩的掌事宫女啊！

崔槿汐是以碎玉轩掌事宫女的身份出场的，碎玉轩是偌大后宫中毫无存在感的一处住所，和她一同出场的，是碎玉轩的首领太监康禄海。在甄嬛入宫前，崔槿汐和康禄海他们在哪里？关于这个问题，我们可以从康禄海身上找到一些蛛丝马迹。

很多人会有一个错觉，觉得崔槿汐和康禄海一直是在碎玉轩工作的，他们从始至终待在那里等待甄嬛大驾光临。我们都知道在甄嬛入住碎玉轩之前，住在这里的是芳贵人，可实际上，崔槿汐和康禄海从来没有提及自己侍奉过这位芳贵人。

有一个例子能侧面说明这点，甄嬛初进宫装病避宠时，碎玉轩的奴才们也跟着不得势，康禄海曾经抱怨："富察贵人身边小游子算什么东西，仗着小主得宠敢跟我称兄道弟，狗东西，给我提鞋都不配。"富察贵人不仅一入宫便是贵人，而且还是延禧宫主位，不管是贵人之于常在的高阶位分，还是延禧宫之于碎玉轩的富丽堂皇，人家小游子就是比你康禄海更体面和优越，如果康禄海一直在碎玉轩工作，他有什么资格对小游子嗤之以鼻呢？而康禄海心有不甘背弃甄嬛，是因为人家本来拿的就是大厂 offer。

这里有一个信息千万不能忽略，还记得甄嬛一开始是被分到哪个宫殿吗？"莞常在住承乾宫。"承乾宫可是个好地方，宽敞华丽，离皇上的养心殿又近。没错，虽然甄嬛位分在新进宫的小主里不是最高的，但给她分配的宿舍却是顶配。下面的奴才对新进宫的小主们可能不是那么了解，但他们一定知道哪个宫殿配置更好，能分到这里的小主自然也不会差。

关于给小主们分配宫殿这事儿，毋庸置疑是皇后和华妃做主安排，可下面奴才的人事调动分配，那就不是大领导会过问的，这块的权力自然就拿捏在内务府总管手里，这里面就有很大的操作空间。

不管是崔槿汐还是康禄海，他们本来竞聘的就是承乾宫的岗位，承乾宫当然也是竞争最为激烈的一个部门，能挤进去的也是人中龙凤：崔槿汐自不必说，能力、资历都是出类拔萃的，再加上首领太监苏培盛递几句话，成功竞聘承乾宫掌事宫女一职那是实至名归，话说回来，苏培盛自然知道甄嬛未来必然能得圣宠，那他也可以借此机会多和槿汐套套近乎不是？而康禄海这个人，能力当然是他的短板，可他有曾经侍奉端妃的资历，而且很擅长谄媚逢迎，从后期跨部门调岗到丽嫔宫里就能看出来拉拢关系是他的强项，黄规全自然也拿了他的不少好处，所以当华妃说要给甄嬛换宿舍时，黄规全是面露难色的，他关心的肯定不是甄嬛到底住哪里，而是跟着进承乾宫的宫女太监，该怎么跟人家解释，自己可是收了红包的。

像甄嬛这样被临时更换宫殿的事儿，可以说发生概率基本为零，崔槿汐和康禄海虽然拿到的是承乾宫的编制，可他们归根结底是为领导服务，现在领导都被迫换部门了，他们也只能跟着上司长期下乡借调碎玉轩，事已至此，时代的一粒尘埃落在每个人头上都是一座山，华妃的一句话落在宫人们头上那就是职场生涯的翻天覆地。

这就是为什么康禄海看不起延禧宫的小游子，毕竟人家出身延庆殿，拿到了承乾宫的编制；而像崔槿汐这样的配置出现在碎玉轩，也就很好理解了。

了解了崔槿汐在后宫圈拥有的资源和地位，就能够明白她的身世背景不会那么简单，她极有可能和一些后宫旧势力之间存在千丝万缕的联系，这种推测不仅是基于她的咖位与碎玉轩的配置相差悬殊，更是因为有板上钉钉的证据来证明这一点，很多人可能没有注意到，《甄嬛传》里崔槿汐至少向果郡王传送过两次情报。

先来看最明显的一处，甄嬛被华妃罚跪小产后，众人都在屋里忙活，槿汐这个时候却专门跑出来悄悄问苏培盛："皇上知道是十七爷救我们小主回来的吗？"苏培盛点了点头，崔槿汐又问："皇上没说什么？"苏培盛解释道："没有。皇上一知道小主出了事，着急得不行，就立刻吩咐銮驾回宫了。"

崔槿汐这么问苏培盛也可以理解，毕竟男女授受不亲，她担心皇上因为是果郡王救甄嬛出来而有所怪罪或疑心，苏培盛的意思是皇上很着急，根本不关心所谓"男女大防"的小事。按理说，苏培盛这么一解释，崔槿汐应该就放心了，可她下面又问了一句："十七爷在什么地方？"此时甄嬛还在里面人事不省，她却跑出来问果郡王在哪里？这个行为很不合理。而唯一能解释这种不合理的推论就是，崔槿汐要向果郡王传送情报。为什么这么说呢？

华妃在烈日之下罚跪甄嬛时，果郡王得知消息后擅闯翊坤宫，华妃怒喝："你不知道私闯内宫乃是死罪吗？"果郡王说道："死罪与否，皇兄自有定夺，本王之所以擅闯内宫，是因为不忍看皇兄龙裔有损，如果他日真因娘娘所言而获罪，本王也问心无愧。"

果郡王救助甄嬛这件事，作为受害者的甄嬛当然不会被问责，但果郡王的罪过可就大了。合理的解释就是，崔槿汐提前探听皇上这边的态度，私下里告诉果郡王，让他好有心理准备，果郡王后来去给皇上请罪，也就和这段剧情呼应上了："臣弟那日偶闻翊坤宫出事，不得已闯宫，惊扰了嫔妃，还请皇兄降罪。"

还有另外一次传递情报就比较隐晦了。还记得甄嬛和果郡王的桐花台相遇吗？果郡王当时为了宽慰甄嬛，说了这么一句话："听闻皇兄身边的安常在，是贵人引荐的，贵人伤感是否为她？"这是甄嬛在上次河边洗脚不小心撞到果郡王后的第一次正式碰面，果郡王的这番话不仅说得很突兀，而且在二人一点都不熟的情况下，甄嬛不可能在果郡王面前表现任何内心情绪。甄嬛把安陵容推荐给皇上，这是众所周知的，可甄嬛因为此事伤感难过的那种微妙心情，后宫的妃嫔们都不知道，果郡王这小叔子是怎么知道的？

这里还有一个疑点，甄嬛是怎么又一次偶遇果郡王的？甄嬛参加晚宴觉得无聊，崔槿汐便陪着她出来散步，指着前面说道：

"你看，前面就是桐花台了，咱不妨前去看看？"

所有这些疑点串联起来指向了一个人——崔槿汐。那这次崔槿汐为什么要告诉果郡王，甄嬛因为安陵容的事情郁郁寡欢呢？还记得甄嬛第一次和果郡王见面吗？因为果郡王喝醉后言行举止轻佻，闹得很不愉快，果郡王有意向甄嬛赔礼道歉，于是才有了此次崔槿汐引导至桐花台的"私会"："上次唐突贵人，实非允礼所愿，温宜公主生辰那日，正是额娘当年入宫之时，我回想旧事，一时不能自持，失仪了。"

崔槿汐此次的情报输送达成了两个目的：果郡王解释清楚上次自己放浪不羁是事出有因，同时宽慰了甄嬛因为安陵容受宠郁郁寡欢的心情。

除了向果郡王传递情报，崔槿汐身上还有两个令人不解的疑点：第一个疑点是，甄嬛因病重被赶出甘露寺后，外面下着大雪，她们被困在半路上，情急之下槿汐指出了一条明路："前面就是清凉台，只有找一个人去帮忙。"这里的问题是崔槿汐是如何知道清凉台在哪里的？而且在甄嬛昏迷不醒的情况下，她为什么把甄嬛托付给了果郡王，自己独自前去凌云峰？理由说是要去打扫收拾房间，这事儿比甄嬛人事不省还重要吗？另外还有一个疑点，甄嬛成为舒太妃的儿媳妇后，即使有人陪同去看太妃，也都是浣碧在侧，崔槿汐从来没有和舒太妃同框过，她们俩有什么不可告人的秘密吗？

那么崔槿汐为什么要向果郡王传送情报呢？是因为她曾经伺候的太妃是舒太妃吗？舒太妃为什么要去安栖观修行呢？

要搞清楚崔槿汐和舒太妃的关系，就必须先了解舒太妃和太后的关系。很多人觉得，太后和果郡王的关系是一副母慈子孝的样子，想来她和舒太妃关系也不错。真是如此吗？太后曾说过这么一句话："老十七是孝顺，但见了他难免又会想起先帝在的时候，他亲额娘舒妃专宠六宫、众妃怨妒的事，心里就会不痛快。"

如果代入宜修和甄嬛视角就能明白，太后并不待见这位太妃。太后和她的儿子在九王夺嫡一战中胜出，能在政治斗争的夹缝中生存下来已属不易，为了保全自己和果郡王，舒太妃选择出宫修行。就像甄嬛出宫修行一样，体面点叫亲自下场为国祈福，实际上是贬为凡人受尽辛劳。

舒太妃也一样，果郡王生病后，甄嬛曾问太妃有没有来看过他："太妃今生今世都不能出安栖观的，王爷病了的事还瞒着呢！"自己儿子生病，作为母亲都不能前去看望，这种所谓的独门独院的体面修行，本质上是终生圈禁。禁足多难受，想必疫情的时候大家都深有体会，更何况是终生禁足。所以舒太妃出居道家不过是当今太后绵里藏针、佛口蛇心的狠辣手段。

那崔槿汐曾经伺候的太妃是舒太妃吗？甄嬛刚入宫时，崔槿汐曾说过："奴婢先前是侍奉太妃的。"很多人凭这句话就断定崔槿汐曾经侍奉的太妃就是舒太妃，但真是如此吗？甄嬛出宫修行前曾对槿汐说过这么一句话："你从前是伺候太妃的，不如还是回去吧！"如果槿汐伺候的真的是舒太妃，此时的舒太妃已然出居道家在宫外修行，槿汐还能回哪里去？所以槿汐先前侍奉的自然不是舒太妃，而至于是谁，原著中崔槿汐说"自小进宫当差，先前是服侍钦仁太妃的"，当然这不是在这里要讨论的重点。

但是要注意，崔槿汐没有侍奉过舒太妃，不代表她和舒太妃没有关系，毕竟崔槿汐服侍过其他太妃，她和舒太妃有过交集是很正常的。前面说到崔槿汐向果郡王传递了两次情报，她为何要这样做？合理的解释是，她因为某种原因要协助果郡王。大家细想一下，甄嬛能和果郡王在一起，有一个人起了关键作用，那就是崔槿汐："娘子若这么自苦，真是既折磨了自己，又折磨了王爷。王爷真的是个情深意重可以托付一生的人。"

按照这个逻辑，我们就可以理解前面提到的疑点，崔槿汐把甄嬛托付给果郡王独自前往凌云峰，原因有三：第一，去打扫房间只是个幌子，她已经看出来二人对彼此的情意，这样做是想为他们创造独处机会，当然，浣碧是一个异数，不在她的掌控范围内；第二，凌云峰需要有人守着，以免甘露寺派人前去发现没人而惹来是非；第三，也是最重要的一个目的，提前去和舒太妃互通有无，你看后来甄嬛和果郡王在一起后去给舒太妃请安，舒太妃完全没有一点意外的神情，极有可能是崔槿汐提前向她汇报过此事。

而崔槿汐和舒太妃没有同框过，其实就是为了避嫌。崔槿汐之所以向果郡王传送情报，是因为她是舒太妃离宫出家时，埋在宫里的一个线人。舒太妃出宫的动机，是为了保全自己的儿子，可她自己不能出安栖观一步，如果在宫中有线人，就能在一些事情上协助果郡王。在宫中各处有线人，这是后宫常用的方法，像端妃不出宫门半步却尽知天下事，就是一个例子。

综上我们推测得知，槿汐曾受过舒太妃的恩惠对待，由此成为舒太妃离宫后埋在宫里的一个卧底，崔槿汐也愿意为这位慈祥善良的老太太尽一份绵薄之力，暗中帮衬着她的儿子果郡王。你看，同样是传递情报的"卧底"，崔槿汐就坚守住了原则和底线，做到让人心服口服，并且没有伤害到对方的利益，真正做到了共赢。

杏花疏影里
吹笛到天明

桃之夭夭
灼灼其华

第三章

古今痴男女，谁能过情关

III

《甄嬛传》原著后记中有这么一段话："我写了那么久的故事，不过只是写了一个'情'字，百般勘不破。"的确，世间万千故事，不外乎一个"情"字。人间三大情里，爱情又是最令人撕心裂肺、最容易有戏剧冲突的情感。《甄嬛传》的故事里，有甄嬛、皇帝、果郡王的三角恋情，有沈眉庄、温实初、甄嬛的"她爱他，他爱她"的有缘无分，有华妃对皇上的"从天黑等到天亮"的热烈执迷，有皇后对皇上"臣妾做不到"的畸形虐恋……

甄嬛和皇帝的感情破裂并不仅仅是因为"莞莞类卿"，更深层的原因是他们感情经历和双方关系的不对等，现实中有多少人的亲密关系和他们非常相似却不自知呢？像皇后和华妃的执迷爱恋几乎毁了她们的一生，我们又该如何破除感情中的执迷呢？

"不识庐山真面目，只缘身在此山中。"这是我们在情感中常常面临的困境。其实旁观每段情感故事，都是一次重新审视爱情或者婚姻里自己的机会。我们可以从那些男男女女身上看到自己的缺点和不足，看清一段关系里最本质的问题。

沈眉庄说："劝人劝己，都是一样的话。"这句话用在情感体验上再适合不过，仿佛我们人生历程中听到的那么多经验教训里，关于"情"字的道理是最难以执行成功的，因为"情"本来就是与理性南辕北辙的东西，所以几乎没有任何一个道理、任何一位情感导师、任何一种方法能够像避子汤或息肌丸一样，让我们在感情里产生一蹴而就的改变。

"过情关"其实是一段漫长的旅程，希望你在俯瞰他人的感情故事时，看见自己在亲密关系里的土木形骸。

喜欢什么样的人从基因里就决定了

很多人习惯把《甄嬛传》定义为宫斗剧，因为这部剧表面上讲的就是很多女人争夺一个老男人宠爱的故事。有的人甚至无法理解这种行为，年轻帅气的侍卫和太医不香吗？为什么整天都要围着中年皇帝团团转？有人还认为《甄嬛传》是在宣扬和美化封建皇权思想和一夫多妻制度。那如此说来《西游记》宣扬的是鬼神迷信？《红楼梦》宣扬的是玩物丧志？问"为什么后宫女人整天都要绕着皇帝团团转"这个问题就像是问"为什么孙悟空不直接背着唐僧翻个跟斗去西天取经"。

任何一个故事都有它的基本法和世界观，如果非要坚持世界上没有观音菩萨、石头里蹦不出猴子、没有天庭和地狱这样的观点，那你将会错失《西游记》这样一个刺激有趣的历险故事，更无法感受师徒四人历经九九八十一难取得真经的锲而不舍和孙悟空敢于挑战权威、疾恶如仇的个人英雄主义。作为读者，总是抱着抬杠的心态去看、去听，就失于狭隘了。

如果我们想真正走进一本书、一部剧，首先就是要放下自己的世界观，去接受创作者书写的新世界和新规则。

后宫女人得宠的两个决定性因素

《甄嬛传》这个故事的游戏规则就是以皇帝为中心，以恩宠为半径，辐射向四周的无数个圆。后宫的女人们就像行星一样都待在围绕皇权为中心的一个个轨道上，这个轨道还时大时小，不停变化。轨道半径变化的直接原因是恩宠多少，根本原因取决于施恩主体，所以皇帝个人的喜好决定了他的雨露沾谁多沾谁少，这就是这个故事的基本法。因此我们必须了解，坐拥皇权的那位是一个什么样的人？他喜欢什么样的人？

关于皇帝的个人成长经历，光头在前面"原生家庭"的部分已经详细讲过了。那皇帝在亲密关系里有哪些典型的性格特征呢？皇帝性格里最典型的一个特质就是被动。被动这个问题，反映在他表达情感和处理工作等方面——

情感方面，比如甄嬛第一次失子后特别伤心难过，皇帝明明心里很挂念她，偷偷去看她却又不想让对方知道，吩咐人"不必告诉她朕来过"，这不就是那种被动性格的小傲娇吗？

太后刚去世时，皇帝跪在床前说道："皇额娘，'快睡吧，好长大，长大把弓拉响'，这样哄孩子的歌，您从来、从来未对我唱过，您能为我唱一遍吗？"太后到死都不晓得自己亲儿子如此介怀这样一件小事儿，性格主动点的孩子碰到这种情况也许早就哭着喊着跑妈妈跟前求着唱儿歌了，不会记挂在心里这么多年后才说出来。

工作方面，在处理隆科多、年羹尧、摩格可汗等人的关系上也都是比较被动的。像隆科多直接是他妈妈帮忙料理的；对于年羹尧，他从一开始就一直在纵容年羹尧的气焰，与其说是一种谋略，倒不如说没有在最初掌握主动权，间接导致后来局面的不可控。

在个人性格和生活环境的共同作用下，塑造出了一个被动人格的帝王。但要强调一点，并不是说被动型人格的人就没有主动行为，那你看杏花微雨时皇帝把甄嬛从御花园抱回碎玉轩，这也是一种主动行为，只不过皇帝这个人整体是偏被动的。

皇帝身上还有另外一个典型的特征就是"文艺"，全剧中他是继甄嬛之后引用古诗词最多的人，而且他喜欢品茗听箫，杏花微雨里对甄嬛箫声的点评精准到位，并且擅长点评身边女人的衣着打扮，有较高水平的审美情趣。文艺这一点虽然不能算作性格的一部分，但是却直接影响着他的择偶标准。

一言以蔽之，皇帝是在一个父爱母爱双双缺失的环境中长大的性格被动内敛的文艺青年。由此我们可以推断出，皇帝喜欢什么样的人或者说什么样的人能得宠，其实就两个决定因素：第一是否为性格主动型，第二是否有文艺青年气息。第一个因素决定了喜不喜欢，第二个因素决定了交不交心。这两大因素，都关乎一个人的性格喜好，而无关经济、政治等外在要素。

光头根据这两个决定因素把《甄嬛传》中的 18 位主要女性分成了 5 种类型：标配型、技能型、政治联姻型、性格主动型、文艺＋主动型。如下图所示，这 5 种类型是一个有着五个层级的后宫金字塔结构，它是一层高于一层、层层递进的，较高的一层基本上都覆盖了较低一层所拥有的东西。

在这个分类里，有一个原则就是两者相逢取其上。像政治联姻型里，端妃的琵琶弹得很好，富察贵人的古筝弹得很好，但家庭背景是比技能才艺更关键的因素，所以就把她们放在政治联姻

文艺+
主动型
甄嬛（纯元）

性格主动型
华妃、叶澜依

政治联姻型
皇后、端妃、敬妃、
沈眉庄、祺贵人、富察贵人、淳常在

技能型
安陵容、余答应、瑛贵人

标配型
齐妃、丽嫔、曹贵人、欣常在

这个层级，但并不是说她们没有才艺。像在性格主动型层级的华妃，并不是说她的身上没有政治联姻型的因素，只不过她身上有比政治联姻更能打动皇帝的点，就是她的主动型性格。

《甄嬛传》中皇帝与后宫妃嫔之间的关系，可以给我们很大启发：喜欢谁，被谁喜欢是被我们和对方是谁而决定的，对待不合适的感情无须执迷。

从皇帝视角浅谈《甄嬛传》里的 5 类女性

齐妃到死都不知道：有儿子的她却在后宫金字塔底层

首先我们来说说金字塔的最底层：标配型。华妃临终前，甄嬛曾问过她一句话："皇上为什么喜欢你，你知道吗？就因为你的美貌？宫中可从来不缺美貌的女人。"所以美貌这个特征从来只是后宫圈最基础的配置。如果只有美貌的话，实现阶层流动是极其艰难的，所以标配型女人的宠爱是最短暂的，她们没有特殊技能加身，没有足以撼动皇帝权衡天平的家世，随着时间推移，慢慢会被边缘化，色衰爱弛是迟早的事儿。而想要不被边缘化的唯一方式就是有所依附：要么有子嗣，要么会站队。

齐妃是标配型中的代表。她的父亲因为贪污受贿被先帝流放，家世和才艺她也都没有，按理说会被边缘化，但拥有"二哈"双商的齐妃竟然能够怀孕生子还把孩子养大，凭借子嗣成功实现了阶层流动，这样的人生真的是很"开挂"了。

按理说，儿子这一个"作品"就够她稳坐妃位荣华富贵一辈子的，可齐妃最终却赔了儿子又折命。光头觉得齐妃这个人特别像《红楼梦》里的赵姨娘，没有高贵的出身，自身能力素质和为人处世都差了一截，凭借子嗣在一个环境里拥有了一席之地，然而并没有安分守己过日子，还使一些卑劣不堪的手段害人，自己把自己作死了。

光头没办法说齐妃是一个大恶人，她有害人之心是真，却是受到了他人的蛊惑和挑唆，最终才走向不归路。大家要注意，齐妃是害人未遂，但从皇帝最后对她的态度以及结局可以看到，对于处于标配型这一层的女性而言，一旦犯错，即使不算罪恶至极，都会遭遇杀身之祸。

曹贵人，虽然有着一流的智谋，但只能停留在标配型行列，因为前面说了后宫的游戏规则是以皇帝为中心的，她的计谋无法成为取悦皇帝的加分项，所以只能待在金字塔的最底层。她虽然为皇帝生下女儿，但给皇帝剥葡萄人家理都不理，所以再如何费尽心机也只是在华妃倒台后才爬到嫔位，而甄嬛在此之前早已经是莞嫔了。

再对比一下曹贵人和欣常在，二人同是为皇上诞下公主，欣常在却比曹贵人低一级，很重要的原因就是欣常在前期一直没有站队，而曹贵人是依附于华妃的，可以见得对于标配型的人而言，站队也有利于自己的地位提升，这点在丽嫔身上也有体现。

丽嫔，既美丽又跋扈，很多人好奇这个女人没有宠爱怎么就是嫔位了，一方面是因为依附华妃，另一方面是这个人物在小说里的原型有着倾国倾城的容貌。

大家会发现一个共同点，位于金字塔最底端的标配型，不仅很难实现职位晋升，而且最容易成为后宫斗争中的牺牲品——她们被踢出局的代价成本基本为零。

余莺儿为何能把欣常在关进慎刑司？

技能型中的一个典型代表就是余莺儿，会唱昆曲让她风光一时无两，获封"妙音娘子"，连跳两级成为答应，可以破例乘坐她这个段位根本没有资格坐的轿辇，迫使比她高阶的沈眉庄让路，甚至能把比她更高级别的、更有资历的欣常在送进慎刑司，足以见得凭借技能获得的一时宠爱还是具有比较大的能量的。余莺儿因为擅自处罚欣常在被太后责罚、褫夺"妙音娘子"封号后，在养心殿前跪着唱了一晚上昆曲，硬是把皇帝的心唱软了，由此重新获宠。

同样是吃"技能"这碗饭，光头觉得安陵容是后宫里最发奋图强的一个。如果那个时候有什么"创造101""偶像练习生"，"鸟姐"不出道，苍天饶过谁。除了刺绣、制香这种家庭环境中耳濡目染熏陶出来的高超技能，她唱歌跳舞也都很在行。唱歌方面，第一次凭借自身天赋，《金缕衣》一曲成名天下知；但她不仅是老天爷赏饭吃，也能吃苦、愿意下功夫，从而让自己的歌技更上一层楼，凭一首《采莲》迎来歌唱事业第二春。

除此之外，安陵容从来没有把时间浪费在摸砖头和数裂纹上，保持着良好的学习能力，冰嬉这样难的技能，她都能在很短的时间里娴熟掌握。

但是从皇帝视角来看，再好的才艺都会看腻，所以余莺儿迟早会失宠，而安陵容也需要不断进化升级才能维持和巩固恩宠。技能型和标配型从本质上并没有太大差距，一旦犯错误皇帝都会严惩不贷。但技能型的优势在于，凭借自身才艺更容易获得皇帝的青睐和宠爱。

拥有一项技能还有一个好处就是可以在孤独落寞时慰藉自己。你看皇后心不静的时候写写毛笔字，甄嬛闲下来的时候看看《诗经》、弹弹琴，安陵容在空闲的时候刺绣和唱歌，可以见得有一个才艺爱好还是挺好的。这给我们当代人的启示就是，有一个兴趣爱好并坚持下去，不仅能够在失意时借此排遣，感受到生活的情趣，还能让个人在成长发展道路上有一些意想不到的收获。

没办法选择怎么生，但要努力选择怎么活

可以这么说，在这个故事设定里，后宫绝大部分人身上掺杂有政治因素，这里所说的政治联姻，是指能够对前朝局面产生蝴蝶效应的人。这一块的人是最多的，她们不仅和前朝官员有千丝万缕的联系，其中有些人还是皇帝和太后有意安排在后宫里的。而皇帝对这一类人的处理就没办法那么随性了，需要平衡和考量她们背后牵涉的关系。在政治联姻型的人里，技能同样是她们的加分项。

皇帝与皇后，当之无愧的政治联姻。宜修作恶多端，尤其是害死亲姐姐纯元，皇帝知道后决定废后，与她死生不复相见。这里面其实掺杂了很多因素：相处多年的情分，乌拉那拉氏的家族势力以及皇家自己的脸面……

端妃是正儿八经的"军二代"，她的父亲从官职上来说不比华妃哥哥年羹尧低，只是没人家那么有实权。端妃琵琶弹得好，深得纯元皇后真传。其实我们看到的端妃已经是被打磨过的，以前的她是不是也像华妃那样豪爽直率、颇有将门风范呢？

如果说端妃是"出世"的代表，那么敬妃就是"入世"的典型。从家世来说，敬妃的家庭背景和齐妃差不多，知府算是个地级市的市长，这个级别属于中等水平，但在遍地都是官儿的皇城脚下不算什么，好在她家里没出过事儿。敬妃被归为这一类型的一个很重要原因是，如她自己所言："不过是制衡华妃的一枚棋子。"

敬妃是那种入世的人中少有的能保持住初心的人，足以见得其内心的强大与坚韧。原著中对她的描写是："皇帝对她说不上宠，但颇为礼遇，大抵这样宁和的女子，总是能一点一滴释放出属于自己的气质，有锋芒而不锐利，缓缓地打动人。若她真正一无是处，没有半分防身之技，又如何能在华妃之下稳居淑仪之位多年？"

富察贵人和沈眉庄一样，是选秀中满汉秀女里的代表，是同一批里一进宫就被封为贵人的，她古筝弹得也很好。而且富察是大清八大姓里数一数二的大姓。

祺贵人也是满族，这个血统自带光环。作为功臣家属，她一进宫就被封为贵人。祺贵人的下场之所以那么惨，是因为瓜尔佳氏一族彻底败落，皇帝对她也没有太深的情感。其实对比祺贵人和华妃就可以看出来，她们身上虽然都有很强的政治联姻属性，但即使华妃犯下很多罪行，皇帝对她的处置却宽容很多，因为华妃比祺贵人处在金字塔的更高层。

沈眉庄，父亲是正三品，这个官职大概相当于现在的省部级别。

淳常在，剧中对她的出身没有交代，但从安陵容口中有所透露：她和甄嬛有着一样的出身。可见淳常在家境也不错。

大家有没有发现，政治联姻型的人，职位晋升是比较缓慢且稳定的，因为她们在后宫的地位与前朝的家人关系非常密切，牵一发而动全身。皇帝对这一类型的人大部分也都是点到为止。她们不像技能型的人，因为没有家世，皇帝反倒拥有更多的把控权。

但无论如何，标配型、技能型、政治联姻型三种类型的人，因为缺乏光头前面说的得宠的两个决定因素——性格主动型和文艺青年气息，她们的争宠不是靠个人性格魅力而需假以外力，属于关系中的现实主义者和功利主义者。总体而言，她们都是容易被边缘化的人。

紫禁城其实也是一座围城，外面的人想进来，里面的人想出去。生于帝王家有着常人奋斗一辈子都没有的泼天富贵，可从来没有只有甜没有苦的人生。比起普通人，帝王家的感情是疏离的，谈爱是奢侈的。

虽然同样是政治联姻，大家最终的结局却各不相同。端妃和敬妃都在残酷的斗争环境中活了下来，沈眉庄早早看透恩宠不过如是，选择追求自己内心真正想要的，有句话说"我们要争独立，不要争自由"，仍然有人能够在弱肉强食的后宫里走到最后，也许她们没办法选择怎么生，但她们都努力选择怎么活。

这就是华妃和叶澜依受宠的根本原因

最后说一说性格主动型的华妃和叶澜依。到底什么是主动型？在心理学上，主动型人格是指个人不易受身边环境的束缚和阻碍，常常主动采取行动以改变环境、达成目标的人格倾向。我们在这里说的性格主动型主要指感情方面，感情里所谓的主动型其实就是那种奔放开朗、敢爱敢恨、勇于表达的人。金庸小说《倚天屠龙记》里的张无忌和赵敏就是典型的被动型和主动型搭配。

华妃临死前，甄嬛向她道出了欢宜香的秘密："因为你是年家的女儿，皇上对年羹尧早有戒心，他不会让你生下有年氏血脉的孩子。"很多人也认为皇帝对华妃没有太多感情，但其实不是这样的。如果后宫里的女人都是好看的皮囊，那华妃就是既好看又有趣的皮囊，至少在皇帝看来如是。华妃是那种典型的在喜欢的人和其他人跟前表现为两种相反人格的人。

说起华妃在皇帝面前的主动，就得回忆下《甄嬛传》的这个名场面——

皇帝来看华妃，华妃撒娇说睡了，皇帝转身要走，华妃来了句："要是走了，以后就别进翊坤宫的门。"皇上紧接着说："除了你之外，再没有第二个人敢在朕面前这般无礼。"接下来那个扯腰带的动作，将华妃奔放主动的性格完全展现了出来。光头一直觉得，华妃身上不仅有着将门后代见过世面的高贵，还有那种在女德女训框定下大部分女性少有的开放和情趣。这个例子充分说明被动内敛的皇帝被主动奔放的华妃深深吸引了。

华妃在情感中的主动还表现在她敢于表达爱。皇后等不到皇上时自己抓被子黯然神伤，甄嬛承宠时沈眉庄睡不好觉也得强颜欢笑，她们都把爱藏在最深的地方，但华妃的爱则是花团锦簇、轰轰烈烈。她会把被子摔在地上，痛骂丽嫔"不说话会变成哑巴吗"；凌晨四五点起来给皇上准备午饭，伺候皇上喝药说"臣妾侍奉皇上惯了，换别人在这儿守着反而不放心"。她的爱如此霸道，有时候甚至让人觉得害怕："在本宫身前，只许有侍奉皇上的人，不许有分得皇上宠爱的人，更不许有与本宫争夺宠爱的人。"

后宫中大部分女人和皇上的关系像极了现在同事和老板之间的工作关系，很多后宫妃嫔对自己的定位非常明确：这就是一份职业、一份工作，每天晨昏定省上下班打卡，按月领工资，和皇上这个老板面子上过得去就行，要说什么真情实感，谈不上。但华妃是这些同事里少有的走心派。宫中时疫发生时，按理说这种事情牵涉到前朝政务，后宫内部扫好门前雪就行。但华妃就是想出面分担："本宫就看不得皇上着急。"而这种为爱发电的纯粹之心也在后面发生的刘畚被抓事件中救了她。

一个人爱不爱你，是能感觉得到的。皇上也能感受到华妃在感情里的倾心付出，所以对华妃也是格外宠溺和宽待。

有人觉得皇帝对华妃不过是逢场作戏，对她没有真感情，只不过是因为她哥哥叫年羹尧。如果是这样的话，年羹尧一倒台，皇帝早就收拾华妃了，可皇帝只是把她降级为答应，而且当着太后的面说："儿子与世兰到底是多年的夫妻，总有恩情在，许多事也是儿子对不住她，只要她不再生事，儿子日后会给她个贵人的位分，让她好好养在宫里。"

皇帝可是知道华妃的很多罪状：卖官受贿、杀死淳儿、陷害沈眉庄假孕、致甄嬛小产……这里头哪一件不能让她死？对比一下，祺贵人因诽谤陷害甄嬛私通未遂被贬为庶人，齐妃因为致使宁贵人不能生育最终选择自尽，可华妃犯了那么多错只被降为答应，足见华妃在皇帝心里的位置。

华妃下跪请求皇帝不要杀年羹尧时磕破了头，皇帝说："找人医好她的伤，让她回宫好好待着。"这种时候皇帝还让华妃好好养伤，那说明是真的有感情。

另外一个性格主动型的人，就是叶澜依。有人说叶澜依是华妃"周边"，从性格上来讲，她们的确有很多相似点。

百骏园驯马女出身的叶澜依，是"女汉子"2.0版本，"国民总攻"属性。叶澜依家里有没有草原不晓得，可她看见野马不怕是真的。关键是从下至上，她谁都不畏不怕。苏培盛说了句客套话"小主您真有福气啊"，叶澜依撑了一句："这福气给你要不要？"

叶澜依和皇帝之间的互动也很有意思。皇帝来看她，低声下气说："来了几天了，朕都没看你笑过。"叶澜依直接撑了句："我不笑，是我生性就不爱笑。"皇帝不仅没生气，还有点窃喜。

太后说："辛者库贱奴好歹还是个官奴的后人，皇上这回挑的，可是个多才多艺的圆明园里百骏园驯马的丫头。"在一旁的皇后和齐妃听了一脸愕然。余莺儿的出身已经够低了，但比辛者库贱奴要高出一截，而叶澜依的出身却连辛者库贱奴都不如。但叶澜依晋级却很快，对比一下出身高她好几层的欣常在，即使生下女儿都是过了好久才晋封为贵人，足以见得皇上对叶澜依喜欢的程度。也正因为叶澜依出身低微，皇上更不需要考量和平衡太多因素，任情恣性，想封就封。

性格主动型的人满足了皇帝的情感和归属需求——在感情里，那种明艳活泼、开朗奔放、不唯唯诺诺甚至有点攻击性的女人带给他深刻的感情体验，这就是年世兰和叶澜依都很受宠的原因。

情绪价值：让亲密关系锦上添花的绝佳武器

性格主动型的人虽然很受宠但仍然不是最受宠，华妃死前对着甄嬛讲出了自己的心里话："我是恨皇上专宠于你，我从来没有见过皇上如此宠爱一个女人，有你在，皇上就不在意我了。"

华妃和纯元是错峰进入王府的，她没有见到过皇帝对纯元的爱，自然认为皇帝对自己才是最宠爱的，可甄嬛的出现打破了她自认为美好的爱情泡沫。华妃和叶澜依的性格虽然与皇帝高度匹配，但还是不能够和皇帝真正交心。喜欢和爱，还是有一定的差距。就像你觉得这个对象挺好，但总觉得缺点儿什么，比如共同语言、兴趣爱好甚至价值观，皇帝的原话是"若是莞嫔在，便能与朕谈说许多"。甄嬛和纯元身上，有着华妃和叶澜依缺少的文艺气息，这就是甄嬛她们能够在皇帝标准体系里站在金字塔尖的根本原因。

甄嬛既有热情主动的性格，又是文艺青年的典型代表。关于甄嬛和皇帝的感情，光头会在下一节详细解读，在这里我想聊聊甄嬛身上的另一个优点——情绪价值。

情绪价值说白了就是一个人影响他人情绪的能力。情绪价值高的人会让人觉得和他相处很舒服，而且你不觉得他是虚情假意、虚与委蛇；情绪价值低的人会让人心里觉得别扭，比如有些朋友，他人品没有任何问题，心地也善良，但就是特别喜欢抬杠，不管你说什么、做什么，他都要站在你的对立面，总是让人生一肚子气。

安陵容父亲安比槐因为牵涉运送西北粮草一案被关进大狱，甄嬛为了安陵容父亲来找皇上求情，来看高情绪价值的人是如何表现的——

皇上：不知不觉看了一天折子，那些老头子有事没事写一个折子来啰唆，烦人哪！

甄嬛：身为言官职责如此，四郎不必苛责他们。何况时有美人来探四郎，殷勤缠绵，何来案牍之苦呢？大约是红袖添香，诗情画意吧！

皇上：妮子越发刁滑了，是朕太过纵你。

甄嬛：嬛嬛本就不如华妃娘娘善体君心，只会惹四郎生气。

皇上：你怎么知道是华妃来过了？

甄嬛：扇子上的香味是天官巧，这种胭脂甜香扑鼻、制作不易，宫中能用的妃嫔并无几人，皇后娘娘素不喜香，想来华妃娘娘来见皇上时，必定是精心妆扮，所以连扇子上都沾染了胭脂香味。

皇上：你倒是见微知著啊！

甄嬛：四郎且说是不是？

皇上：什么都瞒不过你。皇后前脚刚走，华妃就来了，都是为了同一个人。

甄嬛：可是为了安答应的父亲，安比槐一事？

皇上：正是。那么你呢？你又是为何？

甄嬛：让嬛嬛来猜上一猜。皇后娘娘仁善，必定是为安答应求情的。华妃娘娘刚直不阿，想必是要四郎执法严明、不徇私情。

皇上：那么你呢？

甄嬛：后宫不得干政，嬛嬛铭记于心。嬛嬛只是奇怪，皇后娘娘与华妃娘娘同为安比槐一事面见皇上，不知真的是两位娘娘意见相左，还是这件事情本就值得再细细推敲？

皇上：什么推敲？

甄嬛：臣妾幼时观史，见圣主明君责罚臣民时，往往责其首而宽其从，恩威并济，使臣民敬畏之外更感激天恩浩荡。皇上一向仰慕唐宗宋祖风范，皇上亦是明君仁主，臣妾愚昧，认为外有战事、内有刑狱，二者清则社稷明。

皇上：朕一向只知你饱读诗书，不想史书国策亦通，句句不涉朝政却句句以史明政，有卿如此，朕如得至宝。安比槐一事朕会派人重新明查，必不使一人含冤。

甄嬛：臣妾一介女流，在皇上面前放肆，还请皇上勿要见怪才好。

皇上：后宫不得干政。若朕单独与你在一起，朕便是你的夫君，妻子在夫君面前，畅所欲言，谈史论政，有何不可？

甄嬛：臣妾不敢。

皇上：莞贵人甄氏不敢，甄嬛无妨。

正为如何处置安比槐一事头疼的皇帝心烦意乱，甄嬛几句话就让皇帝如沐春风、身心愉悦，成为皇帝工作上的解语花，并且能常常出入养心殿陪伴皇帝左右。下面也是情绪价值在甄嬛与皇帝亲密关系中发挥作用的经典示例——

皇上： 看什么书呢？

甄嬛： 臣妾看皇上桌上放着一本《左传》，越读越有兴味。

皇上： 读到哪一篇了，说给朕听听。

甄嬛：《郑伯克段于鄢》。

皇上： 老生常谈了，你怎么会喜欢这篇呢？

甄嬛： 虽然是老生常谈，可是警世之言总有发人深省之处。姜夫人偏爱幼子叔段，欲取庄公而代之，庄公屡屡纵容，使叔段引起公愤才一举杀之，于帝王之策上，臣妾觉得庄公的举措十分得当。

皇上： 朕近日屡屡接到弹劾年羹尧的奏折，说他猖狂自傲。

甄嬛： 臣妾哪里懂得朝政上的事！只是觉得这篇《郑伯克段于鄢》还不错。

皇上： 被你这么一说，朕也觉得此文字字精到，值得一观。

甄嬛： 此文有一句最传神有味。

皇上： 哪一句？

甄嬛： 臣妾要皇上猜一猜，看看臣妾与皇上是否心意相通？

（二人各自在纸上写下一句话，最后放在一起，纸上写的都是"多行不义必自毙，子姑待之"。）

皇上： 嬛嬛最得朕心。

此时的皇帝大概"颅内高潮"了吧？甄嬛的这种高情绪价值也成为最后替代纯元在皇帝心里位置的绝妙武器。不过，情绪价值的能量作用是有前提的，就像《甄嬛传》里皇后、曹琴默的情绪价值都很高，但皇帝对她们并不"感冒"，善解人意的情绪价值在她们这里甚至会被理解为是心机城府、唯利是图，让皇帝产生反感。甄嬛的情绪价值能发挥巨大能量，也是建立在皇帝对她心存好感和饱读诗书的基础之上的。而且对于我们普通人而言，甄嬛的这种高情绪价值很难学习和模仿，但说话不要尖酸刻薄、尝试多给予对方正面反馈和认同，这些是我们可以努力去做的。

　　光头从皇帝视角简要剖析了《甄嬛传》里大部分的重要女性，其实是想让这个故事里人和人的关系变得更有逻辑和规则可循。现今这个时代已经多元到女性完全可以不依附于男性去过自己想要的生活，所以写了这么多当然不是为了告诉大家如何去争得一个男人的喜爱，而是想说明一个非常简单的问题：在一段感情关系里，不被爱也许根本不是你不值得被爱，很可能是因为你压根儿就不是对方喜欢的类型，皇后表面上何等贤惠大度，夫君对她却只是敬而远之；叶澜依脾气那么差，皇帝却对她意犹未尽。
　　与其纠结自己为何低到尘埃里仍然不被爱，倒不如想明白一点：喜欢就像人的味蕾对咸豆腐脑和甜豆腐脑的不同感知，它可能早就刻在你的基因密码里，没有高低对错，没有是非因由，生而为人，都已注定。

破除执迷，学会正常地爱与被爱

《甄嬛传》片头曲的最后一句是："古今痴男女，谁能过情关？"有太多人一生都没有走过这关卡，渡过这劫数。

从这个角度来看，甄嬛、沈眉庄等人是幸运的，她们虽然也被爱所伤，但没有为情所困，早早勘破"君恩不过如是"；而有的人一生执迷于爱情却没有得到爱情，"情"成为他们一生的业力。

佛教有三毒：贪、嗔、痴。"贪"很好理解，就是贪得无厌，沈眉庄说过"人心贪婪，总是近了一步还想再进一步"，这说的就是贪，华妃就是贪的典型。"嗔"与贪刚好相反：贪是对于自己喜欢的、已经得到的事物心生更大的欲望，而嗔是对于自己厌恶的、没有得到的事物心生更大的怨恨和恼怒。曾国藩说："人若一味见人不是，则到处可憎，终日落嗔。"意思是说：一个人如果把自己生活的所有不如意都归咎于他人，觉得人生无望、事事不如意、全世界都亏欠自己，那就会成"嗔"。"痴"是当一个人对事物陷入痴迷的状态，就会不分是非，不明事理，痴是引发贪、嗔的缘由，是一切烦恼的起因，也就是所谓的"我执"。

执迷的本相就是贪、嗔、痴，我们来看看《甄嬛传》里众生的执迷之爱。

甄嬛：不要活在自卑的爱情里

很多人被《甄嬛传》里一句"莞莞类卿"误导了，认为这就是一场感情骗局。郑晓龙导演特别擅长讲家庭伦理故事，通过电视剧的再塑造，皇帝这个人变得更丰满立体，所言所行都有迹可循，甄嬛和皇帝的感情也被讲述得非常扎实细腻，甄嬛在皇帝眼里不是纯元的替身，而是回不去的青春岁月和所爱之人的样子。

谈感情绕不开两个必须要讨论的话题：双方的性格和过往经历。皇帝是文艺青年，恋爱性格是被动内敛的；甄嬛也是文艺青年，恋爱性格是主动奔放的。

甄嬛和皇帝（为了更好地感受二人的情感，以下称为"四郎"）的感情经历可以分为四个阶段——

相识阶段：甄嬛偶遇沧桑大叔小鹿乱撞，四郎邂逅文艺少女冰心融化

文艺青年的一见钟情绝对不是看颜，一般都要经过两三番的勾引和较量，私下里的惦记和酝酿。杏花微雨的御花园里，甄嬛独坐秋千上吹箫，皇帝闻声而至——

四郎：你刚才吹的那首《杏花天影》合情合景。

甄嬛：王爷对这曲谱很熟吗？

四郎：若是在春夜用埙吹奏，会更得其清丽幽婉之妙，此刻用箫吹奏，减轻了曲中的愁意，倒多了几分回雪吹风之爽朗。

甄嬛：妾身献丑，还请王爷莫要怪罪。

四郎：你吹得极好，只是刚才吹到那句"满汀芳草不成归"

的时候，箫声微有凝滞，带有呜咽之感，可是想家了吗？

甄嬛：曲有误，周郎顾。王爷耳力堪比周公瑾。

数日后，皇帝再次来到御花园，假装偶遇甄嬛——

四郎：这儿都是杏花，你上次吹的曲子也和杏花有关，你是很喜欢杏花吗？

甄嬛：杏花不似桃花艳丽，又不似寒梅清冷，格外温润和婉。

四郎：人如花，花亦如人，只有品性和婉的人才会喜欢品性和婉的花。

甄嬛：可妾身并不喜欢杏花。杏花虽美，可结出的果子极酸，杏仁更是苦涩，若做人做事皆是开头美好而结局潦倒，又有何意义？倒不如像松柏，终年青翠、无花无果也就罢了。

四郎：从未听过这样的见解，倒是新鲜别致……我有两套曲谱，五日后同一时辰拿来与你一同鉴赏。

寥寥几句，彼此的兴趣爱好、学识素养和人生观跃然眼前。接下来，"新婚之夜"的誓言也是既催人泪下又不落窠臼——

甄嬛：臣妾听闻民间嫁娶，新婚之夜必定要在洞房燃一对花烛到天明，这样夫妻才会举案齐眉、白头到老。

四郎：朕已过四十，让你与朕白头偕老，那朕岂非要年过百岁了？

甄嬛：皇上万岁！若为陪臣妾白头而只得百岁，岂非吃亏了？

四郎：你倒是会哄朕。

甄嬛： 皇上可是在笑臣妾傻，连红烛之说也相信。

四郎： 朕只觉得你赤子心肠、坦率可爱。朕这一生中，也曾彻夜点过一次龙凤花烛……你想与朕白头偕老吗？

甄嬛： 天下女子，无一不想与夫君情长到老，臣妾也不能免俗，不过臣妾害怕，怕都是奢望罢了。

四郎： 你可知道你的凡俗心意，正是朕身边最难得的，你这心意朕视若瑰宝，必不负你。

（此时新娘子感动落泪）

四郎： 别哭啊！

甄嬛： 这里有笔墨吗？

四郎： 要笔墨做什么？

甄嬛： 臣妾要记下来，白纸黑字皇上就不会抵赖了！

你看，这和热恋期的小青年许的那些"爱你一辈子""永远在一起"的肉麻承诺是不是一模一样？只不过人家是凡俗心意中透着文艺气息。在这个阶段，甄嬛已经开始陷入爱河，憧憬各种美好未来了；但皇帝不同，他也有一条爱河，只是上面结了十年寒冰，他更早经历过爱恨离别，此时的他，无非是发现了满天星辰中的一颗遗珠，心底的冰层才开始慢慢消融。当你也经历过所爱之人撒手人寰，当你再次碰到一个和纯元很像的男孩或女孩的时候，你会不会觉得这是上天的眷顾或补偿，有生之年还能再用心爱一次？

在甄嬛眼里，你是电，你是光，你是我的 superstar！在四郎眼里，你是类卿的莞莞，你是回不去的青春，你是我的白月光！

热恋阶段：爱就是一颗心融化另外一颗心、两颗心相互靠近的过程

桂圆核桃莲子撒帐，椒房之宠，吃生饺子……热恋中的男女就是这样，一个负责浪漫，一个负责娇嗔，乐此不疲，乐不可支。

热恋中的人还有一个特点，就是有如圣人般的心胸和利他之心。甄嬛连续侍寝七日后，对着枕榻边的皇帝说："皇上在前朝政务繁忙，若后宫成了怨气所钟之地，皇上也不能安心。皇上若专宠臣妾而冷落其他嫔妃，旁人不免会议论皇上男儿凉薄、喜新忘旧，臣妾不能让皇上烦心，臣妾不忍。"

首次谈恋爱的嬛嬛空有一副理论，但"知道是知识，做到是本事"，很多道理不是知道就能做好的。作为懵懂少女，她根本消化不了自己在感情里的懂事和乖巧，处于一种自我矛盾的挣扎之中，所以就出现了躺在床上说要皇上雨露均沾，独守空房时弹《湘妃怨》的情景。

果然，这天夜里皇上没来碎玉轩，甄嬛借琴消愁、黯然神伤："望夫君兮不来，波渺渺而难升。"从碎玉轩路过的四郎听懂了小姑娘的心思："朕不在，她心里难过。"

四郎：你把朕的心都弹乱了！

甄嬛：皇上怎么来了？

四郎：为伊消得人憔悴，朕今儿总算是尝到滋味了。

甄嬛：皇上不是在齐妃那儿吗？

四郎：看过她了。走过来见今儿的月色好，想来瞧瞧你在做什么，这样好的琴声，幸好朕没有错过。

甄嬛：堂堂君王至尊，竟学人家偷听墙角。皇上这么过来，齐妃会难受的。

四郎：你舍得推朕去旁人那儿吗？

甄嬛：臣妾说过，皇上是明君。

四郎：那朕就明日再做明君，今夜且再做一回昏君。

甄嬛：那臣妾明日再做贤妃，再去向齐妃姐姐请罪。

你看，热恋中的情人就是这样，一箩筐的土味情话，特别懂得心疼理解对方，特别懂得站在对方的角度考虑问题，不惑之年的老腊肉终于迎来了人生第二春。

在我们生活里也会碰到这种情况，男生找的新女友会和前任、初恋有某种神似，与其说甄嬛是替代品，不如说爱的感觉和对象就是相似的。感情是极其复杂的，甚至会让人从深处无法理解。于皇帝而言，他就喜欢这样的嬛嬛——大胆热烈，明艳动人，还是个"文艺青年"：内心对白首一生充满向往，敢于抒发关于感情的梦想，主动称呼自己"四郎"，可以当工作上的"解语花"，可以在感情里"共话巴山夜雨时"……

热恋中遇到的摩擦和猜疑在如胶似漆的状态里也根本不算什么。在热恋阶段，相爱的两个人更容易展现自己的优点、发现对方的优点，也更容易屏蔽自己的缺点、理解对方的缺点，这是一个普遍存在的问题，是人类求偶时的本能。就像甄嬛说的："原来当皇上也有这么多为难和不得已，既然我与皇上都有为难，又何必要彼此为难呢？"

沈眉庄被陷害假孕争宠后，四郎来见甄嬛——

甄嬛：四郎是明君，又知晓嬛嬛心性，自然不会听信一面之词，四郎若真疑心嬛嬛，恐怕嬛嬛此时就不能与四郎如此并头夜话了。

四郎：你就如此相信朕对你没有一分疑心？

甄嬛：四郎是嬛嬛枕边人，若连自己枕边人都不信，那嬛嬛还能信任谁、依靠谁呢？……嬛嬛不会叫四郎为难的。

年羹尧西北战事告捷，四郎想恢复华妃协理六宫之权，来问甄嬛的想法，甄嬛找各种理由劝阻四郎暂缓恢复华妃协理六宫之权——

甄嬛：只是年将军前线刚刚告捷，皇上就立刻恢复了华妃娘娘协理六宫之权，知道的自然是说皇上体恤功臣，不知道的恐怕会忽略了皇上的英明，只以为皇上仰仗着年家才有胜仗可打，所以要迫不及待重用华妃以做笼络……年将军已得高功，自然喜不自胜，若此刻皇上授权于华妃，恐怕年将军会一时高兴而忘了形，那就不好了。臣妾一时糊涂竟妄议朝政，还请皇上恕罪。

皇上：无妨，朕说过许你议政。只怕这宫里除了你，没人再敢与朕这样分析利弊。

平日里甄嬛哪怕常在御前行走，说话也是谨小慎微，只敢给皇帝提建议，而不敢为皇帝做决策。而这里甄嬛言语间含沙射影讽刺皇帝与年羹尧的微妙关系，话说得也很难听。甄嬛的逼谏迫使皇帝不得不暂缓恢复华妃协理六宫之权，这个僭越干政的尺度已经很大了。但四郎不仅同意了甄嬛的建议，而且几乎没有不满和生气。要知道这位皇帝是非常忌惮别人觊觎他的权力，而且猜疑心很重，但这种心理都被热恋期的荷尔蒙抵消了。

甄嬛和四郎的热恋在她入宫后的第一次生日时达到了高峰——

甄嬛：凤凰于飞，和鸣铿锵，夫妻和顺恩爱，是世间所有女子的梦想。

四郎：此刻你的梦想实现了吗？

考验阶段：不存在完全互相理解对方的亲密关系

甄嬛失子后，二人关系开始面临重大考验，裂痕开始产生。在嬛嬛和四郎的这段感情里，存在两样东西是不对等的——感情经历的不对等和双方关系的不对等。

感情经历的不对等，是指在谈恋爱这件事情上，甄嬛完全是一张白纸，向往的是纯粹浪漫的"何当共剪西窗烛"式的感情，最初的梦想是"愿得一心人，白头不相离"；四郎是受过严重情伤的，翩翩少年情窦初开时爱上了一个姑娘，那是四郎真正意义上的初恋和此生挚爱，而且他和纯元感情的终结既不是因为外界压力的拆散，也不是双方性格上的不成熟，而是因为一种完全不可抗力因素——死亡。其实很长一段时间里，他已习惯做金銮殿上九五之尊的天子，是纵横前朝后宫的一朝帝王，那个和潜邸里为心仪的姑娘"青青子衿，悠悠我心，一日不见，如三月兮"的四郎早已经死了。

一个是涉世未深想要看尽人间繁华的清纯女青年，一个是心已沧桑需要坐旋转木马的大龄男青年，四郎和甄嬛谈恋爱时心态上的差异，类似于甄嬛和果郡王谈恋爱时心态上的差异。在相识阶段和热恋阶段，甄嬛的活泼动人开始融化皇帝冰封的内心，二人整天思考谈论的是从风花雪月到诗词歌赋，在没有遇到考验之时，不会出现什么问题。但是当面临重大议题时，这种感情上经历的不对等，造成了二人心态上的不对等，导致二人无法深刻理解对方。

双方关系的不对等，主要原因是在这段关系里甄嬛低估了自己的分量。在甄嬛眼里，二人的关系是这样的——

于皇上而言，臣妾只是普通嫔妃，可臣妾却视皇上为夫君。姑姑教导过臣妾该如何侍奉皇上，却从未教导过臣妾该如何侍奉夫君。

皇上对臣妾太好，反而臣妾会有些害怕。

四郎宠嬛嬛，嬛嬛都知道，只是四郎之前也是这么宠着华妃，宠着眉姐姐，嬛嬛怕四郎只是宠而已。

甄嬛从潜意识里，对皇帝是有一种取悦心态的：告诉皇帝要雨露均沾不能专宠，是想侧面表示自己懂事乖巧；嘴上说视皇帝为夫君，可心里又觉得害怕，原因是自己不过是后宫宠妃之一，只有宠没有爱。

而皇帝眼里的甄嬛是这样的——

从来嫔妃侍寝都是诚惶诚恐、百般谨慎，连皇后也不例外，从来没有人对朕说过这样的话，你既把朕当作夫君，在夫君面前不用这般小心翼翼。

甄嬛即是甄嬛，你这样就是最好。

朕摆明了只偏心你一人。

可以这么说，四郎心里甄嬛的分量要比甄嬛认为自己在四郎心中的分量重很多。

感情经历和双方关系的不对等，在甄嬛失子这件大事上体现得格外明显。全剧中，皇帝仅有两次落泪，且两次眼泪都为甄嬛而流，甄嬛失子就是第一次。

第一次恋爱，第一次怀孕生孩子，第一次流产，这对于一个十几岁的姑娘来说，打击是相当大的。

其实我们回顾皇帝的前半生就可以看到，甄嬛的第一次他都经历很多次了，宜修孩子三岁早夭，纯元母子俱亡，华妃成形男胎流产……说句难听的话，这个年届四十的男人可能都被这些生活中的苦难折磨得麻木了。皇帝面临的局面是复杂的，考虑问题是长远的，他要掂量的不只是孩子的失去，爱人的悲伤，还有工作伙伴的心情，大局的稳固。他当然想凭心情处理这件事情，可是他不能那样做，这就是成年人世界的无奈和辛酸。他最终的选择，是在平衡这些利益得失后作出的他认为最正确的选择：毕竟孩子还是可以再生的。皇帝去看望甄嬛，告诉侍女不必告知他来过，说明他心里是很在意这件事情的，他生气自己虽居万人之上却没办法杀之后快，也生气甄嬛对他所面临局面的不理解。

由于二人感情经历的不对等，导致面临重大议题时他们是无法深刻理解对方的，这一事件让甄嬛作出错误的判断：自己在皇帝心里的分量不过如此，从而让双方关系变得更不对等。

有人可能觉得我过于美化皇帝了，他其实自始至终都只把甄嬛当作替身，那不妨听听皇帝的身边人怎么说。

太后说："哀家自己的儿子自己知道，皇帝是太在意莞嫔了，所以甄嬛伤心，他就气恼。皇帝可以有宠爱的人，可是不能钟情。"

皇后和曹琴默也都看得很透彻，齐妃曾在宴会上问"皇上就如此偏爱莞嫔吗"，曹琴默说："不是偏爱，是交了心。"

那个爱得痴狂犯傻的华妃，面对雷雨交加之夜皇上撇下她去看甄嬛时说道："皇上从来没有这样过。"

所以外人最能看明白，当事人却容易犯执念。

崩塌阶段：确认过眼神，是在错的时间里遇见对的人

崩塌的导火索大家都知道，甄嬛误穿纯元故衣。那根本原因呢？甄嬛抓住刘畚后，有这样一个情节——

四郎疑心是她有意安排，甄嬛后来说："我从没有想过皇上会疑心我，我不是介意，而是失望。当日错怪眉姐姐时，我也曾想过，会不会有一天皇上也不信任我？事到如今，我还是那么难过。"

这个地方有个细节，槿汐告诉她："你与其在这里伤心难过，不如多想想，怎样让皇上少疑心。"甄嬛反问："为什么不说，让皇上不疑心？"槿汐苦笑道："小主若觉得做得到，也可以这样说。"

连槿汐都苦笑了，可见甄嬛对感情太理想主义了。甄嬛还是太年轻，对感情有轻微的精神洁癖，要求太纯粹、太干净，不能掺杂任何杂质。而此时的皇帝早就过了追求这种纯粹感情的年纪，这里又是一个人生经历的不对等。

韩国诗人郑玄宗有首诗叫《访客》："一个人的到来，其实是一件非常浩大的事情，因为他，是带着他的过去一同到来。"在这段感情里，甄嬛也没有仔细思考过尽千帆后站在面前的皇帝经历的过去会造成一个怎样的现在式的皇帝；或者说，以她的人生阅历可能还没有想到要做这样的思考。甄嬛来求见皇上时，皇帝第一句问的是"如今睡得还安稳吗"，甄嬛这个时候祸不单行，上来就谈朝野局势权力倾轧，皇帝心里怨的是"你挤破脑袋来见我也不问我声好不好"，甄嬛心里怨的是"我究竟算什么，终究是错付了"。

皇帝喜欢甄嬛，喜欢甄嬛与纯元的相似，也更喜欢甄嬛与纯元的不同。在经历了人生的那么多坎坷曲折和生离死别后，体会到高处不胜寒的凄清苦闷后，这个中年男人还是渴望爱情的，渴望有一个女子能够带领他走出曾经的沧海，去迎接一种崭新的、美好的、轻松愉悦的生活。作为一个渴望爱情的中年男子，他想要的一定不是替身，而是一个鲜活的懂得他的女文青。在他眼里，甄嬛如是。

越到故事后期，越能发现甄嬛在四郎心里的分量变得更重。冰雪琉璃世界，安陵容冰上起舞，簇簇红梅相映，四郎回忆起了当年倚梅园的初遇："逆风如解意，容易莫摧残。当日朕与你也是结缘于梅花。"此时的四郎看到梅花想起的其实是甄嬛，而非纯元。坐在一旁的皇后自然不希望姐姐纯元落了下风："香中别有韵，清极不知寒。皇上可还记得姐姐刚入府时，常常吟这首诗啊？"但四郎并没有接话，个中缘由观众自能体会。

后来他发现甄嬛和果郡王有私情，其实大可以像处理瑛贵人和三阿哥的事情那样处理甄嬛，从而维护皇家的脸面，但他犹豫再三，最终还是选择原谅甄嬛，并哽咽地说让她"去看看三个孩子，他们都很想你"。到最后甄嬛和果郡王二选一时，四郎甚至把选择权交给甄嬛，这对于一个帝王而言，确实是莫大的让步了，可彼时的甄嬛，早已万念俱灰，"自古多情空余恨，此恨绵绵无绝期"。二人对彼此的爱意像极了擦肩而过的旅人，所以有人说：他们都曾爱过对方，但却从来没有相爱过。

虽然四郎喜欢的已不是替身甄嬛，但爱的感觉又是相似的，这种感觉没法改变：比如他给甄嬛的封号与纯元小名一致，甄嬛喜欢的诗也是纯元喜欢的诗，甄嬛喜欢的花也是纯元喜欢的花，甄嬛也能跳惊鸿舞，甄嬛也会在杏花里吹箫。所以说，他对于甄嬛和纯元之间的这种相似但又不同的意识是矛盾模糊的。他一方面不愿意承认甄嬛和纯元的相似，但另一方面又不得不承认那种爱的感觉的相似。他内心里否认甄嬛是纯元的替代品，但他又想从甄嬛身上找回那种少年爱恋的感觉，这种矛盾就是爱情里的混沌、复杂，剪不断、理还乱。

"嬛郎恋"最终的破灭，不是毁于误会挑拨，不是毁于纯元，而是毁于感情经历和双方关系的不对等，这种不对等给甄嬛骄傲持贵却也自卑倔强的心理造成了断崖式的崩塌，给看尽人情冷暖的四郎造成了"你还想让我怎样"的压力，两人只能说是在错的时间里遇见对的人。

相较于甄嬛在爱情里的自卑，如懿在婚姻里就自信多了。

《甄嬛传》片尾曲里唱道："得非所愿，愿非所得，看命运嘲弄造化游戏，真情诺诺终于随乱红飞花去。"纯元用死诠释了：最美好的感情只有毁灭掉，把它留在记忆中才会永存。那要是纯元活下来呢？他能和皇帝凤凰于飞、和顺恩爱、执子之手、厮守一生吗？如果纯元活着，和皇帝步入婚姻生活后，将会遭遇什么？《如懿传》回答了这个假设。

弘历和如懿是少年相识、青梅竹马，彼此又都是对方真正意义上的初恋。二人感情乃至生活经历中的种种都共同参与了，不存在不对等。如懿是乌拉那拉氏的女儿，出身豪门亲贵；弘历虽是皇子，但一直以来不被重视和宠爱，自然没有高人一等的强势和优越。弘历登基后，如懿虽然只是妃位，但一开始弘历属意的福晋就是如懿，这是一种从内心深处的认可。这种状态下的如懿在和弘历相处过程中用两个字可以概括：从容。

婚姻和感情的叙事手法一定是不一样的：甄嬛和四郎是谈恋爱，看雪、放风筝、赏荷花，从诗词歌赋谈到人生哲学，又甜又腻；如懿和弘历则是在过日子，平淡中讲故事，柴米油盐下的生活气息。甄嬛过生日是一场大型真人秀，恨不得全世界都知道，有人强颜欢笑，有人强立人设。满湖的荷花、满天的风筝，其实都是彩排好的剧本。如懿过生日没有喧嚣排场。弘历下班回到家，"今儿个朕就陪你吃碗面，长长寿寿的啊"。一张桌、一碗面、两个人，流露出的就是婚姻生活中的烟火气息！

在如懿生日这天，她没有想要礼物，而是想着借自己生日这天为对方送一份礼物。这份礼物是连皇帝自己都不敢大大方方送给自己的——为生母李金桂正名。要知道在这个故事里，弘历生母是出身低贱、外貌丑陋的宫女，这件事从他老爹那里就很是忌讳。

在盛大的政治婚姻里，即使夫妻之间，关系极其微妙，任何要求和索取都似乎充满了算计和经营，更何况这种摸老虎胡须的诉求，很多人不敢提，也不会提。如懿则是站在了一个普通妻子的角度考量这个问题："可是这是皇上最重的心事，我总想着和他一起弥补，哪怕弥补一点点。""臣妾明白皇上心中之苦，想让皇上舒坦些，今儿我说出了这番心意，希望皇上可以成全。"

弘历虽然因为这件事情很生气,导致很长时间外人以为如懿失宠了:吃剩饭剩菜,没有月例银子,内务府送来的是腐了的布料……但如懿在干吗呢?绣春山行旅图。海兰为她的处境鸣不平,如懿却说:"将就吧!"面对同样失宠的处境,甄嬛的态度是:"今时不同往日,恐怕难以翻身。"

当得知弘历按照她的意思给了生母位分后,如懿高兴的是皇帝终于了了这件心事,而不是自己终于可以复宠了。弘历自己也非常明白:"这些为难的事,只有你会说。除了你,没有别人。""你的这份直爽是对着朕的,从初见到现在从未变过,这好处是夫妻之间的,朕懂,朕也珍惜。"如懿的从容自信,让她能够完全站在对方的角度思考问题,而不害怕或计较自己是否真正得宠失宠,或者说有足够的自信认为自己不会因为这件事影响到婚姻里的感情。

进冷宫这个例子就更明显了。因为这件事情不关乎感情,而是人品遭遇了危机。如懿很委屈,也不服,但弘历说他没得选只能这么处理时,如懿还是很淡定:"就为了皇上这句话,臣妾愿长居冷宫,如果时日真的有用,希望可以洗去臣妾的冤屈。"

进冷宫后,如懿种花花草草打发时光,纳鞋底编络子自食其力。人最艰难的不是遭遇苦难磋磨,而是看不到苦难尽头时内心遭受的磋磨。如懿相信时间的力量,也相信她和弘历的深厚感情,即使在艰难岁月里也活成一个体面的人。

即使出冷宫,如懿也不会对左右她自由的人感恩戴德,而是发出质问:"皇上的口气就好像臣妾去了趟御花园,皇上知道臣妾委屈,却还是将臣妾送入了冷宫,比起前朝和后宫的安定,臣妾是可以牺牲的那一个。"这都是自信从容的表现。

其实婚姻危机中最可憎的一个问题是："我为你做了那么多你不知道，而你只记得的是你对我的好。"感情里，人有一种执念，执着于自己的付出，也总会看不见对方的倾力；可对于自己的付出又不能勇敢表达出来，一是因为怕变得低贱，二是又不想显得功利。但如果双方对于自己的付出都能坦诚告白，就会少了很多嫌隙。如懿和弘历在婚姻前期，就很好地消弭掉了这种嫌隙。

弘历主动讲自己对于如懿做的手帕络子数目都清清楚楚，这种行为会让对方觉得自己被重视、被疼爱，被放在心上了。相反，四郎偷偷跑来看甄嬛，却不想让她知道自己来过。

《如懿传》里，如懿的姑母宜修曾问过她一个问题："宠爱是面子，权势是里子，你要哪一个？"她的回答是："青樱贪心，自然希望两者皆得。但若不能，自然是里子最要紧。"

其实宜修从问这个问题开始，概念就错了，"面子上的宠爱和里子中的权势"，那是她一生所求。在如懿的字典里，权势是面子，宠爱才是里子。她的梦想是："情深意重，两心相许。"

甄嬛给她起名时，如懿问："懿便很好，为何是如懿？"甄嬛叹了口气："你还年轻，不懂世间完满的美好，太难得。"甄嬛说的是对的，世间完满的美好，实在难得。不论是甄嬛在感情里的自卑，还是如懿在婚姻里的自信，她们最后都失去了最初期许的世间完满的美好，把这美好毁灭给人看。

《甄嬛传》里皇帝在临死前，想听甄嬛再唤他一声"四郎"，而甄嬛却到了"相处每时每刻都觉得恶心"的地步。但当皇帝驾崩后，甄嬛还是以"四郎"的称呼告别："那年杏花微雨，你说你是果郡王，这一切从一开始便是错的。"

爱过吗？当然爱过。但一切已是曾经沧海，"此情可待成追忆，只是当时已惘然"。

如懿最后和弘历分别时，告诉皇帝要一路保重："你知道兰因絮果吗？我少时读的时候只觉得惋惜，如今却明白了，花开花落自有时。"光头一直在想，如果如懿没有当皇后，她和弘历的感情是否会如前十几年般那样好？此时此刻，弘历和如懿，他们也许仍然深爱着彼此，他们的爱没变，只是人变了。如懿爱的，是那些年的少年弘历；弘历爱的，是那些年的少女青樱和娴妃如懿。

如懿在婚姻里的心态和样子，都比甄嬛要更从容和坦然。在甄嬛和四郎的感情里，甄嬛因为不对等的关系，最终放弃了这段本还有余地转圜的感情。但如懿在四十年的婚姻里，在那样一个充满算计和猜忌的环境里，确实尽力了。虽两情相惜，两心相仪，得来复失去。

如懿想如"懿"，而非"如懿"，这世间完满的美好，终究得不到。

不管是甄嬛和四郎，还是如懿和弘历，起初海誓山盟、纸短情长的时候他们肯定都是真心的，后来心灰意冷、刻薄寡情也都是最终事实。变，才是这个世界上唯一永恒的东西。

华妃：不要活在自己幻想的爱情城堡里

光头在前面讲过，华妃凭借她主动的性格排在金字塔的第二层，皇上对她的喜欢不言而喻。华妃自己也说"王府里那么多女人个个都怕他，就我不怕""他常常带着我去策马、去打猎"，相比其他人而言，从某种程度上讲华妃已经得到了皇帝的真心。

但她并不满足于只是赢得皇上的心，而是想要拥有这个男人的全部。但在那种一夫一妻多妾制的故事设定里，这种理想化的欲求是不可能被满足的，就连皇上更爱的纯元、甄嬛都没有得到这样的优待，皇上没有因为有了纯元、甄嬛，而不去迎娶别的侧福晋、翻其他妃嫔的牌子。

从女性角度来看，甄嬛很早就意识到"我一早知道他是皇上，他的夜晚从来不属于我一个人"，而华妃却觉得是因为甄嬛"从来没有像我这样喜欢过皇上"，在这一点上皇后和华妃一样陷入了执迷："你以为姐姐爱你很多吗？你以为熹贵妃真的爱你吗？凡是深爱丈夫的女子，有谁愿意看着自己深爱的丈夫与别的女人恩爱生子啊！臣妾做不到，臣妾做不到啊！"

当然，也可以认为华妃和皇后具有超前的社会观念，夸她们是女权主义的先锋，她们早早就有了"男女平等"的认知和觉醒，在自己一心一意对待男性伴侣的同时也要求对方给予同等的陪伴和守护。

光头并不认同封建社会的婚姻制度，就像我前面强调的，我们要基于故事设定的基本法来讨论问题。而《甄嬛传》的历史背景和社会规则，就是那个环境里的人普遍接受一夫一妻多妾制的婚姻制度。

从这个基本设定来看，华妃确实是得陇望蜀、贪得无厌，用她的经典名言来概括就是："在本宫身前只许有侍奉皇上的人，不许有分得皇上宠爱的人，更不许有与本宫争夺宠爱之人。"

美国心理治疗师苏珊说："执迷者即使身处一段恋情中，也往往不会满足，他们总是想要更多的爱、更多的关怀、更多的承诺和更多的安全感。"且不说华妃对甄嬛的嫉妒和仇视，单看开始比较受宠的沈眉庄和富察贵人，哪怕得宠程度和后宫地位远不及华妃,她都无法容忍和接受。

沈眉庄初得圣宠时,皇上赏赐了很多菊花,宫人们抬着花送去存菊堂,正巧被华妃撞见,当得知菊花不是送到翊坤宫之后,华妃非常生气,命令宫人把自己宫里的菊花统统撤走,要求"以后翊坤宫上下绝对不能再出现菊花"。

华妃翻看敬事房的记档发现,初进宫的沈眉庄和富察贵人一个月都侍寝了两次,虽然都没有她的次数多,但她心里很不爽快,便惩罚富察贵人研墨、沈眉庄抄账本,甚至命人推沈眉庄落水。

即使皇帝对她们的宠爱远不及自己多,但华妃永远不会满足,"后宫中哪来的什么情同姐妹",她视所有皇帝身边的女人为天敌,甄嬛的出现更是催化她将这场执迷爱恋进行到极致,因为被抛弃是执迷爱恋者走向极端的导火索。

雷雨交加的夜晚,皇上心里惦记着害怕雷声的甄嬛,撇下睡在旁边的华妃,去了甄嬛那里,华妃怅然若失:"皇上从来都没有这样过。"紧接着她眼神凶狠地嘶吼道:"杀了她!"

如果说之前推沈眉庄落水、陷害沈眉庄假孕、指使余莺儿在甄嬛药中下毒都只是执迷爱恋者华妃不知纪极的发端,那后来的淳儿之死、收受贿赂保荐官员则是她迷途不返、彻底走向深渊的见证,细看你会发现,这些滔天罪行不过都是华妃执迷爱恋结下的恶果。皇上最后没有重罚华妃,不仅是因为他喜欢华妃这个人,另一方面是因为华妃对他的爱确实是推心置腹、无可挑剔。

深夜里皇帝刚忙完工作突发兴致来翊坤宫,华妃便奉上了皇上平常喝的茶,连皇帝都诧异:"你今儿并不知道朕要来,怎么还备着这个?"华妃说道:"臣妾时时刻刻都盼望着皇上能来,所以一直都备着。"

皇上来华妃宫里用午膳，看着桌上的菜式感叹道："这些菜都是最费工夫的，你一定是后半夜就起来盯着他们做的吧？吃顿饭都要你这么费心，朕真是舍不得。"是啊，吃顿午饭都要凌晨起来监督预备，这份情意确实深厚。

不仅是午膳，就连早饭华妃都是格外用心准备："脆腌黄瓜皇上喜欢吃，放他面前吧。这包子皇上昨天就吃了两口，想必是吃腻了，还是放远些吧。"华妃连皇上吃东西吃了几口都能如此挂怀上心，这种无微不至的爱一望而知。这也是我特别喜欢《甄嬛传》的地方，看似一些和情节发展无关的剧情，却都在塑造着人物，让他们变得更丰满立体、有血有肉。

印象最深的一次当属疫情发生时，华妃亲自下场熬夜翻医书、查古方，主动担任"抗疫领导小组负责人"："京城时疫闹得厉害，皇上现在连饭都吃不下，本宫就看不得皇上着急。"这样永远把对方放在首位的体贴关怀恐怕连甄嬛都自惭形秽。

表面上看，华妃是贪慕虚荣喜欢显摆的人，但名位和级别不过是她借此艳压后宫众人的武器，说她完全不在意那也不可能，但在和皇帝的亲密关系里，她确实并没有那么在意。当皇上打算晋升她位分时，华妃说："臣妾只求时时刻刻能够陪着皇上，不在乎位分富贵。"类似的话她在甄嬛小产后由年妃复位华妃时也说过："贵妃不贵妃的本宫都不在意，只要皇上心里有本宫就好。"

而且更不可思议的是，面对皇帝这样的执迷对象，沈眉庄懂得"君恩不过如是"，甄嬛明白"他是这世间最无法一心之人"，就连深爱着皇帝的端妃，也看得清皇帝给死去的华妃封号是不想让人非议他的刻薄，但华妃却将执迷对象视为生命的意义和全部，从未因为没有得到皇上的爱而对这个人心生过怨恨和恼怒，没有擦亮双眼审视皇帝这个人身上是否有问题，更多的时候活在自己的情感幻想里，选择性关注与自己幻想如出一辙的事实，与此同时选择性拉黑与自己幻想背道而驰的证据，这一点从她和端妃的对决中可以窥见一斑——

华妃因为接连受到富察贵人和甄嬛有喜的刺激，跑到端妃宫里与她对峙，端妃数次点破当年那碗安胎药中的疑点："如果我真的是罪大恶极，皇上也不会留我苟活至今。""当年你不分青红皂白把所有的事情都加在我的头上。""如果你真有铁证，早就把我挫骨扬灰。""重要的是皇上怎么看，就像你当年认定是我杀了你的孩子。"

无奈给皇上背锅的端妃不能直接把这口锅又甩给皇上，但她曾经多次旁敲侧击暗示过安胎药的问题，但华妃对于端妃的话完全听不进去："皇上信你、护着你，可是我死都不会信。"说她是个可怜人，可这又何尝不是她执迷爱恋后双商掉线的恶果。

甄嬛阻挠皇上恢复华妃协理六宫之权后，华妃说："皇上近日常来本宫这儿，莫不是因为哥哥的缘故？皇上这次不许本宫协理六宫之权又如何？若是皇上这次许了，多半是因为哥哥的缘故而非本宫，皇上不许才见得对本宫好，真真是因为多年的夫妻情深，而非外戚之故。"年羹尧在前朝屡受弹劾，华妃认为："年家一直对皇上忠心耿耿，皇上一定是被谣言迷惑。"皇上杀了年羹尧后，华妃也被降为答应，但她却仍然觉得"皇上如此绝情，都是因为甄嬛那个贱人"。她自始至终活在自己幻想的爱情城堡里，城堡里的王子是完美情人，即使有缺陷也是受到外面"病毒"的侵害，哪怕王子喜欢别的女生，也必然是"贱人狐媚勾引"。每当爱情城堡面临坍塌危机，她都会开启防御机制找到各种理由为完美情人解释开脱,不允许自己幻想的城堡毁灭。

因甄嬛失子而被皇帝严厉训斥和差点儿抛弃的华妃变得患得患失、焦虑不安,这也是执迷爱恋者的典型特征,这个时候的华妃对皇上的一举一动会特别敏感。比如她刚复位华妃时,有段时间皇上常常去翊坤宫,华妃却说:"皇上日日到臣妾这儿来,不嫌臣妾这儿的菜腻味吗?"这话连皇上听到都很诧异:"从前你从不这样问,越发会胡思乱想了。"因为以前的华妃可是日日盼着皇上来,从不会有这样的顾虑和担忧。

当得知皇上特赐的欢宜香中含有大量麝香,当明白当年端妃的那碗安胎药只是替皇上担了虚名后,她仍然想要找到一些理由给皇帝的行为解释开脱,试图找到最后一丝希望让自己相信这些年的情爱,但是她的自我防御机制再也无法启动,她幻想的爱情城堡濒临崩塌,她的眼神逐渐失焦,脸上的笑容狰狞而扭曲,笑这"世情薄,人心恶",笑那"人成各,今非昨",直到最后一刻,她对于自己心里那位完美情人说得最重的话是"皇上,你害得世兰好苦啊",可怜这样一位跋扈放纵、明媚娇嗔的女子,执迷于情爱,低俯到尘埃里,一生情,一生错付。

皇后:得不到的就要毁掉?复仇只会两败俱伤

华妃没有勇气面对这斑驳悲痛的世情,选择以死了结这一切,而活着的人则不得不面对深爱之人却不爱自己的人生,恼羞成怒之后,她们会变得更加疯狂。如果说华妃沉迷于爱情幻想,那皇后沉迷的就是复仇幻想。

皇后身上背负着太多沉重不堪的过往,她内心的仇恨就像基因中的编码序列，好似从出生那一刻起就被编写好了。最终向皇上诉苦时，皇后曾说不希望自己的孩子和她一样，永远摆脱不了庶出的身份，皇上告诉她："皇额娘是庶出，朕也是庶出，你知道朕并不在意嫡庶。"天下庶出之人如过江之鲫，但对庶出身份的耿耿于怀就是宜修一生的业力。"你可曾知道庶出的女子有多痛苦"，这句被她一语带过的话，却写就了她出阁前在大家族里煎熬生活的分分秒秒。

沈眉庄出场时，沈母正襟危坐于堂前，诸位姨娘则是站在一旁奴颜婢色、阿谀取容。祺贵人更是当着她的面说过："臣妾家里有两个庶出的妹妹，臣妾和她们说不上话。"宜修和母亲就是这种环境里的背景墙。

不难想象，宜修是在这百般折磨和打压下忍辱负重成长起来的，与此同时，她也是在嫡姐姐纯元的阴影下被家族忽视的一个庶出女孩。本以为嫁给当时还是王爷的皇帝，她的命运会迎来转机，可这场婚姻将她推入了更黑暗的深渊。"这对玉镯还是臣妾入府的时候，皇上亲自为臣妾戴上的，当年皇上同样执着此环同臣妾说，若生下皇子，福晋便是臣妾的。"正当宜修以为可以翻身时，她的姐姐纯元来到了王府，抢了她福晋的位子，又一次让她面临妾室和庶出的残酷现实。

但命运嘲弄、造化游戏远不止于此，孩子的夭亡成为压垮宜修的最后一根稻草："孩子夭亡的时候，姐姐有了身孕，皇上你只顾姐姐有孕之喜，何曾还记得臣妾与你的孩子啊？他还不满三岁，高烧烧得浑身滚烫，不治而死啊！臣妾抱着他的尸身，在雨中走了一晚上，想走到阎罗殿求满殿神佛，要索命就索我的命，别索我儿子的命啊！而姐姐这时竟然有了孩子，不是她的儿子索了我儿子的命吗？"

后来宜修用让人难以察觉的阴毒方式致纯元难产而死，一尸两命。皇帝死前甄嬛对她说的话放在此时的宜修身上再合适不过："刚入王府的宜修已经死了，皇上你忘了，是您亲手杀了她，臣妾是乌拉那拉·宜修。"

可是故事到这里并没有结束，在经历了少年时的卑躬屈膝、含垢忍辱，青年时的命运眷顾、苦尽甘来，婚姻里的横刀夺爱、打回原形、孩子早夭、手刃亲姐，她成为一人之下、万人之上的大清皇后。她本应活在故事的结尾，却活在了故事的开头，所以我们看到的皇后，已经是一位千疮百孔、遍体鳞伤的皇后。

很多人有一个疑问，经历了百转千回的命运摧残后，皇后是否还爱着皇帝？剧中有这样一个情节：每月十五必定是皇上会来皇后宫中的日子，可这次因为甄嬛有喜，皇上为了陪甄嬛而放了皇后"鸽子"，如果皇后不爱皇帝，她心里应该乐开了花才是，可夜深人静时，皇后独宿寝宫，一只手摩挲着旁边空空如也的枕榻，一行清泪从脸颊滑落。

由此看出，皇后对皇帝当然是有爱的，只不过是一种爱恨交织的畸形之爱。爱与恨，其实很像太极图中的阴与阳，阴极生阳，阳极生阴，对于大部分正常人而言，爱与恨有着相对明显的界限，而对于皇后这样的执迷者，爱与恨在她心中进行着一场难舍难分的斗争，她对皇帝的爱仍然如烈火般燃烧，可当这种爱意无法得到回应时，她便"终日落嗔"，对于自己没有得到的事物心生更大的怨恨和恼怒，从而想要把这种内心的愤恨与恶意释放出来，于是复仇便开始了。

复仇行为一旦开始，就说明执迷者完全放弃了唤回爱的艰难旅程，宜修决定担任"后宫打胎队"队长，惩罚那个让自己如此痛苦的人。《甄嬛传》故事的起点是皇家为了开枝散叶、绵延子嗣，选秀充实后宫，可直到故事结束，大家都白忙活一场，这种结局一半以上的原因是拜皇后所赐。芳贵人、欣常在、富察贵人、甄嬛小产，齐妃的自戕，叶澜依的绝育，甄嬛和皇帝感情的破裂，这些都是宜修的"功劳"。

复仇是执迷者的末路，宜修并没有想要全身而退。她看似想要当未来的皇太后，可面对四阿哥抛出橄榄枝时，却断然拒绝——

剪秋：娘娘，刚才四阿哥来过了。

皇后：他来干什么？

剪秋：他想拜见皇上。

皇后：罢了吧，皇上一看见他，又想起以前的烦心事，又该动气了。

剪秋：其实四阿哥的生母早亡，他孤苦无依，也怪可怜的。

皇后：你的意思是让本官抚养四阿哥？

剪秋：奴婢是觉得，娘娘若觉得膝下寂寞，四阿哥也是一个人选。

皇后：皇上最不喜欢的就是四阿哥，本官抚养他有何用，算了吧。

哪怕剪秋都能想到的问题，宜修都不愿意多往前踏一步。当执迷者满怀仇恨之时，她就不再愿意考虑未来。敬妃说"若无胧月，我这后半生怕无半点欢愉了"，大阿哥的夭亡，让宜修活得像一具行尸走肉，再也没有对其他孩子释放爱意的愿望，更没有高瞻远瞩的格局和眼界。即使后来抚养三阿哥，宜修也没有试图要把三阿哥培养成一位合格的君主，而只是把他当作后宫争斗中的一个砝码。

太后曾多次劝诫警告过宜修："做人做事要留有余地，赶尽杀绝会自断后路。"宜修那么聪明，怎么会听不懂这些道理呢？太后身边的竹息说："太后多番劝过皇后，是皇后自己执迷不悟，是皇后害死了那么多人，她若早听太后的，收手就好了。"执迷者的复仇行为不过是内心怨恨的一种投射，表面上看伤害的是他人，潜意识里是想要驱逐自己内心的苦痛，但这种痛苦不会因其释放种种恶行后减弱消退，只会无限扩散蔓延，宜修所有的谋划也不能解决任何问题，她的自我毁灭人格最终只能将局面引向同归于尽。

宜修最后哭诉："凡是深爱丈夫的女子，有谁愿意看着自己深爱的丈夫与别的女人恩爱生子啊？臣妾做不到，臣妾做不到啊！"既然得不到丈夫的爱，那就毁掉他和别人的爱，甚至毁掉他们爱的结晶，这种复仇行为造成的结果就是所爱之人的"死生不复相见"。

对复仇的执迷，也是宜修对爱情的执迷。结果是，兰艾同焚、玉石俱烬。复仇路上，必然没有胜者。

温实初：不要因为痴迷就丢掉自己的人生

说到"痴"，就像片头曲唱的"古今痴男女，谁能过情关"，《甄嬛传》里尽是痴情人：有沈眉庄对温实初含而不露的痴，有温实初对甄嬛"衣带渐宽终不悔"的痴，有浣碧对果郡王非他不嫁的痴，有叶澜依对果郡王默默守望的痴，有果郡王对甄嬛"情不知所起，生者可以死"的痴……

自从果郡王不经意间夸赞了浣碧一番后，嫁给果郡王就成了她一生的梦想。虽然这个梦想很遥远，哪怕皇帝开玩笑说要封她为禧常在，她也要冒着违逆皇帝的风险说自己心里有人了，甚至不惜冒着赔上整个家族命运的风险，撞落了果郡王装有甄嬛小像的荷包，顶替甄嬛嫁给果郡王。甄嬛对她说："以后的路也是你今日所选，我也希望你永远不要后悔地走下去。"甄嬛的这句话其实说得很重，她曾试图阻止过这场婚姻悲剧，但"问世间情为何物，直教生死相许"，当飞蛾想要扑向大火，没人能改变得了它自取灭亡的命运。浣碧不听劝，执迷不悟选择当一位逆行者。

不管是精神还是肉体，浣碧都没有得到过果郡王。嫁给果郡王的浣碧，当然想要进一步赢得果郡王的心，但一切皆是徒劳。当皇帝想要试探果郡王是否觊觎甄嬛时，假宣旨意让甄嬛和亲，得知消息的果郡王决定领兵出关，浣碧求他不要去，甚至借此机会贬低甄嬛："你就那么在意长姐，在意到连自己的命都不要了吗？……她哪里是为了保全你，她是为了保全她自己。不和亲就只有死路一条，和亲或许还能活命，王爷难道你还不知道长姐的脾气吗？当初她在得知你的死讯没多久，她就回宫了，你为什么还要为了她，放弃你的平安尊荣呢？"

当一个人对事物陷入痴迷的状态，就会不分是非，不明事理，痴是引发贪、嗔的缘由，是一切烦恼的起因，也就是所谓的"我执"，此时的浣碧已经有了些许由痴而嗔的迹象。当果郡王为了保全甄嬛，不惜喝下毒酒牺牲自己的性命后，浣碧彻底崩溃，最终以殉情来告慰这份求而不得的痴情。

　　很多人不理解为何前期聪明睿智、不露锋芒的果郡王，到了后期完全沦为"恋爱脑"，一副"嬛儿，我活腻了"的样子，就连写给浣碧的每封家书中都要提一句"熹贵妃安"，这是因为就像浣碧痴迷于果郡王时的状态，果郡王痴迷于甄嬛时也陷入了不明事理的"我执"中。你会发现浣碧和果郡王身上都有痴迷者很典型的特征：对执迷的对象有着难以满足的渴望；满脑子都是想要得到的那个人；已被对方明确拒绝；被拒绝或者得不到后，自己的行为开始失常。不管是浣碧、果郡王，还是沈眉庄、叶澜依，他们的痴情都以完全牺牲自己为代价，这种痴迷是不可取的。

　　但《甄嬛传》里有一个人，虽然他也陷入过痴迷，但没有一条路走到黑，这个人就是温实初。温实初虽然也一直痴迷甄嬛，但他从来没有因此丢掉自己的人生。

　　在整个《甄嬛传》的大背景下，温实初这样的技术流算是底层人物了。他没有强大的权力和雄厚的背景，纯靠一技之长混饭吃。而温实初的父亲曾被甄嬛父亲所救，可以见得温实初的家庭是要比若干年前的甄家还要低阶的存在。但温实初用了不到四年的时间从一个小小的住院医师混到了太医院一把手，他在痴情付出的同时，从来没有忘记拼事业。

　　温实初的业务能力很强，这点是毋庸置疑的。但他从来不因为自己有天赋能力就懈怠懒惰，非常勤奋能干，甄嬛沈眉庄第一次去圆明园，温实初就是去护国公孙老公爷家里应诊，一应吃住全在孙府，所以才没有看到沈眉庄的那张纸方。时疫发生时，他也冲在了抗病救灾第一线，而且第一时间研究出治疗时疫的方法。虽然功劳被人顶了，但甄嬛也找准了时机向皇上禀明实情，举荐温实初："他为眉庄治病时颇有见效，而且臣妾听闻江诚、江慎两人的方子原是出自温实初之手。凡经温太医之手治好的人，病总是会好得快一些。"在甄嬛的举荐下，皇上说要亲自见一见温实初。

如果说此前的温实初是空有才华抱负没有贵人引路的话，这次的举荐成为温实初事业发展的一大转折点。所以，甄嬛在温实初的事业发展上也是帮了很大忙的。江诚曾对江慎说过："在太医院你我占尽风光，又有华妃撑腰，飞黄腾达指日可待。"可见后宫妃嫔作为太医院的服务对象，也可以成为他们职业生涯里的大贵人。

此后的太医院里，华妃一派的江诚、江慎被皇上"料理"，上一任太医院一把手章弥引咎辞职，温实初凭借超强的业务能力、奋发图强的努力、关键时刻（勇敢接下还在被禁足时救治沈眉庄这样出力不讨好的差事）的魄力以及甄嬛的引荐，后期依靠甄嬛这一强大后台，顺利成为太医院最年轻的一把手。

很多人觉得温实初可怜，是因为只看到他在感情里一直在付出、从来未得到的痴情男儿的一面，却没有看到人家事业步步高升的另一面。温实初值得欣赏的地方就在于：他该痴情时痴情，该搞事业时搞事业，从来没有因为儿女情长耽误或放弃自己的事业。所以，不要因为痴迷和喜欢一个人，就丢掉自己的所有人生啊！

第四章

后宫职场启示录

IV

在紫禁城里，皇帝身边各个等级的妃嫔像是一种职业，每天坐班打卡、晨昏定省、出席各种会议宴请，每月都由人事部兼财务部的内务府定时给后宫妃嫔从上到下按照级别发工资。《甄嬛传》的后宫里等级森严，说话要懂分寸，办事要守规矩，所有人都必须在某一个方圆法度内生存，这也是此剧能够经久不衰的重要原因。

后宫女子之间的人际关系，其中很大一部分就是中国人职场关系的复刻，有安陵容的"冒名顶替综合征"、敬妃的"讨好型人格"和曹琴默的焦虑与内卷需要我们警惕，也有皇后的情绪管理、苏培盛的察言观色和好好说话等职场基本功值得我们学习。《甄嬛传》不管是在职场的自我修炼提升、人际关系管理还是警惕陷阱误区等方面，都有正面积极的启示意义。

修炼和提升职场基本功

职场虽然是人与人的职场，但一切较量首先都要从自我谈起，就像金庸小说中武林大会上群雄争霸、擂台比武，"台上一分钟，台下十年功"，练好基本功才有资格华山论剑、笑傲江湖。职场亦然。《甄嬛传》中有太多的职场精英，他们身上具备的扎实基本功，值得我们借鉴和学习。

皇后：做好情绪管理，不做情绪的奴隶

心理学中有一个"费斯汀格法则"，说的是生活中只有10%的部分由真正发生在我们身上的事情组成，而90%的部分是由我们对所发生事情的反应所决定。如果你经常站在娱乐圈吃瓜第一线的话，你对这句话应该不陌生。换句话说，我们似乎无法知道明天和意外哪个先到来，但这些无法掌控的事情只占了生活的10%，另外的90%其实是由我们自己掌控和决定的。

在职场中，我们会碰到形形色色的人：面对领导和同事两副面孔的同事，装作认真努力诚恳踏实却偷奸耍滑、浑水摸鱼的关系户下属，我们是习惯于被面对事情所产生的情绪牵着鼻子走，还是能够游刃有余地驾驭情绪、做情绪的主人呢？

职场中情绪管理是一个特别重要的能力，因为在我们的语境

和思维里，一直是以"和"为贵的。中国的职场里，最忌讳的一件事情就是失控。如果你有个特别奇葩的同事，哪怕他做得再差劲和过分，而你没有克制住自己的情绪，对他发起语言攻击，你所表现出的情绪超过了解决工作问题本身的范围，虽然解气，但最后吃亏的可能是你自己。

有人可能会觉得，情绪管理就是把自己想的憋在心里，受了委屈打掉牙往肚子里咽，但情绪管理并不意味着在该强硬的时候不强硬，情绪管理的终极目的是不要让我们的行为被情绪所左右，我们要反过来管理它，而不是让它来奴隶我们。

在《甄嬛传》里，皇后虽然是个失败的团队领导者，但她身上有一个优点，就是有着非常好的情绪管理能力和心理韧性。我们从几处情节来看看皇后在职场中是如何进行情绪管理的——

第一处是在选秀结束后，各宫小主们第一次来皇后宫里请安。大家正在给华妃下跪请安时，华妃却故意转移话题："今年内务府送来的翡翠有些浮了，一点儿都不通透，这好翡翠是越来越不多见了。"皇后是一个非常擅长捧杀的人，她知道华妃喜欢显摆，尤其是在这样隆重的场合。但皇后没有表现出一点儿嫌弃或厌恨，反而还顺着华妃的话说："妹妹现在的年纪还用不到翡翠，内务府挑给你的翡翠，颜色自然会青嫩些，可话说回来妹妹你都如此，哪里还会有更好的翡翠呢？"皇后这一句话，一是夸了华妃年轻，二是夸年家有势力。如皇后所说"做正宫就要有容人的雅量"，她不会像其他嫔妃一样，对于华妃的这种炫富嗤之以鼻、翻个大白眼。

华妃是一个喜欢得寸进尺的人，紧接着就说："也是，总觉得这翡翠老气了些，臣妾不配戴，若皇后娘娘不嫌弃，臣妾就把这副耳环，送给皇后娘娘吧。"你看华妃多过分，皇后不过夸了她两句，她就想上天了，作为一个妃子想要把自己用旧的东西打发给皇后。

皇后没有掉入华妃给她设置的情绪陷阱，而是说："本宫新得了一对东珠，才吩咐制了耳环，若再收妹妹这对耳环，岂不是太奢靡了，让皇上知道的话定会不高兴的。"皇后这话表达了三层意思：第一，你的东西我不要；第二，你的东西我也看不上，因为我有更好的东珠，而东珠只有皇后才配拥有；第三，皇上提倡后宫节俭，你不要惹皇上不开心。

华妃听皇后这样说，发现自己根本没有在这样隆重的场合占到便宜，反而被皇后后发制人占得上风，只能悻悻地说了句："皇后果然节俭。"

如果是一个情绪管理差的人，面对这种情况可能就会很生气，因为华妃这个时候有点不懂规矩，生气是面对攻击和威胁时的一种自然反应，很多人在这种情形下认为只有生气才能解决问题，才可以让别人按照规矩行事。皇后一眼看透了华妃这种行为的本质不过是想要获得新人的注意力，释放自己的优越感。这是新人入宫第一次觐见的场合，如果不能管理好自己的情绪，用一种更成熟大度的方式回应，反而会被众人鄙夷不够端重自持，无法统辖六宫。

第二处是在甄嬛第一次有喜的时候，某个月的十五，皇上让苏培盛来传旨，说皇上今天不来皇后宫里了。皇上平常很少来看皇后，皇后就等着每月初一、十五这样的大日子，等皇上来暖暖房。皇后得知后，很快收住自己的不爽情绪："那也是应当的，莞贵人温柔聪慧，最善体察圣心，皇上多陪陪她也是应当的。绘春，等下去库房选两柄和田玉如意，送给莞贵人安枕吧。"当时的情景，安陵容在旁边觉得尴尬，来宣旨的苏培盛更觉得尴尬，而且这种尴尬的气氛旁人又不好宽慰劝解，要是说了安慰的话，会显得皇后小肚鸡肠，效果还不如什么都不说，这个时候皇后只能自己给自己台阶下。

很多人在面对这种情境时，往往会把那种不爽的情绪直接发泄出来，如果皇后也这么做的话，这个场面会很难看，也不好收拾。但皇后面对这种伤害性的行为，则是把个人情感先放一边，通过转移注意力的方式把整个话题转到了甄嬛怀孕需要送她玉如意安枕上面，不管是她自己的情绪，还是身处那个环境里别人的情绪，都通过这种转移注意力的方式化解掉了。

第三处是皇后宫里没有外人的时候，侍女绘春汇报道："说到华妃，奴婢就生气，娘娘看这蜜橘，本来有上好的柚子，偏偏被华妃宫里的颂芝给挑走了。还道皇上午后要去她们宫里用膳，自然要挑最好的奉上。上回也是，苏州织造新进贡的缎子，也是让她们宫里先挑走的。"皇后则淡然一笑："这些小事让一让她又有什么要紧。还有，外面庭院里的牡丹都有些歪了，叫花匠好好培培土，明年春天还要开花的。"

从这件小事上能够看出，皇后比华妃更有格局，她不会把注意力和精力放在争抢柚子还是蜜橘这样的幼稚行为上，也就不会用不良情绪回应他人的不成熟行为。皇后告诉我们，不管是强者还是弱者，要懂得在某种情况下示弱。示弱不是妥协，而是一种更高级的解决问题的方式。

在做好情绪管理的过程中，除了克制或转移自己的情绪，我们也可以通过适当的方式把它宣泄出来。一个典型的例子是后宫里给温宜公主过生日。其实这样的日子，于皇后而言也是一种痛楚。因为她也有过自己的孩子，她也给自己的孩子庆祝过生日，而给别的孩子过生日，作为一位母亲，很容易睹物思人。宴会结束后，皇后回到自己宫里后说："这一日，真是笑得我脸都酸了。身为皇后，永远都不能有说厌烦的时候，一旦被人发觉力不从心了，那些盯着后位的人，不把你生吞活剥了才怪呢！只是本宫看见温宜那孩子，便想起本宫的弘晖周岁礼时的样子，弘晖若还在，一定比三阿哥长得高些，长得更加好看些。"

紧接着，外面电闪雷鸣、风雨交加，这是《甄嬛传》里除了"臣妾做不到"外，皇后情绪最彰显外放的一次。这个地方展现的是皇后做好情绪管理的另外一种方式：在适当的时机，和自己的侍女剪秋诉说自己的心事，把自己内心痛苦难过的情绪通过大哭大叫宣泄出去。情绪宣泄需要一个合适的场合，而情绪宣泄的最终目的，就是为了我们能够在需要的场合，继续做好前台的情绪管理。

除此之外，写东西、听音乐、做运动等都可以成为有效表达情绪的方式，皇后经常习练书法也是她抒发和释放情绪的一种方式。这样来看，拥有良好的情绪管理能力不仅可以帮助我们在职场中有更好的表现，更可以强化我们人生中最重要但也很容易被忽略的一种关系——我们与自己的关系。

苏培盛：身为员工如何做到察言观色和好好说话

在影视剧里，太监基本都是负面形象的存在。心理变态、为人狡诈、阴阳怪气都是我们对于太监的刻板印象。但苏培盛颠覆了这个印象，虽然他身体不健全，也没那么英勇帅气，但却是很多女生的理想型。

其实苏培盛不仅是一位理想伴侣，更是一位优秀的职场人，在整个后宫圈里，苏培盛的智商和情商都是顶配，这也是他能在多疑薄情的君王身前服侍那么久的原因，也正因如此，大家送给他一个封号——苏妃。下面我们来学习下"苏妃"身上的优点和智慧。

察言观色：想要在职场有所建树的必备技能

子曰："夫达也者，质直而好义，察言而观色，虑以下人。在邦必达，在家必达。"孔子说，所谓通达之人，就是要品行正直，崇尚礼义，听言语便可洞察人心，观神态就能知人七情，甘愿居于人下，恭谨谦让。这样的人在一个国家里必定能通达，在一个家族中也必定能通达。

孔子说这段话的语境其实就是如何求取功名、怎样做到仕途通达，所以光头觉得"察言观色"不是一个贬义词，更是职场人的一项必备技能。苏培盛身上就具备了孔子所说的通达必备的几种品质，尤其是擅长察言观色，洞察领导的心思。

有的人会觉得，为什么要去猜领导的心思，把自己手头的事情做好就可以了，因为在大部分人的印象里，察言观色就是和珅那种阿谀奉承的做派，是中年油腻男谄媚世故的行为。但其实真正的察言观色是心照不宣的理解，是心有灵犀的默契，是一种既让别人舒服也让自己满意的互动方式。

而且要知道，苏培盛的岗位很特别，作为皇帝身边的第一秘书，他的工作内容就是传达领导指令、执行领导要求，当然要尽可能完整地领会领导的心意；另外，职场的一半就是政治，当你处于最低的执行层时，可能不需要这种领悟，但如果在职场中想要有所建树、实现职位晋升，那这就是一种需要学习的能力。我们举几个例子，来感受"苏妃"的"听"话水平。

第一个例子，是皇上去给太后请安时，太后旁敲侧击地教育儿子不能专宠甄嬛，皇上知道太后身体不好，对于后宫的很多事情都不会过问，更何况甄嬛当时还只是一个小小贵人，却会被太后如此重视地提到，那肯定是有人在背后说了什么。于是皇上在出门的时候问太后身边的孙姑姑，想要知道后宫里谁给他的"小蜜"穿小鞋："这两日皇额娘身子不好，华妃来看望过吗？"皇帝自己猜想，华妃比较喜欢争风吃醋，这件事情可能是她说的。

孙姑姑说："华妃娘娘协理六宫不得空，起早皇后娘娘来看了太后，侍奉了汤药就走了，倒是昨儿个丽嫔娘娘来过，陪太后唠了好一会儿嗑呢！"孙姑姑说完后，皇上就离开了。

等到了晚上，皇上翻牌子的时候，当他看到丽嫔的绿头牌时，若有所思，这个时候苏培盛马上领会说："这丽嫔娘娘的牌子怎么都沾上灰了，拿回去重做一块，这两日就别随着送来让皇上翻牌子了。"

这一段情节很多人没看懂是什么意思，其实它考验的就是身在职场察言观色的能力。皇上和孙姑姑说话肯定不是扯闲天，他想知道是谁在太后面前嚼舌根，但孙姑姑作为职场前辈，当然不会把话说得那么直白露骨，不然对自己也不利，这个时候旁人就要仔细听其言外之意：华妃没有来看望太后，那肯定不是华妃；皇后来侍奉完汤药就走了，那也不是皇后；而丽嫔陪太后唠了好一会儿嗑，就说明这事儿是丽嫔干的。

198

所以苏培盛的工作不只是简单的端茶倒水穿衣服、开路吆喝扬拂尘，大家可以仔细看一下这段剧情，皇帝和孙姑姑聊天的时候，身后的小厦子只是毕恭毕敬地站在那里，而苏培盛是仔细揣度和用心思考二人对话的言外之意。如果皇帝和孙姑姑聊天的时候，他无所事事地站在一旁，可能就不会领悟二人聊天的真实内涵，而领导位高权重，不可能因为这点小事直接表现或指出对于丽嫔的厌恶，苏培盛不察言观色如何"通达"？

第二个例子是紧接着第一个例子后面发生的事情，皇上听从了太后的建议，当晚没再召甄嬛侍寝，而是翻了齐妃的牌子。可上了一天班的皇上到了齐妃宫里，看个书不是被齐妃粉色的长裙晃了眼，就是被三阿哥的身高受了惊，实在待不下去就从齐妃宫里出来，坐在轿辇上满脸写的都是"本宝宝不想说话"。这个时候苏培盛试探地问道："皇上，咱们是回养心殿呢？还是去翊坤宫（华妃住所）？"此时皇上黑着脸一言不发，苏培盛见状直接宣道："碎玉轩。"

我们不妨先来推测下此时皇帝内心是如何想的：选秀新得了莞贵人，朕很喜欢，本来欢天喜地去给皇额娘请安时想要分享儿子内心的喜悦，却不想被老妈泼了一盆冷水，指桑骂槐地数落朕独宠莞贵人。唉，身为皇帝可以有宠爱的人，可是不能专宠、钟情，这就是万人之上的无奈与悲哀。那好吧，听妈妈的话，朕去看看齐妃，可是看着眼前这位年逾不惑却仍身着粉色的女子，祥林嫂般地重复着"三阿哥又长高了"，心里就堵得慌。朕忙了一天工作，好不容易晚上闲下来，却连自己想见的人都不能见，朕这皇帝当得真是窝囊。

如果上个例子苏培盛听言语便洞察人心，这个例子说的就是他观神态就知人七情。苏培盛跟在皇帝身边多年，哪怕皇帝默不作声，他也能猜到皇帝内心的真实想法，可见"苏妃""最得朕心"。

好好说话：为什么苏培盛能把话说那么好听？

当我们懂得如何察言观色、得知对方的真实想法和诉求后，如何给予令人舒适和满意的反馈呢？如何把话说漂亮呢？

首先，说话要重视对方的情绪。很多人认为沟通时最重要的是领悟对方的言外之意，其实比起这个，更重要的是感受对方的情绪。因为情绪是藏在语言背后的，每个人的性格都不一样，口中之言并不一定是心中所想的呈现，如果你能体察到对方情绪并依此做出反应，那就离好好说话不远了。

年羹尧来给皇上请安，正巧皇上和果郡王在里头下棋，于是就站在殿外正中央等候。苏培盛好意提醒，说臣子不能站在正中间，让他移驾旁边，年羹尧却很拽，理都不理。苏培盛让人给年羹尧搬了把椅子，年羹尧竟然毫不客气地坐在殿外等候皇上召见。

等皇上和年羹尧谈完工作后，苏培盛进去收拾东西，注意这里，他并没有着急向皇上汇报刚才殿外发生的事情，因为前期年羹尧很受皇帝器重，即使被大臣弹劾，皇帝也没有惩罚他。可当苏培盛看到皇帝召见完年羹尧情绪低沉时，觉得是时候参他一本了："大将军刚才来的时候，皇上正与十七爷下棋呢。所以他就在外头坐等了一会儿。"你看苏培盛说话没有任何添油加醋，这也是他一以贯之的风格，字里行间似乎只是在陈述客观事实，但你听听他说话的语气，那个"坐"字，你说像故意强调的，又不像；说是顺口而出的，又觉得那个字别有用意。皇上问道："他是坐等的？"下面苏培盛的这段话，听起来像坐过山车一样："是啊，就连十七爷出去的时候大将军都没起身呢！说是足疾发作，幸好十七爷的性子，是最和缓不过了，也没跟他计较。不过话说回来了，大将军劳苦功高，又有谁敢跟他计较？"苏培盛先是又参了一本，状告年羹尧大胆到都没有向果郡王行礼，接下来又给年羹尧找了足疾发作的理由，吹捧年羹尧劳苦功高，最后这句话更是刺激到了皇上：怕是连您这九五之尊也不敢跟他计较吧？苏培盛这招捧杀用得太妙了，而且时间点卡得刚刚好，成功地让年羹尧在皇帝心里的印象大打折扣。

如果说苏培盛是好好说话的典型代表，那年羹尧就是不识眼色的反面教材，虽然他在战场上所向披靡，但在职场上却是位"实至名归"的差生，他的职场情商之低和不好好说话的态度在皇上、华妃和年羹尧的三人宴会上暴露无遗，我们来看看年羹尧在职场上是如何作死的——

皇上：这道炙羊肉鲜嫩可口，朕素日甚爱，你尝尝。

年羹尧：（自己直接夹起来尝了一口）的确美味，多谢皇上。

华妃：哥哥，皇上赐宴赏菜，都得由宫人伺候夹菜的。

年羹尧：臣御前失礼，皇上切勿怪罪。

皇上：你一直在外征战，自是事必躬亲，不打紧。

年羹尧：臣到宫中不能不守规矩。

皇上：你自己吃着随意即可，规矩是提点君臣之礼，而非约束亲戚之情。

年羹尧：是。臣面前这道燕窝鸭子好似不错，那就有劳苏公公……

饭桌上几句话的工夫，年羹尧就犯了两个错误：第一，常年在外征战的年羹尧不熟悉宫廷饮食礼仪，自己夹菜，旁边的"监考助理"华妃娘娘借机提醒，却不想年羹尧请罪时仍然坐在原位，表情还是一副倨傲无礼的样子；第二，"主考官"皇帝为了抬举年羹尧自己找台阶说"你一直在外征战，不打紧"，其实只是故意放低姿态来试探他，并且以"亲戚之情"这样的说法迷惑年羹尧，却不想我们的年羹尧同学得陇望蜀，"作死"状态全面开启，要求皇帝的御用太监苏培盛为他服务夹菜，皇帝虽然默许了年羹尧的要求，但从他把自己碗里的鸭子怒扔到一旁可以看出他心里已经很生气了，旁边的"监考助理"华妃眼睛瞪得像铜铃般惊恐地看向皇帝。朝廷正在用人之际，皇帝当然没有因为这样一件小事追究，但年羹尧这样的举动不仅让皇帝对他的好感大打折扣，更是得罪了苏培盛，前面所说的苏培盛向皇上报告"年羹尧在外头坐等"之事就发生在此次宴会之后。

我们继续说回苏培盛：甄嬛刚诞下双生子后，有一次苏培盛来给她传递皇上的消息——

苏培盛：皇上说午后请娘娘一同前往阿哥所探视六阿哥。

甄嬛：知道了，还劳烦苏公公跑一趟。

苏培盛：娘娘客气了。碧姑娘不在，幸好，否则她听了可要心疼了。娘娘您是知道的，十七爷自入春以来身体就不大好，时常发烧，经太医诊断说是寒气侵体啊，谁知道昨儿午后跟慎贝勒去驰马，那马发了性把王爷给摔了下来，摔得倒是不重，只是半夜里身子又滚烫了起来，奴才得赶紧去回禀太后一声，也好叫太后安心哪！

甄嬛：这么大的事情，怎么没人来告诉本官一声呢？

苏培盛：娘娘忙于理会六宫之事，这种事怎么好来惊扰娘娘呢？何况王府之事自有皇后娘娘打理呢！

甄嬛：本官是想着，皇后娘娘身子才好，还要照顾太后那边，所以才多嘴问了一句。

苏培盛：娘娘德惠六宫，自然也关心王府的事，就算娘娘自个儿不上心，也得为了碧姑娘过问一二嘛！

《甄嬛传》的很多情节其实都很微妙。苏培盛知道甄嬛和果郡王有私情吗？当然是知道的。那他是从什么时候发现的呢？我觉得上面这个情节就是一个可疑的地方。这次聊天发生在甄嬛产下双胞胎、皇上亲赐苏培盛和崔槿汐二人"喜结连理"之后，当时浣碧喜欢果郡王是人尽皆知的事儿，苏培盛来传话本是想顺便和甄嬛套个近乎、卖个人情，就此提起果郡王生病的事儿，却不想甄嬛反应出奇地大。苏培盛感受到了甄嬛的这种异常情绪，在大庭广众下为了缓解对方的尴尬，找出了一个冠冕堂皇的理由，避免整个场面陷入更尴尬的境地。

还有一处是崔槿汐为了帮助甄嬛回宫，去苏培盛的私宅里拜访他："这宅子新装了住得可舒心呢？"苏培盛下意识地回答道："还行，只是一个人住有点冷清了。"苏培盛说完这句话，只见崔槿汐低头笑笑不语，立马意识到自己这句话唐突了，赶紧找补道："这么多年也都惯了。"光头觉得以苏培盛这样功成不居、谦虚低调的人，他说"一个人住有点冷清"想表达的是这么豪华的大别墅一个人住浪费了，但这句话从崔槿汐的角度翻译过来可能就是"两个人住就更好了",因为苏培盛之前向槿汐求爱而被拒绝,他立马反应过来这句话极可能让对方产生不适,于是补了一句"这么多年也都惯了"。由此可以看出,好好说话的前提是能够体察对方的情绪。

要不说"不是一家人、不进一家门",苏培盛的"相好"崔槿汐也很懂得这一点。甄嬛得知安陵容给的舒痕胶里含有麝香时,很是伤心难过——

崔槿汐: 小主应该高兴才是啊!

甄嬛: 高兴?

崔槿汐: 是啊,小主一直疑心安小主的用心,如果以前她还是个暗敌的话,那么她现在就算是个明敌了,我们岂不是更好防范了?小主在明处,那暗处的敌人自然是能少一个就少一个最好了。小主是不是很痛心与安小主的姐妹情谊?

甄嬛: 如今看来她与我可还当得起姐妹情深这句话?

崔槿汐: 小主与惠贵人的姐妹情谊实属难得,可是不能要求人人都做到如此。

甄嬛: 我实在不明白她为何要这样对我?

崔槿汐: 小主无须明白,就算是有一天真的知晓了,那也必是极丑恶不堪的真相,小主对安小主是好,但是有些人不是你对她好,她就会对你好的。

甄嬛: 槿汐,你总能及时叫我明白。

崔槿汐: 小主重情才会如此伤心呢!

此时的甄嬛正值家道衰落、有孕在身之际,最重要的是不要让她在悲伤抑郁情绪中埋陷太深，崔槿汐首先给甄嬛分析了利弊，从明枪易躲、暗箭难防的角度来劝慰甄嬛。但甄嬛听完好像并没有太大反应，崔槿汐及时体察到了甄嬛的情绪，明白这个角度甄嬛估计自己早就想清楚了，她之所以郁郁寡欢是因为很看重这份感情，所以又从姐妹情谊的角度宽慰她，甄嬛因此很是受教。

其次，说话要触及对方的痛点。其实好好说话并不是一味地曲意逢迎，所谓日久见人心，只知道说一些漂亮的场面话，时间久了领导也会反感。好好说话从某种程度上意味着能满足需求、解决问题。

皇帝很喜欢甄嬛的妹妹玉娆，想要把她收入后宫，可是玉娆对他并不"感冒"，几番拒绝。作为君王，他当然有权力强制执行，但又觉得强扭的瓜不是他真正想吃的，所以内心很矛盾、很纠结。哪怕足智多谋、伶牙俐齿如甄嬛，在这件事情上也只能正面突击，可结果收效甚微、劳而无功。但苏培盛只通过短短几句话，就让皇帝彻底放下了想要纳玉娆为妃的执念。

皇上：朕看上一个女子，想要纳她为妃她却不肯，你怎么看？

苏培盛：皇上，奴才不知道这个女子是何人，但奴才觉得再好的女子也比不上纯元皇后啊！

皇上：你这话是什么意思？

苏培盛：奴才是觉得皇上喜欢谁都不要紧，能替纯元皇后伺候皇上高兴，那才是她的福气呢！

皇上：你呀，看东西太毒！

出淤泥而不染
濯清涟而不妖

山中人兮芳杜若

饮石泉兮荫松柏

苏培盛这短短一句话却传达了三层意思：第一层，其实就是字面意思，华妃和叶澜依的主动型人格、甄嬛的才情、安陵容的歌声，这些都是皇上喜欢的，而这些人也因为具有了和纯元相似的品质或特长而受宠，这也是她们的福气；第二层，皇上您可以喜欢任何人，这天下都是您的，您可以拥有任何女子，但感情这事儿讲究两情相悦，您喜欢的人不一定喜欢您，但也大可不必为此事纠结懊恼，换个角度想，那些不喜欢您不想跟您在一起的人，不是因为您魅力不够大，而是因为她们没这个福气；第三层，有时候听人说话不是听他说了什么，而是听他没说什么。苏培盛说出口的是"能替纯元伺候皇上那才是她的福气"，而他没说也不敢说的是"长得像纯元并不是她的福气"。还记得"莞莞类卿"的名场面吗？皇上说："能有几分像菀菀，也算是你的福气。"甄嬛伤心欲绝："是吗？究竟是我的福，还是我的孽？"甄嬛是后宫里第一个长得像纯元的女子，皇帝虽然因为"莞莞类卿"喜欢上她，但最后也因为这四个字而伤害了彼此。那再纳玉娆为妃不是重蹈覆辙吗？您已经有了甄嬛，何必覆车继轨呢？

皇上听懂了苏培盛的弦外之音、言外之意，才感叹道"你看东西太毒"，也因此真正放下执念，成全了玉娆。苏培盛虽然没有一句恶言狠话，却毫厘不差地找到对方的病症、绵里藏针地扎到了对方的痛点，四两拨千斤般化解了一大难题。

另外，崔槿汐也是说话能够一针见血、切中要害的高手。甄嬛失子后刚刚复宠时一直婉拒皇上，几次三番拒绝留皇上过夜，这个时候槿汐说："小主日日婉拒，为的是'欲擒故纵'四个字，所谓欲擒故纵，最终还是在那个'擒'字上。纵不过是手段而已，所以擒也要擒得得当，万万不可前功尽弃才好。"崔槿汐的这番话里其实是有一点批评意味的，正所谓"伴君如伴虎"，她指出了甄嬛拒绝皇上的目的是复宠，但甄嬛几次三番拒绝皇上有点"纵"得过头，最终不仅可能会前功尽弃，还会遭受祸患。旁边的流朱和浣碧虽然也很会说漂亮话，但像这样鞭辟入里、有观点、有谋略的箴言则是更高级的"好好说话"，这也是崔槿汐虽然不是从小服侍甄嬛，却能够成为她身边最重要心腹的原因。

换位思考：学会用领导思维看问题

"换位思考"是我们从小到大听过很多遍、看起来很简单的一个行为，但其实是非常难做到的，因为人与人之间思维的差异是很难拉近的。作为执行者或管理者，如果能够在看待关键问题的角度和立场上与决策者保持高度一致，那必然能够赢得领导的倚重和信任，在职场中平步青云。

华妃陷害沈眉庄假孕事件中，有一个关键人物是刘畚。刘畚被华妃买通，骗取沈眉庄的信任，让其误以为自己有孕在身，待沈眉庄"假孕争宠"事发之后逃之夭夭，甄嬛请家里人暗中寻找，终于抓到了刘畚。甄嬛抓住刘畚后向皇上检举，皇上当时对于这个事情的态度其实是很暧昧的，一方面是拿着证据讨公道的新宠，另一方面是自己的旧爱以及背后的年氏一族。从皇上的角度而言，毕竟沈眉庄最后也没有出啥大事，只要平昭冤情恢复位分即可："先去咸福宫，说朕复了沈贵人的位分，封号也如旧，好好给她治病要紧。"但此时前朝正是用人之际，年羹尧在战场驰骋杀敌，如果对华妃处置不当必然会影响朝局，所以他在下命令的时候，犹豫了好半天："华妃褫夺封号降为贵人，慢着，褫夺封号降为嫔。"

苏培盛看出了皇上当时的左右两难，想出了一招缓兵之计："只是华妃娘娘降位的事，如今夜已深了，若要让内务府再传旨，只怕阖宫都会惊动。"苏培盛不愧是能站在领导角度考虑问题的下属，这样的话皇上不能主动提，不然就是明显偏袒、有失公正，无法给甄嬛一个交代。皇上听到后立即应允："那就明日传旨。"后面的事情大家都知道，小厦子连夜就把消息放出去了。作为苏培盛的爱徒，小厦子为何会放出这么重要的消息呢？除了他有"喇叭"在身上以外，有没有师傅苏培盛的授意？有没有一种可能是苏培盛为了不让皇帝难做，故意把这个难题抛给众人，华妃能不能在一夜之间扭转乾坤，那就看她自己的造化了。果然天意难测，华妃联合身边的两位太医连夜研制出能治愈时疫的药方（虽然此药方抄袭自温太医），将功补过，躲过一劫。最终的结果就是，你好我好大家都好，皇帝也不用跋前疐后。

我们看剧的时候很容易代入主角视角，自然会以是否利于主角来判断这个人是正面还是反面形象，但苏培盛在前期并没有偏向任何一方、站队任何一派，他是完全站在皇帝的角度思考问题，对于后宫的各大阵营，不管是甄嬛、皇后还是华妃，他并没有刻意讨好谁，但也能够和她们搞好关系和谐相处，不愧是和皇帝朝夕相处、"汉军旗的翘楚""苏妃娘娘"。

除了苏培盛，《甄嬛传》中还有一个人也很擅长用领导思维思考问题，那就是"话梅爷爷"张廷玉。

皇帝刚登基时，年羹尧和隆科多因立下汗马功劳而权倾朝野、显赫一时，朝中大臣无非两种形态，要么巴结奉承、暗通款曲，要么像甄远道那样自视清高、鄙夷不屑，但你看张廷玉是怎么看待这件事的——

张廷玉：皇上对年大将军等爱臣的宠信优渥，可但凡人臣大多数是成功易、守功难。

皇上：你是提醒朕提防有些人倚功造过、兴风作浪吗？

张廷玉：皇上明察，微臣大概过虑了。

"凡人臣者，成功易，守功难，守功易，终功难。"后来皇帝意欲处置年羹尧时，就用这段话问责过他。由此可以看出，张廷玉深见远虑，甚至想到了皇帝前面。当很多朝中大臣还在思考要不要站队年羹尧和隆科多、要站其中哪一队时，张廷玉已经开始用领导思维提醒皇帝不能太过宠信他们，以免二人倚功造过。

很多人认为张廷玉是皇后党，其实有一个例子可以说明他没有站队皇后，自始至终都是忠心为皇帝服务。甄嬛因纯元故衣事件失宠后，她父亲甄远道也因不愿谴责钱名世而被皇上降罪，当其他官员都落井下石时，张廷玉则劝谏皇上："甄远道不臣之心显而易见，但臣想莞嫔娘娘有孕，若皇上真想处置甄远道，也宜推后慢慢处置。"如果张廷玉真的是皇后一党，此时大可不必为甄远道求情，正因为他是站在皇帝的角度考虑前朝与后宫牵一发而动全身，为皇嗣建议推迟处置甄嬛的父亲。

皇后因甄嬛小产而被禁足景仁宫时，张廷玉也曾为皇后辩驳："皇后虽然不及已故的纯元皇后那么宽和，但到底不是作恶的人……皇后好好的，费这个心思做什么。"表面上看，张廷玉是在为皇后求情，但其实是因为皇后在外人面前一直是贤良淑德的人设，我们一开始看《甄嬛传》时，也会觉得皇后是个好人，张廷玉当然也不清楚后宫中的隐秘争斗。张廷玉还说："皇后只能是皇后，中宫易主会生大变，后宫稳固是大清之幸。"可以看出，张廷玉是从政局稳固的角度来看待皇后问题的，他并不是特别关心皇后到底冤不冤枉，皇上如何处置皇后都不要紧，但有一条底线就是不能轻易废后。皇帝说："朕还没有这么想，不过朕会令皇后思过，严惩此事。"你看，皇帝的想法和张廷玉保持高度一致，张廷玉仍然是站在领导的角度考虑皇后问题，而不仅仅是为皇后求情这么简单。

还有一个例子可从侧面说明张廷玉不是皇后一派——

皇上：近日三阿哥在书房行走，一切都还好吗？

张廷玉：都还好，三阿哥为人谨慎、尊师重道。

皇上：这孩子是老实些，心却不坏，昨儿还跟朕说想要好好操办先帝生辰的礼仪，确是还有孝心。

张廷玉：皇上说得是。

皇上：三阿哥除了在书房，素日还去哪里？

张廷玉：除了书房和王府，三阿哥也喜欢与官里朝臣讨论国是，想为皇上分忧。

皇上：你见了弘时师傅也该让他提点弘时，先帝在时便没有这样的规矩。

张廷玉：是。

张廷玉是一位谨言慎行的老臣，他不可能不知道皇帝不喜欢皇子在前朝政务中参与过多，如果他真的是皇后一党，大可只在皇帝面前说尽三阿哥的好话，没必要说"三阿哥也喜欢与宫里朝臣讨论国是"这样的话，而且当皇帝表示出对三阿哥的这点不满时，他也未做出任何辩解，可以见得张廷玉只是在尽量客观求实地汇报情况。

正是因为张廷玉身上具有这种善于提升维度、从领导角度思考问题的能力，哪怕经历了从前期的年羹尧、隆科多到后期的甄远道、瓜尔佳·鄂敏，一个个曾经的宠臣都前仆后继地倒下，张廷玉仍然是皇帝倚重的朝中重臣。

太后：身为领导如何做到巧妙批评不伤人

在职场中，相比于身为下级要懂得察言观色、好好说话，身为上级在管理中如何既不伤害到下属又能恰当地指出他们的错误是一件更有难度的事情。批评从表面看来很容易，无非就是指出别人的错误，这也是我们大部分人很擅长的，尤其是领导在工作经验、阅历和心理上都会产生一种优越感，觉得批评下级是一件理所当然的事情，也就容易忽视自己的表达方式是否更容易被对方接受。其实挑错只是批评的一小部分，优秀的批评家们很懂得如何循循善诱，做到如何巧妙批评又让人心服口服。《甄嬛传》中的太后就是一位高明的批评家。

皇上刚登基半年，撸起袖子干事业，带头倡导"996"，半个月都不进后宫，这让太后很着急。作为皇帝的母亲，同时也是后宫的最高领导者，如何让皇帝接受批评，达到自己催婚催生的目的？我们来看看这位批评家是怎么做的——

皇上：皇额娘要是嫌天热，儿子可以让他们拿些冰放在额娘的宫中。

太后：人老了倒也不怕热，叫人放不下心的是皇帝你，早晚忙着朝政的事，自己的身子要有数。

皇上：儿子知道。

太后：你这么忙着，可有关心三阿哥的功课？

皇上：前两天还查了他的功课，字是练得不错，学问上长进不大。

太后：先帝有你们二十四个儿子，皇帝就不如先帝了。

皇上：儿膝下福薄，只有三个皇子，让皇额娘挂心了。

太后：也不怪你，先帝嫔妃多自然子嗣多，你后宫才那么几个人，皇后、端妃、齐妃，她们年纪都不小了，想要延绵子嗣也难。皇家最要紧的是要开枝散叶，绵延子嗣才能江山万年代代有人，为此才要三年一选秀充实后宫。

皇上：皇额娘教训的是。

太后：那么选秀的事就定了。

皇上：一切听皇额娘安排。

太后：哀家老了，还能安排什么呀！让内务府挑个好日子，一轮一轮地挑下来，挑到出色的给你为嫔为妃，哀家就等着含饴弄孙了！

太后在皇帝面前说话句句都有弦外之音，这次关于催婚催生的高手过招，信息量更是巨大。中医中有"引药归经"一说，太后说话就很擅长以药引子做向导。她一上来首先关心儿子：身体才是最大的不动产，工作再忙也不能牺牲健康。以关心慰问开启话题，会让人卸下心防，利于沟通。试想，如果太后一开始就催生，皇帝心里可能就会觉得委屈：我这么忙你又不是没看到，整天催婚催生的烦不烦？

紧接着太后开始关心孙子：你这么忙有没有关心三阿哥的功课？作为父亲也要承担起自己的抚养责任，切记不能让妈妈丧偶式带娃。太后从对儿子的关怀延伸到对孙子的关心，这个过渡流畅自然，就像是在漫无目的地话家常，让人觉得温暖舒适。

接下来通过两个关心，延伸出另一个话题：你爹生了24个，你瞅瞅你。直接提出批评，让对方认识到自己的问题和不足。此时心态放松的皇帝也坦然接受了太后的批评。但太后话锋一转，将批评对象转移出去：这哪能怪你？你爹老婆多，孩子自然多，可你后宫里的人都过了最佳生育年龄，所以你要选秀充实后宫、绵延子嗣，这也是你身为帝王应该承担的重任。批评的目的一定不是贬低对方，而是通过交流和引导打动对方，让对方认识到自己的问题，从而帮助对方改进和完善，听完太后的批评，皇上欣然接受，并说"一切听皇额娘安排"。

结尾太后这句话才更见她的智慧："我都老了，还能安排什么呀？我就是等着哄孙子呢！"太后和皇帝的关系不仅是传统家庭的母子关系，更是后宫统领者和一朝天子的权力博弈，太后不想让皇帝觉得她不愿意权柄下移，而只是出于一位母亲对儿子也是帝王的谆谆提醒和深切关爱，以及对子孙满堂享受天伦之乐的满心期待。

除了善用药引，太后也很擅长先扬后抑的批评方式，让皇帝心服口服。甄嬛初得圣宠时，皇帝日日召她侍寝，使得后宫成了怨气所钟之地。隔天皇帝去给太后请安，太后又一次展现了教科书式的批评模板——

太后：皇帝看起来气色不错，最近服侍皇帝的人还乖巧吗？

皇上：新得的莞贵人颇合儿子心意。

太后：莞贵人？从前没听你提起过。

皇上：就是去年入宫的那个聪慧伶俐的秀女。原来一直病着，近来才好。

太后：那就好，皇帝最要紧的就是身边有个贴心的人，不像老十七，到底还没有安定下来娶个福晋。这些日子没见他进宫来请安，也不知道他忙些什么？

皇上：皇额娘若是想他，儿子晌午就传他进宫。

太后：老十七是孝顺，但见了他难免又会想起先帝在的时候他亲额娘舒妃专宠六宫、众妃怨妒的事，心里就会不痛快。

太后：皇额娘老了，空下来念想多，难免会碎嘴。

皇上：皇额娘字字金言，儿子受教。什么时候皇额娘得空，儿子让莞贵人过来，您多调教调教她。

太后：这后宫里的女人比花还多，那贵人就像是开满了遍地的小花，到处都是，等她有了出息熬到嫔位，哀家再见吧！

皇上：是。

联系前后剧情得知，太后早就知道莞贵人的存在，而且知道甄嬛颇得圣宠，只不过是明知故问给皇帝设下"陷阱"，引君入瓮。当皇帝主动说起莞贵人后，太后也没有立刻予以批评否定，而是欲抑先扬，夸赞莞贵人能够贴心服侍再好不过。

却不料太后转而提起老十七果郡王，嫌弃他没有结婚稳定下来，埋怨他不来看看自己，这么一对比，皇帝贤君孝子的形象立马显现出来，皇帝此时心里大概还是美滋滋的。但太后的目的并不是捧此踩彼，而是由老十七提及他的亲额娘舒妃当年专宠六宫，太后绕了一个大弯儿、采取先扬后抑的批评手法的最终落脚点是在这儿呢！真可谓煞费苦心。更高明的是，太后点到为止，再没有继续批评指责对方，而且还反过来进行自我反省，说因为自己年纪大了，太碎嘴、爱唠叨。

如果你仔细观察这段剧情中皇帝的表情，发现他不仅没有恼怒，反而有一丝丝的快意，他心里大概在想：这老太太果然很会说话，明明是批评，可怎么听着这么舒服惬意呢？太后没有一字一句指责皇帝专宠甄嬛，也没有让皇帝产生自己喜欢谁都要被干涉和否定的羞耻情绪。从后面的剧情得知，皇帝欣然接受了太后提出的建议，不得不让人佩服和赞叹上届宫斗冠军的表达艺术！

不难发现，批评一个人身上存在的问题和错误的关键，最好是通过交流和引导让他自己去发现。而且批评的目的不是贬低，而是想要帮助对方，知道了这一点，我们就可以找到更好的批评方式，达到更好的沟通效果。

我们的一切烦恼来自于人际关系

心理学家阿德勒说："人的一切烦恼都来自于人际关系。"对于我们大部分人而言，最错综复杂的人际关系莫过于职场中的人际关系。这样来看，"打工人"生活中的大部分烦恼来自于职场。所谓的人际关系，虽然是人与人之间的关系，但最终困扰我们的，其实是我们如何看待自己和他人的这段关系。从这个角度看，我们真正的对手其实是自己而非他人。

安陵容：明明那么不普通，可却那么不自信

安陵容身上最让我觉得痛惜的一点是，当她身怀六甲、被封鹂妃时，幽怨地说出那句经典台词："原是我不配。"

安陵容在后宫职场晋升之路中付出的努力和取得的成绩是观众有目共睹的。光头曾经剪辑过一个《如果〈甄嬛传〉里的角色上大学，她们都是什么专业》的视频，对各位娘娘们的才艺和特长进行了盘点，安陵容是当之无愧的后宫女状元，一个人就拿下了四个专业的"学位"：流行音乐专业、花样滑冰专业、香料香精技术与工程专业、刺绣设计与工艺专业。就是这样才艺出众、自强不息的安陵容仍然从心底里认为自己才不配位，人生不值得。

心理学中有一个名词叫"冒名顶替综合征"，这是在一篇名

为《成功女性中的冒名顶替现象》的国外论文中首次提出来的：
"尽管她们拥有很高的学历，有着卓越突出的学术成就，也得到
了同事和权威专家的称赞和职业认可，但是她们内心体验不到成
就感，她们认为自己是冒名顶替者。"虽然这个概念的提出针对
的主要是职场中的成功女性，但并不是说男性就不会受到这方面
的影响。

冒名顶替者取得成功后，会产生一种认知失调：虽然知道自
己成功了，但会觉得自己配不上或不值得这份成功。与此同时，
他们还会认为自己取得的成绩被人过分夸大了，他人对自己的赞
美言过其实了，甚至担心害怕自己被人揭穿是名不副实的"骗
子""冒牌货"。为了解决这种内心冲突，他们从内心深处会把自
己取得的成功主要归因于运气和机会这样的外部原因，而不是自
己的能力和付出这样的内部因素。

那为什么会患上冒名顶替综合征呢？一个很重要的内在原
因就是低自尊。安陵容身上就有冒名顶替者的这种典型特征——
低自尊。那低自尊不就是我们常说的自卑吗？它俩还真不是一回
事，只不过我们对这两个词的固有认知，致使我们很容易将它
们混为一谈。关于这个问题，其实心理学界都没有一个明确的定
论，光头谈谈自己的一些看法。

自卑是一个人在自我评价中认为在某些方面不如他人的一种
消极的情感体验，比如有的人经济条件不太好，那他和一些有钱
的朋友在一起时就会产生自卑心理，但他又是一个在音乐方面很
有才华的人，所以当和人谈起音乐时就能很有自信、侃侃而谈。
再比如有的人体育不太好，那他在上体育课的时候就很抗拒，觉
得自己不行，不想去上课；但他很有学英语的天赋，英语老师也

很喜欢他，他的英语成绩也很好，他就特别喜欢上英语课。

自尊是人们看待自己的方式、对自己的评价、对自我的价值认同处于一种平衡状态，能够比较客观地看待自己的优缺点；那么低自尊就是一个人对自己的评价和认同感很低，会过度放大自己的缺点，忽略自己的优点，它比自卑的层次更深、维度更广。安陵容就是低自尊的典型——

甄嬛带安陵容去湖边唱歌时，安陵容一直担心自己做不好，事实上她早在名场面惊鸿舞里就是歌唱担当了，却对自己的实力不够自信，但她唱完后大家的评价：甄嬛说"叫人闻之欲醉"，皇后说"这么好听的歌声确实难得，安答应的歌声如同天籁"，皇上评价"这歌声甚是美妙，唯有昆山玉碎，香兰泣露，才可以勉强比拟"。

自卑的人是因为客观上自己某方面比别人差而认为自己不行，低自尊的人是不管客观上自己行不行，但内心都会觉得自己不行。我们每个人都有自我怀疑和缺乏自信的时候，这是正常现象，但是长期的低自尊就是一种不健康的状态，它会让人感到自卑、沮丧和绝望，更甚者会产生自杀倾向。低自尊的人常常有以下几个典型特征——

第一，总觉得自己配不上别人的赞美。低自尊的人总是会觉得自己不够好，不值得拥有那些美好的事物、肯定的评价。安陵容的经典台词"我算什么呀""原是我不配"想必还在你的表情包里收藏。对比下隔壁祺贵人，在滴血验亲后指着甄嬛说"我的门第样貌哪一点比不上你，何以要皇上面前都让你占尽了风头"，当然祺贵人说的也是客观事实，她的样貌和家世都不错，虽然她智商低到感人，没有什么才艺，但人家能看到自己身上的优点。

平心而论，安陵容勤学苦练、自强不息的奋斗和努力，完全配得上一个妃位，但低自尊的安陵容却说出"原是我不配"这样的话，而且她这样说并非自谦，而是一种妄自菲薄的自我贬低，从内心觉得自己配不上。

第二，喜欢把错误归结到自己身上。余莺儿死后，甄嬛吩咐浣碧去烧佛经时顺便超度下余莺儿，安陵容知道后竟然会觉得"姐姐是不是怪我逼死余氏"。会出现这种情况的根本原因是，她因为低自尊接受不了别人的指责，索性干脆表现出一副敢于承担错误的样子，从而逃避别人可能对她的追责。

第三，有取悦他人的倾向。低自尊的人往往不敢表达自己内心的真实想法，但又很容易察觉到别人的情绪和反应，从而容易受到他人负面情绪的影响。一个典型的例子就是浮光锦事件中，浣碧给安陵容上茶时把茶杯重重放在桌子上，安陵容得宠后浣碧对她的态度一直不够友善，她其实一直察觉得到，但因为甄嬛的关系却从来没有对此事做出任何反应。我们在前面讨论痴迷型依恋的时候举过很多例子，在和甄嬛的亲密关系里，安陵容哪怕遇到令自己不爽的事情也从来不会直接表达出来，这些都与低自尊有一定的关系。

第四，对自己要求严格，以此来维系自己的自尊。"我不能让人发现我的不好，所以我要把每件事情都做好，这样大家就会认可我、需要我。"这是低自尊的人经常会有的一种心态，他们在意的事情上一旦哪件事情没做好，其自我价值就会粉碎。安陵容早上醒来发现自己嗓子变哑后，宝鹃想要把这件事情报告给皇后请她为安陵容做主，但安陵容立马阻止了宝鹃："我能得宠全靠这副嗓子，若是被人知道我嗓子成了这样，皇上肯定不会再喜欢我了。"

如果说导致冒名顶替综合征的重要原因是低自尊，那又是什么导致了低自尊呢？原因有很多，比如过度控制型的父母（孩子基本无法进行自我决策）、没有给孩子足够关注的父母（孩子取得好成绩或者做了好事时没人表扬）、喜欢批评和否定孩子的父母（通过经常谈论"别人家的孩子"来进行比较或贬低），孩子自己学习成绩不好、受到霸凌、因外貌或身体残疾受到歧视等。

在职场中面对冒名顶替综合征的折磨，我们该如何应对呢？

首先，尝试多去发现自己身上的优点和取得的成绩。冒名顶替者都更倾向于关注自己身上的弱点，而忽略了闪光点。在战胜冒名顶替综合征的过程中，学会承认自己擅长什么是必不可少的一部分。

其次，要懂得区分事实和想法，做好归因。比如对于患有冒名顶替综合征的人而言，他会把"领导给的升职机会"这样的事实转化为"我不能胜任更高的岗位，真不应该给我升职"这样的内心想法。心理学中有个词叫"自我服务偏差"，说的是人们习惯于在事情取得成功时把成功归功于自己，而当事情失败时把失败归因于他人或外界环境。有冒名顶替综合征的人正好是反着的，他们往往会把成功归因于外界因素而觉得自己对失败应该负有责任。所以有冒名顶替综合征的人，应该好好学习普通人自我服务偏差的倾向，不要总是对责任和错误大包大揽。

最后，学会接受不完美，也是人生的必修课。很多患有冒名顶替综合征的人很害怕失败，担心在完成一件事情的过程中出现哪怕一点点瑕疵，这种对完美的追求最后会让人陷入一个死循环，越是担心不完美，越不敢放手去做，越害怕结果失败，越觉得自己是个冒名顶替者。没有谁是完美的，我们要接受犯错误，接受不完美。

心理学家布兰登说："如果我们不爱自己，我们就无法爱别人，如果我们不爱自己，我们也就不可能相信别人会爱我们。"如果安陵容能够重生，希望她能对自己说一句："原是我也配，原是我值得。"

甄嬛：不必去讨好所有人，拥有被讨厌的勇气

害怕被人讨厌，似乎是刻在绝大部分人基因代码里的一种本能。从玩伴的童年时期，到集体生活的学生时代，再到既有竞争又有合作的职场，很多人可以接受自己不够优秀，但几乎没有人愿意接受自己被孤立。

当然，我们都知道如何让自己更合群，因为这种生存方式从童年起就不断地被自我意识强化和训练，但这种强化在有些人身上就会矫枉过正，使得害怕被人讨厌和孤立的心理逐渐"升级"为下意识地讨好和取悦别人，这就是讨好型人格。他们总是会不自觉地取悦他人，努力让他人舒服和高兴，在意他人的情绪和看法，哪怕这种做法会委屈和折磨自己。

事实上，每个人助人为乐的能量是不一样的，同样的场景和事件，对有的人来说是沉重的负担，但对有的人来说是何乐不为。所以首先要明确一点，如果我们在取悦和讨好别人的时候，内心充斥着焦虑和挣扎等负面情绪，担心对方因被拒绝而失望或不满产生心理内耗，那我们就要认真审视自己并做出改变了。

"我对别人好，别人也会对我好。"《甄嬛传》里的敬妃就是

这种典型的认知型讨好，她觉得自己做好人、行好事，他人就不会伤害自己。年氏一族倒台后，皇后请后宫妃嫔一同看戏，祺贵人自以为会说话却不小心撞到了枪口上："皇后娘娘不嫌弃臣妾啰唆就好，臣妾家里有两个庶出的妹妹，臣妾和她们说不上话，可是见了娘娘，臣妾心里却有好多心里话要说。"要知道皇后就是"庶出"，平生最不喜欢听到"庶出"二字。祺贵人脱口而出后才发觉失言，赶紧下跪请罪。

彼时的祺贵人刚进宫，在后宫里尚未拥有自己的盟友，为人处世就已然先声夺人、高调张扬，这种情形下没有人落井下石已是三生有幸，更别提会有人出面帮她求情。可此时敬妃站了出来说道："皇后娘娘，祺贵人她不是有心的。"敬妃这句话无疑是给了皇后一个台阶下，皇后也没有怪罪祺贵人。当时在座的那么多位嫔妃，只有敬妃一人站出来替祺贵人说话，可是她一来和祺贵人没什么交情，二来祺贵人也不像当初沈眉庄那样是她宫里的人，敬妃却愿意趋人之急，实属难得。

其实这已经不是敬妃第一次主动表现她的热心肠了。甄嬛刚进宫时，对后宫形势并不了解，却主动靠近和善待不受皇帝和众人待见的四阿哥，敬妃看到后便专门提点她："四阿哥你也看到了，心性聪明又没病没灾的，可是为什么皇上最不愿意见他呢？妹妹你可揣测过圣意？妹妹心善是好事，可是在这后宫里，只一味地心善就只能坏事了。"这是敬妃对甄嬛的第一次主动示好，甄嬛自然是投我以桃、报之以李，慢慢将敬妃视作盟友，最终将她纳入核心团队，平步青云后给她升职加薪"发孩子"，敬妃的主动讨好也得到了应有的回报。

可并不是所有人都像甄嬛那样懂得感恩图报，祺贵人就是一个例子。甄嬛生下胧月后出宫修行，彼时的皇帝一直郁郁寡欢，有一次敬妃抱着胧月和皇帝拉家常："胧月公主这嘴巴和下巴，长得像极了莞嫔，简直是一模一样。"皇帝听完后很生气，直接把茶杯摔到了地上，厉声说道："公主的额娘只有一个，再无旁人。"皇帝说完拂袖而去。旁边一直陪坐的祺贵人，不仅没有帮忙求情，反而在皇上离去后露出一副幸灾乐祸的神情，姗姗离去，敬妃由此才看清楚祺贵人的真实嘴脸。

除了敬妃，甄嬛也是有些讨好型人格在身上的。"人情世故的事儿，自然希望能周全所有人。"前期的甄嬛属于那种习惯型讨好。这种类型的人往往会把"讨好她人"当作一种习惯，因为八面玲珑、左右逢源就是她们为人处世的风格。后宫日常请安例会上，甄嬛刚刚怀有身孕——

甄嬛：其实无论皇子还是公主，臣妾都喜欢，若能像温宜公主一样，多乖巧啊！

华妃：齐妃，你听听，连莞嫔都知道温宜比三阿哥乖巧多了。

甄嬛：齐妃娘娘，嫔妾并非这个意思。

齐妃：那你什么意思呀？你的孩子一来，富察贵人的孩子就没了，你在这儿得了便宜还卖乖，难不成你克死了富察贵人的孩子，现在又想来诋毁本官的三阿哥吗？

整个班级里的"倒数第二"齐妃竟然能让辩论冠军甄嬛哑口无言，是因为在前期，除了像华妃这样到处树敌的人外，甄嬛是不太愿意与其他人发生争执和冲突的。

还有一个例子更能说明甄嬛身上这种刻意讨好他人的习惯。

我们前面讲到欣贵人时提到过，富察贵人有喜后，在众人面前炫耀皇上赏赐的脂粉，甄嬛给予了礼貌性的夸赞："富察姐姐的脂粉香甜美如清露，似乎不是宫中平日用的。"富察贵人越发得意："这是皇上特意让内务府为我制的，既不伤害胎儿又润泽肌肤。"甄嬛继续讨好道："果真是极好的东西，皇上对姐姐真是体贴。"其实在后宫里，若论得到皇上的恩宠体贴，谁能比得上她甄嬛，皇上赏赐的玉鞋、螺子黛，哪一样不是极好的东西，更何况甄嬛和富察贵人同属"贵人"级别，也没有利益关系，甄嬛的这种习惯性讨好行为已经成为她的人设。富察贵人假意说要赠予甄嬛，被甄嬛婉拒后，她又显摆道："到底是皇上对我的一片心意，莞贵人如此客气，那我也就不勉强你收下了。"欣贵人看不惯富察贵人恃宠而骄，当面掉道："我就瞧不得她那轻狂样。"其实欣贵人所言又何曾不是甄嬛所想，只不过甄嬛不想让自己八面玲珑的人设崩塌而已。

不管是哪种讨好类型，你会发现一味讨好别人，最终结果是弊大于利的。甄嬛第一次小产时，皇帝曾问她："其实你今日何必对年妃的话言听计从？让你跪你就跪，让你罚你就罚？"罪魁祸首当然是华妃独断专行，可这件事能否有转圜的余地？当周宁海去请甄嬛时，甄嬛可不可以义正词严地拒绝？我们总说委曲求全，可讨好型人格的人往往只是委屈了自己、成全了别人，却没有真正成全大局，最终还耽误和伤害了自己。那这类人该如何做出改变呢？

首先，要学会放下"好人情结"，改变错误认知。很多讨好型人格的人会觉得讨好行为有利于发展和维持良好的人际关系，但事实却相反。比如你平时经常帮同事下楼取快递，有一天有个请假的同事也拜托你帮他取快递，他以前从来没有请你帮过忙，可这个时候你手里已经拿了四五个人的快递，便以实在拿不过来为由，让他找其他人帮忙。这个同事心里可能就会犯嘀咕："平时也没见他拒绝过别人呀，这是在故意针对我吗？"人际关系有时候就是如此微妙，而讨好者的人际关系是靠着一味地出让自己的时间和精力、帮助和取悦他人建立起来的，他自己的感受和意见会被他人无意识地忽略和无视，一旦哪一天他精疲力竭了，讨好他人的行为到达他的能力极限了，就可能面临冲突或终止讨好，这时人际关系就会出现问题。

其次，要强化人际关系的边界意识。这是甄嬛在长街被齐妃和富察贵人掌嘴罚跪后习得的一个重要课题。甄嬛复宠后，第一个清算的就是富察贵人，富察贵人被吓疯后，齐妃来碎玉轩想要登门拜访，却被甄嬛拒绝了："本宫没空见她。你且去告诉她，富察贵人的事不会连累她，夹竹桃的事情我也不想再追究，让她自己好自为之吧。"这要是在以前，甄嬛可能会把齐妃迎进宫，说些虚与委蛇的场面话，毕竟人家是三阿哥的生母、比自己位分高贵的娘娘，可此时的甄嬛断然拒绝了，连一旁的崔槿汐都不禁感叹："小主为人处事，似乎和从前不太一样了。"甄嬛说："从前我便是太好性子，处处容着她们，以致我稍见落魄，便个个都敢欺凌到我头上。如今富察贵人自己吓疯了，也好给那些人一个警醒，本宫也不是一味好欺负的。"

作家阿城说过一句话："做人不可八面玲珑，要六面玲珑，还有两面得是刺。"如果说此前的甄嬛做人就是八面玲珑的话，那华妃则是八面都是刺。甄嬛说完"从前我便是太好性子"的话后，崔槿汐就举了华妃的例子："人说年妃狠辣凌厉，铁腕之下人人退避，可是这些用于对付后宫那些异心之人，还是颇有用处的。"甄嬛说："年妃处事之风，我也该取其精华而自用，从前是人为刀俎我为鱼肉，今时今日也该换一换了。"这之后的甄嬛便懂得了一个道理，拿出六面的"玲珑"来与后宫中人和谐相处，另外两面则是用"刺"来强化人际关系的边界意识，改变因讨好而被人轻视甚至欺负的局面，树立起一道自我保护的屏障，这就是所谓的"你的善良，要有锋芒"。

再次，学会丢掉"拒绝愧疚感"。相信能够读到这里的人，拒绝别人对他来讲并不是难事，而且用怎么样的措辞、找什么样的理由，这在不同的场景和人际关系里没有固定答案，其实光头觉得，在拒绝讨好这个问题上，难的不是拒绝这个动作，而是拒绝之后你的情绪和想法，很多人虽然能够迈出拒绝这一步，但是会陷入一段自责和愧疚的痛苦状态中。

有一本书叫《被讨厌的勇气》，里面提到了一个很重要的观点、也是这本书的内核，就是要懂得把自己和别人的人生课题分离开来："一切人际关系矛盾都起因于你对别人的课题妄加干涉或者自己的课题被别人妄加干涉。只要能够进行课题分离，不去干涉别人的课题也不让别人干涉自己的课题，人际关系就会发生巨大改变。"那如何辨别这个课题究竟是属于谁的呢？"只需要考虑一下某种选择带来的结果最终要由谁来承担。"

在拒绝讨好这个问题上，拒绝他人的请求是你的课题，而对方是失望、无奈还是不理解，那都是他的课题，你根本无法左右，所以当拒绝这个动作完成后，你的课题就已经结束了。书中还说："分离课题并不是以自我为中心，相反，干涉别人的课题才是以自我为中心的想法。'不想被人讨厌'是我的课题，但

'是否讨厌我'却是别人的课题。'应该喜欢我'或者'我已经这么努力了还不喜欢我也太奇怪了'之类的想法也是一种干涉对方课题的回报式的思维。为了满足别人的期望而活以及把自己的人生托付给别人，这是一种对自己撒谎也不断对周围人撒谎的生活方式。"

最后，自身的强大才更重要。当我们浸淫在讨好型人格中时，会把很多自己的时间和精力投入到他人身上，最终限制了自我的成长。光头觉得《甄嬛传》中安陵容最美好的时光就是钻研刺绣、配制香料、提升歌技和苦练冰嬉的时候，作为一位技能型人才，也正是这些积累和沉淀最终成就了她，所以在我看来，与其用取悦和讨好他人来填补自己内心的空虚，倒不如把自己还给自己，投入时间和精力在滋养和丰富自己身上，让自己变得更强大。

就像《被讨厌的勇气》里说的："获得幸福的勇气也包括被讨厌的勇气。一旦拥有了这种勇气，你的人际关系也会一下子变得轻松起来。不畏惧被人讨厌而是勇往直前，不随波逐流而是急流勇进，这才是对人而言的自由。"

警惕职场内卷和焦虑

"内卷"和"焦虑"都是当代职场出现的新词，但其实这些问题早已有之，只不过"新瓶装旧酒"，换了个时髦的说法而已。身在职场，我们很容易沉浸在纷杂的日常事务和微妙的人际关系中无法自拔，没办法跳出来俯瞰自己身处的整个大环境究竟在发生什么。

对于我们每一个普通人而言，不仅要学会从"术"的层面在职场中经营谋生，更要懂得从"道"的层面看透职场的本质，不要被职场的蝇营狗苟囚困和裹挟。

叶澜依：反对职场内卷，不被"走出舒适区"欺骗

"内卷"这个词近些年很流行，它的意思是一个环境中的资源是有限的，人们付出一定的努力，可以取得相应的成绩和资源，但随着内卷化越来越严重，人们付出的努力不断增加，但最终得到的却不断减少，有人把它叫作"努力的通货膨胀"。

职场就更是内卷蔓延扩张的重灾区，"996"工作制逐渐成为行业默认制度、某些小学招聘老师只要"985"博士、被算法和系统不断压榨的外卖小哥……就连《甄嬛传》里的后宫娘娘们，也逃不过被内卷的命运。

在后宫里，掌握资源的就是皇帝，以安陵容为例，她最开始只需要站在湖边清歌一曲便能引得皇上青睐晋封常在；第二次晋封则是要手捧莲花、头戴面纱、泛舟于湖水之上，袅袅歌声绵延而至，做出一番腔调来方能感心动耳；到了最后为了重获盛宠，则是要冒着无法有孕的风险，服食息肌丸、苦练冰嬉方可让龙颜大悦，安陵容一步步陷入内卷漩涡不可自拔。

皇后最乐得看见后宫妃嫔们陷入内卷怪圈，这样她才能弹压嫔妃、左右平衡，彰显权威、体现价值。当后宫里的诸位小主都在内卷中斗得你死我活时，反内卷倡行者叶澜依的出现，让大家看到了职场生存的另一种范例。

当宣读完皇上封叶澜依为"答应"的圣旨时，苏培盛还乐呵呵地恭喜她："您可真有福气啊！向来宫女册封都是由官女子而起呀，您这一跃就成为答应了！"这里叶澜依的回答也是《甄嬛传》名场面了："这福气给你要不要啊！"这种能进入"大厂"工作的机会在很多"985"毕业的人眼里都是求之不得的，可初中都没读完、只有饲养动物经验的叶澜依却对之不屑一顾，而且作为职场新人甚至敢主动提出分配房子的要求："我生性不喜欢热闹，还请公公告诉皇上，给我安排个清静远人的地方。"

后宫是最讲究规矩和纪律的地方，以至于哪怕没事都要每天聚在一起开例会，叶澜依就看不惯这种务虚作风，直接向董事长请示不参加这种例会打卡："皇上知道我性子冷淡、不爱走动，所以便免了各宫行礼。"在她看来，即使每天去上班，摸鱼的也大有人在，如果心里真想做好工作，不必每天都要参加无聊的例会："若是心中真正尊敬，没必要日日来拜见吧？何况这满殿里坐着的人，谁知有哪个是口是心非的呢？"在一旁的齐妃看不惯，厉声说道："这六宫之中谁不真心拜服皇后娘娘？"叶澜依不仅是后宫反内卷第一人，更是反职场 PUA 小能手："真心这种话，是口中随便说说就算数的吗？"齐妃被撑得说不出话，气到差点儿要跳起来打三阿哥的膝盖，细想想，叶澜依这话讽刺的不就是她吗？

在后宫里，大部分人你追我赶、争奇斗艳，最后却可能一无所有、丢了性命，叶澜依似乎早已看透一切，拒绝成为宫斗内卷的牺牲品。可是，难道人人都像叶澜依不努力升职加薪、选择躺平，这样就对了吗？当然不是。身在职场，我们经常被告诉一个道理：想要进步和成长，就要学会"走出舒适区"。那走出舒适区后不停地努力奋斗就是对的吗？正是因为很多人没有明白走出舒适区后要去向哪里，最终沦为了内卷的炮灰。

之所以提倡要走出舒适区，是因为我们每个人的能力既是优势，又是陷阱。为什么当人年纪越来越大后，学习新事物的能力越来越差？那是因为大部分人会很乐于做那些我们擅长的事，然后就会一直去做，做得越多越擅长，越擅长就越容易去做。这样的一个循环让我们在这方面掌握了更多经验，有了更强的能力，获得了更大的满足感和成就感。

这种能力虽然是优势，但长此以往，我们就会掉入一个陷阱：觉得自己只能做擅长的事，也觉得只有做自己擅长的事是最有价值的，而没有信心或觉得自己没有能力去涉足其他领域。这个陷阱其实是一种思维上的陷阱，它会让你觉得自己变老，变得懒惰，无法有更多可能性的成长。尤其是对于想要在职场上晋升到领导管理层的人而言，要尝试打破自己现在所处的环境，建立一些工作外的人际关系网络，避免陷入局限单一的思维。

　　走出舒适区看似带我们跳出了能力陷阱，但是却又把我们引入了另一个陷阱：那就是没有人能够一直待在舒适区之外，长期生活在舒适区之外是不合理、不健康的。比如说，一个人常年不运动、喜欢吃垃圾食品、体重高达 200 斤，他想要走出舒适区，于是决定减肥。他从第二天起制订了远远超过自身水平的训练计划，彻底改变原有的生活习惯，即使他有超强的意志力，但他的心肺功能可以承受 30 分钟的连续慢跑吗？他的肌肉力量可以支撑他做负重深蹲吗？显然他的身体是没办法一下子接受和适应的，甚至会被这突如其来的改变弄得崩溃和分裂，最终导致半途而废。节食减肥也是将自己完全置于舒适区之外，这种方法更是要不得。而我们都知道，减肥是一个循序渐进的过程，我们一点点去增强运动强度，逐步调整饮食习惯，这是更容易坚持、更能够接近成功的方式。

　　《认知觉醒》这本书里提到了一个很重要的概念叫"舒适区边缘理论"，揭示了能力成长的普遍法则："无论个体还是群体，其能力都以'舒适区—拉伸区—困难区'的形式分布，要想让自己高效成长，必须让自己始终处于舒适区边缘，贸然跨到困难区

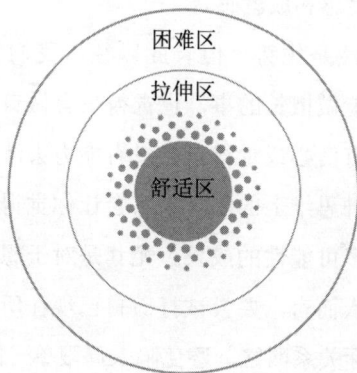

会让自己受挫，而始终停留在舒适区会让自己停滞。人类的天性却正好与这个规律相反，在欲望上急于求成，总想一口吃成个胖子，导致自己会因为遇到困难而畏惧或逃避；在行动上避难趋易，总是停留在舒适区，导致自己在现实中总是一无所获。如果我们学会在舒适区边缘努力，那么收获的效果和信心就会完全不同。"

这里所说的拉伸区就是指舒适区边缘，是指一个人的知识和技能从已知到未知、从熟悉到陌生的过渡区域，选择在这个区域提升自己，我们会既有成就又有挑战，进步也最快。

安陵容小产后说过一段话："我觉得自己好累，从来没有这么累过。可是我知道，等我身子骨好了，我又要受人摆布，又要去斗，可是我真的觉得我已经精疲力尽，斗不动了。"安陵容就是因为不停地努力上进，一直待在舒适区外，最终到达一个阈值后直接崩溃泄气。

好的成长就是游走在"舒适区边缘"，我们走出舒适区一定不是越走越远、一去不返，而是不断在拉伸区内努力提升，然后回到舒适区稍作休息，从而一点点扩大舒适区的范围，让自己一步一步变得更强大。

曹琴默：不要成为被职场焦虑毁掉的"中产妈妈"

曹琴默虽然是皇帝身边存在感很低的一位妃嫔，但在整个后宫里却是值得浓墨书写的一位职场母亲。她不像甄嬛那样因为像纯元而自带流量宠冠六宫，也不像安陵容那样没有子嗣可以专注宫斗不受掣肘，更不像齐妃有那么好的运气生下三阿哥保了半生荣华富贵。

曹琴默位于后宫金字塔的最底层，几乎没有优势的她还被多重身份压得喘不过气：既是一位不得皇帝宠爱的女人，又是温宜公主的生母，还是一位处于事业上升期却遇到瓶颈的妃嫔，换句话说，曹琴默是一位身陷职场焦虑的"中产妈妈"。

如果说沈眉庄是《甄嬛传》里最让人不堪回首的白月光，那么曹琴默的结局就是最令人意难平的事业型"悲剧"。曹琴默虽然没有甄嬛的才情，没有安陵容的技艺，但却有着一等一的计谋。所以很多人特别想看到，如果曹琴默活到《甄嬛传》后半段，她和甄嬛之间将会如何斗法，或者她和安陵容究竟谁更胜一筹。

曹琴默的说话水平有多高？

《甄嬛传》里城府比较深重的人，像皇后、安陵容之流都比较擅长笑里藏刀、扮猪吃虎、背后给人下套；没有什么心机的人，像华妃、祺贵人之流更擅长正面攻击、权力压制，典型如华妃在烈日下罚跪甄嬛，可谓"铁拳铁腕铁石心肠"。但不管是明枪出击还是暗箭伤人，曹琴默都很擅长：说到搞阴谋诡计、下套做局，"沈眉庄假孕争宠事件"就是她的代表作；说到察言观色、正面攻击，就不得不说这段光头认为《甄嬛传》里最有手段的挑拨离间，从这件小事可以感受到曹琴默的说话水平有多高。

这事儿要从浣碧陪着甄嬛在圆明园散步，小厦子来捡果郡王射下的野鸽子时说起，当时浣碧开玩笑说道："那日小主与皇上初见，皇上便自称是果郡王。"浣碧其实是个心思比较缜密的姑娘，在这之前她已经暗地里向曹贵人透露过甄嬛的一些秘密，但她是有些心虚的，因为有些秘密知道的人不多，如果追查起来，肯定能查问到她的头上。

接下来，镜头切换到皇上称赞果郡王箭术精良。果郡王其实一直是个谦虚低调、懂得自抑的人，可是策马打猎、把酒言欢本就是满族人的天性，果郡王一时没搂住，在陪皇上狩猎时来了个精准的"一箭双鸽"，便刺激皇上想起果郡王的箭术是他们的老爹教的。果郡王知道自己刚才显摆过了，赶紧找补："皇兄的骑射师傅是满洲第一巴图鲁。"皇上笑了笑说："巴图鲁教的是箭术，皇阿玛给的是舐犊之情。"皇上真是一步不让紧紧相逼啊，果郡王因此惊出一身冷汗，赶紧下跪表忠心，于是便有了这句："天将降大任于是人也，必先苦其心志。恰恰是皇阿玛这一偏爱，臣弟倒成了无用之人了。"请注意：皇上和果郡王打猎的时候，是有一个嫔妃陪在身边的，那就是曹琴默。这个信息是在前面从黄规全嘴里透露出来的。

以上这些情节，都在为曹琴默离间甄嬛与皇帝做铺垫。

我们都知道，皇上和甄嬛杏花微雨初见时，为怕甄嬛生疏，便假借果郡王之名与她品箫论曲荡秋千。这件事情很暧昧，或者说很微妙，经不得仔细琢磨推敲。虽然对面站着的是实实在在的皇上本尊，但如果甄嬛是因为果郡王的名号而开始倾心动情，那这事儿就很严重了。

但知晓甄嬛与果郡王初遇这个秘密本身，并没有实质性的杀伤力。因为它全在当事人的一念之间，而冒充果郡王又是皇帝主动选择的，这个时候就要看人的语言艺术以及发言时机了。

皇上、曹琴默和甄嬛三人的闲聊是从果郡王进献的雪顶含翠说起的，甄嬛又恰好提起了关于果郡王的话题："臣妾听闻皇上适才与王爷射猎，得了极好的彩头，怎的转眼就不见了王爷？"

光头觉得曹琴默对甄嬛的这次精准打击可以说是一个愿打一个愿挨，因为关于果郡王的话题是甄嬛自己主动提起的，但她并不知道刚刚打猎时发生了什么，而曹琴默是全程陪同的，她太清楚此时皇帝的心情了，于是趁风扬帆、见机行事："想必一定听说妹妹貌若天仙，赶紧走开避嫌去了。"

曹琴默是真心实意夸赞甄嬛吗？当然不是。她的重点是在后面的"避嫌"二字。因为她接下来就要进入正题了："臣妾听闻皇上当日初见莞贵人，为怕妹妹生疏了，便假借十七爷之名与妹妹品箫谈琴，这才成就今日姻缘，当真是一段佳话呢！如此说来，这十七爷还是皇上与莞妹妹的媒人呢！应该好好一谢。何况这位大媒风流倜傥，朝中多少官宦家的小姐都倾心不已，日夜得求亲近，想必妹妹在闺阁之中也听闻过十七爷的盛名吧？"

如果曹琴默是其他时候在皇上面前提起此事，要么起不到任何作用，还有可能适得其反被皇上认为爱搬弄口舌、讲是非八卦，毕竟曹琴默在皇上心里的地位惨到连剥个葡萄送到嘴边人家都懒得搭理。但巧就巧在，在前面打猎时，果郡王刚好在皇帝心里种了一根刺，勾起了皇帝自卑缺爱的青少年回忆。曹琴默特别懂得借势，她在这里不需要设一个局或出手害人，而是瞅准了皇帝刚对果郡王心怀芥蒂的时机，成功地在皇帝心里扎了两针——

第一针：既然王爷听说皇帝要接见妃嫔，自己就识趣儿离开避嫌，那当日在御花园里皇帝假借果郡王之名搭讪甄嬛时，甄嬛是不是也应该主动避嫌？甄嬛不仅没避嫌，在以为对方身份是王爷的前提下，还私定了第二次约会。

第二针：皇上是假借果郡王的名义才和甄嬛成就了姻缘佳话，表面上是夸赞果郡王，但皇帝听到心里可能会觉得，那要是没有果郡王我们还没法牵手成功了？这果郡王怎么就事事都压我一头？打猎比我厉害，又比我长得帅，还比我年轻，现在连谈恋爱都比我有手段，那我究竟算什么？

下面甄嬛接道："妹妹入宫前久居深闺，入宫后又卧病不出，不曾听闻王爷大名，真是孤陋寡闻了。皇上文采风流，又体贴咱们姐妹心思，不知当日是否也做此举来亲近姐姐芳泽呢？"

曹琴默给皇上扎完针，这个时候需要有人用棉签止血，可甄嬛却给皇上来了第三针：甄嬛说的话是有漏洞的，前面曹琴默已经说了果郡王名气那么大你肯定听过他的名字，而皇帝在御花园假冒果郡王时甄嬛曾说"似乎年岁不大对"，现在甄嬛却极力否认知道果郡王大名这一点，是因为心虚吗？而且更致命的是，她还说皇上和其他妃嫔之间也是通过果郡王做媒人才能走到一起的，皇上听到这样的话能不生气吗？

甄嬛说完，镜头给到皇上，"不高兴"三个字写满在脸上，曹琴默再无多话，看着皇上说道："这个时辰想必温宜也饿了，皇上，臣妾先回去瞧瞧。"曹琴默特别懂得见好就收，使出一招金蝉脱壳离开现场，此时一旦多说一句，皇帝就很容易感受到这是挑拨离间，反而会把矛头反过来针对她。

当然，曹琴默这种挑拨离间的行为缺乏正面的职场启示意义，光头主要是想以这个例子来说明曹琴默的"宫斗"水平有多高，她的这招"话里有话攻心计"才是真正的四两拨千斤，蕴锋刃于无形。可就是这样一位足智多谋的女诸葛，本来有能力在危机四伏的后宫保全自身，在华妃倒台后全身而退、深藏功与名，却因为内心的恐惧和焦虑走上了一条不归路。

不被尊重带来的焦虑

关于曹琴默的身世，华妃是这么描述的："当年你不过就是个破落户家的秀女，留了牌子送到王府，连皇上面都见不上，若不是本宫提拔你伺候皇上，你哪有机会生下公主成为贵人。"端妃也说过："曹贵人的这个孩子，本来是生不下来的，生产的时候又是难产。"

从这些话中我们能得到几条很重要的信息：第一，曹贵人家世不好，在王府里不仅没有资格见皇上，更没办法加入华妃和丽嫔的小团体和她们做好姐妹；第二，曹贵人机缘巧合接近了华妃，被华妃提拔有机会伺候皇上，因为受欢宜香影响很小，所以幸运有喜；第三，曹贵人有喜后，开始频繁接近华妃，因此摄入较多的欢宜香，最终导致难产。由此得知，温宜公主是与欢宜香做了殊死搏斗、顽强抵抗后活下来的幸运儿，也是唯一一个逃脱麝香魔爪活下来的幸运儿。

我们先来看看曹琴默在后宫的处境。曹琴默依附于华妃，但平日里却像极了她身边的一个奴婢。华妃因为丽嫔发疯一事被皇帝冷落，正生着气，此时曹琴默前来请安拜见，华妃未发一言直接将扇子砸到了她的头上，曹琴默不仅不敢反抗，甚至都没有表现出丝毫委屈："夏日炎炎，娘娘心中难免有火，只要娘娘能消气，嫔妾愿受一切责罚。"

就连同样依附于华妃的丽嫔也瞧不上她："她若没有替娘娘办事的几个本事，那实在是不适合留在娘娘身边的。"丽嫔的家世不错，也受过皇上宠爱，在丽嫔眼里，她觉得自己和华妃才是一个段位的时代姐妹花，曹贵人是不入流的，从家世背景到个人条件都不足以和她们成为闺蜜。

不管怎么说，曹琴默都是皇帝的妃嫔、公主的生母，却常年受到华妃的羞辱与压迫，哪怕公主被华妃强行抱走，都不敢表示任何不满："嫔妾只是觉得娘娘如此厚爱公主，心中感激。"

在一个不平等、不被尊重的环境里，曹琴默会觉得自己处处受制于人，潦倒落魄，毫无尊严和地位，越来越强烈的焦虑感会注入她的生活："我一直对她言听计从，为她出谋划策，她却连孩子都不留给我？这种寄人篱下、身不由己的日子，什么时候才能到头啊？"也正是因为在华妃身边没有得到过平等对待，导致曹琴默后来不愿诚心归顺于甄嬛。试想如果她愿意和甄嬛联盟，还怕等不来后头的好日子吗？

扭曲的价值观带来的焦虑

某种程度上，人是被环境塑造的。后宫里的主流价值观一直在怂恿身处其中的人做一个个疲于奔命的宫斗者，如何工于心计、求取名分、媚上欺下、争夺宠爱。也许对名利的渴望与追求本身难以论对错，但在这个过程中，人会逐渐被贪婪的欲望和膨胀的野心吞噬和扭曲，对名利的崇拜和物质的贪恋，也更容易让人饱受焦虑的折磨。就连甄嬛这样心性超凡之人也曾感叹："不知从什么时候开始，我已变得工于算计、自私凉薄，我知道，我已不是善良单纯的人了。"曹琴默也不例外，深陷其中，迷失本心。

曹琴默是一个特别恋财的女人。华妃因为丽嫔发疯被皇上冷落后，找她来想办法，让她带温宜去景仁宫给皇上请安。曹琴默却说自己不善言辞，怕惹皇上厌烦。曹琴默怎么可能不善言辞？光头觉得她其实就是在拐弯抹角地讨赏赐，华妃当即把一支凤穿芍药的步摇赏给了她。后来华妃把她的初代美容仪赏给余莺儿时，我们能够从曹琴默的神情里看到那种失落。而华妃把那身绣着夕颜的蜀锦赏赐给甄嬛时，曹琴默神情里的失望与落寞更加明显。

甄嬛去试探曹琴默时送了一些东西：小孩的肚兜衣服、胭脂水粉以及一盒非常名贵的西域贡品蜜合香，曹琴默最后把那些普通的肚兜衣服、胭脂水粉统统扔掉，唯独留下那一小盒连甄嬛都舍不得用的珍贵香料。甄嬛抓住了曹琴默喜好奢侈品的痛点："她一定没有用过这么好的香料，就算再有戒心，也肯定是舍不得扔掉的。"

曹琴默处在一个钱财不甚稀罕的环境里，却仍然对其深爱与执迷：明明知道绣着夕颜的蜀锦寓意不好，可也想自己留着压箱底；即使能够想到甄嬛送东西必有算计，但仍然舍弃不下这份精致。甄嬛、沈眉庄的家室不必说，什么好东西没见过？就连出身低微、一开始还偷偷斜眼看甄嬛宫里那些皇帝赏赐的奇珍异宝的安陵容，到后来都对这些东西不稀奇了。

曹琴默的结局，崔槿汐早就一语道破："放不下荣华富贵的人，就永远成不了大气候。"放不下荣华富贵的曹琴默，在这样一个环境里，是注定走不久远的。

华妃倒台后，曹琴默终于晋升为嫔位："妃、贵妃，我要一步一步爬上去。"但是她太急功近利、急于求成了，你会发现曾经聪明过人的曹琴默在成为襄嫔后智商很快掉线。

华妃失势后正巧祺贵人进宫了，甄嬛和曹琴默扯闲天的时候说起这事儿——

曹琴默：储秀宫富丽堂皇，可见皇上对这位祺贵人有多重视呢！

甄嬛：祺贵人的阿玛瓜尔佳·鄂敏是平定敦亲王和年羹尧时的功臣，皇上自然对她青眼有加。

这里甄嬛的言外之意很明显，祺贵人受重视是因为她爹是前朝平定年羹尧的功臣，那你是后宫揭发华妃的功臣，所以皇上封你为嫔。

曹琴默：我哪里比得妹妹受皇恩眷顾，父亲又刚为朝廷立下了汗马功劳，甚得皇上的信任，看来妹妹封妃是指日可待了，温宜来日就全靠莞妹妹垂怜了。

甄嬛：襄者，助也。皇上为姐姐选此字做封号，颇有深意。姐姐封嫔是因为什么缘故，是因为前朝平息了年羹尧之事，而后宫中华妃又需要有人出面将其扳倒，姐姐正得其时啊，所以皇上封姐姐为襄嫔，就是这个意思。只可惜现在年世兰还是答应，皇上碍于情面大概也不能太为难她了！

甄嬛在这里的目的很简单，她在引导曹琴默揣测皇帝的心意：皇上封你为嫔就是因为你扳倒了华妃，但皇上碍于情面只是把华妃降为答应，这个时候还需要有人出面向皇帝建言，进一步处理华妃。如果这件事情办好了，那你封妃也是指日可待。曹琴默恍然大悟，转头就跑去皇上跟前说："年答应屡屡犯上，皇上一再宽让，她却变本加厉不知悔改，实在有负皇恩哪！年羹尧已死，皇上留年答应一命已属法外开恩，既然年答应不知悔改，皇上不如严惩年答应，杀之以平后宫之愤。"

曹琴默说出这种话后，旁边的皇后和欣贵人都惊呆了！皇后大概也没有想到，平常口蜜腹剑的曹琴默今天怎么会智商掉线？皇上对此的评价是："你倒很聪明，也够狠心。"由此皇上才与太后商量，决定了结了曹琴默。

在甄嬛的错误引导下，曹琴默以为只要向皇上提议除掉当时降位为年答应的华妃，自己封妃就指日可待，却不想这种对于名分的过度焦虑和渴求，将自己推入无底深渊。

对未来充满恐惧带来的焦虑

虽然曹琴默幸运地生下温宜公主，但在充满着暗礁险滩的后宫，女儿也时时成为她的掣肘，典型事例就是温宜木薯粉中毒事件。大家普遍会认为这起事件是华妃策划安排的，她先把温宜接到自己宫里抚养，然后买通了御膳房的宫人，又通过浣碧这条线坐实了甄嬛曾经差人从御膳房拿过木薯粉的物证，但仔细琢磨就会发现，这其实是曹琴默的计中计。

沈眉庄失宠后，甄嬛的地位不仅毫无动摇，还蒸蒸日上，顺便把华妃在内务府的远房亲戚黄规全也除掉了。华妃为了让曹贵人加紧冲业绩完成KPI，还"亲手"帮下属带孩子，这样的好领导真是不多见呢！没生养过的人哪会知道孩子这么难带，公主晚上哭闹吵醒了女上司，女上司还要给她喂自己平常吃的安眠药。

曹贵人知道这事儿当然是心痛难忍：你对我吆五喝六就算了，但你竟然伤害我的孩子？才下眉头，计上心头，这就是曹琴默"毒害"亲生女儿的根本动机。

　　曹琴默做这个决定其实很挣扎，从华妃代看孩子的事情上曹琴默深刻地意识到追随这位女老板绝非长久之计。更何况木薯粉只会让孩子呕吐一下下，与其像现在整天吃安眠药，索性来个"长痛不如短痛"，不下毒不得我子。

　　曹琴默此次计划的终极目的，就是夺回温宜的抚养权。而所谓给甄嬛设的局，是为了应付女上司下发的任务差事，这是一个非常巧妙的计中计。最终不管成功与否，曹琴默都能让皇上意识到一个问题：你我的爱情结晶在别人那里抚养是极不安全的，孩子还是得亲娘来带。也就是说不管最后是甄嬛赢还是华妃赢，曹琴默都可以夺回温宜的抚养权。

　　这就是曹琴默的聪明之处。她从头到尾都扮演了一个"虎毒不食子"的慈母形象，通过让女儿暂受一小点苦楚，不仅夺回了孩子抚养权，还借皇上之势敲打了华妃的嚣张气焰，同时还能让甄嬛陷入困境（如果不是端妃及时雨般的出现），而她自己却可以全身而退。

　　可纵使曹琴默机关算尽保了温宜一时，但也很难保全她一世，这也是曹琴默对不确定性的未来充满焦虑的重要原因："我爬得越高，温宜的前程就越好，将来就越能指婚得一个好额驸。皇上正当盛年，将来皇子会越来越多，公主本就不受重视，若是皇后嫡出的固伦公主倒也罢了，偏还只是个小小贵人的公主，一个不小心便只能走上朝瑰公主般和亲之路了。"

　　但曹琴默的这种焦虑更多的是对未来的"无用焦虑"，如果说有用的焦虑能够帮助我们解决当下的一些问题，那无用的焦虑则是对未来不确定性的担心、对可能发生的危险感到害怕以及对潜在失控的深深恐惧，曹琴默最终被这种无用焦虑所裹挟，机关算尽太聪明，却误了卿卿性命。

　　曹琴默身上的这些职场焦虑，我们这一代人也同样拥有，只不过换了一个环境的外壳而已。"人的一切痛苦，本质上都是对自己无能的愤怒。"几乎所有焦虑的根源都可以用一句话概括：想要达成某个宏大的目标，同时还想只需努力一点就能立马看到成效。

　　焦虑就像一种慢性疾病，看似无甚大碍，却从身体和精神各个方面腐蚀着一个个鲜活的人，而战胜职场焦虑更是一个复杂的问题，因为它所涉及的层面远不止于职场，也许读完下一章关于"人生"主题的内容，你会从中找到答案。

第五章

用自己喜欢的方式过一生

V

后宫群像里，华妃集万千宠爱于一身却苦于"人人都能生，为什么就本宫生不了"，直到死前才知真相；皇后受众人景仰朝拜却装了一辈子的贤惠大度，"臣妾不得已的贤惠，也是臣妾最痛心、最难过之处"；安陵容临终前才觉得"这辈子，这条命，终于可以由自己做回主了"……等级森严的后宫生活似乎给每个人的人生赋予了更多价值感和成就感，可概括起来看，每个人的人生都有自己的"不得已"：上届宫斗冠军都不得不挣扎于人生价值排序问题而手刃"老情人"隆科多："哀家首先是太后，乌雅氏的荣耀，然后才是先帝的德妃，你的青梅竹马"；哪怕是站在王朝之巅、掌握生杀大权的皇帝也会说"朕这个皇上做得是太窝囊了"；就连闲云野鹤、悠然自得的果郡王也有无可奈何的羁绊："我自抑为额娘，额娘自抑亦是为我。"

　　杨绛说过一句话："世态人情，比明月清风更饶有滋味。"光头一直认为《甄嬛传》只是披了一件宫斗剧的外套，来讲大千世界的世情百态。就像《红楼梦》一样，表面上是以宝、黛、钗三人的情感纠葛为主线的故事，实际上是一幅生旦净末丑悉数登场、酸甜苦辣咸世情百态的浮世绘。

　　以前被问到"你理想中的人生是怎样的"这样的问题时，光头的答案是要用自己喜欢的方式度过一生，可人生完满的美好太难得，我现在的答案是：尽可能地用自己喜欢的方式度过此生。

人生不应该被他人定义

在《甄嬛传》的故事背景里，女性几乎丧失了包含感情、婚姻、事业等所有的人的自主权，而很多女性也安于被裹挟、被定义。祺贵人进宫后，身边侍女提醒她："进宫前大人千叮万嘱了，小主进宫必是要出人头地的。"太后与皇后的一生，也都是为乌雅氏和乌拉那拉氏满门荣耀献祭。沈眉庄说过一段话鞭辟入里："咱们这些人哪有为自己活着的？父母兄弟、亲族门楣，无一不是牵挂拖累。"

《甄嬛传》虽然套了个古装的外壳，但创作者想要传达的思想是现代的、先锋的。华妃之死是整部剧承前启后的转折点，以华妃为界，前半段讲悲悯，后半段讲反抗。前半段里，余莺儿倚梅园的安稳人生，芳贵人、富察贵人、丽嫔的发疯，17岁淳儿的天真烂漫，她们的人生都在最美的年纪戛然而止，说到底，都是一群可怜人；后半段里，齐妃的自戕（这个故事设定里自戕是大罪，会牵连族人），祺嫔光着脚丫在雨中的狂奔，皇后毁灭性人格的控诉，甄嬛的回宫复仇，叶澜依的勇猛屠龙，都是这群深宫女子对那个扭曲时代觉醒后的抗争。

就连一向唯唯诺诺的安陵容，死前对皇帝没有一丝乞请哀求，而是斩钉截铁地质问："臣妾不喜欢鹂妃这个名字，鹂妃，臣妾不过是您豢养的一只鸟。皇上您又何曾有一丁点儿喜欢过臣妾？

您对待我，和对待一只听话的小猫小狗有什么区别？"

从蒙昧中醒来后，她们开始意识到：人生，不应该被他人
定义。

人间清醒沈眉庄：出身最传统，颠覆最彻底

酒量不错的沈眉庄是位山东大妞，她从小在北京的外公外婆
家长大。除了因为身在山东的沈自山和夫人忙于打拼事业外，更
是因为帝都有着更好的教育和人脉资源：她掌握娴熟的琴技，熟
读《诗经》《左传》《孟子》，也是在外祖家认识了一墙之隔的甄
嬛，这个后来成为她莫逆之交的终生挚友。

在京城生活学习的沈眉庄将更有机会 C 位出道，所以沈眉庄
的人生，从小就是被定义、被安排的。自幼与父母很少见面的沈
眉庄，亲密关系注定是疏离的，这点光头在探讨原生家庭的时候
分析过。这也就是为什么在后宫那么多年，沈眉庄除了甄嬛外，
再没有其他好朋友。

"巧笑倩兮，美目盼兮，蝤首蛾眉，妍丽端庄。"沈眉庄生来
就是要被塑造成一位符合那个男权时代标准的淑女的。幼承庭训，
百般教诲，她从出生的那一刻起，人生似乎有且只有一种可能——
就是成为一位帝王的贤妃，以此给家族更大的筹码加持。

但 17 岁的沈眉庄对这些是无意识的，对她要成为什么样的
人也是无意识的。她只是默默接受了这种人生设定，认可了这种
社会规则，觉得这就是一位闺阁女子应该有的一生，一种一眼可
以望到头的人生。

选秀、侍寝、协理六宫，初入宫的沈眉庄温柔、端庄、隐

忍、顺从，身上拥有着强大的传统女性基因，这种闪耀的女性色彩符合了那个男权社会对女性的所有期盼和要求，她也因此春风得意，艳压群芳。她对她的人生充满期望，虽然这种期望是被他人定义的，是被世俗赋予的。

在这种环境中成长的沈眉庄，按理说应该是绝对传统和保守的，但最终的结果令人备感意外，她却成为对传统男尊女卑封建思想背叛最彻底的那个人。纵然如甄嬛这样观念认知走在前沿的女文青，面对果郡王的追求时，也是扭扭捏捏，对于自己离婚女性的身份有一种骨子里的自卑。若非果郡王精诚所至的执着和崔槿汐且顾眼下的劝导，甄嬛自己都很难迈出那一步。

初入宫闱的沈眉庄是何等的风发意气，但因为受到"假孕争宠"事件的陷害，在如日中天之时跌入谷底。"你一生所要追求的功名利禄，没有什么是你祖上没经历过的，那些只不过是人生的幻光。"这是她因假孕争宠事件对皇帝死心后首先领悟到的。同时，她看清了家族不过把她当作一个权力制衡的工具："咱们这些人哪有为自己活着的？父母兄弟、亲族门楣，无一不是牵挂拖累。"她也看清了所谓君恩不过是只见新人笑不闻旧人哭的薄情，她的人生观在至暗时刻发生了彻底的转变，对于那个曾经崇拜的天子和爱慕的夫君失望至极："补偿？我这些天的苦痛，岂是他能补偿我的？把我捧在手心，又弃我不信我，到我这地步我才知道，君恩不过如是。"

得到了再失去，总是比从来就没有得到更伤人。也是在这种人生的巨大流变中，她彻底背叛了自己曾经拥护的封建文化与男权社会的既定规则："那我自己的感情呢？我自己的感情算什么？"

其实我们看《甄嬛传》后宫里那么多女人，很多人都会对皇上的感情抱有一份侥幸心理：皇后知道皇上对自己爱得并不深沉，但皇上喂她一口燕窝，就能化解掉她内心的委屈和不安。齐妃哪怕知道自己穿粉色再无法讨皇上开心，翻了自己牌子却去了别人宫里，但只要皇上认可三阿哥，她就愿意接受这段名存实亡的婚姻。在很多人心里，只要圣心能够转圜，只要皇上愿意维持这份感情，她们就永远对这个人抱有信心。

但沈眉庄不是这样的，她从"假孕争宠"这件事情上彻底认清了皇帝和恩宠的本质，哪怕皇上向她低头认错，倾诉衷肠，她也没有心软原谅："人心都死了，说再多掏心窝子的话有什么用？当年纵然是华妃冤枉了我，可你的所作所为才真叫人寒心。"如果说沈眉庄之前的人生是被他人定义和世俗赋予的，那此后的她则是从蒙昧中醒来，打破万重枷锁和虚伪面具，开始重新定义自己，寻找和看见自我。

如果沈眉庄生活在现代，她肯定早就主动放弃了这段婚姻，离开了这个男人。但是在那个时代、那种环境里，沈眉庄作为天子嫔妃是没办法主动分手或离婚的，所以她选择用另外一种方式重启了自己的人生：在事业上，给太后当助理，稳固自身地位，打发漫长时光；在感情上，碰到了在她最落魄时照顾她，在她失去信念时安慰她的温实初，于是主动大胆地向他示好，并怀上了他的孩子，非常坚定地要把孩子生下来："我要保住这个孩子，用我的性命保他平平安安活下来。"她通过卸下沉重枷锁、颠覆旧有观念，最终真正成全了自己。

"一年三百六十日，风刀霜剑严相逼。明媚鲜妍能几时？一朝漂泊难寻觅。"这话说的又何尝不是后宫里的女子呢？光头特别佩服沈眉庄的一点就是，她拿得起，放得下，敢于打破枷锁，蜕变重生。在那种环境里，能活成自己，很不容易。

酒醉的那个晚上，沈眉庄说："整天清醒克制有什么用？我就不能醉一回吗？"我倒觉得，沈眉庄才是那个真正清醒的人。当得知自己有了温实初的孩子后，她说："我这一生，从未这样清醒过。"必须承认，在《甄嬛传》中，最符合传统女性标准的沈眉庄却是对腐朽的旧制度和旧观念背叛最彻底的一个人。讽刺吗？

有人说，如果甄嬛采纳了浣碧的建议，把安陵容了结掉，沈眉庄是不是就不会死？可就像我们的人生没有"如果"这回事，影视作品中的每个人物、每个角色，也没有"如果"。或者说，每个人物都有每个人物的命运。

沈眉庄死于春天，但欣慰的是她的人生没有留下遗憾。原著作者写道："明明知道甄嬛有那么多的不得已，可是在掩卷之后，我却深恨她不够勇敢，所以，我深爱的，始终是敢爱敢恨的沈眉庄；所以在能够爱的时候，一定一定要尽力向他奔去。"

沈眉庄生命即将凋谢之时，甄嬛还在用世俗的方式鼓励她："皇上已经封你为惠妃了。"沈眉庄反问："你这熹贵妃当得快活吗？你这万千宠爱的贵妃，都当得没有滋味，我又何必稀罕什么惠妃呢？"甄嬛希望沈眉庄能挺过这口气："子凭母贵，姐姐也得为孩子的将来打算。"但沈眉庄说："我的孩子她不会在意这些。"

沈眉庄身上一直有种菊花傲然于世的清高气节。直到临终，沈眉庄仍然那么骄傲，如菊花挺立在凌厉风霜中，不与百花争艳，"虽千万人，吾往矣"。电影《无问西东》中有段话："你看到什么，听到什么，做什么，和谁在一起。有一种从心灵深处满溢出来的，不懊悔，也不羞耻的平和与喜悦。"这种不懊悔也不羞耻的平和与喜悦，便是沈眉庄真实的一生。

"不哭女人"欣贵人：不要与自己的平庸为敌

如果说后宫中人人都有太多的不得已，那几乎每个人也都有自己的不甘心：皇后不甘心"自己的丈夫与别的女人恩爱生子"，华妃不甘心"为什么人人都能生，而我却生不了"，甄嬛不甘心"这些年的恩爱相守都只不过是替身罢了"，祺贵人不甘心何以要皇上面前都让甄嬛占尽了风头，安陵容不甘心"就这样无声无息地做了人家的垫脚石"，浣碧不甘心一辈子做个被人唤来呼去的婢女……但从欣贵人身上，几乎没有看到那种所谓的不甘心。

我们先从欣贵人的女儿说起。很多人一直好奇欣贵人到底有没有女儿？如果有为什么一直没有出现？后宫妃嫔第一次去圆明园避暑时，皇后问皇上哪几个人跟着去，皇上点了名的人有：皇后、端妃、华妃、敬嫔、沈眉庄、甄嬛，没点名的就是公主和皇子的生母："这些皇子和公主的生母自然也要跟着方便起居照顾。"接下来我们就在圆明园里看到了齐妃、曹贵人、欣常在。这三个人不在皇上点名之列，那她们就只可能有一个共同点——都是皇子和公主的生母：齐妃有三阿哥，曹贵人有温宜公主，那欣常在肯定也是因为孩子才能够来的。

当然，这是一条证明欣贵人有孩子的暗线，那有没有明线呢？关于这点沈眉庄曾经明确提过："曹贵人和欣常在虽说是女儿，可皇上也一样疼爱。"那既然欣贵人有孩子，为什么没有出现呢？这个剧中其实也从侧面交代了，华妃曾对曹琴默说过这么一句话："你要记得，若无本宫，公主一出生就只能养在阿哥所，哪能由你这样日日照顾。"所以我们没有看到欣常在的女儿很正常，因为她没有养在妈妈身边。而且还有一点，欣贵人女儿这条线，不关乎剧情的发展推进，所以可能没有拍，或者说在被删减的内容里也未可知。在原著里，欣贵人的女儿叫淑和帝姬。要知道甄嬛她们刚进宫时，欣贵人二胎小产已经一个多月了，这个时候温宜还没有满周岁，推算可知淑和是要比温宜大的。

和曹琴默相比，欣贵人生下女儿后很长时间位分还是常在，而且自己的女儿也没有温宜受宠爱，很多人在这种时候很容易因为比较而心理失衡，但欣贵人从来没有为此事抱怨过，她知道自己的家世背景在后宫中不值一提，也没有像安陵容、余莺儿那样的才艺技能，更没有曹琴默那样的足智多谋，她很清晰地知道自己位于后宫金字塔的最底层。

后宫其实是一个名利场的缩影，有很多浮华的美好和虚荣的诱惑，很多人都想通过种种方式实现晋升，安陵容、曹琴默、余莺儿、浣碧都有这样的野心，但她们没有意识到，在后宫之中，仅凭借野心和努力，不一定能得到自己想拥有的，她们认为只要拥有权力和地位，就能受人景仰，永葆荣华富贵，可她们身上都丧失了一种正确了解和评价自己的能力，到头来不过是心比天高、命比纸薄的悲惨结局。

身处于追逐名利的环境中，却能够对自己的出身、能力和处境有清晰到位的认知，这是欣贵人的难能可贵之处。很多人可能不知道，欣贵人虽然是曾为皇帝诞育公主的潜邸旧人，但直到第43集甄嬛将要封妃、安陵容获封嫔位时才被封为贵人，而此前她一直是常在，潜邸旧人里属她的位分最低，和宫里的老人比她的存在感太弱了，没有皇后的心机城府，没有端妃的隐忍筹谋，没有敬妃的韬光养晦，没有华妃的骄纵跋扈，也没有齐妃那样好的运气。

　　入宫的新人里，沈眉庄一开始就是贵人，瓜尔佳·文鸳也是一入宫便是贵人，如果说她们是因为家世显赫，那叶澜依、瑛贵人出身更低，晋升之路也都比她快。可欣贵人的内心从未因此滋生出自卑和仇恨的情绪，也没有像安陵容总是一副楚楚可怜、低人一等的样子，在攀比浮躁的后宫名利场一直保持出淤泥而不染的良好心态，她也成为后宫中为数不多的没有伤害过他人的人。

　　正是因为这种对自我定位的清晰认识，欣贵人也是《甄嬛传》里除了沈眉庄之外又一个没有被嫉妒情绪裹挟的人，她处理嫉妒情绪的方式很特别，不像沈眉庄那样自行消化掉，也不会像其他人那样把嫉妒情绪转化为伤害他人的利器，而是直接表达出来。

　　富察贵人有喜后，在众人面前炫耀皇上赏赐的脂粉，欣贵人看不惯她恃宠而骄，当面说道："既然是皇上的心意，贵人你就好好留着吧！最好拿个香案给它供起来，你说你这涂在脸上风吹日晒的，再把皇上的心意给晒化了。谁没怀过孩子，我就瞧不得她那轻狂样。"

　　甄嬛失子后被皇帝冷落了一段时间，复宠后安陵容又开始假意示好，在一旁的欣贵人看不惯安陵容的这种做派，讽刺安陵容攀附奉承、不念旧情："莞嫔抱病那会儿正是妹妹得宠，哪里有时间和旧日的姐妹相聚呀！"要掉就掉得扎扎实实，要活就活得痛痛快快，不憋屈自己，不便宜别人，欣贵人这种处理看不惯事情的方式，倒不失为一种避免负面情绪继续恶化的好方法。

　　欣贵人是剧中主要角色里唯一没哭过的女人。甄嬛、安陵容、沈眉庄都有伤心落泪自不必说，端妃、敬妃、齐妃、曹贵人这些有资历的潜邸旧人都难免因被触碰到软肋而抽噎哭啼，即使是皇上翻了欣贵人的牌子夜宿在她宫中后，因听到祺嫔梦魇离她而去，她也没有因此哭天抹泪、痛哭流涕。

这也是光头特别欣赏欣贵人的一点，在现实生活中我们能看到有人遇到一些看不惯的人和事，既不敢一撑了之却也不能一笑置之，而是憋在自己心里，可他的生活却还是那个样子，并无改变。欣贵人因为深知自己资质普通、能力一般，没有太多话语权，便坦然接受自己的末位处境，不去顾影自怜，不会哀愁善感，没有迷失心智，活得洒脱自在。

从这个角度来讲，光头觉得欣贵人不仅是活到最后的赢家，也会是个长寿的女人，因为她接纳自己的平庸设定，接受那种平凡的生活，没有把那么多负面情绪咽在肚子里，要么不在乎不在意，如果在意就努力改变争取，在被祺嫔欺压霸凌到忍无可忍后奋起反抗。欣贵人看似平庸至极身无长物，最后的赢家身份也有一些运气成分在，但她这种认清定位、接受平凡的生活态度值得我们很多人去学习。

平凡，在当代的主流价值观里，其实就是平庸的代名词。在这个时代因为能看到太多成功励志的故事，我们对于平凡就有太多误解甚至排斥，拒绝成为一个平凡的人。可是细想一下，究竟是谁定义了"平凡"这个词？

光头很喜欢《奇葩说》里庞颖的观点："当我们说不平凡的时候，我们想到的是叱咤风云的企业家、历史上打下江山的帝王将相，我们想到的是那些不仅有成就，而且这个成就必须被很多人知道的那些名人。我们现在只允许金字塔的那些伟人叫作不平凡，一定得特别有钱、特别有名、特别有权，才有资格说自己是一个不平凡的人。请问我们为什么要用这样的标准衡量谁不平凡？这个年代大数据都知道要千人千面，发现每一个人与众不同

的地方，怎么偏偏到了评价人生的时候，我们就退回了那种给 70
亿人二元分化这么简单粗暴的标准，这 70 亿人明明有 70 亿种不
同的人生、不同的梦想、不同的困境呀！"

没错，平凡的标准不应该由少数人去定义，是非成败不过是
转头空，滚滚长江淘尽古今多少英雄人物，唯有青山日月常在。
米兰·昆德拉曾说过一段关于"不朽"的经典论述："这个世界
有两种不朽，大的不朽和小的不朽。"大的不朽是一个人在不认
识的人心中留下了回忆，是那些伟大的政治家和艺术家取得的成
就；小的不朽是一个人在认识他的人心中留下了回忆，是在那些
你爱的人和爱你的人心中留下的印记。

欣贵人的形象是现实生活中我们很多普通人的形象，欣贵人
的平庸折射的更是我们很多普通人的平庸。但欣贵人已经拥有了
小的不朽，起码在她的女儿心里如是：一位母亲无条件的爱就是
不朽。

年轻的时候可能我们每个人都觉得自己是个盖世英雄。后来
才慢慢知道，我们只有很努力，才能过上一个平凡人的生活。人
间枝头，各自乘流。不要与自己的平庸为敌，我们每个人都可以
不朽，哪怕只是小的不朽。

与大家分享美国诗人道格拉斯写过的一首诗：

> 如果你不能成为山顶上的高松，
> 那就当棵山谷里的小树吧，
> 但要当棵溪边最好的小树。
> 如果你不能成为一棵大树，
> 那就当一丛小灌木；

如果你不能成为一丛小灌木，
那就当一片小草地。
如果你不能是一只香獐，
那就当尾小鲈鱼，
但要当湖里最活泼的小鲈鱼。
我们不能全是船长，
必须有人来当水手。
这里有许多事让我们去做，
有大事，有小事，
但最重要的是我们身旁的事。
如果你不能成为大道，
那就当一条小路；
如果你不能成为太阳，
那就当一颗星星。
不必凭借穷富强弱来评判输赢成败，
无论你是谁，只要做最好的自己。

人生的意义其实就是"修行"两个字

叔本华说："生命是一团欲望，欲望不能满足便痛苦，满足了便会无聊，人生就在痛苦和无聊之间摇摆。"

当人生艰难坎坷，要为了生计奔波劳苦时，我们会觉得"痛苦"，想问苍天人生来就是要遭受苦难的吗？当人生顺风顺水，得到了自己内心想要的东西时，我们会觉得"无聊"，人生还有什么可以追求的吗？不管是顺境还是逆境，当人生走到某一个拐点时，我们都会生发出一个念头：人生的意义究竟是什么？

其实我们面临的几乎所有人生中的重大抉择，本质上都是在甄嬛的家庭本位和如懿的个人本位之间进行博弈。也就是说我们每个人的一生无非是要么选择做甄嬛，要么选择做如懿。而我们终其一生追求人生的意义不过就是"修行"两个字，《甄嬛传》中的舒太妃早已告诉了我们答案。

甄嬛 VS 如懿：家庭本位与个人本位的人生抉择

为了讨论本章的话题，我们把《甄嬛传》和《如懿传》两部剧放在一起来看。这两部电视剧是不同的制作团队，但两部作品的原著作者是同一人，而且这两部作品从时间线上来看又有承袭关系，所以甄嬛和如懿这两个人总是会被拿来比较。

我们先来看甄嬛人生中的几次重大抉择——

甄嬛入宫前，温实初曾劝她不要去参加选秀，甄嬛是这么说的："只是我不去应选，迟早也是玉娆。家中无子，女儿还能不孝吗？"入宫前面对父亲的叮嘱，甄嬛的说法是"只求保住甄氏满门和自身性命即可"，在甄嬛眼里，家族利益是放在首位的，个人要为整个家族做出贡献，选秀时有一个小细节也能说明这点。

太后因为甄嬛长得像纯元而想阻止她进宫，先是在甄嬛面前泼了一碗茶水，又把猫扔到她跟前，这一通操作没有唬到甄嬛，反倒把后面的孙妙青吓得花容失色。封建皇权社会里，在帝王面前失仪就是对皇权的蔑视，官员失仪，轻者会受到批评教育，重者会受到降职、廷杖和罚俸的处罚。而在选秀这样隆重严肃的场合，秀女一旦失仪，那起码表明你家教不行，会令整个家族蒙羞，一旦令龙颜大怒，很可能会有更严重的后果，所以甄嬛再害怕喵星人也都憋着，这就是大家闺秀的基本素养。孙妙青被猫吓到后厉声尖叫、惊慌失措，被皇帝斥责"殿前失仪，永不许再选秀"。这也就是为什么甄嬛哪怕非常怕猫，也不能因为自己的害怕而损害整个家族的利益。

平日里甄嬛也经常会把甄氏满门荣辱挂在嘴边——

甄母进宫看望甄嬛时，甄嬛说："所以我不敢不争气啊，为了父亲，也为了玉娆。"

当发现浣碧和华妃一党暗中勾连时，甄嬛说："一旦被揭发出你娘是罪妾之女，你知道后果是什么吗？不但甄氏一族会被你连累，父亲私纳罪妾之女的罪名就足以让他流放宁古塔。"

当得知父亲病重的消息时，甄嬛说："父亲病重，困住宁古塔，甄氏一族没有人来照顾，从前允礼能为我做的，如今都要靠我一人扛起。"

当浣碧要出嫁时，甄嬛叮嘱道："以后你我的肩上都挑着甄氏一族的担子。"

甄嬛人生的第二次重大选择是离宫修行。这也是很多人的一个疑问，既然甄嬛如此以家族利益为重，为何在生下胧月后会任性离宫呢？大家要注意当时的整个背景，甄氏家族已经倒掉，全家流放宁古塔，一切已成定局，甄嬛即使用尽全力也无法挽回。再不会有比这更糟糕的局面了，这个时候把维护家庭利益放在第一位已经没有实际意义，而且甄嬛的存在，对胧月的成长也会不利，就像她后来说的"没想到事情过了那么久，她们还是那样地穷追不舍，甄氏一族流放宁古塔，我也离宫修行，她们为何要这样苦苦不肯放过"，所以当时她才退而求其次选择了追求自在。

那么甄嬛为什么选择再次回宫呢？当时远在宁古塔的甄远道病重，甄嬛腹中又怀有孩子，甄嬛不得不破釜沉舟："为了允礼，为了我们的孩子，为了甄氏一族，再难我也要去做。"她曾对温实初说过这样一段话："你能帮我把我病重的父亲从宁古塔接回来好好医治吗？你能保全我的家人不再为人所害吗？你能帮我查明允礼的死因，为他报仇吗？我好不容易离开了紫禁城，可是现在还是不得不回去。我和这孩子的路本来就难走，可即便再难走，我都要保全他。我并不是一个洒脱的人，可以任性来去。"

"我并不是一个洒脱的人，可以任性来去。"甄嬛的话说得再明白不过。由此可以看出，甄嬛的一生，是个人选择为甄氏家族做出牺牲和让步的一生，这是典型的家庭本位观念。

我们再来看如懿。如懿被打入冷宫时，有一个令我印象很深的地方，当时如懿在冷宫的墙角里种植凌霄花，身在冷宫多年的吉太嫔看到后问："被关在这里还有心思种花？"如懿笑着说："等花开了我给您送过去。"吉太嫔道："这是冷宫。"如懿说："就算在冷宫，也得活得体面些。"

这个例子虽然不能明确说明如懿的人生观，但你能从中感受到甄嬛和如懿身上的那种差异。如懿的人生重大抉择主要说两点：

第一点是断发。大家都知道在那个故事设定里断发这种行为是对皇权和夫权的大不敬，但光头觉得她并非失去理智，如懿当然知道割发断情会带来什么样的后果，可她与皇帝感情中的矛盾旷日累时、积羽成舟，需要有个了断。如懿因此被幽闭深宫，还被收回了皇后册宝，如懿母亲得知这件事后气绝身亡，死不瞑目。

第二点是去世。如懿去世后给儿子留下了一封信，这是让光头自惭形秽的一个情节，惭愧的是到最后如懿都已经放下那段少年相识、青梅竹马的感情了，而作为观众的我们都没放下，我以为她在这封信里起码会和他"一生一次心意动"的男子有一两句告别，可竟然没有只字片语："永璂，好孩子，不要哭；额娘只是病得重了，从这病里解脱了，如今已经自由自在了；记得额娘说过的话吗？额娘只希望你一生平安顺遂，如果再有别的希望，额娘希望你也自由自在，不必做你不喜欢做的事情，一定照顾好你自己。"

在家庭本位的价值体系里，孩子往往会成为拯救一段破败婚姻的最后一根稻草，这似乎也是一种主流价值观，为了孩子也要把婚姻勉强维持下去，更何况人家家里真的有皇位要继承，但如懿没有被"为了孩子"这种观念束缚与绑架，在婚姻里残喘苟活，毅然决然选择断发，也希望自己的孩子能够自由自在，不必做不喜欢做的事情。

对比甄嬛离宫修行前，把胧月托付给敬妃的良苦用心，甚至可以说甄嬛选择离宫修行某种程度上也是为了胧月在后宫能够平安顺遂地生活下去，如懿的选择更遵从自我。如懿不看重后位、割发断情、选择把药倒掉放弃治疗，都是把个人追求放在首位的个人本位观念。

可以这么说，我们面临的几乎所有人生中的重大抉择，其实都是在选择做甄嬛还是做如懿，本质上是在家庭本位和个人本位之间进行博弈。择业时选择大城床还是小城房、在大城市打拼还是回老家求份安稳，择偶时选择自己更爱的那个人还是父母更喜欢、更能安稳过日子、适合家庭生活的那个人，当有了孩子后是把更多精力留给自己热爱的职场还是投入到十数年漫长的养育子女的生活中，当婚姻出现问题后是为了孩子妥协还是勇敢追求自己的人生，这样的话题才会充满争议。

家庭本位的观念强调个人应以家庭和集体利益为重的大局观，个人要懂得为家庭做出奉献和牺牲，个人意愿不能凌驾于家族利益之上，这也是我们主流的价值观念。教育学家庄泽宣在《民族性与教育》中提道："中国与西方有一根本不同点，西方认个人与社会为两对立之本体，而在中国则以家族为社会生活的重心，消纳了这两方对立的形势。"

几千年来，传统伦理道德精神逐步瓦解了潜藏在中国人心中的个人本位意识：《红楼梦》里贾政笞打宝玉时说"教训儿子也为的是光宗耀祖"，作为父亲没有表现出分毫的舐犊情深，是因为贾政内心的伦理道德枷锁太过沉重；孟子"不孝有三，无后为大"的意思虽然一直存有争议，可传宗接代、延续香火的观念会让很多无法做到这点的人心存愧对列祖列宗的内疚和自责。

如果说家庭本位强调的是个人对家庭和集体的无条件服从，那么个人本位则是完全相反，它强调的是个人意志要被放在首位。从古希腊为代表的海洋文明起，个人本位开始成为他们的主流价值观念。美国学者菲利普·李·拉尔夫等人所著的《世界文明史》中提道："自荷马时代以来，希腊人就已经沿着其在以后几个世纪都必然遵循的社会理想之路起步了，他是一个乐观主义者，确信生命只有为其自己的目的而活着才有价值。他认为把追求死看成是愉快的解脱，是没有意思的。他是一个利己主义者，为自我满足而奋斗！"直到 14 世纪文艺复兴运动主张个性解放，17 世纪启蒙运动倡导"天赋人权"，个人本位的思想在西方世界始终占据主流。

这种个人本位的思想，我们从西方神话故事中就可窥见一二。古希腊神话中大量描写了众神的七情六欲，讲述他们的嫉妒和仇恨，歌颂个人英雄主义，这一点直到现在的好莱坞电影都有很深的烙印。个人英雄崇拜和权力崇拜可以说是西方神话故事的内核。对比而言，中国的神话故事歌颂的是女娲补天、精卫填海、神农尝百草、大禹治水这样对于集体和社会做出奉献的感人事迹。而像牛郎和织女追求自己的爱情最终只能被隔在银河两岸一年一度七夕相会，白素贞打破人妖不能结合的规则最终被压在雷峰塔下，最具反叛精神的代表人物孙悟空也被如来佛祖压在五行山下五百年，最终归顺唐僧西天取经，个人必须服从集体管教和约束，中华文化中对于个人英雄主义的禁锢和压制从神话里就可以很明显感受到。

今天中西方文化的不断交汇和融合，导致传统的家庭本位价值观受到冲击，最终形成了两种价值观念在同一时空下对峙交锋：比如我们这代人中更多人想要追求个人的幸福和快乐，强调个人意志和个人自由，我们的上一代人中更多人会以家庭为重，强调责任和奉献，我们正好处于这两种价值观碰撞的夹缝中。

极端的家庭本位和极端的个人本位都会让我们的人生失衡，最好的方式当然是建立一种家庭本位和个人本位双重价值取向的伦理精神，使得自由与责任、权利和义务达成平衡。当然这是一种理想化的生活状态，真实的生活状态往往会有一定的偏向，就像家庭本位的甄嬛也不会完全不考虑个人，她也有自己"愿得一心人，白头不相离"的梦想，个人本位的如懿也不会完全不考虑家庭，她也很爱自己的孩子，她进冷宫的时候也担心连累自己的父母。

家庭本位也好，个人本位也罢，它是一个人生排序的多元思考题，而不是一个非 A 即 B 的单项选择题。所以不管是家庭本位还是个人本位，不管是甄嬛看重甄氏家族的兴衰荣辱，还是如懿决心断发洒脱自在，我们没办法简单地说甄嬛和如懿谁的选择更对或更错，因为以不同的评判标准作为前提，就会有不一样的答案。没有哪种选择是错误的，因为没有哪种选择是只有优点没有缺点，或者只有坏处没有好处的。关键就是，当你下定决心选择了其中一条路之后，不要去犹豫推诿，去想如果选择了另外一条路是否会过得更好，不要去陷在那种游移不定的情绪里，怀疑自己当下的选择是否是最坏的选择。

光头很喜欢主持人董卿说过的一段话："有人说我们这个时代不缺机会，所以也势必会让每一个人面临很多选择，是遵从自己的内心还是随波逐流，是直面挑战还是落荒而逃，是选择喧嚣一时的功利还是恒久平静的善良，无论如何，希望每一个人都能做出一个在日后回想不让自己后悔的选择。"

我们要做的，就是忠于自己的选择，去走好自己选择的这条路，最终总会有收获：不论是甄嬛世俗意义上的成功，还是如懿内心的安乐与丰盈。

舒太妃：人生百年，不如想法子过些自己喜欢的日子

《甄嬛传》里有太多鲜妍明媚的女子，甄嬛的冰雪聪明，沈眉庄的傲骨嶙峋，安陵容的奋斗拼搏，华妃的可爱又可恨……如果有人问我最喜欢《甄嬛传》里的哪个人物，我的答案是舒太妃。

可能很多对这部剧不太熟悉的朋友都不太知道她是谁，因为舒太妃这个人物太边缘了，在整部戏中戏份也很少，但《甄嬛传》的优点就在于哪怕寥寥数笔也能将人物刻画得鲜活立体、丰富饱满。

果郡王的生母舒太妃是先帝的宠妃，这份恩宠就连当今太后都耿耿于怀："老十七（果郡王）是孝顺，但见了他难免又会想起先帝在的时候他亲额娘舒妃专宠六宫、众妃怨妒的事，心里就会不痛快。"舒太妃在先帝一朝受尽恩宠，先帝驾崩后，舒太妃便出居道家修行，常年与青灯黄卷相伴。很难想象这样一位在道观清修多年的老人，在听到自己的儿子和一位废妃相爱时，是满心接纳和欢喜——

舒太妃：只是你们那一日琴笛合奏，真当我老了什么也瞧不出来了吗？心有灵犀这回事啊，本当是情意相通的人才有灵犀。

好孩子，那一日啊，我只不过是转了转那样的念头，不曾想你我还有这样的缘分……守得云开见月明，我心里十分安慰啊！

甄嬛：方才来的时候我还害怕，怕太妃会不喜欢我。

舒太妃：我知道你在意什么，只是过去的就都过去了。大清开国以来没听说过废妃再回去的，与其老死宫外，不如想法子过些自己想过的日子吧！人生百年，真正能顺心遂意的日子又有多少呢？两个人真心喜欢彼此是件难得的事，好好惜福吧！

如果说这件事在我们现代人看起来不算什么的话，那在明知甄嬛怀有果郡王孩子的情况下，仍能尊重甄嬛回宫的选择，这就不是常人能够做到的了："允礼你要明白，嬛儿她或许有难言苦衷啊！人各有志，你千万不要记恨嬛儿，总有一天，你会明白嬛儿的难处。"

有一句话叫"知道很多道理，却仍然过不好这一生"，原因是什么呢？《甄嬛传》里有一个片段很好地给出了答案。当沈眉庄看到温实初因苦恋甄嬛而把自己弄得憔悴不堪时劝慰他："既然得不到，就不必无谓地伤心了。"温实初感慨道："说起来容易，可做起来却太难了。"此时沈眉庄有些生气："你一个大男人怎么变得这样的啰唆？你若是喜欢她，她喜不喜欢你又何妨，你只需执着自己的本心就好；你若是不喜欢她，坦然放下也就是了，又何必把自己弄得这么憔悴难堪，白白地惹人笑话。"沈眉庄的这番话令温实初大为震惊："微臣从不知道，端庄持重的惠嫔娘娘说起话来却如此厉害！"沈眉庄徐徐道："不是厉害，只是劝人劝己，都是一样的话。"其实沈眉庄这番话，不仅是说给苦恋甄嬛无果的温实初，也是说给单相思的自己，道理都是一样的道理，可事儿只有摊在自己身上，才知道有多难做到。

在现实生活中，我们都很擅长做他人的人生导师，当朋友在工作中遇到奇葩领导时，能摇身一变"职场诸葛"献上锦囊妙计，神挡杀神、魔挡杀魔；当闺蜜在婚姻中遇到婆媳问题时，也能摇身一变"妇女主任"化解矛盾纠纷，大事化小，家和万事兴。可当同样的问题落在自己身上时，才发现那些曾经都懂得的大道理都不好使了。

知道和做到，永远是两回事。舒太妃就是"知道很多道理仍然过好此生"的典范。她的身上有一种慈悲和通透：不仅接受了甄嬛这样一位宫里的废妃做他宝贝儿子的媳妇儿，而且在甄嬛决定要回宫时，充分尊重她的选择，即使知道甄嬛有了果郡王的孩子。任何人碰到这样的事情，都是很难消解的。作为一位出家人，舒太妃知道很多人生哲理，但难能可贵的是她不仅知道，而且能够做到，这其实就是修行的意义。

第六章

吉光片羽——愿世间美好
与你"嬛嬛"相扣

VI

《甄嬛传》自开播以来，豆瓣评分从 8.9 分逐渐涨到了现在的 9.4 分，这个分数由 60 多万人打出的，未来仍有可能继续上涨，说它是经典可谓实至名归。2021 年 11 月 17 日，《甄嬛传》开播 10 周年之际，微博热搜榜单的前 10 名竟然有 7 条都是与《甄嬛传》相关的话题，足见这部剧热度不减。时隔多年，很多人对《甄嬛传》中的人物、台词和细节还是记忆犹新。

有个成语叫"吉光片羽"，吉光指的是古代的一种能活 3000 年的神兽，用它身上的毛皮做成裘衣，入水不沉，入火不焦，后人就用这个词语比喻残存的珍贵文物或诗文字画。《甄嬛传》作为一部经典神剧，剧中的那些经典台词和引用的诗词典故也被很多人视为"宝贝"。光头将《甄嬛传》中的一片片"羽毛"拾集汇纳，希望你会因这部剧记得那些散落在文化长河中的"吉光片羽"，也愿世间美好与你"嬛嬛"相扣。

试问卷帘人
却道海棠依旧

不见合欢花
空倚相思树

《甄嬛传》里的经典台词

《甄嬛传》的整体语言风格在模仿《红楼梦》，原著作者流潋紫深爱《红楼梦》，在创作过程中慢慢发现自己的语言风格也潜移默化地受到《红楼梦》的影响："《红楼梦》是我文学路上的启蒙之作，我也希望运用这种语言写一本属于自己的小说，致敬《红楼梦》。"

《甄嬛传》里，嫔妃们的语言中经常出现一些固定的句式和词汇："想来""方才""真真是……""巴巴地""若是……想必是极好的，……倒也不负……""便是再好不过了"。如果你对《红楼梦》比较熟悉，你会在《甄嬛传》中发现很多《红楼梦》的影子。

但光头觉得这种语言风格的相似好比甄嬛和纯元的相似："小主和纯元皇后是有几分相像，但也不十分相像。"《甄嬛传》并没有单纯地模仿照搬《红楼梦》，而是在学习和借鉴《红楼梦》语言的基础上，形成了别具一格、韵味十足的"甄嬛体"风格。

《甄嬛传》原著小说在经过编剧的精雕细琢后，剔除掉一些文本式的矫情板滞，又保留了它原有的典雅韵味。你会发现，《甄嬛传》的台词几乎没有一句废话，哪怕删减一个字都是不能够的。

自《甄嬛传》起，与其说后来的一些古装剧都在向"红楼体"

靠近，倒不如说他们效仿的是"甄嬛体"。因为光头对台词比较敏感，所以总是能在很多古装剧角色说话的腔调里看到"甄嬛体"的影子，但似乎再没有出现过大段大段令人印象深刻、倒背如流的台词了，这正应了《甄嬛传》中的那句："那年生辰，我见过圆明园满湖的莲花，后来人再怎么做，也不过是东施效颦罢了。"

光头将观众喜爱引用的剧中经典台词摘录如下，与你再一同品味。

甄嬛：先敬罗衣后敬人，世风如此，到哪儿都一样。（1集）

安陵容：父亲、母亲，我入选了，我终于入选了！（1集）

甄父：为父不指望你日后大富大贵能宠冠六官，但愿我的掌上明珠能舒心快乐、平安终老。（2集）

皇上：菊花有气节，可是我更喜欢菊花独立秋风，不与百花争艳，耐得住寂寞才能享得住长远。（4集）

甄嬛：有时候不争比能争会争之人有福多了。（5集）

甄嬛：雪中送炭的情谊可比什么都可贵。（5集）

甄嬛：杏花虽美，可结出的果子极酸，杏仁更是苦涩。若做人做事皆是开头美好而结局潦倒，又有何意义？倒不如像松柏，终年青翠、无花无果也就罢了。（6集）

崔槿汐：不求一心，但求用心。（7集）

崔槿汐：生死祸福有时候自己是没得选的。（7集）

华妃：生气伤的是自己的身子。（8集）

齐妃：三阿哥又长高了。（9集）

皇上：粉色娇嫩，你如今几岁了？（9集）

沈眉庄：谁又没有年老色衰那一天呢？（10集）

欣常在：大家都是姐妹，有什么可害臊的。（12集）

端妃：我实在看不惯那些做作样子。（13集）

甄嬛：人贵自重。别人如何轻贱你都不要紧，重要的是你自己别轻贱了自己，来日别人自然不敢轻贱你分毫。（13集）

甄嬛：与其心生敬佩，不如自己便是那样的人。（13集）

敬妃：妹妹心善是好事，可是在这宫里只一味地心善就只能坏事了。（13集）

华妃：后宫中哪来的什么情同姐妹？不过是势弱依附势强、愚笨听从聪明，今日是姐妹，明日是仇敌，面前是笑脸，背后就是刀子！（14集）

华妃：女人多的地方是非多，耍心眼、掉眼泪，扮笑脸、说是非，表面上一池静水，底下却暗潮汹涌，换做是本官治理，必定铁腕铁拳铁石心肠。（14集）

甄嬛：人情世故的事，既然无法周全所有人，就只能周全自己了。（18集）

崔槿汐：放不下荣华富贵的人，就永远成不了大气候。（18集）

甄嬛：容不容得下是娘娘的气度，能不能让娘娘容下是嫔妾的本事。（19集）

甄嬛：请王爷不要拿我与西施相比，若说西施亡吴国，亡了越国的又是谁呢？范蠡是西施的爱侣，却亲手将西施送去吴国为妃，何等薄情！纵然后来西施摒弃前嫌与之泛舟太湖，想来也不复当年初见的少女情怀了吧！（19集）

华妃：做衣如做人，一定要花团锦簇、轰轰烈烈才好。

（20 集）

皇后：肆意轻贱别人，最终也只会为人所轻贱。（21 集）

华妃：最重要的就是要银子赏下去，人家才肯实实在在地为你做事。（21 集）

安陵容：能吃是福，有人挂记也是福。（23 集）

太后：人生难免不如意时，你懂得排遣就好。（23 集）

沈眉庄：贵人和答应有什么区别，不过一个称谓罢了。（24 集）

华妃：其实只要人年轻，簪什么花还要分颜色吗？（25 集）

甄嬛：岁月静好，大抵就是这个样子吧。（27 集）

甄嬛：凤凰于飞，和鸣铿锵，夫妻和顺恩爱是世间所有女子的梦想。（27 集）

甄嬛：溃疡烂到一定程度才好动刀除去，烂得越深，挖得越干净。（28 集）

沈眉庄：人心贪婪，总是进了一步还想再进一步。若是懂得适可而止，才能存长久之道。（31 集）

齐妃：翠果，打烂她的嘴！（33 集）

崔槿汐：所谓欲擒故纵呢，最终还是在那个"擒"字上，纵不过是手段而已。（34 集）

甄嬛：只有永远失去和最难得到的，才是最好的。（34 集）

齐妃：你也会说二对一呀，宫里争宠人多就能胜吗？（34 集）

华妃：贱人就是矫情。（34 集）

甄母：哪怕是寻常夫妻间，也少不得"谨慎"二字来保全恩爱，何况是帝王家？（37 集）

沈眉庄：嬛儿，我们自小就在一处，我知道自己才不如你、貌也逊色，便立意修德博一个温婉贤良，你擅舞艺，我便着意琴技，从来也不逊色于你。后来我们一起入了宫，你和我总是相互扶持，即便皇上已经不宠爱我了，我也不曾忌恨你半分。（37 集）

华妃：本宫害怕流言吗？本宫就是怕皇上相信流言。（37 集）

华妃：不容本宫放肆也放肆多回了，还差这一回吗？（40 集）

曹琴默：利聚而来，利尽而散。（41 集）

华妃：即便如今她们一时得意，难道就没有登高跌重的时候吗？（41 集）

皇后：这个世界有两种人，一种是先甜后苦，一种是先苦后甜，就看你选哪一种了。（41 集）

华妃：记得我那一年刚刚入王府，就封了侧福晋，成了皇上身边最得宠的女人。王府里那么多女人，个个都怕他，就我不怕，他常常带着我去策马、去打猎，他说他只喜欢我一个人。可是王府里的女人真多啊，多得让我生气，他今天宿在这个侍妾那里，明晚又宿在那个福晋那里，我就这样等啊等啊，等到天都亮了，他还是没有来我这儿。你试过从天黑等到天亮的滋味吗？（42 集）

端妃：活着的时候受用不到，那死后的颜面都是给活人看的。（42 集）

甄嬛、皇上：春天的时候臣妾就能和皇上对着满院的海棠饮酒，臣妾会在梨花满地的时候跳惊鸿舞，夏天的时候和皇上避暑取凉；秋日里朕和你一同酿桂花酒，冬日看飞雪漫天。（43 集）

崔槿汐：有些人不是你对她好，她就会对你好的。（44 集）

甄嬛：男女情分上，我并不相信"缘分"一说。人们常常以缘分深厚作为亲近的借口，而以无缘作为了却情意的假词而已。（47 集）

果郡王：你只伤心了一次，便要对世间的情字都失望吗？（49集）

舒太妃：人生百年，真正能顺心遂意的日子又有多少呢，不如想法子过些自己想过的日子吧。（49集）

沈眉庄：你一个大男人怎么变得这样的啰唆？你若是喜欢她，她喜不喜欢你又何妨？你只需执着自己的本心就好；你若是不喜欢她了，坦然放下也就是了，又何必把自己弄得这么憔悴难堪，白白地惹人笑话？（50集）

沈眉庄：劝人劝己都是一样的话。（50集）

叶澜依：这福气给你要不要啊？（51集）

叶澜依：这里的一切都脏得很，还是我的百骏园最干净。可是我又能怎样呢？想去的地方不能去，让我待着的地方令我恶心、让人绝望。（51集）

太后：做人做事都要留有余地，赶尽杀绝会自断后路。（52集）

崔槿汐：其实这世上的事情就是这样千回百转，该是谁身边的人，就会到谁身边去。（53集）

皇后：凭它什么花都会有开有谢，只是早晚而已。（56集）

太后：光知道没用，要做到才行。（56集）

甄嬛：那年生辰，我见过圆明园满湖的莲花，后来人再怎么做，也不过是东施效颦罢了。（57集）

甄嬛：任何时候，都不要为不值得的人不值得的事费时间、费心力。（57集）

甄嬛：旁人的闲话是旁人的事儿，若自轻自贱便不好了。（58集）

沈眉庄：整日清醒克制有什么用？（58集）

甄嬛： 人人都会身不由己，人人都有自己的难处，该来的总会来的，一步步走下去就是了。（59集）

崔槿汐： 别人越说我不好，我越要过得好，日子是活给自己的。（60集）

甄嬛： 能在打扮得好看的年纪好好打扮，这不是很好吗？（60集）

果郡王： 做人如果不能由着自己的心的话，还不如明月，到了十五总还能圆一回。（60集）

敬妃： 我宫里一共有三百二十六块砖石，可是这每一块我都抚摸过无数遍了，其中还有三十一块已经出现了细碎的裂纹，否则我将如何度过这漫漫长夜呢？（61集）

皇后： 锦上添花有什么意思？雪中送炭才让人记得好处呢！（61集）

皇后： 一个人只有到了绝境才懂得反抗，才懂得义无反顾。（61集）

安陵容： 宝鹃，我的嗓子，我的嗓子怎么成这样了？（61集）

玉娆： 怎么唯有皇室公卿的男子才是好的吗？我宁愿嫁与匹夫草草一生，也断不入宫门王府半步。（62集）

甄嬛： 温和从容，岁月静好，不就是咱们从前所期盼的吗？（64集）

甄嬛： 世间的阴差阳错从未停歇，都是寻常。（65集）

皇上： 皇额娘，"快睡吧，好长大，长大把弓拉响"，这样哄孩子的歌，您从来、从来未对我唱过，您能为我唱一遍吗？（67集）

安陵容： 原是我不配。（67集）

甄嬛：疑心易生暗鬼，很多事你越多想越易生事，不多虑的才是聪明人。（69 集）

甄嬛：那年杏花微雨，你说你是果郡王，也许从一开始便都是错的。（76 集）

甄嬛：刚入宫的甄嬛已经死了，皇上你忘了，是您亲手杀了她，臣妾是钮祜禄·甄嬛。（76 集）

《甄嬛传》里的原声音乐

如果说影视创作是画一条栩栩如生的龙，影视音乐就是影视作品的那双眼睛，好的音乐能够起到画龙点睛的效果。就像 87 版电视剧《红楼梦》中的歌曲之于不管是电视剧还是原著的意义，《甄嬛传》中的音乐让这部作品更具美感。

有意思的是，《红楼梦》和《甄嬛传》这两部电视剧的音乐也有异曲同工之处：《红楼梦》的音乐歌词是曹雪芹创作的"红楼梦十四支曲"，《甄嬛传》的音乐歌词运用或借鉴了很多中国古典诗词；《红楼梦》和《甄嬛传》的重点都是描绘和塑造女性，但影视音乐的曲作家却都是男性。

作曲家王立平用 4 年时间完成了 87 版《红楼梦》的 13 首组曲，王立平说这是他"这辈子干的最不着调、最胆大妄为、心里最没谱的事"。什么样的音乐可以承载《红楼梦》这样宏大叙事的百科全书？是越剧、豫剧，是江浙民歌还是流行歌曲？王立平既想要脱离各种戏曲和民歌的束缚，又想能够融合中华民族的各种音乐语言特色，既想创作中国的、民族的《红楼梦》音乐，又不想仅仅是某一个类型的音乐。

因为曹雪芹创作《红楼梦》说"朝代年纪失落无考"，所以王立平觉得："对于音乐而言，既不能表现明朝、清朝，更不能表现现代；既不限于哪个朝代，又不能脱离特定历史题材的感觉范畴；它必须具有古典的典雅美，具有这部小说的深沉情绪，又要能够让现代人理解这种深沉情绪。"

而刘欢在创作《甄嬛传》音乐时也在探索和解决相似的难处："为这部戏我选择的是貌似书卷气的中国传统音乐方式，但在和声和转调上又有些离经叛道，而且全部用管弦乐加民乐的编曲方式。这的确不太类型化，也不太娱乐，但我觉得这是这部戏的气质。音乐和戏统一了，戏就丰满了，音乐也就成功了。"

王立平说他写的是"十三不靠"，创作的是自成一派的《红楼梦》风格；而刘欢用"离经叛道"的方式诠释和渲染了深宫女子的幽怨愁肠。

《甄嬛传》中 14 首音乐作品的曲作者都是刘欢，其中除了 8 首没有歌词的场景音乐，其他 6 首都配有歌词，辞致雅赡，缀玉连珠，我们一起来欣赏。

红颜劫

词　崔恕

唱　姚贝娜

斩断情丝心犹乱

千头万绪仍纠缠

拱手让江山

低眉恋红颜

祸福轮流转

是劫还是缘

天机算不尽

交织悲与欢

古今痴男女

谁能过情关

【解读】这首歌曲和下面《菩萨蛮》的旋律是完全一样的，只是按照《菩萨蛮》的格式重新填写的词。

作为《甄嬛传》的片头曲，只有短短54个字，"命运浮沉""痴男怨女""权力""恩宠""宫斗"这些元素都包含进去了，并且最终收尾落到了一个"情"字，皇帝和太后的亲情，甄嬛、安陵容、沈眉庄三姐妹的友情，果郡王和甄嬛的爱情，所有爱恨悲欢的情事，如梦似幻、凌乱交织成人生的劫难。

遗憾的是，歌声犹在耳畔，红颜香消玉殒。演唱《红颜劫》的姚贝娜，因身患乳腺癌于2015年去世，年仅33岁。其实在录唱这首歌时，姚贝娜已经患病，但刘欢仍然希望姚贝娜能够参与创作，后来姚贝娜趁着化疗间隔的休息期录唱了《甄嬛传》原声音乐中的几首作品。斯人已逝，独留绝唱。

菩萨蛮

词　唐·温庭筠

唱　姚贝娜

小山重叠金明灭

鬓云欲度香腮雪

懒起画蛾眉

弄妆梳洗迟

照花前后镜

花面交相映

新贴绣罗襦

双双金鹧鸪

【解读】这首词写的是素颜女子起床后梳妆打扮，穿衣服时看到衣服上绣着一对鹧鸪耳鬓厮磨，寂寞空虚的人哪，无意间就被喂了一把狗粮。

富贵奢靡的生活与凄清孤苦的内心形成了强烈对比，闲适慵懒的状态与形影相吊的寂寞交织其间。

《甄嬛传》中有很多个女子对镜梳妆的镜头，她们的生活虽然没有"996"的辛劳忙碌，却像极了被囚禁在笼中娇小美丽的金丝雀，"寂寞梧桐深院锁清秋"。

凤凰于飞

词　刘欢

唱　刘欢

旧梦依稀　往事迷离　春花秋月里

如雾里看花　水中望月　飘来又浮去

君来有声　君去无语　翻云覆雨里

虽两情相惜　两心相仪　得来复失去

有诗待和　有歌待应　有心待相系

望长相思　望长相守　却空留琴与笛

以情相悦　以心相许　以身相偎依

愿勿相忘　愿勿相负　又奈何恨与欺

得非所愿　愿非所得　看命运嘲弄　造化游戏

真情诺诺　终于随乱红飞花去

期盼明月　期盼朝阳　期盼春风浴

可逆风不解　挟雨伴雪　催梅折枝去

凤凰于飞　翙翙其羽　远去无痕迹

听梧桐细雨　瑟瑟其叶　随风摇记忆

梧桐细雨　瑟瑟其叶　随风摇记忆

【解读】有人评价《凤凰于飞》是一首"除了刘欢没人再能唱好"的歌曲，足见这首歌的难度之大。这首歌从词曲到演唱都臻于完美，如果《红颜劫》是委婉缠绵、悠扬辗转，那《凤凰于飞》就是跌宕恢宏、荡气回肠。

艺术创作是一个很神奇的过程，刘欢太太用三天时间给他读完剧本，刘欢因此有了灵感，他说"我把旋律一弹出来我太太就被打动了，于是我心里有了数，这便是《甄嬛传》的主题音乐《凤凰于飞》"。

再给这首歌填词是刘欢看过初剪的全剧之后，他说："郑导给我的最核心的两个概念是'落地'和'批判'，'落地'指的是要把这个原本年代不确定的故事真实化而不是'戏说'，'批判'的意思是鞭笞帝王时代的制度对人性的扭曲和摧残。所以我要努力做到很扎实的带有同情意味的悲剧性音乐。"

光头觉得不管是主题曲、插曲还是场景音乐，不管是旋律还是歌词，它们都与《甄嬛传》高度契合、相得益彰，至于每段曲、每句词让我们想到哪段情节、哪个人物，每个人心中都会有自己的答案，更重要的是去感受它，就像王立平被问到《红楼梦》音乐的创作感受时说的："请听音乐吧，一切都在那里。"

惊鸿舞

词　三国·曹植

唱　姚贝娜

翩若惊鸿

婉若游龙

荣曜秋菊

华茂春松

髣髴兮若轻云之蔽月

飘飖兮若流风之回雪

远而望之皎若太阳升朝霞

迫而察之灼若芙蕖出渌波

【解读】姚贝娜所唱《惊鸿舞》的歌词其实就是从《洛神赋》中截取的一段，这篇赋在历史上名气也很大，讲的是作者在梦境中邂逅洛神的故事，曹植文采斐然地为我们展示出了一位完美女性的形象——

洛神赋

三国·曹植

黄初三年，余朝京师，还济洛川。古人有言：斯水之神，名曰宓妃。感宋玉对楚王神女之事，遂作斯赋。其词曰：

余从京域，言归东藩，背伊阙，越轘辕，经通谷，陵景山。日既西倾，车殆马烦。尔乃税驾乎蘅皋，秣驷乎芝田，容与乎阳林，流眄乎洛川。于是精移神骇，忽焉思散。俯则未察，仰以殊观。睹一丽人，于岩之畔。乃援御者而告之曰："尔有觌于彼者乎？彼何人斯，若此之艳也！"御者对曰："臣闻河洛之神，名曰宓妃。然则君王之所见，无乃是乎！其状若何？臣愿闻之。"

余告之曰：其形也，翩若惊鸿，婉若游龙。荣曜秋菊，华茂春松。髣髴兮若轻云之蔽月，飘飘兮若流风之回雪。远而望之，皎若太阳升朝霞；迫而察之，灼若芙蕖出渌波。秾纤得衷，修短合度。肩若削成，腰如约素。延颈秀项，皓质呈露。芳泽无加，铅华弗御。云髻峨峨，修眉联娟。丹唇外朗，皓齿内鲜。明眸善睐，靥辅承权。瓖姿艳逸，仪静体闲。柔情绰态，媚于语言。奇服旷世，骨像应图。披罗衣之璀粲兮，珥瑶碧之华琚。戴金翠之首饰，缀明珠以耀躯。践远游之文履，曳雾绡之轻裾。微幽兰之芳蔼兮，步踟蹰于山隅……

【解读】既然《惊鸿舞》的词来源于曹植的《洛神赋》，那我们可以先看一个关于《洛神赋》的八卦故事：三国时期，曹操醉心统一霸业，曹丕作为长兄官务繁忙，而曹植那会儿年龄还小，生性不喜争战，和嫂子甄宓朝夕相处，从而生出情愫。曹丕登基，甄氏被封妃后，因色衰失宠惨死，曹植对嫂子念念不忘，于是写下《感甄赋》，后来甄氏的儿子成为皇帝后，为了避开母亲的名讳，就把名字改成了《洛神赋》。曹丕当了皇帝后，对曹植耿耿于怀，因为他很担心这个很有才华的弟弟威胁自己的皇位，就想着法子要弄掉他，于是就有了那首流传千古的《七步诗》："本是同根生，相煎何太急？"

当然，八卦故事听听就好，不必当真。但你有没有发现，这个故事和《甄嬛传》里皇帝、果郡王、甄嬛的三角恋架构异曲同工？

惊鸿舞是梅妃江采萍所作，《楼东赋》《惊鸿舞》都是江采萍的代表作。江采萍是唐玄宗的宠妃，诗舞琴棋无所不通，梅妃封号的由来就是因为她特爱梅花，唐玄宗因此还称她为"梅精"。甄嬛也很喜欢梅花，而且梅花是甄嬛一生的贵人。

江采萍专宠的那十年，曾谏言唐玄宗"昔太宗有贞观之治，百姓安乐。愿陛下也有开元之治"，而甄嬛也有"皇上是明君，雨露均沾，六宫祥和才能延绵皇家子嗣和福泽"的格局和胸怀。

后来杨玉环上位后，设法把江采萍打入冷宫。《楼东赋》就是江采萍那个时候为让圣心转圜所作。其实李隆基心里是惦记着江采萍的，奈何怕杨玉环撒泼耍浑，终究连"安史之乱"时都把江采萍落在冷宫，江采萍为保住清白之身，不让叛贼污辱，投井自杀。甄嬛在皇帝平定年羹尧时，也曾有过拔出匕首的刚烈举动，决不苟活，情愿一死。

甄嬛与江采萍，从禀赋到性情，都有很多相通相近之处。江采萍以《惊鸿舞》一舞动京城，而甄嬛又以一曲江采萍所作的《惊鸿舞》赢得两个男人的心。历史中的脉络都在《甄嬛传》中忽隐忽现。

《甄嬛传》最有魅力的地方就在于，它表面上讲的是某个朝代后宫中那些不幸女人的故事，但很多情节设置都恰如其分、自然流畅地牵引出中国2000年历史长河里后宫中一个又一个不幸的女人：阿娇、班婕妤、梅妃……

惊鸿舞这一段的剧情也很有戏剧性，一派祥和的生日宴会上，曹贵人突然给甄嬛出了一道难题："这是莞贵人的，请作《惊鸿舞》一曲。皇上，莞贵人姿貌本就'翩若游龙、婉若惊鸿'，合该由妹妹一舞。"

此时的甄嬛忐忑不安，恰似一只受到惊吓的鸿雁，一开始只能中规中矩地表演，伴随着的是沈眉庄弹琴和安陵容演唱。就在甄嬛不知所措心中无数之时，一阵悠扬的笛声传来，果郡王推门而入给他带来了创作灵感，甄嬛的舞蹈渐入佳境，真正展现出了"翩若游龙，婉若惊鸿"的状态，最终艳惊四座。

所以光头觉得惊鸿舞是《甄嬛传》的"剧眼"，它与整部剧的主线脉络完美融合在一起：古典舞、诗词、音乐、历史典故等荟萃一堂，剧情和人物在虚实间穿越隐现，可以说是写进教科书的经典段落，精彩绝伦，令人回味无穷。

采莲

词　南华帝子

唱　姚贝娜

江南可采莲

莲叶何田田

中有双鲤鱼

相戏碧波间

鱼戏莲叶东

鱼戏莲叶南

莲叶深处谁家女

隔水笑抛一枝莲

【解读】安陵容唱的这支《采莲曲》是一首由现代诗人南华帝子拟汉乐府民歌《江南》写的《采莲诗赠友看朱成碧》。《江南》原诗为："江南可采莲，莲叶何田田，鱼戏莲叶间。鱼戏莲叶东，鱼戏莲叶西。鱼戏莲叶南，鱼戏莲叶北。"

金缕衣

词　无名氏
唱　姚贝娜

劝君莫惜金缕衣

劝君惜取少年时

花开堪折直须折

莫待无花空折枝

【解读】其实像《甄嬛传》这样在影视剧音乐中融合诗词典故等传统文化元素的方式并不少见，有些影视剧要么是原著作者秀知识储备为了引用而引用，要么是编剧或导演生搬硬套、牵强附会，最终的结果往往是画蛇添足、不尽如人意，能做到像《甄嬛传》这样浑然天成、让人流连忘返的很少。

除了以上刘欢专门创作的音乐之外，剧中还有像《杏花天影》《湘妃怨》《长相思》都是借鉴于古曲，这些片段也都与整个剧情环环相扣，不仅使人物形象更加丰满，也使得整个剧作更具美学价值和文化底蕴。

《甄嬛传》里的细节和伏笔

细思极恐和值得挖掘回味的细节，几乎成为一部经典作品的标配。中国近些年每年完成备案的电视剧都在 1000 部左右，像极了御花园里开不尽的春花，就连有些所谓的年度爆款剧作随着时间流逝也逐渐被人遗忘。

光头特别喜欢电影《一代宗师》里的一句话："老猿挂印回首望，重要的不是挂印，是回头。"现世多少诱惑，别说回头看，哪怕停下来似乎都成了奢侈。而只有在蓦然回首时，才能感知到好的作品是什么样的。《甄嬛传》里很多草蛇灰线的细节，也是只有我们"回头"再去看的时候，才有那种恍然大悟的感觉。

《脂砚斋重评石头记》里脂砚斋的批语这样称赞《红楼梦》的笔法："事则实事，然亦叙得有间架、有曲折、有顺逆、有映带、有隐有见、有正有闰，以致草蛇灰线、空谷传声、一击两鸣、明修栈道、暗度陈仓、云龙雾雨、两山对峙、烘云托月、背面敷粉、千皴万染诸奇书中之秘法，亦不复少。"

明末清初的文学批评家金圣叹在点评《水浒传》时最早提出了"草蛇灰线"这个概念："有草蛇灰线法：如景阳冈勤叙许多'哨棒'字，紫石街连写若干'帘子'字是也。骤看之，有如无物，及至细寻，其中便有一条线索拽之通体俱动。"

金圣叹举的这两个例子是《水浒传》中大家熟悉的片段：武

松从柴进家里出来，到景阳冈下一人饮酒醉，到打虎结束，这期间"哨棒"出现了 18 次；武大郎和潘金莲的故事里，武松进家门揭起帘子和潘金莲第一次相见，后来潘金莲放帘子时叉竿没拿稳不小心打到了路过的西门庆，前前后后"帘子"出现了 16 次。

金圣叹的意思是，"哨棒"也好，"帘子"也罢，乍看时和行文中的"是""得""到"这些常见字眼一样没什么稀奇，但是你细细品味会发现，"哨棒"和"帘子"贯穿始终，像导游一样带领我们观看剧情的走向和发展。

我们按照金圣叹评点的思路回到《甄嬛传》里，会注意到剧中一个最经典的例子就是小允子剪的小像——

银装素裹的除夕雪夜，甄嬛因为假病避宠留在碎玉轩过年，她觉得院子里一下雪就光秃秃的，于是槿汐就提议剪窗花，营造些过年的气氛。小允子就在这个时候剪了一枚甄嬛的小像，大家惊叹小允子心灵手巧的同时，流朱在旁边说了句话："是很像小主，不过光看这眉眼，倒有点像浣碧。"熟悉剧情的朋友都知道，浣碧是甄嬛的妹妹，小像像她也很正常。记住这个点，我在后面还会提到。

这时崔槿汐提议把小像挂在树枝上可以祈福，于是甄嬛非要一个人跑到倚梅园的梅花树下祈福。因为这枚小像，甄嬛阴差阳错地邂逅了皇帝，挂在树上的小像又被果郡王捡走，皇上、甄嬛和果郡王的三角恋关系由此发端。

七夕夜的桐花台，甄嬛离去后果郡王拿出小像，这是他对甄嬛喜爱的表露；夏季藕花深处的小船上，果郡王贴身携带装着小像的荷包不小心掉落，甄嬛发现了果郡王对自己的暗恋；甘露寺河水旁，果郡王光明正大地拿出了这枚小像，露水情缘却也算心想事成；最终的桐花台诀别，果郡王拿出这枚小像，说出了他一生无法公之世人的隐衷："你永远是我唯一的妻子。"

如果说《红楼梦》里踏遍"烟柳繁华地，温柔富贵乡"的通灵宝玉见证了贾家的繁盛、衰颓和凋零，那《甄嬛传》里这枚跟随果郡王历经沙场斗争、沉船艰险的小像则见证了甄嬛和果郡王情感的缘起、缘深和缘灭。但关于小像的草蛇灰线远未止于此，若干年后的宫宴上，浣碧故意撞落了果郡王装着小像的荷包，皇上捡到后浣碧称这枚小像就是她自己，呼应了当初流朱说这枚小像倒有点像浣碧的情节痕迹。

不难发现，影视作品在草蛇灰线的运用方面有得天独厚的优势。文学作品几乎只有文字，像《水浒传》中"哨棒"和"帘子"，它必须不断地重复强调和出现，才能为读者构建和再现小说情节的场景。但影视作品的视觉功能、镜头特写可以不费只字片语便能够传达清楚这层意思。比如我们上面提到的小像的例子中，桐花台的相遇和诀别，这两出戏中果郡王都拿出了小像，但是台词没有专门提及"小像"，乃至特写镜头都没有过多停留，但我们很容易就能够明白作品想要表达什么。换句话说，影视作品可以通过简明精练的镜头语言运用好草蛇灰线的伏笔铺垫。

上面所说的"哨棒""帘子""小像"可以说都是一个具象的东西，但其实草蛇灰线不仅限于此，它还可以出现在剧情场景和人物台词、表情、装饰等很多地方。

《甄嬛传》第1集雍正皇帝登基和第76集乾隆皇帝登基用的是完全一样的画面。这可以理解为是一种省事和讨巧，但光头的理解是，两个完全一样的画面其实是一种前后呼应，常听一句话叫"历史总是惊人的相似"，甄嬛登上太后宝座后，看似后宫斗争就此画上句号，但焉知不是另一场斗争的序曲呢？两个完全一样的画面镜头将整个故事绵绵延展开来，就像螺旋前进的历史长河中相差无几的故事在一代又一代不同的人身上上演。

安陵容进宫时，甄嬛为她头上插了一朵秋海棠，皇帝夸她"鬓边的秋海棠不俗"，这朵花成为安陵容顺利入选的因素之一；最后，甄嬛又用狐尾百合花设计让安陵容小产。所以说安陵容成也送花，败也送花。

安陵容出场时曾被夏冬春嘲笑戴着"两支素银簪子"，她和甄嬛临终告别时，戴的仍然是这"两支素银簪子"。十年后宫生涯，安陵容发奋图强，乘风破浪，精歌技，练冰嬉，从唯唯诺诺的安小鸟成为荣耀等身的鹂妃，可最终父亲下大狱被判斩立决，自己被终身囚困延禧宫，如她所言："临了了，我却什么都没有。"这两支贯穿始终的簪子，想要传达的不就是繁华落尽一场空、"荒冢一堆草没了"吗？

有意思的是，不仅安陵容有一支簪子贯穿始终，沈眉庄和甄嬛也各有一支对她们意义特别的簪子。

沈眉庄有了"身孕"后，太后赏给沈眉庄一支赤金合和如意簪，温宜公主生日宴的时候，大家还讨论了一番，当时"柠檬精"华妃说沈眉庄的这支簪子是太后怀十四爷的时候戴过，皇上的眼神和表情里有一种天然的嫉恨。沈眉庄假孕争宠事件爆发后，皇上把这支簪子怒摔在地上，那种深藏在潜意识里的对亲弟弟享有更多母爱的恨意都投射在这支簪子上。后来甄嬛有喜，太后又把这支本来摔坏一角的簪子用宝石镶好赐予甄嬛："惠贵人无福戴上这支簪子，你要好好积福，为皇帝多添皇子才是。"这支簪子象征着"你方唱罢我登场"的后宫宠妃交接，自此，沈眉庄逐渐成为后宫名利场的边缘人物，而甄嬛意气风发地向万千宠爱集一身的熹贵妃迈进。但是甄嬛从来没有在公众场合戴过这支簪子，毕竟这是自己最好姐妹曾经的伤疤，甄嬛怎么忍心戴着簪子招摇戳沈眉庄的痛处？从这里也能感受到甄嬛对沈眉庄的姐妹深情。

甄嬛也有一只心爱的玫瑰簪子，是皇帝赏赐她的。甄嬛离宫修行后，皇帝在碎玉轩里睹物思人："这是她最心爱的玫瑰簪子，朕赏给她的玉鞋也没带走，什么都没带走……"后来皇帝去甘露寺给甄嬛孩子上户口时，就带着这支玫瑰簪子，和甄嬛共忆往昔甜蜜岁月。但实际上，甄嬛回宫后也一直没有戴过这支玫瑰簪子，直到她成为太后之后，头饰上才插着这支玫瑰簪子。从这个地方也可以看出，虽然甄嬛亲手杀死了曾经所爱，但四郎在甄嬛心里也是有一席之地的。这支簪子象征着，甄嬛虽然成为万人之上的尊贵太后，但她内心真正想要的并没有得到。欲以桂花同醉酒，终究只是，兰因絮果，现业维深。

除了这些简明细微之处，在甄嬛和果郡王的感情线里，更能体会到创作者云断山连、千皴万染的梦笔生花，领略金圣叹所言"骤看之，有如无物，及至细寻，其中便有一条线索拽之通体俱动"的曲尽其妙。

杏花微雨时，甄嬛和假冒果郡王的皇帝说过一句"妾身并不知王爷喜欢悄无声息站在人后"；七夕夜桐花台甄嬛和果郡王第一次正式碰面时（河边戏水不算作正式见面），甄嬛也和果郡王说过一句"王爷总喜欢悄无声息站在人背后"。此王爷当然非彼王爷，虽是同样的话，面对的却是不同的人，又都合情合景。

同样的台词对话以不同的形式、场合、动机再次出现，有一种朦胧的对称美，也更让人感受到甄嬛、皇帝和果郡王三人情感的错综交织。"那年杏花微雨，你说你是果郡王，也许从一开始就都是错的。"有了前面那些微妙的铺垫，才更加能够体会这句话所蕴含的那种对阴差阳错的嗟叹和被命运嘲弄的无奈。

在甄嬛和果郡王的感情线里，还有一个必须要提到的意象——夕颜。二人在桐花台第一次相见时，正是夕颜盛开之时，果郡王说道："夕颜是只开一夜的花，就如同帝王家的情爱，是不能见光、不被世人所接受的事情。"

若干年后，还是这样一个夏天的夜晚，他们第二次也是最后一次在桐花台相遇，甄嬛说"桐花台冷寂多年，只有夕颜依旧繁盛"，果郡王道："熹贵妃还记得昔日所言吗？夕颜只是开一夜的花，就像有些不为世人所接受不能见光的事情，可有些事情再不为世人所接受、再不能见光，照旧会在心里枝繁叶茂，永不凋零。"甄嬛失足跌下台阶时一句"花落了"，道不尽别番滋味在心头。夕颜为果郡王和甄嬛的爱情做了注脚：那年花开，爱伊始；那年花落，爱已逝。夕颜见证了甄嬛和果郡王不能见光的爱情，二人也见证了夕颜的花开花落。

果郡王要去出长差和甄嬛告别时，甄嬛提起了梁山伯与祝英台的典故，果郡王说："我才不要做什么梁山伯和祝英台，他们一个哭嫁一个吐血早亡，最后只能化蝶离开人世，我们比他们幸运多了。"最终结局是，甄嬛无奈选择回宫，果郡王吐血早亡。谁能想到当年的闺房密语却成了谶语。

关于夕颜，还有一处容易被大家忽视的伏笔：华妃曾收到过蜀锦局进贡的绣着夕颜花朵的蜀锦，当华妃得知这是一种只开一夜的花后，非常生气，便借机赏给了甄嬛。其实这件蜀锦本来就是果郡王借华妃之手给甄嬛送的礼物，这个问题在这里不展开细说。甄嬛当然知道华妃送她夕颜的本意，但她还是收下了。华妃临死前，甄嬛精心梳妆打扮去送华妃最后一程时，特意穿上了这件满身是夕颜的衣服。

"夕颜华兮芳馥馥，薄暮昏暗总朦胧。"此时的华妃娘娘像极了曾经芳香馥郁转眼却要凋谢的夕颜花。在华妃眼里，做人要花团锦簇、轰轰烈烈才好，华妃惧怕薄命这样的字眼，于是把绣着夕颜的蜀锦送给了她最嫉恨的人。她以为把诅咒转给他人便可逃脱掉枯零的宿命，可最后甄嬛穿着一身夕颜与华妃临终告别，为她的惨烈凋谢做了深刻的注解。

《甄嬛传》里的姓名双关和诗词隐喻

　　说起姓名双关，大家首先想到的可能是《红楼梦》。即使对《红楼梦》不熟悉，你可能也知道甄士隐是指"真事隐去"，贾雨村是指"假语村言"，元春、迎春、探春、惜春四姐妹即为"原应叹息"，贾、王、薛、史四大家族可以理解为"家亡血史"……

　　诗词隐喻就没有那么直接易懂，比如《红楼梦》第 22 回里，元宵节大家猜灯谜，元春的灯谜是："能使妖魔胆尽摧，身如束帛气如雷。一声震得人方恐，回首相看已化灰。"谜底为"爆竹"，暗喻元春和贾家的命运终将像爆竹一样，喧闹富贵一时，终归化为尘灰。探春的灯谜是："阶下儿童仰面时，清明妆点最堪宜。游丝一断浑无力，莫向东风怨别离。"谜底为"风筝"，隐喻探春最后像断线的风筝，清明时节远嫁他乡。《红楼梦》里这样的例子很多，曹雪芹通过这样一种方式把人物的性格特征和命运遭遇暗含在其中。

姓名双关

　　《红楼梦》和《甄嬛传》里的"姓名双关"，有点像现在的相声、脱口秀和土味情话里的"谐音梗"。

　　这种"谐音梗"是自古有之。像我们非常熟悉的刘禹锡的

《竹枝词》："杨柳青青江水平，闻郎江上唱歌声。东边日出西边雨，道是无晴却有晴。"这里的"晴"就是谐音双关，一方面是指与西边雨相对的那个晴天，另一方面关顾的是前面"闻郎江上唱歌声"的感情的情。

歇后语里也有：孔夫子搬家——净是输（书），猴子学走路——假惺惺（猩猩），打破砂锅——问（纹）到底。

民间习俗里也有很多谐音双关：像过年吃的年糕，谐音"年（年）高"；情侣之间忌讳分梨吃，谐音"分离"。现在的"520"谐音"我爱你"，"1314"谐音"一生一世"。《甄嬛传》里也有谐音双关语：甄嬛刚承宠时，有一个进寝殿后掀被子的镜头，旁边的黄规全说"皇上听闻民间嫁娶有撒帐习俗"，这个撒帐是做什么呢？就是在新床的床铺上撒放红枣、花生、桂圆、栗子，谐音"早生贵子"。后面皇上命人端来一碗饺子给她吃，甄嬛咬了一口说了句"生的"，皇上回道"这可是你自己说的"。这里其实也是民间婚俗里的谐音梗，是一个同字异义的谐音，生熟的"生"谐音生育的"生"，寓意新娘能够传宗接代、生儿育女。

在前面的内容里提到，甄嬛生下六阿哥取名弘曕，在电视剧开头甄嬛刚进宫时正好看到紫禁城上空鸿雁高飞，所以这里鸿雁即是弘曕的谐音。

甄嬛和果郡王还有一个女儿叫灵犀，甄嬛和果郡王在桐花台初会离别、花开花落，有一种象征他们爱情的花叫"夕颜"，夕颜的名字就暗含在双生子灵犀（夕）和弘曕（颜）中。

甄嬛身边的小允子，"允"暗喻小允子是允礼陪伴、守护甄嬛的化身。除夕夜的甄嬛小像是小允子剪出来的，一个太监手竟然这么巧，而且最后这个小像好巧不巧被果郡王拿走了，这里面似乎有一种微妙的联系。

流朱，流动的红色，流朱的名字暗示了她的结局。

浣碧其实有三个名字：在原著里她小时候叫青青，她的母亲叫何绵绵，父亲叫甄远道，有首诗叫"青青河边草，绵绵思远道"，正好把这一家人串联在一起。后来改成浣碧，其实是与流朱相对应。另外，浣碧也可以理解为"换婢"，是在讲她本来是大小姐的基因，但却因为是罪臣之女所生的女儿，被偷天换日为甄府的丫鬟。

还有主角甄嬛的名字，她本名叫甄玉嬛，后来自己把玉去掉了。但她进宫后住的地方叫碎玉轩，碎玉轩承载了甄嬛青春年华里的美好回忆，也成为那个让她痛彻心扉的伤心之地。所以，碎玉轩碎的不就是甄嬛这块玉吗？即使把名字里的"玉"去掉，但命运怎会轻易饶过你？

另外，甄嬛和纯元的小名包含的意思也很微妙。皇帝给甄嬛取了个小名叫"莞莞"，而纯元的小名叫"菀菀"，"菀"有茂盛的意思，也指一种叫紫菀的植物，紫菀花俗名还魂草，似乎暗示甄嬛长得像极了纯元。而"莞"可以指莞尔一笑的意思，也有蒲草的意思，听上去远没有紫菀高级，甄嬛和纯元在皇帝心里的分量由此可见一斑。

夏冬春这名字也很有意思，四季缺秋，却凭借一己之力染红了秋天的御花园。

华妃身边的颂芝，意为"送之"，是说华妃为了巩固地位不得已把颂芝送到皇上身边。

齐妃送给皇后的猫，皇后取名为"松子"，谐音是"送子"，暗喻齐妃最终把三阿哥送给了皇后。

永寿宫的小宫女斐雯，名字意指绯闻，因为她传甄嬛和温实初的绯闻，成为滴血验亲的导火索。

曹琴默，最后一个"默"字拆开后意为黑犬，曹琴默曾说"会咬人的狗不叫"。另外琴本应该是悠扬动听的，而"默"是默不作声，就像曹琴默虽然有一等一的智商，却无从大显身手，默默无闻，只能当华妃背后的军师。"琴"这个字也很特别，上面有两个"王"，我们知道曹琴默一直是双面间谍，夹在甄嬛和华妃之间，苟且生存。

安陵容，歌声动听宛如黄鹂，曾获封"鹂妃"的称号，很有讽刺意味。如她临终感言"臣妾不过是您豢养的一只鸟"，她的一生注定和"鸟"脱离不了关系，而且她的后宫里有一窝"鸟"：小说中她身边四个宫女的名字分别是宝鹃、宝鹊、宝莺、鸢羽，这都是鸟的名字。杜鹃借巢而生，像极了宝鹃和安陵容的互利共生关系。安陵容人送外号"安小鸟""贵人鸟"也都是有原因的。

纯元在小说里叫柔则。像柔则、宜修都是古代女孩子会用到的名字。柔则出自《晋书·列女传》："婉娩柔则。"电视剧中，纯元可以理解为纯真美好，元指居于首要地位的元配、元妻，从名字可以看出纯元对于皇上而言的重要性。

宜修这个词出自《楚辞》："美要眇兮宜修。"本来是夸奖女孩子修饰得宜、恰到好处。但甄嬛传里的宜修，暗喻"宜休"，接了那么多"堕了么"订单，这样的人应该早点休掉才好。

在原著小说里，宜修身边一共有四名宫女：绘春、绣夏、剪秋、染冬，名字里包含了春夏秋冬，很有意境。这个有点类似于《红楼梦》里四春身边四名丫鬟的命名方法：抱琴、司棋、侍书、入画，名字里包含的是琴棋书画，暗含的是四春的才艺修养。

……

从这些细节中我们能感受到不管是原著作者还是导演编剧的用心，从而对很多人物有了更深刻的了解。

诗词隐喻

最开始甄嬛和流朱、浣碧去寺庙里拜菩萨，她们三人从寺庙出来后，有一个长达 8 秒对准寺门的镜头，门上有一副对联："甘露灌顶受菩提记，光明照身广度众生。"这里的"甘露灌顶"，隐喻甄嬛后来去甘露寺修行。"光明照身"隐喻的是甄嬛回宫后被封为熹妃，熹是明亮的意思，暗合了这里的光明。

甄嬛刚进宫时，我们看到碎玉轩正门的柱子上有两句诗："沧海月明珠有泪，蓝田日暖玉生烟。"这首诗大家很熟悉，高中语文课本里学过的李商隐的《锦瑟》，这是一首悼亡诗，是李商隐写于妻子去世之后，是对美好青春年华的追忆。这句诗的后两句是："此情可待成追忆，只是当时已惘然。"

锦 瑟

锦瑟无端五十弦，一弦一柱思华年。

庄生晓梦迷蝴蝶，望帝春心托杜鹃。

沧海月明珠有泪，蓝田日暖玉生烟。

此情可待成追忆，只是当时已惘然。

纯元已成为回不去的青春年华，那么嬛嬛的出现就是对这段美好年华的追忆，但庄生梦蝶、杜鹃啼血从一开始的这首诗里就暗示了。

再回过头来看，碎玉轩正门对面还有两句诗："不知春色早，疑是弄珠人。"这首诗叫《江滨梅》，写的是冬日里的梅花。"不知春色早，疑是弄珠人"，意思是没想到梅花开得这么早，乍看还以为是仙女手中的珍珠。我们都知道甄嬛和纯元都喜欢梅花，这首诗整体的意境都在隐喻皇帝错把甄嬛当作佩着明珠的纯元仙女。

江滨梅

忽见寒梅树，开花汉水滨。

不知春色早，疑是弄珠人。

前面说到"碎玉轩"时提到碎玉轩碎的就是甄嬛这块玉。甄嬛离宫后，沈眉庄入住碎玉轩。沈眉庄的性格是"宁可枝头抱香死，何曾吹落北风中"的孤傲，是"宁为玉碎，不为瓦全"的刚正，最后沈眉庄血崩碎玉轩，所以碎玉轩碎的又何尝不是沈眉庄"宁为玉碎"的气节？

下面一处是果郡王载着甄嬛在湖上划船的情景。当时果郡王说了一句话："今日与美同舟才是真正的乐事，竟让小王有与西施共乘，泛舟太湖之感。"甄嬛听了很生气，因为她不喜欢把自己和西施放在一起比较，于是引起了二人对"西施祸水红颜论"的探讨。

甄嬛讨厌这种类比，倒不是因为嫉妒西施美貌，而是因为一代美人最终沦为政治斗争中的一枚棋子："范蠡是西施的爱侣，却亲自将西施送去吴国为妃，何等薄情！纵然后来西施摈弃前嫌与之泛舟太湖，想来也不复当年初见的少女情怀。"甄嬛的这段论述其实就源自唐代诗人罗隐的一首诗：

西 施

家国兴亡自有时，吴人何苦怨西施。

西施若解倾吴国，越国亡来又是谁。

　　这首诗其实就在隐喻皇上最后为了平抚准噶尔欲将甄嬛赐给摩格的薄情。甄嬛是西施，皇帝是范蠡，哪怕最后甄嬛没有去和亲，但四郎和嬛嬛，再也回不去了。那份少女情怀，不过是"何事秋风悲画扇"：等闲变却故人心，却道故人心易变。

　　当时的甄嬛怎么可能想到，她最讨厌别人拿她与西施做比较，最后却差点儿沦落到和西施一样的下场：成为政治场中的牺牲品。若干年后自己的遭遇，早在当年误入藕花深处时，就被自己一语成谶了。

　　《甄嬛传》和《红楼梦》很像的地方，就是一直在讲人世间命运的巧合重叠，讲无常世事的奇妙轮回。初看时不觉得，当你知道结局再回过头看这些地方，就幡然了悟。

　　虽然甄嬛和果郡王像这样独处的时刻屈指可数，但如甄嬛在甘露寺河边对果郡王讲过"其实在宫中时我已把你视作知己"，这不是一句凭空捏造无中生有的情话，二人对彼此的惦记都是有迹可循的，就暗藏在微妙的诗词联动里。

　　七夕夜第一次桐花台相遇时，果郡王问"宫中夜宴欢聚，莞贵人怎么出来了"，甄嬛说"今夜是七夕，自然是月色更动人了"，果郡王回道："正是，金风玉露一相逢，更胜人间无数。如将此良夜奉与觥筹交错，实在是浪费了。"这首词大家也很熟悉，是北宋词人秦观的《鹊桥仙·纤云弄巧》。

鹊桥仙·纤云弄巧

　　纤云弄巧，飞星传恨，银汉迢迢暗度。金风玉露一相逢，便胜却人间无数。

　　柔情似水，佳期如梦，忍顾鹊桥归路。两情若是久长时，又岂在朝朝暮暮。

　　这之后不久，有一天晚上华妃叫安陵容给她唱小曲儿，甄嬛陪安陵容一起去时表演过一出古琴配诗朗诵的节目，诵读的就是这首《鹊桥仙》，而且这首词朗诵很符合那个阶段的情景。

　　当时正逢年羹尧打胜仗回京，甄嬛差不多有一个星期没见皇帝了，"秋来百花杀尽，唯有华妃一枝独秀"。"两情若是久长时，又岂在朝朝暮暮"，既表达的是甄嬛对皇帝带有三分矜持的思念，又呼应了果郡王曾在七夕夜吟诵的"金风玉露一相逢"。

　　还有一处是刚刚提到的藕花深处与美同舟时，果郡王和甄嬛聊起了牡丹亭："情不知所起，一往而深，生者可以死，死亦可生，果真情之一字，若问情由难寻难觅。"这一段出自明代戏曲家汤显祖的《牡丹亭》。

　　后来阖宫妃嫔看戏甄嬛为安陵容解围时，也曾引用过这句："牡丹亭的戏文上说，情不知所起，一往情深，生者可以死，死者可以生，安妹妹不过是就戏论戏罢了。"

　　看到这里，不得不佩服创作者构思的精彩绝伦，两个人虽然没有面对面的表达和互动，但千丝万缕的微妙联系已如暗流般徐徐涌动。

再来看一处，果郡王大婚不得不同时迎娶两位侧福晋进王府，一位是钮祜禄·玉隐，另一位就是孟静娴。一生放荡不羁的果郡王爱自由惯了，一下娶了两个，但两个都不是他想要的。在王府的婚宴上，独自饮酒醉的果郡王身后的窗户上有一副对联："一门开新禧，双燕舞长春。"这副对联的意思无须多解释也都明白，反映的正是果郡王同时迎娶两位侧福晋入王府的盛景。巧合吗？那两副对联，不知道它是道具老师的有意为之，还是无心插柳，但最后呈现出来的画面正好符合此时此地的情景。

读《甄嬛传》中引用的诗词，常常会让光头想起《红楼梦》第五回宝玉在太虚幻境里见到预示很多人生命结局的判词，当你没有读到各人最后的结局，是看不懂那些判词的。也许结局从来不是生命真正的意义，而一步步走向结局的脚印和路程才是生命的真谛。

花签隐喻

花签隐喻的本质其实还是诗词隐喻，但是因为它足够经典，所以我们单独拎出来说一说。

《红楼梦》里凡到诗词典故的地方几乎都是伏笔和隐喻，其中有两处是最不可忽视的，除了我们上面说到的太虚幻境里的金陵十二钗判词和判曲，另一处就是宝玉生日聚会上吃酒"占花名儿"的游戏，这里也有对人物性格和命运的隐喻。比如探春抽到的花签上写着"日边红杏倚云栽"，注云"得此签者，必得贵婿"。这首诗出自唐代诗人高蟾的《下第后上永崇高侍郎》。

下第后上永崇高侍郎

天上碧桃和露种，日边红杏倚云栽。

芙蓉生在秋江上，不向东风怨未开。

"得此签者，必得贵婿"说的是探春以后会当王妃，"芙蓉生在秋江上，不向东风怨未开"描绘的则是探春远嫁时坐船离开，以后只能和亲人千里之外遥遥相望的情景。

除了探春，林黛玉是风露清愁的"水芙蓉"，薛宝钗是艳冠群芳的"牡丹"，史湘云是香梦沉酣的"海棠"……在《甄嬛传》里，宜修是富丽国色的"牡丹"，华妃是雍容华贵的"芍药"，沈眉庄是傲然独立的"菊花……《甄嬛传》原著里专门有一章叫"花签"，更是对红楼梦抽花签名场面的致敬。

抽花签其实就是一种游戏，和现在大家聚会流行的"狼人杀"等游戏一样，没有多神秘。大家就是寻个由头为吃饭喝酒助兴，抽一个签筒里的签，签子上会有花名、诗词、注解，人物的性格和命运就暗含其中。

原著里玩儿游戏的一共有四人：沈眉庄、甄嬛、安陵容、淳儿。我们一一来看——

沈眉庄——菊花

"眉庄那竹签上画一簇金黄菊花，下面又有镌的小字写着两句唐诗：陶令篱边色，罗含宅里香。"

这里的陶令指陶渊明，陶渊明的性格喜好大家都很熟悉，罗含号称东晋第一才子，东晋时期权贵争权夺势，罗含出淤泥而不染，保持了淡泊的心态和清正的节操，不恋权，不贪钱，重友情，是一个道德高尚的君子。这说的不就是沈眉庄吗？

沈眉庄刚得宠时皇上问沈眉庄为什么喜欢菊花？沈眉庄回答："宁可枝头抱香死，不曾吹落北风中。臣妾喜欢它的气节。"这两句诗出自南宋诗人郑思肖写的《寒菊》。

寒 菊

花开不并百花丛，独立疏篱趣未穷。

宁可枝头抱香死，何曾吹落北风中。

春光明媚时百花齐放，而菊花挺立在凌厉风霜中，不与百花争艳。菊花虽淡泊，却在稀疏的篱笆处独放光华，宁可坚持自己的气节，也不愿屈服于北风。沈眉庄遭陷害失宠后，誓死不原谅皇上的心意从未转圜，真正活出了菊花的气节。

安陵容——夹竹桃

接下来是安陵容，"一树夹竹桃，底下注着：弱条堪折，柔情欲诉，几重淡影稀疏，好风入沐"。

夹竹桃这种植物全株都是有毒的，它很像安陵容：外表美丽柔弱，但有着能置人于死地的心机和城府，而安陵容也在后宫生涯中释放了自己毒性的一面。

淳儿——茉莉花

淳儿抽到的是小小一枝茉莉花，旁边注着"虽无艳态惊群目，幸有清香压九秋"，另有小字"天公织女簪花"。

茉莉花的花语是清纯、质朴，就是淳儿的那种天真烂漫。但这里的重点其实是"天公织女簪花",这个典故来自东晋的民间传说,是指古代女子在天公节簪花,为织女戴孝。淳儿抽完签就被甄嬛故意支开,甄嬛当时看出了端倪,和沈眉庄安陵容说"这句话看着叫人刺心"。这几个小字也揭示了淳儿早亡的悲惨命运。

甄嬛——梅花、杏花

甄嬛很有意思,她第一次抽到的"是画着一枝淡粉凝胭的杏花,并也镌了两句唐诗:天上碧桃和露种,日边红杏云倚栽"。安陵容看到后笑道:"杏者,幸也,又主贵婿,杏花可是承宠之兆。""桃是说莞姐姐桃花运来了。"

甄嬛嫌手气不好,于是又抽了一次,"抬目看去,却是一枝海棠"。海棠又名解语花,在剧中,皇帝曾对甄嬛说"你就是朕的解语花"。

虽说菊花有不与百花争艳的气节,但终究还是落得个在北风中抱香而死的结局;冰天雪地里唯有梅花凌霜盛开,占尽风光。相比而言,梅花傲立风霜的姿态是优雅的,不费力的。甄嬛一生四次命运沉浮都与梅花密不可分——

第一次是除夕夜的倚梅园,皇帝、果郡王、甄嬛和余莺儿四个人都埋没于黑夜中,却各怀心事,几枝梅花不经意间改变了他们的命运:皇上因一盆红梅去了倚梅园思念故人,甄嬛因梅花前许愿逐渐开始转运,余莺儿因梅花登高又跌重,果郡王捡到梅花上的小像,开启了苦恋嫂子的漫漫痴情路。甄嬛在倚梅园中许愿:"愿逆风如解意,容易莫摧残。"这首诗写的就是梅花。后来安陵容花样滑冰侍女手捧梅花伴舞时皇上回忆:"逆风如解意,容易莫摧残。当日朕与你也是结缘于梅花。"这是梅花与甄嬛的第一次结缘和碰撞，甄嬛也如这梅花般，淡淡香气中蕴含着铮铮气韵。

梅 花

数萼初含雪，孤标画本难。

香中别有韵，清极不知寒。

横笛和愁听，斜枝倚病看。

朔风如解意，容易莫摧残。

第二次是甄嬛跳惊鸿舞。乍一看，惊鸿舞和梅花有什么关系呢？剧中关于惊鸿舞的背景是这样说的："这惊鸿舞由唐玄宗梅妃所创，本已失传许久，但是纯元皇后酷爱歌舞，几经寻求原舞，又苦心孤诣地加以修改，曾经一舞动天下。"

前面提到，惊鸿舞在历史上确实是唐玄宗的宠妃梅妃所作，另外华妃诗朗诵的那篇《楼东赋》也是她的代表作。梅妃也是诗舞琴棋无所不通，她这"梅妃"的封号就是因为她特爱梅花而得，唐玄宗因此还称她为"梅精"。

梅妃写《楼东赋》是为了复宠，而在这首赋里也专门提到梅花，足见梅花之于梅妃和她与唐玄宗之间的感情有多重要。"信摽落之梅花，隔长门而不见"，梅妃含情所著的楼东赋没有使她再得幸于唐玄宗，反倒是成全了华妃，感动了皇上。当然，没有前面的《惊鸿舞》，也就没有这后面的《楼东赋》。

楼东赋

玉鉴尘生，凤奁香殄。懒蝉鬓之巧梳，闲缕衣之轻绿。苦寂寞于蕙宫，但凝思乎兰殿。信摽落之梅花，隔长门而不见。况乃花心飓恨，柳眼弄愁。暖风习习，春鸟啾啾。楼上黄昏兮，听风吹而回首；碧云日暮兮，对素月而凝眸。温泉不到，忆拾翠之旧游；长门深闭，嗟青鸾之信修。

忆昔太液清波，水光荡浮，笙歌赏宴，陪从宸旒。奏舞鸾之妙曲，乘画鹢之仙舟。君情缱绻，深叙绸缪。誓山海而常在，似日月而无休。

奈何嫉色庸庸，妒气冲冲。夺我之爱幸，斥我乎幽宫。思旧欢之莫得，想梦著乎朦胧。度花朝与月夕，羞懒对乎春风。欲相如之奏赋，奈世才之不工。属悉吟之未尽，已响动乎疏钟。空长叹而掩袂，踟蹰步于楼东。

第三次是倚梅园蝴蝶复宠。甄嬛精心设计在红梅簇簇的倚梅园梅花树下许愿复宠是非常明智之举，因为梅花不管对于皇上、纯元还是她都是贵人般的存在。

甄嬛曾说："雪花映着红梅簇簇，暗香浮动，这才算是良辰美景吧！"梅花这种暗香浮动的风情，北宋第一宅男林逋就曾写过，他以梅花为妻，仙鹤为子，一句咏梅诗"疏影横斜水清浅，暗香浮动月黄昏"冠绝古今。"粉蝶如知合断魂"，蝴蝶如果知道梅花的美丽也会羞愧而死，这说的不就是甄嬛在冬日的倚梅园里，就连蝴蝶都为其倾倒的复宠吗？

山园小梅

众芳摇落独暄妍，占尽风情向小园。

疏影横斜水清浅，暗香浮动月黄昏。

霜禽欲下先偷眼，粉蝶如知合断魂。

幸有微吟可相狎，不须檀板共金樽。

还有一次，甄嬛出宫三年后，皇帝去甘露寺看她。这次梅花虽然没有正面出现，但依然隐含在故事的细枝末节里。大家是否记得，四郎是什么时候去的甘露寺？是二月初二龙抬头的日子。二月正是冬春交替的时节，除了我们知道的习俗"剃头理发"外，还有祭龙撒灰、踏青赏花等活动。而且，二月还有一个不太为现在人们熟知的节日——花朝节。这个节日在古代名气很大，能与中秋节齐名。花朝节是纪念百花的生日，一般于农历二月初二、二月十五等举行。节日期间，人们结伴到郊外踏青赏花。而这个时候，往往还有冬日里的梅花未开尽，所以明朝谢复就有《二月二日入山看松竹值梅花盛开》这样的诗。

二月二日入山看松竹值梅花盛开

闲因松竹陟嶙峋，松已成阴竹未匀。

好是梅花助诗兴，两株晴雪不胜春。

还有一处与梅花有关的地方也比较隐秘，是在前面提到的甄嬛和果郡王一同划船的情景，果郡王提到汤显祖的《牡丹亭》："情不知所起，一往而深。"《牡丹亭》讲的是柳梦梅和杜丽娘的爱情故事，这个故事也与梅花有很多关联。

柳梦梅和杜丽娘二人的第一次相会是在梦里牡丹亭的梅树下，杜丽娘因此梦"为伊消得人憔悴"，死后被葬于梅树下，她父亲托人修了"梅花庵观"，她让仆人把自己的画像藏在太湖石底。

　　三年后，柳梦梅进京应试，借宿在梅花庵观，在太湖石底捡到了杜丽娘的画像，才知道这就是那梦中的姑娘。杜丽娘魂游后园与柳梦梅幽会，这就是所谓"死了都要爱"。

　　说了这么多甄嬛与梅花的缘分，虽然梅花是甄嬛一生的"贵人"，但她依旧没有逃脱自己是杏花的本命。甄嬛和皇帝的故事始于杏花，终于杏花，"那年杏花微雨，你说你是果郡王，也许从一开始便都是错的"。

　　"杏花虽美好，可是结出的果子极酸，若是为人做事皆是开头美好而结局潦倒，又有何意义呢？"故事的结局早已在开头写好，人生这场考试可能在某个不经意的瞬间就已经揭晓了答案。

《甄嬛传》里的诗词曲赋及历史典故

《甄嬛传》原著作者流潋紫在谈到创作初衷时说:"纵观中国的历史,记载的是一部男人的历史。而他们身后的女人,只是一群寂寞而黯淡的影子。寥寥可数,或是贤德、或是狠毒,好与坏都到了极点。而更多的后宫女子残留在发黄的史书上,唯有一个冷冰冰的姓氏或封号,她们一生的故事就湮没在每一个王朝的烟尘里了。"

的确是这样,中国封建王朝 2000 多年的历史,其实基本都是男人的历史,朝代更迭,争权夺利,而伴随着每朝每代隐没在权力背后的一个个女子,大多被人遗忘。从小学到大学的古诗词,从李白的潦倒失意到苏东坡的气势磅礴,更多的还是男性视角的诗意世界。但《甄嬛传》中引用那么多的诗词曲赋及历史典故,描绘出的却是一长幅中国古代颇具女性韵味的唯美画卷:

卓文君的"愿得一心人,白头不相离""努力加餐勿念妾,锦水汤汤,与君长诀"、江采萍的"奈何嫉色庸庸,妒气冲冲,夺我之爱幸,斥我乎幽宫"、鱼玄机的"易求无价宝,难得有情郎"……这些诗词让我们在斑驳的历史阴影下,窥见一颗颗女性视角遗珠散发的光芒。她们的孤独和欲望,她们的挣扎和失望,她们的痴心与向往,她们如何度过那分分秒秒,千回百转,令人慨叹。

而且不同于一些电视剧中对古诗词的生搬硬套，《甄嬛传》里的诗词运用是自然的、和谐的，它与人物、故事和情节是水乳交融、浑然一体的，可以说诗中有剧、剧中有诗，不仅增加了电视剧的文化底蕴和历史厚重感，更有力地推动了古诗词文化的传播与普及。

《甄嬛传》中引用、截用或套用的诗、词、曲、赋、小说、散文和经史等内容共 141 处（不完全统计），从人物引用诗词的数量来看，排名前三的是甄嬛、皇上和果郡王这三位文艺青年。光头沿着剧情对《甄嬛传》全剧中的诗词曲赋及历史典故做了梳理，精选了其中的 108 处，将诗词和历史典故的"出处"以及我的"解读"整理出来，希望更多人能通过《甄嬛传》领略到中国传统文化的魅力。

（1）徐进良（敬事房太监）：这后宫的小主们，盼皇上就像久旱盼甘霖哪！

神童诗（节选）
北宋·汪洙

久旱逢甘霖，他乡遇故知。
洞房花烛夜，金榜题名时。

【解读】《神童诗》的作者汪洙，据说九岁就会作诗，号称汪神童。但是这首诗全篇 1000 余字并非都出自汪神童之手，而是后人以他的诗为基础，再加入其他人的诗编成的。像我们很熟悉的"万般皆下品，唯有读书高""将相本无种，男儿当自强""诗酒琴棋客，风花雪月天"等诗句都出自其中。

（2）温实初：嬛妹妹，家父在世的时候常说，一片冰心在玉壶。

芙蓉楼送辛渐
唐·王昌龄

寒雨连江夜入吴，平明送客楚山孤。

洛阳亲友如相问，一片冰心在玉壶。

【解读】温实初想以家传玉壶赠予甄嬛来表示自己的一片赤诚。"一片冰心在玉壶"既可以表达高洁美好的品格，也可以指代坚守不变的初心。结婚纪念日、情人节、七夕发朋友圈秀恩爱时，配上这么一句，优雅表白甩"爱你一辈子""永远在一起"好几条街！

（3）皇上：食不言，寝不语。

论语·乡党（节选）

食不语，寝不言。虽疏食菜羹，瓜祭，必齐如也。

【解读】皇上想再喝一碗鸭子汤，皇后却说"老祖宗的规矩食不过三"，不让皇上喝。皇上出于面子回了句："幸亏皇后提醒啊。"结果皇后得寸进尺："不偏爱，懂节制，方得长久。"皇上呵呵笑了笑："饮食如此，人亦如此，你是想说这个吧！"接下来，皇上意味深长地看了眼皇后，绵里藏针地说了一句："吃饭的时候别说话。"

孔子说"食不语"其实是想表达日常行为应遵从典范礼数，即使吃粗茶淡饭也应像斋戒一样恭敬严肃。你看，皇上掉人相当有水平啊，不仅掉了皇后，而且还给她留了面子。以后在饭桌上碰到这种说话让人不爱听还停不下来的，你也可以这么回他一句。

（4）甄嬛："嬛嬛一袅楚宫腰"，正是臣女闺名。

一剪梅·堆枕乌云堕翠翘
南宋·蔡伸

堆枕乌云堕翠翘。午梦惊回，满眼春娇。嬛嬛（xuān）一袅楚宫腰。那更春来，玉减香消。

柳下朱门傍小桥。几度红窗，误认鸣镳。断肠风月可怜宵。忍使恹恹，两处无聊。

【解读】甄嬛的嬛到底该怎么读，一直存在争议。读"huán"派和读"xuān"派各执一词，各有看法。在《汉语大词典》中，嬛这个字有三个读音：第一，读"qióng"，是孤独的意思；第二，读"xuān"，形容女孩子轻柔貌美；第三，读"huán"，是古代女子人名用字。还有一种说法指出："huán"这个读音是从元明时期流传下来的，实际上是一个错音，以致传到后来将错就错。光头觉得甄嬛的"嬛"读"huán"没什么问题，但"嬛嬛一袅楚宫腰"的"爰"要读"xuān",这个没有什么争议。

（5）皇上：江南有二乔，河北甄宓俏。甄氏出美人，甄宓就是汉末的三大美人之一。

【解读】江南的大小乔就不说了，大家都很熟悉。《三国志》里记载："得乔公二女，皆国色也。策自纳大乔，瑜娶小乔。"那么甄宓是何许人？正史记载中，甄宓是没有名字的，只有一个冷冰冰的姓氏——甄氏，甄氏一开始是袁绍的儿媳妇，后来曹操攻下邺城，甄氏又成为曹操的儿媳妇也就是曹丕的妻子，并生了个儿子，儿子继位后追谥她为文昭甄皇后。

正史很多时候就像明星工作室的官宣内容一样枯燥乏味，精彩纷呈的往往是娱乐八卦，到了魏晋南北朝的时候，当时社会对女性审美的转变加之曹植的作品备受推崇，《洛神赋》里写道"斯水之神，名曰宓妃"，后人就把这些联想到了一起，我们的甄氏才有了她的名字——甄宓。自此，甄氏和宓妃合二为一，也就有了前面提到的关于《洛神赋》的八卦故事。

另外还有一点需要注意的是，甄宓的宓字读"fú"不读"mì"，《甄嬛传》里皇上读错了。

（6）皇后：臣妾记得在唐诗春词中，好像就有"菀菀黄柳丝，濛濛杂花垂"之句。

春词二首（其一）
唐·常建

苑苑黄柳丝，濛濛杂花垂。

日高红妆卧，倚对春光迟。

宁知傍淇水，腰褭黄金羁。

【解读】皇上在皇后手心里写了个"菀"字，想赐此封号给甄嬛。菀菀是纯元的小名，这首诗要么是以前皇上形容纯元的，要么是纯元喜欢的诗句。

（7）甄嬛：以色事他人，能得几时好。

妾薄命
唐·李白

汉帝重阿娇，贮之黄金屋。

咳唾落九天，随风生珠玉。

宠极爱还歇，妒深情却疏。

长门一步地，不肯暂回车。

雨落不上天，水覆难再收。

君情与妾意，各自东西流。

昔日芙蓉花，今成断根草。

以色事他人，能得几时好。

【解读】汉武帝金屋藏娇，阿娇受宠时吐一口唾沫都有人跪舔。可是汉武帝和阿娇的君情妾意因她生性嫉妒而付诸东流。华妃当年也是享受过椒房之宠的人，最后也与皇帝情断水流。这首诗其实就是华妃一生的写照，甄嬛在入宫前就一语成谶地点破了华妃的命运。美貌是一个人的加分项，但无法成为不动产，只有才华、智慧这些东西才不会因岁月流逝而失去光彩。

（8）甄母：常听人说，一入宫门深似海，如今也轮到自家身上。

赠去婢

唐·崔郊

公子王孙逐后尘，绿珠垂泪滴罗巾。

侯门一入深如海，从此萧郎是路人。

【解读】这首诗是崔郊唯一一首被收录在《全唐诗》里的作品，讲的是一个曲折的爱情故事。崔郊和他姑妈家的一个丫鬟私下相恋，他姑妈家里因为变故突然把这个婢女卖给了大户人家。崔郊和这个婢女都很伤心，但也没有办法。过了不久，有一次婢女外出，恰巧碰到了崔郊，于是崔郊感慨写下这首诗送给她，算是给这段感情画上句号。"从此萧郎是路人"，"萧郎"说的就是崔郊自己。不过后来崔郊写的这首诗被这户人家的男主人看到，男主人知道背后的这段故事后，就把这个婢女又送给了崔郊。世间有情人哪总会碰到崔郊那样的好运气，爱情出现的时候不勇敢，回首往事的时候多遗憾啊！

（9）沈眉庄：宁可枝头抱香死，不曾吹落北风中。臣妾喜欢它的气节。

寒　菊

南宋·郑思肖

花开不并百花丛，独立疏篱趣未穷。

宁可枝头抱香死，何曾吹落北风中。

【解读】关于这首诗，光头在前面"《甄嬛传》里的诗词隐喻"中已经作了分析，后面罗列的诗词中凡是在前文解读过的，均不再赘述。

（10）甄嬛：雪花映着红梅簇簇，暗香浮动，这才算是良辰美景吧！

山园小梅

北宋·林逋

众芳摇落独暄妍，占尽风情向小园。

疏影横斜水清浅，暗香浮动月黄昏。

霜禽欲下先偷眼，粉蝶如知合断魂。

幸有微吟可相狎，不须檀板共金尊。

【解读】南北朝谢灵运《拟魏太子〈邺中集〉诗》序："天下良辰、美景、赏心、乐事，四者难并。"

（11）甄嬛：宫中争斗不断，要保全自身实属不易。愿逆风如解意，容易莫摧残。

梅 花
唐 · 崔道融

数萼初含雪，孤标画本难。

香中别有韵，清极不知寒。

横笛和愁听，斜枝倚病看。

朔风如解意，容易莫摧残。

【解读】一提到这句诗大家就会吵来吵去，说原诗是"朔风"，用"逆风"不对。那这里用逆风可不可以呢？首先我相信以编剧王小平的功力不可能不知道原诗是"朔风"二字。我们先来看看原诗的语境，原诗的主题写梅花，朔在古代指北方，所以"朔风如解意，容易莫摧残"意思就是：北风啊，如果你善解梅花的心意，就不要那么吹啦，你忍心摧残严寒中开放的梅花宝宝吗？

那么如果把"朔风"改成"逆风"可不可以呢？对于梅花而言，它不像人走路骑车一样，会有逆风顺风一说，因为它是扎根在土里生长的，所以不管刮什么风，对梅花来讲都是逆风，它都得在风中冷得哆嗦。所以，光头认为如果"逆风"用在原诗的语境里，你不能说它特别对，也不能说它不对，但是总之没有"朔风"更有意境。

那么如果是甄嬛说出来呢？我们的说话主体就变成了人，人是有方向感的，从上下文语境来看，甄嬛希望自己的后宫生活能够平静顺利一些："逆风啊，你要了解我的心意就别刮啦，不要摧残我这个弱女子啦！你不刮成顺风就算了，哪怕你不刮风也行，但是千万别刮逆风。"所以如果主体变成人，基于人对未来生活的希冀这样一个前提，那"逆风"用着就完全没问题。包括甄嬛后来自己也说："即便我心中的风一直吹向你，但我也必须逆风而行。"这个地方的"逆风"能换成"朔风"吗？显然不行。

光头觉得学习古诗词别那么刻板。多体会诗词的情境和韵味，比纠结一个字的对错有意义多了！

（12）皇上：年年岁岁花相似，岁岁年年人不同。

代悲白头翁
唐·刘希夷

洛阳城东桃李花，飞来飞去落谁家？

洛阳女儿惜颜色，坐见落花长叹息。

今年花落颜色改，明年花开复谁在？

已见松柏摧为薪，更闻桑田变成海。

古人无复洛城东，今人还对落花风。

年年岁岁花相似，岁岁年年人不同。

寄言全盛红颜子，应怜半死白头翁。

此翁白头真可怜，伊昔红颜美少年。

公子王孙芳树下，清歌妙舞落花前。

光禄池台文锦绣，将军楼阁画神仙。

一朝卧病无相识，三春行乐在谁边？

宛转蛾眉能几时？须臾鹤发乱如丝。

但看古来歌舞地，唯有黄昏鸟雀悲。

【解读】皇上因思念故人来到倚梅园，听得一句"逆风如解意"，感慨时过境迁，于是念出这两句诗。这首诗的作者刘希夷和写孤篇压全唐的《春江花月夜》的张若虚大概同期出道，他们流传于世的作品都很少，但都是没有注水、含金量十足的代表作。

《代悲白头翁》其实在写我们每个人的一生：年轻时风华正茂，熬最晚的夜，蹦最嗨的迪，可所有的青春终将逝去，不管是男生还是女生，终有一天要拿起保温杯穿秋裤，晒着太阳啐一口痰，看又一批年轻人熬最晚的夜，蹦最嗨的迪，露最不性感的脚脖子，心里台词大概是："谁还没有年轻风流过？谁又没有年老色衰的一天呢？"

这首诗虽然在感叹红颜弹指老、世事皆无常，但是意境又不止于悲观颓废，刘希夷写出这首诗后，被他的舅舅宋之问看到了，宋之问是初唐非常有名的大诗人，还是政界大佬，《甄嬛传》后面皇帝引用过一句诗"近乡情更怯"就是他的代表作（《甄嬛传》一根绳子穿起了古今多少传奇事）。

宋之问觉得这首诗肯定能火，就想据为己有，刘希夷一开始也答应了，觉得舅舅在圈内地位显赫，这首诗也是遇到伯乐了。但刘希夷后来觉得这么好的作品万一火遍全网，最后自己啥都没落着，又反悔了，想要找舅舅要回这首诗，结果惹恼了宋之问。黑白道通吃的宋之问为了这首诗的版权直接把自己的亲外甥干掉了。可怜了刘希夷，因诗逝世，享年29岁。

现在个别版本的《全唐诗》里，宋之问与刘希夷名下都收录了这首诗，宋之问的那首改了名字和一两句词。

（13）果郡王：踏雪寻梅，尽兴而归。当痛饮三杯！

【踏雪寻梅】出自明·张岱《夜航船》里的一句：孟浩然情怀旷达，常冒雪骑驴寻梅，曰："吾诗思在灞桥风雪中驴背上。"

【解读】梅和雪，从古时起就是天造地设的一对。"孟浩然踏雪寻梅"的典故是后人附会编撰出来的，踏雪寻梅寄托的是文人雅客为了创作不畏艰难的浪漫情致。

更奇的是，在宋朝的时候，有一个人一辈子没有结婚生子，与梅鹤相伴隐居杭州孤山20多年，把梅树当作妻子，把鹤当作自己的孩子，后人给了他一个"梅妻鹤子"的称号。这个人就是前面甄嬛引用的"疏影横斜水清浅，暗香浮动月黄昏"的作者本尊林逋。每当梅花盛开，他便踏雪赏梅，饮酒赋诗，而两只仙风道骨的白鹤，跟随其后，形影不离。

元曲家张可久曾写过："踏雪寻梅，看到荼蘼，犹自怨春迟。"感觉前不久还踏雪寻梅呢，结果一看荼蘼花都开过了，本来春天来得就晚，还这么快就结束了。

果郡王踏雪寻梅，却寻到了此生终不能共白首之人，却也是一心所愿了。

（14）皇上：玉楼金阙慵归去，且插梅花醉洛阳。

鹧鸪天·西都作
宋·朱敦儒

我是清都山水郎。天教分付与疏狂。曾批给雨支风券，累上留云借月章。

诗万首，酒千觞。几曾著眼看侯王。玉楼金阙慵归去，且插梅花醉洛阳。

【解读】皇上用一句"且插梅花醉洛阳"，表示自己有福寻得一佳人，可以潇洒地醉卧于梅花丛中，其实就是对余莺儿身留梅香的赞叹。皇上说完后余莺儿满头问号表示听不懂，这是一首朱敦儒写的词，果郡王却故意说："这是李白的诗，皇上喜欢李白的诗。"余莺儿当真了，还谢谢王爷。允礼一句话就验出了余莺儿是冒名顶替的。所以多读书才不容易露怯，要不然被人一眼照出原形都不知道呢！

（15）甄嬛：杏花疏影里，吹笛到天明。

临江仙·夜登小阁忆洛中旧游
北宋·陈与义

忆昔午桥桥上饮，坐中多是豪英。长沟流月去无声。杏花疏影里，吹笛到天明。

二十余年如一梦，此身虽在堪惊。闲登小阁看新晴。古今多少事，渔唱起三更。

（16）皇上：你刚才吹的那首《杏花天影》，合情合景。若是在春夜用埙吹奏，会更得其清丽幽婉之妙，此刻用箫吹奏减轻了曲中的愁意，倒多了几分回雪吹风之爽朗。你吹得极好，只是刚才吹到那句"满汀芳草不成归"的时候，箫声微有凝滞，带有呜咽之感，可是想家了吗？

杏花天影·绿丝低拂鸳鸯浦
南宋·姜夔

绿丝低拂鸳鸯浦，想桃叶当时唤渡。又将愁眼与春风，待去，倚兰桡更少驻。

金陵路、莺吟燕舞，算潮水知人最苦。满汀芳草不成归，日暮，更移舟向甚处？

【解读】四郎从嬛嬛的箫声中听出她想家了，此等细腻体贴令古今多少直男汗颜呐！

(17) 甄嬛：曲有误，周郎顾，王爷耳力堪比周公瑾。

三国志·吴志·周瑜传
西晋·陈寿

瑜少精意于音乐，虽三爵之后，其有阙误，瑜必知之，知之必顾。故时人谣曰："曲有误，周郎顾。"

【解读】嬛嬛那会儿还分不清四郎和果郡王，可这就是两个学霸交流方式的教科书演绎啊！敲黑板："曲有误，周郎顾"可是六字成语啊！这里的典故是周瑜听人演奏的时候，但凡乐师演奏稍有差误，周瑜即使喝醉了也能听出来，然后朝乐师相顾一笑。不过这个故事最后变成：女乐师为博周美男一回眸故意弹错！

（18）甄嬛：我和他身份有别，何来良人之说？

诗经·国风·唐风·绸缪

绸缪束薪，三星在天。今夕何夕，见此良人？子兮子兮，如此良人何？

绸缪束刍，三星在隅。今夕何夕，见此邂逅？子兮子兮，如此邂逅何？

绸缪束楚，三星在户。今夕何夕，见此粲者？子兮子兮，如此粲者何？

【解读】"愿你三冬暖，愿你春不寒，愿你天黑有灯，下雨有伞，愿你路上有良人相伴。""良人"一词最早见于《诗经》，主要是指妻子对丈夫的称谓。甄嬛在这个时候其实已经对这位号称自己是果郡王的皇帝想入非非了，幻想他是自己的良人。

（19）余莺儿：梦回莺啭，乱煞年光遍。

牡丹亭·惊梦·绕地游
明·汤显祖

梦回莺啭，乱煞年光遍。人立小庭深院，炷尽沉烟，抛残绣线，恁今春关情似去年。晓来望断梅关，宿妆残。你侧着宜春髻子，恰凭阑。剪不断，理还乱，闷无端。已吩咐催花莺燕借春看。云髻罢梳还对镜，罗衣欲换更添香。

（20）甄嬛：山之高，月出小。月之小，何皎皎！我有所思在远道。一日不见兮，我心悄悄。

山之高

南宋·张玉娘

山之高，月出小。月之小，何皎皎！我有所思在远道。一日不见兮，我心悄悄。

采苦采苦，于山之南。忡忡忧心，其何以堪。

汝心金石坚，我操冰雪洁。拟结百岁盟，忽成一朝别。朝云暮雨心来去，千里相思共明月。

【解读】《山之高》的作者是南宋女词人张玉娘，她和李清照、朱淑真、吴淑姬并称"宋代四大女词人"。这首词背后有一个比梁祝更凄美动人的爱情故事——

故事的男主角叫沈佺，与张玉娘同年同月同日生，两家又是世交，15岁时二人订婚。然而世事无常，沈佺父母不幸双亡，玉娘父亲见沈家家道中落，便想悔婚。但张玉娘和沈佺彼此都很喜欢对方，玉娘的父亲就开出条件："欲为佳婿，必待乘龙。"沈佺要是想娶张玉娘，必须考取功名，不然免谈。

沈佺一直是个不愿追名逐利的人，但为了能给玉娘一个更美好的未来，最终做出妥协，进京赶考。这是玉娘和沈佺第一次分别这么久，他们没有办法打电话、发信息，只能靠偶尔寄信、写诗来寄托心中的思念。就在异地恋期间，张玉娘写下了这首《山之高》。

值得高兴和祝福的是，22岁的沈佺凭借自己的才华和努力中了榜眼。但不幸的是，由于进京赶考得了伤寒没有及时医治，再加上学习强度和压力很大，沈佺考完试后就一病不起，他的书童把这消息告诉玉娘。玉娘写信给沈佺："生不偶于君，愿死以同穴也！"即使活着的时候不能陪伴，希望离开人世后能永远在一起。

最后沈佺还是没能挺过来。玉娘在悲伤与思念中度过了6年，最终也离开人世，年仅28岁。玉娘父母很后悔曾经的所作所为，如果不是逼得太紧，又怎会把一桩喜事变成丧事？为了让玉娘与沈佺能够在另一个世界相遇，于是将他们二人合葬，也算了却了一对佳人的执着与念想。

（21）甄嬛：那天我去倚梅园，其实有三个愿望，最后一个，却没来得及说出来，愿得一心人，白头不相离。

白头吟

西汉·卓文君

皑如山上雪，皎若云间月。

闻君有两意，故来相决绝。

今日斗酒会，明旦沟水头。

躞蹀御沟上，沟水东西流。

凄凄复凄凄，嫁娶不须啼。

愿得一心人，白头不相离。

竹竿何袅袅，鱼尾何簁簁！

男儿重意气，何用钱刀为！

甄嬛：朱弦断，明镜缺，朝露晞，芳时歇，白头吟，伤离别，努力加餐勿念妾，锦水汤汤，与君长诀！

诀别书
西汉·卓文君

春华竞芳，五色凌素，琴尚在御，而新声代故！

锦水有鸳，汉宫有水，彼物而新，嗟世之人兮，瞀于淫而不悟！

朱弦断，明镜缺，朝露晞，芳时歇，白头吟，伤离别，努力加餐勿念妾，锦水汤汤，与君长诀！

【解读】《白头吟》大家很熟悉，甄嬛初进宫时的梦想"愿得一心人，白头不相离"就出自这首诗，后来她和皇上二人关系破裂选择离宫修行时用"白头吟，伤离别，努力加餐勿念妾"这首《诀别书》做告别，感情开头的美好和离别的潦倒，正好用到卓文君两首诗，这种巧妙呼应的心思让人赞叹。

"便得一心人，白头不相离"是甄嬛在那个雪花映着红梅簇簇的琉璃世界里没来得及许下的第三个愿望。单看这一句会以为这是一首肉麻情诗，实际上它是中国古代四大才女之一的卓文君知晓丈夫在外拈花惹草时发的一条微博长文。

卓文君是个富二代，她爸爸卓王孙是当时的巨富。卓文君16岁嫁人，但没多久老公去世后她就守寡了。司马相如和元稹差不多，他们的人生经历都有点"凤凰男"的意思。司马相如家境也不好，很有才华但郁郁不得志。一次偶然的机会参加了卓王孙家举行的宴会，并在宴会上弹了一首《凤求凰》，卓文君听曲动心，陷入爱河。

司马相如去卓家提亲，但卓爸爸看不上这个穷酸落魄的书生，断然拒绝。于是二人上演了一场私奔大戏，逃到了司马相如的老家成都，"和我在成都的街头走一走"，这是2000年前的西汉。那个时候的成都也许还没有玉林路，但卓文君陪司马相如"坐在小酒馆的门口"，开馆卖起了酒。巨富爸爸觉得女儿这样很丢面子，就随手贴补了一点，从此卓文君和司马相如过上了幸福美满的富人生活。

生活为你打开一扇门的时候，可能又顺手为你开了一扇窗。结婚后不久，司马相如因为《子虚赋》《上林赋》等代表作受到汉武帝的赏识，事业爱情两开花，可以说是人生赢家了。司马相如的才华确实没得说，尤其是在赋方面的成就，是汉代文学里程碑式的代表人物。鲁迅先生的评价是："武帝时文人，赋莫若司马相如，文莫若司马迁。"

正是春风得意时的司马相如邂逅了一个茂陵女子，打算纳这个茂陵女子为妾，逐渐冷淡了卓文君。于是卓文君就写下了这首千古名篇《白头吟》，并附《诀别书》。"努力加餐勿念妾"，那是对这个渣男的满满痴情与留恋；但卓文君在倾诉衷肠时予以警告，留有尊严："男儿重意气，何用钱刀为？"男儿应该珍惜真爱，不然失去后用多少钱财珍宝都无法挽回。"锦水汤汤，与君长诀"，你既如此薄情，那我发誓今后将永远诀别。司马相如看到后回心转意，二人最终实现了"白头不相离"的梦想。

卓文君真的是理想情人了，她是那么懂得在感情里进退平衡，既保有尊严又留有余地。光头特别喜欢一位忘年之交的好朋友跟我讲过的一句话：感情里永远不要口出恶言。其实这样做并不是说为了挽回什么，而是留有余地，这份余地不光是给对方的，也是给自己，还留给这份感情。因为那种恶语中伤不仅把此时此刻的那个人和那段感情否定了，也深深伤害和彻底否定了你们所有的过去和曾经拥有。

《如懿传》里如懿和弘历最惋惜的是，他们在激烈争吵时把恶言恶语说尽了，耗尽了最后一点转圜的余地。甄嬛和四郎在感情里值得学习的地方就在于，他们基本没有口出恶言，甄嬛说的最恶毒的话也只是在最后生死分别的时候说"和你相处每时每刻都觉得无比恶心"。她在出宫前的这句告别给彼此都留有了余地，才让这段感情在后面有了复合的可能。

（22）皇上：清水出芙蓉，天然去雕饰。朕的莞贵人果然与众不同。

经乱离后天恩流夜郎忆旧游书怀赠江夏韦太守良宰（节选）

唐·李白

对客小垂手，罗衣舞春风。宾跪请休息，主人情未极。

览君荆山作，江鲍堪动色。清水出芙蓉，天然去雕饰。

【解读】这首诗的题目很长，内容也很长，全诗共 830 字。后来甄嬛在夏天荷花盛开带安陵容去湖边唱歌时也引用过这诗："只是在这盛暑天气，清新之色总比艳丽更令人倾心。清水出芙蓉，天然去雕饰，总是最打动人的。"

当你的女朋友问你今天的妆化得好不好看时、新做的头发好不好看时、这件衣服好不好看时，请回答："清水出芙蓉，天然去雕饰。"你学会了吗？

（23）甄嬛：不枉夜夜红烛高照，总算是催得花开了。

海 棠

北宋·苏轼

东风袅袅泛崇光，香雾空蒙月转廊。

只恐夜深花睡去，故烧高烛照红妆。

【解读】甄嬛对着碎玉轩里盛开的海棠花而有此感慨，可以看出这里是对原诗的一种套用，而且套用得很流畅自然。苏轼写这首诗时已经40多岁，但全诗清新明丽，一点都没有让人觉得油腻。

（24）甄嬛：丽嫔娘娘侍奉圣驾这么久，必然知道"非礼勿言"四字。

论语·颜渊·颜渊问仁

子曰："克己复礼为仁。一日克己复礼，天下归仁焉。为仁由己，而由人乎哉？"颜渊曰："请问其目。"子曰："非礼勿视，非礼勿听，非礼勿言，非礼勿动。"颜渊曰："回虽不敏，请事斯语矣。"

【解读】不符合礼制规定的，不能看、不能听、不能说、不能动。虽然这些话都是老教条了，不过也传达了一层亘古未变的意思：说话做事得考虑具体情境，同样的说话和做事，在不同的场景下做出来，有着不同的意味，不合时宜会招惹非议。

（25）甄嬛：雨潇潇兮洞庭，烟霏霏兮黄陵。

湘妃怨
南宋·曹勋

雨潇潇兮洞庭，烟霏霏兮黄陵。

望夫君兮不来，波渺渺而难升。

【解读】甄嬛亲自把这个世上最不能一心的人推到了别人的枕榻上。于公的情理上，她想让皇帝做明君雨露均沾；于私的心理上，她又想皇帝做夫君日夜相守。此时陷入热恋情感中的甄嬛内心充满了挣扎。

（26）皇上：这是《湘妃怨》，分明曲里愁云雨，似道萧萧郎不归。

听弹湘妃怨
唐·白居易

玉轸朱弦瑟瑟徽，吴娃徵调奏湘妃。

分明曲里愁云雨，似道萧萧郎不归。

【解读】异地恋女生如何优雅地发朋友圈表示心中苦闷的怨气？这句诗再合适不过。

皇帝从齐妃那里出来，路过碎玉轩，听得琴声，说道："朕不在，她心里难过。"皇帝从琴声中读懂了甄嬛，甄嬛由朱弦觅得知音。《听弹湘妃怨》正好呼应上面的《湘妃怨》，可以看出《甄嬛传》里引用的诗词非常讲究。

很多影视剧也想引经据典彰显内涵，但往往是东施效颦、画蛇添足，为了引用而引用，没办法给人留下深刻印象，也无法让人深切感受到诗词和情节、人物的高度融合。

（27）皇上：为伊消得人憔悴，朕今儿总算是尝到滋味了。

蝶恋花·伫倚危楼风细细
北宋·柳永

伫倚危楼风细细，望极春愁，黯黯生天际。草色烟光残照里，无言谁会凭阑意。

拟把疏狂图一醉。对酒当歌，强乐还无味。衣带渐宽终不悔，为伊消得人憔悴。

【解读】异地恋人表达"我想你"的最佳句式。

（28）果郡王：天将降大任于是人也，必先苦其心志。恰恰是皇阿玛这一偏爱，臣弟倒成了无用之人了。

孟子·告子

孟子曰："舜发于畎亩之中，傅说举于版筑之间，胶鬲举于鱼盐之中，管夷吾举于士，孙叔敖举于海，百里奚举于市。故天将降大任于是人也，必先苦其心志，劳其筋骨，饿其体肤，空乏其身，行拂乱其所为，所以动心忍性，曾益其所不能。人恒过，然后能改；困于心，衡于虑，而后作；征于色，发于声，而后喻。入则无法家拂士，出则无敌国外患者，国恒亡。然后知生于忧患而死于安乐也。"

【解读】果郡王不过是在陪皇上狩猎的时候来了个精准的一箭双鸪，便刺激皇上想起果郡王的箭术是他们的老爹教的。果郡王立马说"皇兄的骑射师傅是满洲第一巴图鲁"，虽然老爹亲手教的，可我没学到位。皇上笑了笑说："巴图鲁教的是箭术，皇阿玛给的是舐犊之情。"果郡王赶紧下跪表忠心，于是便有了这句："你是要名载史册流芳千古的人，受点苦正常。不像我，被老爹宠成这副废人样。"

后来皇上在读书时也引用过这篇文章中的一段："入则无法家拂士，出则无敌国外患者，国恒亡。然后知生于忧患，死于安乐。孟夫子的话真是好，富贵安逸动人心志，卧薪尝胆方图大业，居安思危，未雨绸缪，古来贤君莫不如此啊！"

（29）曹贵人：这俗话说，主雅客来勤，可我这个做东的呢，又实在没什么本事。

红楼梦（第三十二回节选）
清·曹雪芹

正说着，有人来回说："兴隆街的大爷来了，老爷叫二爷出去会。"宝玉听了，便知是贾雨村来了，心中好不自在。袭人忙去拿衣服。宝玉一面蹬着靴子，一面抱怨道："有老爷和他坐着就罢了，回回定要见我。"史湘云一边摇着扇子，笑道："自然你能会宾接客，老爷才叫你出去呢。"宝玉道："那里是老爷，都是他自己要请我去见的。"湘云笑道："主雅客来勤，自然你有些警他的好处，他才只要会你。"宝玉道："罢，罢，我也不敢称雅，俗中又俗的一个俗人，并不愿同这些人往来。"

【解读】"主雅客来勤"这一句俗语曾在《红楼梦》里出现过，意思是主人高雅，客人走访求见就来得勤，也就是称赞那些"谈笑有鸿儒，往来无白丁"的主人了。

（30）果郡王：李后主曾有言，缥色玉柔擎，来称赞佳人的皮肤白皙，所言果然不虚。可是我看不如用"缥色玉纤纤"，更见玉足的雪白纤细之妙。

子夜歌·人生愁恨何能免
南唐·李煜

寻春须是先春早，看花莫待花枝老。缥色玉柔擎，醁浮盏面清。

何妨频笑粲，禁苑春归晚。同醉与闲评，诗随羯鼓成。

【解读】甄嬛都躲到流朱身后了，果郡王还是歪着脑袋使劲儿瞅，多少个不眠夜，想念你白色袜子和那双雪白的脚……

（31）华妃：臣妾闲来翻阅诗书，见有唐玄宗梅妃《楼东赋》一篇，读来触动惊心，《惊鸿舞》出自梅妃，为得宠时所舞，《楼东赋》则写于幽闭上阳宫之时，今日见《惊鸿舞》而思《楼东赋》，臣妾为梅妃伤感不已。君情缱绻，深叙绸缪。誓山海而常在，似日月而无休。奈何嫉色庸庸，妒气冲冲。夺我之爱幸，斥我乎幽宫。思旧欢之莫得，想梦著乎朦胧。臣妾每每读到此处，都深感梅妃思君情长。

楼东赋
唐·江采萍

玉鉴尘生，凤奁香殄。懒蝉鬓之巧梳，闲缕衣之轻练。苦寂寞于蕙宫，但凝思乎兰殿。信摽落之梅花，隔长门而不见。况乃花心飏恨，柳眼弄愁。暖风习习，春鸟啾啾。楼上黄昏兮，听风吹而回首；碧云日暮兮，对素月而凝眸。温泉不到，忆拾翠之旧游；长门深闭，嗟青鸾之信修。

忆昔太液清波，水光荡浮，笙歌赏宴，陪从宸旒。奏舞鸾之妙曲，乘画鹢之仙舟。君情缱绻，深叙绸缪。誓山海而常在，似日月而无休。

奈何嫉色庸庸，妒气冲冲。夺我之爱幸，斥我乎幽宫。思旧欢之莫得，想梦著乎朦胧。度花朝与月夕，羞懒对乎春风。欲相如之奏赋，奈世才之不工。属悉吟之未尽，已响动乎疏钟。空长叹而掩袂，踟蹰步于楼东。

【解读】江采萍含情所著的《楼东赋》没有使她再得幸于唐玄宗，反倒是成全了华妃，感动了皇上。没有前面的《惊鸿舞》，就没有这后面的《楼东赋》。得亏皇上不喜欢曹琴默，要不然华妃哪有机会活到第二集赏夏常在一丈红。

其实江采萍为复宠写《楼东赋》，一开始本来没打算亲自写，想贿赂高力士让她帮忙找文人写，不过高力士因杨玉环的关系没卖这个人情。江采萍之所以这么做其实是想效仿当年陈阿娇为复宠千金买司马相如一赋——《长门赋》，这篇赋在历史上也非常有名，有人评价它是"最早的《宫怨》诗，开后代写宫怨作品之先河"。

（32）甄嬛：月明星稀，乌鹊南飞，绕树三匝，终于有枝可依。

短歌行

东汉·曹操

对酒当歌，人生几何！譬如朝露，去日苦多。

慨当以慷，忧思难忘。何以解忧？唯有杜康。

青青子衿，悠悠我心。但为君故，沉吟至今。

呦呦鹿鸣，食野之苹。我有嘉宾，鼓瑟吹笙。

明明如月，何时可掇？忧从中来，不可断绝。

越陌度阡，枉用相存。契阔谈䜩，心念旧恩。

月明星稀，乌鹊南飞。绕树三匝，何枝可依？

山不厌高，海不厌深。周公吐哺，天下归心。

【解读】安陵容父亲出事，和甄嬛一道去找皇后打通关系。皇后一句"这香炉里的死灰重又复燃了，可怎么好啊"，甄嬛立刻领会其意，用茶水浇灭了香炉里的死灰。三国鼎立之时，曹操曾用这几句话来做犹豫不决的有才之士的思想工作，甄嬛则用这句话表明了自己坚定的立场，自觉同以皇后为核心的后宫保持高度一致。说这些的时候，安陵容还坐在后面哭得梨花带雨。不得不说，若在江湖里，甄嬛也是仗义侠女。

（33）皇后：其实这后宫里头啊，从来就只有一棵树，只是乱花渐欲迷人眼罢了。

钱塘湖春行
唐·白居易

孤山寺北贾亭西，水面初平云脚低。

几处早莺争暖树，谁家新燕啄春泥。

乱花渐欲迷人眼，浅草才能没马蹄。

最爱湖东行不足，绿杨阴里白沙堤。

（34）甄嬛：何况时有美人来探四郎，殷勤缠绵，何来案牍之苦呢？大约是红袖添香，诗情画意吧。

鹊桥仙·送路勉道赴长乐
南宋·赵彦端

留花翠幕，添香红袖，常恨情长春浅。南风吹酒玉虹翻，便忍听、离弦声断。

乘鸾宝扇，凌波微步，好在清池凉馆。直饶书与荔枝来，问纤手、谁传冰碗。

【解读】古人以"红袖添香夜读书"为艳福，读书的时候有女子陪伴左右，是人生一大乐事，其实这是"红袖添香"后来逐渐衍化的意思，这个词本来是中国古典文化中一个很美的意象，它这里说的香不是美女身上的香水味儿，而是一个红衣女子捧着香盒，走到书桌前，从香盒中拿出一枚小香丸，放进桌子上的香炉里，这叫红袖添香。

（35）甄嬛：女为悦己者容，可不是顶要紧的吗？

战国策（赵策一节选）
西汉·刘向（编）

豫让遁逃山中曰：嗟乎！士为知己者死，女为悦己者容。吾其报智氏之雠矣。

【解读】谁曾想这样的一句话出自春秋四大刺客之一的豫让，不过原话的重点是前半句"士为知己者死"。在那个时代，女孩子精心打扮、描眉画红妆是为了取悦男子，但现在这句话的含义发生了变迁：女孩子更多的是为了让自己喜悦开心而化妆打扮。

（36）安陵容：陵容觉得，与其绣一只带着昭阳日影的寒鸦企盼皇恩，还不如是开在御花园中的桃花，得享雨露恩泽，方不辜负这华贵的素锦。

长信秋词（其三）
唐·王昌龄

奉帚平明金殿开，暂将团扇共徘徊。
玉颜不及寒鸦色，犹带昭阳日影来。

【解读】安陵容说话很少会这样引经据典，这首诗也是一首宫怨诗，写的是宫中手执团扇、闲来无事的失宠妃嫔看到乌鸦从皇后的昭阳殿飞过，乌鸦尚且带着昭阳日影，而自己的容颜还比不上乌鸦浑身黑色，这里的昭阳是指皇帝的恩宠。

（37）甄嬛：桃之夭夭，灼灼其华。妹妹自然是宜室宜家。

诗经·国风·周南·桃夭

桃之夭夭，灼灼其华。
之子于归，宜其室家。
桃之夭夭，有蕡其实。
之子于归，宜其家室。
桃之夭夭，其叶蓁蓁。
之子于归，宜其家人。

【解读】桃树上桃花灿烂，枝叶繁茂，果实累累，这姑娘嫁进门呀，定是宜室宜家的好媳妇儿。这是首为新娘过门唱的歌。闺蜜结婚的时候，作为伴娘，送上这么几句祝福，可以让你从伴娘团里脱颖而出。

（38）皇上：唯有昆山玉碎，香兰泣露，才可以勉强比拟（安陵容的歌声）。

李凭箜篌引

唐·李贺

吴丝蜀桐张高秋，空山凝云颓不流。

江娥啼竹素女愁，李凭中国弹箜篌。

昆山玉碎凤凰叫，芙蓉泣露香兰笑。

十二门前融冷光，二十三丝动紫皇。

女娲炼石补天处，石破天惊逗秋雨。

梦入神山教神妪，老鱼跳波瘦蛟舞。

吴质不眠倚桂树，露脚斜飞湿寒兔。

【解读】后来三阿哥也用这句诗来形容瑛贵人弹古筝："瑛娘娘的筝如昆山玉碎，芙蓉泣露。"以后当听到好听的歌声别只会说"真好听"了！

（39）果郡王：金风玉露一相逢，更胜人间无数。如将此良夜奉与觥筹交错，实在是浪费了。

鹊桥仙·纤云弄巧

北宋·秦观

纤云弄巧，飞星传恨，银汉迢迢暗度。金风玉露一相逢，便胜却人间无数。

柔情似水，佳期如梦，忍顾鹊桥归路。两情若是久长时，又岂在朝朝暮暮。

【解读】这首词写的是七夕牛郎织女的相会与离别，也挺适合异地恋人情人节的时候互诉愁肠。如果说甄嬛在河边戏水是甄嬛和果郡王的第一次相遇，那这次的七夕桐花台遇见则是二人的第一次正式单独碰面。也就在这个晚上，果郡王对眼前的暗恋对象委婉表白了："帝王少有情爱，若有，也是不能见光、不被世人所接受的事情。"

（40）甄嬛：王爷美名遍天下，恐怕是许多女子的春闺梦里人呢！

陇西行（其二）

唐·陈陶

誓扫匈奴不顾身，五千貂锦丧胡尘。

可怜无定河边骨，犹是春闺梦里人。

【解读】春闺虽美好，可原诗的情景是极其悲惨的：在家里守望的军嫂们梦中思念的丈夫，早已化为一堆白骨。

（41）果郡王：松竹刚劲，却不知过刚易折，反不若荷花，出淤泥而不染。

爱莲说

北宋·周敦颐

水陆草木之花，可爱者甚蕃。晋陶渊明独爱菊。自李唐来，世人甚爱牡丹。予独爱莲之出淤泥而不染，濯清涟而不妖，中通外直，不蔓不枝，香远益清，亭亭净植，可远观而不可亵玩焉。

予谓菊，花之隐逸者也；牡丹，花之富贵者也；莲，花之君子者也。噫！菊之爱，陶后鲜有闻。莲之爱，同予者何人？牡丹之爱，宜乎众矣！

【解读】果郡王的品性恰如荷花，没有那么刚硬，身在帝王家这个大染缸里却能留得清白，超脱于世俗却也不矫情。但甄嬛对荷花却有自己独特的理解："世人皆赞荷花的清洁，我倒更喜欢荷花的佛性，温和如慈母。"从这里能够看出甄嬛和果郡王都很喜欢荷花。果郡王既然能在藕花深处捧得当夏最后一拢荷花，那就有可能在春天培育出第一拢莲花，这为后来甄嬛四月十七过生日时圆明园满湖的莲花埋下伏笔。

（42）甄嬛：仿佛有杜若的气味……杜若是有情的花，难道王爷有意中人了？

九歌（节选）

战国·屈原

怨公子兮怅忘归，君思我兮不得闲。

山中人兮芳杜若，饮石泉兮荫松柏。

【解读】《甄嬛传》里有很多的意象，比如上面提到的莲花，后来甄嬛从甘露寺回宫，皇上让人给她宫殿的院子里摆放着若干缸莲花，供她随时观赏，引来甄嬛对美好过往的感怀，莲花牵连着皇帝、果郡王和甄嬛的"三角恋"。

提到梅花，你会想到甄嬛的许愿，想到纯元，想到她们不与百花争艳独自傲立风霜的品质；提到菊花就会想到存菊堂的绿菊、"宁可枝头抱香死，何曾吹落北风中"的沈眉庄。

《甄嬛传》原著里甄嬛数次提到在她的感知里，杜若就等于果郡王：

"而他一袭简约青衫，妥帖着修长的身姿，带着杜若淡淡洁净的清香，分毫不染世俗尘埃。"

"如果真有什么一直不变的东西，我相信便是你身上杜若的气味。"

电视剧中，后来浣碧也提起过果郡王掉落的香囊里有几片杜若的花瓣。

杜若这个意象在诗词里最早出现于屈原的《九歌·山鬼》——"山中人兮芳杜若"。这首诗讲的就是一位痴情的山鬼在山中想与心上人幽会、可心上人迟迟未来的那种千回百转的心情，可以理解为这首诗表达的就是对爱情的追求与渴望，这放在果郡王身上再形象不过。

杜若花的花语之一是"凄美"：开放那么短暂，给人一种凄美绝伤的感觉。杜若的凄美，像极了甄嬛与果郡王，也注解了果郡王与浣碧的感情。

《甄嬛传》的经典源于它的层次，从很多层次都能感受到它的魅力。

（43）甄嬛：若说西施亡吴国，亡了越国的又是谁呢？

西　施

唐·罗隐

家国兴亡自有时，吴人何苦怨西施。

西施若解倾吴国，越国亡来又是谁。

（44）果郡王：月光如银，良辰美景真是难得。甄嬛：良辰
美景奈何天，王爷也读《牡丹亭》？

牡丹亭·惊梦·皂罗袍

明·汤显祖

原来姹紫嫣红开遍，似这般都付与断井颓垣。良辰美景奈何
天，赏心乐事谁家院！恁般景致，我老爷和奶奶再不提起。（合）
朝飞暮卷，云霞翠轩；雨丝风片，烟波画船——锦屏人忒看的这
韶光贱！（贴）是花都放了，那牡丹还早。

果郡王：小王最中意这一句：情不知所起，一往而深。生者
可以死，死可以生。果真情之一字，若问情由，难寻难觅。

牡丹亭·题词

明·汤显祖

天下女子有情，宁有如杜丽娘者乎！梦其人即病，病即弥
连，至手画形容传于世而后死。死三年矣，复能溟莫中求得其所
梦者而生。如丽娘者，乃可谓之有情人耳。情不知所起，一往而
深。生者可以死，死可以生。生而不可与死，死而不可复生者，
皆非情之至也。梦中之情，何必非真，天下岂少梦中之人耶？必

因荐枕而成亲，待挂冠而为密者，皆形骸之论也。

传杜太守事者，仿佛晋武都守李仲文、广州守冯孝将儿女事。予稍为更而演之。至于杜守收考柳生，亦如汉睢阳王收考谈生也。

嗟夫，人世之事，非人世所可尽。自非通人，恒以理相格耳。第云理之所必无，安知情之所必有邪！

【解读】《牡丹亭》写的是杜丽娘和柳梦梅的爱情故事，关于这段内容，光头在上一节《甄嬛传里的姓名和诗词隐喻》已分析过。《牡丹亭》与汤显祖的另外三部作品《紫钗记》《邯郸记》《南柯记》并称为"临川四梦"。"生者可以死"果郡王做到了，只是"死可以生"难成现实。

（45）皇上：朕在读苏轼的词，"十年生死两茫茫，不思量，自难忘"，绝妙好词，字字锥心哪。

江城子·乙卯正月二十日夜记梦
北宋·苏轼

十年生死两茫茫，不思量，自难忘。千里孤坟，无处话凄凉。纵使相逢应不识，尘满面，鬓如霜。

夜来幽梦忽还乡，小轩窗，正梳妆。相顾无言，唯有泪千行。料得年年肠断处，明月夜，短松冈。

【解读】这是苏轼为悼念亡妻所作，王弗是苏轼的初恋，她离世的时候，不过才27岁，好在他们曾共度11年春光，少年夫妻，情深意重。

　　在高中语文课本里看到这句的时候，对生死没有什么感触，只是觉得读起来有种天荒地老的气势。以前光头觉得最悲伤的是"十年生死两茫茫"的无处话凄凉，长大后读到归有光的《项脊轩志》，发现最让人觉得物是人非的其实是，"庭有枇杷树，吾妻死之年所手植也，今已亭亭如盖矣"。

　　《项脊轩志》同样是悼念亡妻所作，可是当看到院子里的那棵枇杷树，是妻子去世的那一年他亲手种下的，如今已经长得枝繁叶茂、郁郁葱葱时，那里面才蕴含着真实生活的无力感：在死亡的伴随下活着。

　　（46）皇上：腰中双绮带，梦为同心结。

有所思

南梁·萧衍

谁言生离久，适意与君别。

衣上芳犹在，握里书未灭。

腰中双绮带，梦为同心结。

常恐所思露，瑶华未忍折。

　　【解读】皇上让苏培盛给甄嬛送去这枚同心结，在甄嬛的眼里，这是皇上在隔空表白，祈愿他们的爱情"永结同心"；可皇上则是在读了上面那首悼念亡妻的词时想起来给甄嬛送同心结的。所以这"同心结"是甄嬛和皇上同心，还是甄嬛代替死去的纯元和皇上同心？创作者没有多言，只是通过剧中人物借诗词和物件传达情感，可谓造微入妙。

（47）甄嬛：何当共剪西窗烛，却话巴山夜雨时。皇上与臣妾共同剪蜡烛，外头朗朗星空却无夜雨可话呢！

夜雨寄北
唐·李商隐

君问归期未有期，巴山夜雨涨秋池。

何当共剪西窗烛，却话巴山夜雨时。

【解读】甄嬛说完后，你听皇上是怎么接话的："京都晴空朗星，十七弟的书信中却说蜀中多雨，幸好他留居的巴山夜雨之景甚美，倒也安慰旅途之困。"共剪西窗烛的甜蜜时刻，皇上却主动提起远在千里之外的果郡王，三个人的命运又在无意间牵连在一起，《甄嬛传》也可以说是处处无闲笔了。

（48）曹贵人：一骑红尘妃子笑嘛！

过华清宫（其一）
唐·杜牧

长安回望绣成堆，山顶千门次第开。

一骑红尘妃子笑，无人知是荔枝来。

【解读】针工局快马加鞭赶制出了两匹蜀锦敬献给华妃，华妃在曹琴默面前显摆，曹贵人一句"一骑红尘妃子笑"，意在奉承向来在诗书上不用心的华妃。这首《过华清宫》可是一首讽刺诗，调侃杨贵妃和李隆基骄奢淫逸的上层生活。曹贵人引用的不恰当，不过华妃也没听出来。

（49）太后：蜀道难于上青天，你此行辛苦了。

蜀道难
唐·李白

噫吁嚱，危乎高哉！蜀道之难，难于上青天！蚕丛及鱼凫，开国何茫然！尔来四万八千岁，不与秦塞通人烟。西当太白有鸟道，可以横绝峨眉巅。地崩山摧壮士死，然后天梯石栈相钩连。上有六龙回日之高标，下有冲波逆折之回川。黄鹤之飞尚不得过，猿猱欲度愁攀援。青泥何盘盘，百步九折萦岩峦。扪参历井仰胁息，以手抚膺坐长叹。

问君西游何时还？畏途巉岩不可攀。但见悲鸟号古木，雄飞雌从绕林间。又闻子规啼夜月，愁空山。蜀道之难，难于上青天，使人听此凋朱颜！连峰去天不盈尺，枯松倒挂倚绝壁。飞湍瀑流争喧豗，砯崖转石万壑雷。其险也如此，嗟尔远道之人胡为乎来哉！

剑阁峥嵘而崔嵬，一夫当关，万夫莫开。所守或匪亲，化为狼与豺。朝避猛虎，夕避长蛇；磨牙吮血，杀人如麻。锦城虽云乐，不如早还家。蜀道之难，难于上青天，侧身西望长咨嗟！

（50）甄嬛：臣妾读欧阳修的《朋党论》时，有段话深觉有理。小人同利之时，暂相党引成为朋党，等到见利而争先，或利尽而交疏时，则互相贼害。

朋党论（节选）
北宋·欧阳修

大凡君子与君子以同道为朋，小人与小人以同利为朋，此自然之理也。然臣谓小人无朋，惟君子则有之。其故何哉？小人所好者禄利也，所贪者财货也。当其同利之时，暂相党引以为朋者，伪也；及其见利而争先，或利尽而交疏，则反相贼害，虽其兄弟亲戚，不能自保。故臣谓小人无朋，其暂为朋者，伪也。君子则不然。所守者道义，所行者忠信，所惜者名节。以之修身，则同道而相益；以之事国，则同心而共济；终始如一，此君子之朋也。故为人君者，但当退小人之伪朋，用君子之真朋，则天下治矣。

【解读】算起来，这是甄嬛在安比槐受牵连、谏缓华妃协理六宫之权后，第三次参政议政。欧阳修曾为被贬的范仲淹说话，被政敌视为朋党，也被贬官。后来东山再起时，满腔愤懑写了这篇政论文怒捍政敌。在欧阳修看来，小人之间利聚而来利尽而散那是假朋党，只有君子之间为共同的志趣和坚守的道义聚在一起的，才是真朋党。

（51）周宁海：回皇后娘娘的话，是南府戏子唱的《刘金定救驾》，余下的就是各小主点自己喜欢的。

【解读】《甄嬛传》有两场大的看戏场景，这是第一场，在这场长达 6 分钟的 "戏中戏" 里，提到了清代宫廷经常表演的几出经典大戏。清朝满族人得天下后，受到汉文化的影响，"篝火观舞""饮酒摔跤" 等娱乐活动逐渐被更具观赏性的戏曲所替代。像当时非常有名的《劝善金科》《鼎峙春秋》都在《甄嬛传》的这场 "戏中戏" 里提到过。

你看一上来提到的这出戏《刘金定救驾》的主角就是一位女性，她是宋代名气和地位仅次于穆桂英的一位女将。这个故事讲的是宋太祖赵匡胤亲征南唐时被困在寿州，刘金定率军解救出了赵匡胤，后来被赵封为 "巾帼英雄"。

（52）华妃：本宫记得有一出极好的《鼎峙春秋》，讲的是《三国志》的故事。

【解读】《鼎峙春秋》讲的是魏、蜀、吴三国鼎立争雄的历史故事。

（53）华妃：那臣妾再点一出《薛丁山征西》吧！说起薛丁山征西，倒不得不提这樊梨花了，你说这樊梨花，千方百计地讨夫君喜欢，可是他夫君只真心喜欢别人，休了樊梨花三次，本宫若是樊梨花，宁可下堂求去，总比眼睁睁看着夫君人在心不在的强！

【解读】《薛丁山征西》里穿插着薛仁贵和樊梨花曲折的爱情故事，樊梨花在历史上是否确有其人我们不做讨论，在戏剧小说里她是一位神通广大、敢爱敢恨的巾帼女英雄。

（54）甄嬛：皇后娘娘，咱们再点一出《南柯记》好不好？看戏不为有趣，更为警醒世人。眼看他高楼起，眼看他高楼塌，越是显赫就越容易登高跌重。人去楼空，谁还管嫡庶贵贱，谁还分钱财权势，不过是南柯一梦而已。

【解读】《南柯记》也是汤显祖的代表作，全剧有40多出，都演的话一天都演不完。所以点戏时一般都是点单出，比如剧中皇后所提到的《瑶台》就是清代宫廷里演得最多的折子戏之一。

（55）安陵容：臣妾也以为，守得云开见月明，凡事最重要的是两心相悦最要紧。

饮 酒
明·胡安

菊间被酒竹间行，待得云销看月明。
莫笑郎当鲍老态，已知倾倒曲生情。
丹枫叶落分溪色，黄鸟群鸣杂雨声。
晓起凭阑觉衣薄，秋风吹梦堕江城。

【解读】这句我们耳熟能详的"守得云开见月明"出处是有争议的，而且是古诗的可能性不大，只能说是后人化用。

（56）皇后：理那些丝线有什么意思？剪不断，理还断。

相见欢·无言独上西楼

南唐·李煜

无言独上西楼，月如钩。寂寞梧桐深院锁清秋。

剪不断，理还乱，是离愁。别是一般滋味在心头。

（57）甄嬛：臣妾幼时学过一首诗，现在念来正合适。

赏牡丹

唐·刘禹锡

庭前芍药妖无格，池上芙蕖净少情。

唯有牡丹真国色，花开时节动京城。

【解读】初看《甄嬛传》时，光头以为这首诗是甄嬛现编的，因为实在太符合当下的场景了。不得不说论起撩人，如果甄嬛是王者，那华妃至多是个白银。

（58）皇上：《凤凰于飞》，好雅的笛声。甄嬛：凤凰于飞，和鸣铿锵，夫妻和顺恩爱，是世间所有女子的梦想。

诗经·大雅·卷阿

有卷者阿，飘风自南。岂弟君子，来游来歌，以矢其音。

伴奂尔游矣，优游尔休矣。岂弟君子，俾尔弥尔性，似先公酋矣。

尔土宇昄章，亦孔之厚矣。岂弟君子，俾尔弥尔性，百神尔主矣。

尔受命长矣，莦禄尔康矣。岂弟君子，俾尔弥尔性，纯嘏尔
常矣。

有冯有翼，有孝有德，以引以翼。岂弟君子，四方为则。

颙颙卬卬，如圭如璋，令闻令望。岂弟君子，四方为纲。

凤凰于飞，翙翙其羽，亦集爰止。蔼蔼王多吉士。维君子
使，媚于天子。

凤凰于飞，翙翙其羽，亦傅于天。蔼蔼王多吉人，维君子
命，媚于庶人。

凤凰鸣矣，于彼高冈。梧桐生矣，于彼朝阳。菶菶萋萋，雝
雝喈喈。

君子之车，既庶且多。君子之马，既闲且驰。矢诗不多，维
以遂歌。

左传·庄公二十二年（节选）
春秋·左丘明

初，懿氏（陈国大夫），卜妻敬仲，其妻占之曰"吉"，是
谓："凤凰于飞，和鸣锵锵。有妫之后，将育于姜。五世其昌，
并于正卿。八世之后，莫之于京。

【解读】"凤凰于飞，和鸣锵锵"的说法出自《左传》，指的是
夫妻情爱。但"凤凰于飞，翙翙其羽"则出自《诗经》，这句的
本意是歌功颂德的。不过现在"凤凰于飞"这个词用来祝福夫妻
幸福美满、和顺恩爱完全没有问题。

（59）甄嬛：姜夫人偏爱幼子叔段，欲取庄公而代之，庄公

屡屡纵容，使叔段引起公愤才一举杀之。于帝王之策上，臣妾觉得庄公的举措十分得当。

郑伯克段于鄢（节选）
春秋·左丘明

初，郑武公娶于申，曰武姜。生庄公及共叔段。庄公寤生，惊姜氏，故名曰"寤生"，遂恶之。爱共叔段，欲立之，亟请于武公，公弗许。及庄公即位，为之请制。公曰："制，岩邑也，虢叔死焉，佗邑唯命。"请京，使居之，谓之"京城大叔"。

祭仲曰："都城过百雉，国之害也。先王之制：大都，不过参国之一；中，五之一；小，九之一。今京不度，非制也，君将不堪。"公曰："姜氏欲之，焉辟害？"对曰："姜氏何厌之有？不如早为之所，无使滋蔓。蔓，难图也。蔓草犹不可除，况君之宠弟乎？"公曰："多行不义必自毙，子姑待之。"

【解读】当时正值华妃骄横跋扈、年羹尧狷狂自傲之际，这个典故恰如其分地表达了什么叫"不作死就不会死"。这句话虽然两千多年前就有了，但放在当下仍能警醒世人。

（60）甄嬛：蒙先君之余宠，赖母师之典训。

女诫（节选）
东汉·班昭

鄙人愚暗，受性不敏，蒙先君之余宠，赖母师之典训。……

【解读】甄嬛在烈日下被华妃罚跪，读的就是《女诫》。《女诫》是东汉女文学家班昭写的教导女性做人道理的书。班家也是一代豪门望族，班昭的父亲班彪是东汉著名的史学家、文学家，哥哥班固是汉赋四大家之一，修撰过《汉书》《白虎通义》，弟弟班超是军事家、外交家，姑奶奶班婕妤是后面将会提到的典故"却辇之德"的女主角，也是汉成帝的嫔妃，汉朝很有名的女作家。

《女诫》与明成祖徐皇后的《内训》、唐代宋若莘的《女论语》和明代刘氏的《女范捷录》一起被称为"女四书"，是中国封建社会对妇女进行教育的典范。"女四书"是封建社会男尊女卑的产物，现在看来实属糟粕。

（61）皇上：己所不欲，勿施于人。你自己也是有过丧子之痛的人，怎么能忍心再加诸在莞嫔身上？

论语·卫灵公（节选）

子贡问曰："有一言而可以终身行之者乎？"子曰："其恕乎！己所不欲，勿施于人。"

【解读】在孔子看来，"己所不欲，勿施于人"这句话是可以终生奉行的典范。只可惜人和人之间，少有感同身受。

（62）温实初：希望莲心的苦，可以抚平娘娘心中的苦。问莲根、有丝多少，莲心知为谁苦？双花脉脉娇相向，只是旧家儿女。娘娘，您可还记得这首曲子？我第一次见到你的时候，你在湖心泛舟，怀里抱满了莲蓬，当时唱的就是这首曲子。

摸鱼儿·问莲根有丝多少
元·元好问

问莲根、有丝多少，莲心知为谁苦？双花脉脉娇相向，只是旧家儿女。天已许。甚不教、白头生死鸳鸯浦？夕阳无语。算谢客烟中，湘妃江上，未是断肠处。

香奁梦，好在灵芝瑞露。人间俯仰今古。海枯石烂情缘在，幽恨不埋黄土。相思树，流年度，无端又被西风误。兰舟少住。怕载酒重来，红衣半落，狼藉卧风雨。

【解读】果然专情不过"一片冰心在玉壶"的实初哥哥。说起元好问，大家最熟悉的是那首《摸鱼儿·雁丘词》，玉娆说元好问的好词唯"问世间情为何物"一阕，大雁殉情，生死相许令人叹惋。而这篇《摸鱼儿·问莲根有丝多少》是它的姊妹篇，写的是青年男女跳河殉情，满湖的莲花并蒂而开为此鸣情。

（63）皇后：有句话叫近乡情更怯，皇上越是这样越是放不下。

渡汉江
唐·宋之问

岭外音书绝，经冬复历春。
近乡情更怯，不敢问来人。

【解读】甄嬛失子后，作为后宫宠妃和孩子的母亲，本能驱使她在后者的角度看待问题，被皇帝认为缺乏大局意识。皇帝作为君主，除了心存愧疚和自责，也必须权衡各方利益选择性失忆。两人都很在意彼此，可皇上在自责的同时也不可能太屈尊，甄嬛在受委屈的同时又太傲娇，所以二人都躲着对方不愿见面。皇后眼睛太毒，"近乡情更怯"一语中的。

安陵容劝皇帝去看甄嬛时，皇上说自己之所以不去就是因为"近乡情更怯"。这件事成为二人感情历程中一道用舒痕胶都抹不平的疤，也是他们真正深入了解彼此的开始。忍让、理解、释怀，如果不懂得这些，读再多书知道再多道理、开口《诗经》闭口《左传》，也依然谈不好一场恋爱。

再来说说《渡汉江》这首诗的作者。一句"近乡情更怯，不敢问来人"已经足以让宋之问在唐代诗坛有一席之地了。另外，他和沈佺期完成了五言律诗和七言律诗的定型，是唐诗史上开山派式的人物。

（64）欣常在：越女新妆出镜心，安妹妹果然是一曲菱歌敌万金哪！

酬朱庆馀

唐·张籍

越女新妆出镜心，自知明艳更沉吟。

齐纨未足人间贵，一曲菱歌敌万金。

（65）华妃：只见新人笑，不闻旧人哭。你们在琼华岛宴饮听歌，本宫却在烈日炎炎下受尽折辱。

佳　人

唐·杜甫

绝代有佳人，幽居在空谷。

自云良家子，零落依草木。

关中昔丧乱，兄弟遭杀戮。

官高何足论，不得收骨肉。

世情恶衰歇，万事随转烛。

夫婿轻薄儿，新人美如玉。

合昏尚知时，鸳鸯不独宿。

但见新人笑，那闻旧人哭。

在山泉水清，出山泉水浊。

侍婢卖珠回，牵萝补茅屋。

摘花不插发，采柏动盈掬。

天寒翠袖薄，日暮倚修竹。

【解读】这首诗所叙述的故事和华妃一生的经历也有些相像：一位绝代佳人幽居荒山，家中兄弟去打仗兵败后惨遭杀戮，虽然官高位重却尸骨无存，世事变幻无常啊，就连丈夫都因为有了新人而将我抛弃，只能听见新人的笑声，哪能闻得残花哭泣？

（66）端妃：我都不急，你急什么呀。自作孽，不可活，咱们呀，就这么等着。

尚书·商书·太甲（节选）

天作孽，犹可违；自作孽，不可逭。

【解读】这句现在还很常用的俗语出自我国最早的一部历史文献汇编《尚书》。

（67）甄嬛：这时节，帘卷西风，自然是人比黄花瘦。

醉花阴·薄雾浓云愁永昼
宋·李清照

薄雾浓云愁永昼，瑞脑销金兽。佳节又重阳，玉枕纱厨，半夜凉初透。

东篱把酒黄昏后，有暗香盈袖。莫道不销魂，帘卷西风，人比黄花瘦。

【解读】李清照 18 岁嫁给了赵明诚。婚后两人没过几天蜜月，赵明诚就背着书箱自驾游去了。李清照独守深闺，每逢重阳倍思夫，便把这封 E-mail 寄给赵明诚。神奇的是，没有 GPS 定位的赵明诚竟然收到了，一看老婆这词写得水平很高，为了把老婆比下去，赵明诚三个晚上没睡觉不停地写，写了 50 首词，然后把李清照的这首也混在这 50 首词里，让他的一个好朋友来评判哪一首最好。他这朋友看了半天，说：只有三句最好。莫道不消魂，帘卷西风，人比黄花瘦。赵明诚这才甘拜下风。话间透过思量，李清照写得好那是情之所至。赵明诚自觉文采不及夫人，于是做出惊人之举——拜李清照为师。

北宋灭亡，赵宋王朝被迫南下时，赵明诚当时正担任建康市市长，可他竟然在城内发生动乱的时候自己逃跑了，赵明诚也因此事被撤职。李清照知道后无比震惊，她没想到和自己相伴二十多年的丈夫却做出这样苟且偷生之事。后来，李清照和丈夫沿长江流亡时，为国为夫感到耻辱，于是写下了著名的《夏日绝句》："生当作人杰，死亦为鬼雄。至今思项羽，不肯过江东。"活着时要做人中豪杰，哪怕死了也要做鬼中英雄。到今天人们还在怀念项羽，因为他不肯苟且偷生，退回江东。

谁能想到一个写"人比黄花瘦"的柔弱女子却能发出这样掷地有声、荡气回肠的豪言壮语？李清照这种胸怀天下、正气凛然的境界会令天下多少男子汗颜！

（68）甄嬛：遣妾一身安社稷，不知何处用将军。

代崇徽公主意
唐·李山甫

金钗坠地鬓堆云，自别朝阳帝岂闻。
遣妾一身安社稷，不知何处用将军。

【解读】说到和亲，光头印象里最令人心碎的是《康熙王朝》里，康熙把自己和容妃唯一的女儿蓝齐格格许给准格尔。多年后蓝齐儿回朝看望爹娘，没想到自己母亲容妃被父亲贬去洗马桶了，蓝齐儿悲痛万分，放声号哭："天底下哪有你这样的父亲。"所以啊，自古无情最是帝王家！

（69）甄嬛：色衰而爱弛，是后宫中所有女人的噩梦。只有永远失去和最难得到的，才是最好的。

韩非子·说难
战国·韩非子

昔者弥子瑕有宠于卫君。卫国之法：窃驾君车者刖。弥子瑕母病，人间往夜告弥子，弥子矫驾君车以出。君闻而贤之，曰："孝哉！为母之故，亡其刖罪。"异日，与君游于果园，食桃而甘，不尽，以其半啖君。君曰："爱我哉！亡其口味以啖寡人。"及弥子色衰爱弛，得罪于君，君曰："是固尝矫驾吾车，又尝啖我以馀桃。"故弥子之行未变于初也，而以前之所以见贤而后获罪者，爱憎之变也。故有爱于主，则智当而加亲；有憎于主，则智不当见罪而加疏。故谏说谈论之士，不可不察爱憎之主而后说焉。

【解读】中国古代有个"断袖分桃"的典故，"断袖"说的是汉哀帝与董贤，"分桃"说的就是上面的卫灵公和他的宠臣弥子瑕。

卫国的法律规定：公车私用是要砍掉双脚的。有一次弥子瑕的母亲生病了，他就用了一次公车。卫灵公知道后不仅没有处罚弥子瑕，还称赞他孝顺贤德。后来二人一起逛果园，弥子瑕吃到一个桃子觉得很甜，就把自己吃剩下的一半给卫灵公吃。卫灵公反倒觉得这是他爱自己的表现。后来弥子瑕"色衰而爱弛"得罪国君时，卫灵公又说："这个人以前公车私用触犯法律，还给我吃剩下的桃子。"弥子瑕的行为并没有变化，可卫灵公的评判却大相径庭，这无非是爱憎发生了变化：君主喜欢你的时候，可以为你的任何行为买单；君主憎恶你的时候，你的任何行为都会增加他对你的厌恶。

这一段从某种程度上也很像甄嬛和皇帝的感情，正如皇后说过的一句话："皇上高兴了就多跟她说几句，皇上不高兴了，她就是干政了。"

（70）皇上：字虽好，只是柳永伤感，执手相看泪眼，竟无语凝噎，太不合此情此景。

雨霖铃
北宋·柳永

寒蝉凄切，对长亭晚，骤雨初歇。都门帐饮无绪，留恋处，兰舟催发。执手相看泪眼，竟无语凝噎。念去去，千里烟波，暮霭沉沉楚天阔。

多情自古伤离别，更那堪，冷落清秋节！今宵酒醒何处？杨柳岸，晓风残月。此去经年，应是良辰好景虚设。便纵有千种风情，更与何人说？

【解读】词在宋代其实相当于现在的流行音乐，柳永是北宋第一批流行音乐人，在当时有着非常高的国民度。说起《雨霖铃》这个词牌名，与唐玄宗有着很大的渊源。"安史之乱"后，唐玄宗不得不赐死杨贵妃。在回京的路上，霖雨淅沥，落在马车的铃铛上，无限寥落，唐玄宗百感交集，口出"雨淋铃"三字，后来就有了《雨霖铃》这个词牌名。所以看到《雨霖铃》，基本讲的都是情侣间最痛苦的离别。

柳永的词大多都是写市井风光和青楼情感，非常接地气，所以他的词很难被当时的主流文学界认可和接受。柳永虽然有着满腹才华，但事业上极其不顺，所以他在苟且的生活中寻找着诗和远方，四处颠沛流离，最后离世时都是众多女粉丝凑钱安葬的。

（71）甄嬛：外人看我是风光无限，可是，易求无价宝，难得有情郎。

赠邻女

唐·鱼玄机

羞日遮罗袖，愁春懒起妆。

易求无价宝，难得有心郎。

枕上潜垂泪，花间暗断肠。

自能窥宋玉，何必恨王昌？

【解读】这是《甄嬛传》引用诗词里光头最喜欢的一首，虽然乍看很普通，但当你了解鱼玄机的经历后就会读懂它。

唐代诗坛有大家非常熟悉的三大天王：李白、杜甫、白居易，但也有鲜为人知的四大天后：李冶、薛涛、刘采春、鱼玄机。

说到鱼玄机，就绕不过另一位非常伟大的词人温庭筠，大家一定在高中语文课本里背诵过那首《望江南》："梳洗罢，独倚望江楼。"另外，安陵容唱的那首"新帖绣罗襦，双双金鹧鸪"也出自温庭筠之手。

我们都很熟悉温庭筠的才华，但很多人不知道他的丑陋，能有多丑呢？据说丑到"挂在门上可以避邪，挂在床头可以避孕"。

说回正题，鱼玄机少年丧父，和母亲相依为命，11 岁时认识了温庭筠。40 多岁的温庭筠看她聪明伶俐，便收了这个学生。后来温庭筠得了一个小官，去他乡谋仕途。自幼受到风流才子眷顾的鱼玄机，少女怀春，自觉恋上了温老师，与他异地和诗。要是温庭筠能放飞下自我，大唐诗坛的朋友圈也许会多一段传奇的师生恋。

温老师为了让鱼玄机死心，于是把青年才俊李亿介绍给她，在温老师的撮合下，李亿娶了 14 岁的鱼玄机当妾。这事儿很快被李亿的大老婆知道了。李亿迫于妻子娘家势力强大，不得不把鱼玄机送去道观躲避风头。李亿说让她等三年，可三年的等待终究错付，鱼玄机在道观中写下这句"易求无价宝，难得有心郎"。

鱼玄机集美貌与才华于一身，成为当时文人雅士圈的名媛，各路人士争相前往道观拜访。这个时候她认识了一个乐师陈韪，于是有了人生中的第三段感情，也是最后一段。有一天鱼玄机撞到乐师跟她收留的侍女勾搭在了一起，于是失手打死侍女，后被官府发现判处死刑。那一年，鱼玄机 26 岁。

鱼玄机在临死前还大声宣告：不管爱她的男人有多少，也不管她有过多少男人，她心中深爱的男人始终只有一个，就是自己的老师——温庭筠。而老男人温庭筠得知此事，一声叹息，只将一腔哀愁韵味赋予词中："过尽千帆皆不是，斜晖脉脉水悠悠，肠断白蘋洲。"

自古天后多才情，最是人心留不住。林忆莲有首歌里这样唱道："女人若没人爱多可悲，我还是真的期待有人追。"爱情，是鱼玄机一生的追求。她喜欢温庭筠，可是思而不得。她喜欢李亿，却被欺骗抛弃。她喜欢乐师，可他却出轨侍女。

鱼玄机的一生，一直都期待好好爱一回。只是爱欲于人，犹如执炬。鱼玄机也将自己的一生付于火炬，付于情爱。

（72）甄母：娘娘，含情欲说宫中事，鹦鹉前头不敢言。

宫中词

唐·朱庆馀

寂寂花时闭院门，美人相并立琼轩。

含情欲说宫中事，鹦鹉前头不敢言。

【解读】"琼轩""美人""鹦鹉"这本应组成的是一幅生动美丽的画面，却不想这背后交织的是一个机关重重的世界，生在其中的人不但被夺去了青春和幸福，就连说话的自由也没有了。甄母作为《甄嬛传》里出场次数非常少的一位人物，每次引用诗词都有着发人深省的警戒意义。我们大概能猜想到，甄嬛的文学素养如此好，得益于妈妈的悉心栽培。

（73）甄嬛：红颜弹指老，未老恩先断，到时候能陪我斜倚薰笼坐到天明的，也只有你和眉姐姐了！

后宫词

唐·白居易

泪湿罗巾梦不成，夜深前殿按歌声。

红颜未老恩先断，斜倚薰笼坐到明。

【解读】这和上面的那首《宫中词》一样，都在写宫中女子的寂寞与忧伤。

（74）皇上："朝乾夕惕"四个字，原是赞朕勤于朝政。年羹尧这份贺表字迹潦草不说，竟然还把这四个字写成了"夕惕朝乾"！

周易·乾

九三曰："君子终日乾乾，夕惕若厉，无咎。"何谓也？子曰："君子进德修业，忠信，所以进德也。修辞立其诚，所以居业也。知至至之，可与言几也。知终终之，可与存义也。是故，居上位而不骄，在下位而不忧。故乾乾，因其时而惕，虽危而无咎矣。"

【解读】君子白天勤奋努力，晚上不断反躬自省，这样就不会有大问题了。"朝乾夕惕"也就用来形容人一天到晚勤奋谨慎，没有一点疏忽懈怠。

这件事情在历史上是真实发生过的，也确实是雍正皇帝除掉年羹尧的导火索。年羹尧上书的贺表把"朝乾夕惕"写作"夕惕朝乾"，一般情况下，词语语序倒装没啥问题，但是在大兴文字狱的清王朝盛世，任何一种文字上的行为都可以被拿来解读。本来年羹尧上书写"朝乾夕惕"是指雍正白天勤于政务，那么我晚上也要好好反省警惕自己的不足之处。可当这两个词反过来的时候，被过度解读后自然意味无穷了。

（75）甄嬛：只是今日是重阳，"遥知兄弟登高处，遍插茱萸少一人"，本宫就是有些思念家人了。

九月九日忆山东兄弟
唐·王维

独在异乡为异客，每逢佳节倍思亲。

遥知兄弟登高处，遍插茱萸少一人。

（76）皇后：《诗经》有谓，螽斯羽，宜尔子孙，名为螽斯。意在祈盼皇室多子多孙，帝祚永延。本宫真的很希望有自己的阿哥……

诗经·国风·周南·螽斯

螽斯羽，诜诜兮。宜尔子孙，振振兮。

螽斯羽，薨薨兮。宜尔子孙。绳绳兮。

螽斯羽，揖揖兮。宜尔子孙，蛰蛰兮。

【解读】这是首祈祷祝福多生贵子、儿孙满堂的诗。螽斯其实就是蝈蝈，因为繁殖能力强，所以古人喜欢用"螽斯"二字作为多子多孙的祝福。

（77）皇上：念悲去，独余斯良苦此身，常自魂牵梦萦，忧思难忘。纵得莞莞，莞莞类卿，暂排苦思，亦"除却巫山非云"也。

离思五首（其四）
唐·元稹

曾经沧海难为水，除却巫山不是云。

取次花丛懒回顾，半缘修道半缘君。

【解读】这是一首悼念亡妻的诗。如果你曾见过沧海的水，如果你曾看过巫山的云，那人生里后来遇到的那些山水云海，你都会觉得平淡无奇。甄嬛由一句"除却巫山非云也"，得知自己是纯元的替身。如果你能够深刻明白"除却巫山不是云"，那就会深切地懂得甄嬛的难过。

我们把这个情景翻译过来，大致就是：有一天你不小心看到了那个和你朝夕相处的男朋友或爱人，在他和他前女友的结婚纪念日给对方发信息，上面写着："我走过许多路，遇见许多人，看过远处的云，听过海浪的声音，我穿越人山人海，却发现只爱过一个你。"如果你深爱着对方，看到这样的心声，你一定会特别难过，会像甄嬛那样发问："我到底算什么？我究竟算什么？"

元稹和白居易是好友，虽然名气没有白居易大，但诗词成就很高。他还有一部小说代表作《莺莺传》，讲的就是我们非常熟悉的《西厢记》里张生和崔莺莺的爱情故事，这也是这段爱情故事最早的版本。鲁迅先生说在这部《莺莺传》里，元稹是以"张生自寓，述其亲历之境"。

崔莺莺也就是元稹的初恋，据说二人当时已经到了要领结婚证的地步。元稹说想先专心搞事业，承诺考上公务员后就结婚。

有人说千万别和做自媒体的女生谈恋爱，搞不好哪天你们俩的爱情就能刷遍朋友圈。元稹的故事告诉我们和作家谈恋爱风险也不小，说不定哪天你就成了他小说的女主角，名字都不带换的，直接成了纪实文学流传千古，比自己入土千年的老情人知名度都要高。

　　但这只是故事的开始，在京城打拼好不容易考上公务员的元稹24岁时娶了官二代韦丛为妻。有人说是元稹看中韦丛父亲的资源，也有人说是韦丛的父亲很看好元稹，不管怎样，这桩婚姻里都透着政治联姻的气息。元稹也为了自己的仕途，抛弃掉崔莺莺，娶了韦丛。

　　韦丛和元稹是典型的女强男弱，虽然出发点不单纯，但婚后二人感情很好。意外的是，结婚七年后韦丛病逝，元稹为悼念妻子写下了千古名句："曾经沧海难为水，除却巫山不是云。"

　　故事结束了吗？并没有。就在韦丛去世的那年，有一次元稹去四川绵阳出公差。当代婚姻三大坑：小秘、出差、KTV。这在古代也不例外，就在出差的时候元稹主动约会了当时非常有名的大才女薛涛。光头在前面提到，薛涛是和写"易求无价宝，难得有心郎"的鱼玄机齐名的唐代四大才女之一。

　　当时的元稹31岁，正是不油腻的中年才俊好男儿，又是事业上升期风头无两，而当时的薛涛虽然已经42岁了，但半老徐娘也能焕发出人生第二春，两个都很有才华的人相遇：糟了，是心动的感觉，这爱情的火焰随便就烧起来了。大概是这火焰太迅猛，爱情来得快去得也快。也就几个月的时间，元稹公差结束调去了河南，这对姐弟又开始了漫长的异地恋。

　　也就在这段时间，二人写书信寄托相思，于是就有了后来非常有名的"薛涛笺"和那首《春望词》："花开不同赏，花落不同悲。欲问相思处，花开花落时。"

　　元稹是一个很现实的人，除了年纪相差悬殊，另外一个很重要的原因就是，薛涛是乐伎，走正派仕途的元稹是不可能和她在一起的。所以为啥说元稹是渣男呢？因为他在感情里只懂得享受，从来不负责任。这段伤心的感情结束后，薛涛选择穿上道袍了却余生。

两年后，元稹续娶了一个朋友的表妹安仙嫔，又在安仙嫔去世后，娶了裴淑。所以说，那些把"情"写到绝妙境界的人，又有几人能用"情"到至深境界？那些故事里的人，那些创造故事的人，我们还是要分开来看。

（78）甄嬛：臣妾怎敢让公主沿用先皇后的小字这样大不敬，长发绾君心，臣妾做不到的就让公主来做吧！

子夜歌十八首（节选）
唐·晁采

侬既剪云鬟，郎亦分丝发。觅向无人处，绾作同心结。
夜夜不成寐，拥被啼终夕。郎不信侬时，但看枕上迹。

（79）果郡王：娘子的言论，总让人觉得"柳暗花明又一村"。仿佛有尽之时，又别有一番天地。

游山西村
南宋·陆游

莫笑农家腊酒浑，丰年留客足鸡豚。
山重水复疑无路，柳暗花明又一村。
箫鼓追随春社近，衣冠简朴古风存。
从今若许闲乘月，拄杖无时夜叩门。

【解读】甄嬛这段让果郡王觉得别有一番天地的言论是："男女情分上，我并不相信"缘分"一说。人们常常以缘分深厚作为亲近的借口；而以无缘，作为了却情缘的假词而已。"甄嬛对"缘分"一词的看法，发人深省。

（80）甄嬛：知音少，弦断有谁听。长相思弦断，自是不必再相思了。

小重山·昨夜寒蛩不住鸣
南宋·岳飞

昨夜寒蛩不住鸣。惊回千里梦，已三更。起来独自绕阶行。人悄悄，帘外月胧明。

白首为功名。旧山松竹老，阻归程。欲将心事付瑶琴。知音少，弦断有谁听？

【解读】谁会想到，这样一句看似婉转柔情的诗，竟然出自精忠报国的民族英雄岳飞。岳大元帅不仅能写浩荡激昂的《满江红》，也能写午夜梦回的《小重山》。"怒发冲冠，凭栏处、潇潇雨歇。三十功名尘与土，八千里路云和月。莫等闲，白了少年头，空悲切！"《满江红》是何等慷慨壮烈。"欲将心事付瑶琴。知音少，弦断有谁听。"《小重山》是何等侠骨柔情。不过这首词虽然写的是凄清夜景，可也并非儿女情长的矫情，而是在那种内忧外患情境下的愤懑难抒。

当时的岳飞本来准备大举收复中原，北上灭金。然而宋高宗赵构担心岳飞一旦成功，宋钦宗返回南方便会危及自己的皇位，任用秦桧为相，力主与金国议和，坚决制止岳飞北上。形势大好，未来可期，岳飞坚信抗金事业能够成功，却不想遭到自家人的百般阻挠。《小重山》是女孩子诉说幽怨常用的词牌名，这次诉说的却是岳元帅夜深人静时的苦闷心情。

金戈铁马驰骋于抗金沙场，兵刃的碰撞、马蹄的踩踏、士兵的呼喊声渐渐消退，隐约间蟋蟀的鸣叫近于耳畔，不想只是一场梦，梦醒已是三更天。起床后，独自在台阶前徘徊。万籁俱寂，唯有天上的一轮明月散发着冷淡的光辉。想我一生一片痴情赋予脚下这片土地，立志建功立业，忠心不二，却不想千里之外家乡的山松都要老去了，到头来却因为当朝主张议和，让这数十年的努力和期盼都风流云散。想把这满腹心事付于瑶琴弹奏一曲，可高山流水知音难觅，即使弦断了也不会有人来听。

为众人抱薪者，夙夜忧患，却难扭转乾坤；踌躇壮志，但却孤掌难鸣。知音少，弦断有人听。

（81）甄嬛：烽火连三月，家书抵万金。多谢王爷了。

春 望
唐·杜甫

国破山河在，城春草木深。
感时花溅泪，恨别鸟惊心。
烽火连三月，家书抵万金。
白头搔更短，浑欲不胜簪。

【解读】果郡王从北地一带微巡官员政绩后转道宁古塔，带来了甄父的家书，对甄嬛而言的确是"抵万金"了。

（82）甄嬛：精诚所至，或许是有金石为开这一天，只是妾心若如古井，不愿再起波澜。

烈女操

唐·孟郊

梧桐相待老，鸳鸯会双死。

贞妇贵殉夫，舍生亦如此。

波澜誓不起，妾心古井水。

【解读】古代的琴曲有畅、操、引、弄等体裁，"忧愁而作，命之曰操"，所以操是琴曲中的一种体裁。光头觉得"波澜誓不起，妾心古井水"这句诗特别适合拒绝分手后死缠烂打的前男友。

（83）舒太妃：先帝去世以后，很久再没有听到这"长相思"与"长相守"合奏的声音了。今日再闻到这琴笛合奏，很有当日我与先帝合奏的情味。

长相思三首

唐·李白

长相思，在长安。

络纬秋啼金井阑，微霜凄凄簟色寒。

孤灯不明思欲绝，卷帷望月空长叹。

美人如花隔云端。

上有青冥之长天，下有渌水之波澜。

天长路远魂飞苦，梦魂不到关山难。

长相思，摧心肝。

日色欲尽花含烟，月明欲素愁不眠。

赵瑟初停凤凰柱，蜀琴欲奏鸳鸯弦。

此曲有意无人传，愿随春风寄燕然。

忆君迢迢隔青天。

昔时横波目，今作流泪泉。

不信妾肠断，归来看取明镜前。

美人在时花满堂，美人去后花余床。

床中绣被卷不寝，至今三载闻余香。

香亦竟不灭，人亦竟不来。

相思黄叶落，白露湿青苔。

【解读】这虽然是段配乐诗朗诵，可三人都是才华与情致皆具者，可以说是两代文青同台献艺了。

古代诗词谈论爱情、相思往往都是缠绵悱恻、哀愁幽怨的：温庭筠的"玲珑骰子安红豆，入骨相思知不知"，李商隐的"此情可待成追忆，只是当时已惘然"，徐再思的"平生不会相思，才会相思，便害相思"，苏轼的"十年生死两茫茫，不思量，自难忘"，曹雪芹的"滴不尽相思血泪抛红豆，开不完春柳春花满画楼"。但李白写情爱相思却是有一种由内而外的气势，所以李白的诗不能光看，要读出来，去感受它。

（84）果郡王：芭蕉不展丁香结，同向春风各自愁。我不知道，你是否和我一样，可是这个春天，怕是我有生以来最难挨的春天了。

代　赠
唐·李商隐

楼上黄昏欲望休，玉梯横绝月如钩。

芭蕉不展丁香结，同向春风各自愁。

（85）甄嬛：碧玉小家女，不敢攀贵德。往事既已成梦，将来之事也是一眼望得到底的，就不必再有任何做梦之事。

碧玉歌
东晋·孙绰

碧玉小家女，不敢攀贵德。感郎千金意，惭无倾城色。

碧玉小家女，不敢贵德攀。感郎意气重，遂得结金兰。

【解读】这两首诗就是成语"小家碧玉"的出处。

（86）太后：哀家当日就跟你说过，年羹尧和隆科多是辅佐皇帝登基的重臣，既然年羹尧不可留，隆科多就不能再杀，否则后人会说，"狡兔死，走狗烹"，怨皇帝过河拆桥。

史记·越王勾践世家（节选）

西汉·司马迁

范蠡遂去，自齐遗大夫种书曰："蜚鸟尽，良弓藏；狡兔死，走狗烹。越王为人长颈鸟喙，可与共患难，不可与共乐。子何不去？"种见书，称病不朝。

【解读】这个世界上，"同享福不能共患难"可以接受和理解，而让人难以释怀的是"共患难不能同享福"。酒肉朋友不过是人生中常见的过客，可共患难时的相识相知本是最难得可贵的，按理说也应该是坚固持久的，可"战争中流尽鲜血，和平中却寸步难行"，一起走过了风雨，一起度过了寒冬，却不能一起看春天的百花和夏天的繁星，那实在是遗憾。

（87）隆科多：一醉解千愁啊，太后亲自下厨，奴才感激不尽。

增广贤文

三杯通大道，一醉解千愁。

【解读】这是太后乌雅成璧为保全儿子名声给隆科多送毒酒的片段。这一段，让光头想起十七月亮不圆夜，熹贵妃为果亲王送行的场景。同样的黑夜，同样的旧情人，同样的御赐毒酒，同样的诀别，却是不一样的心境和无奈。

甄嬛想以自己的死成全果亲王，她是理想主义的，而允礼赴死也是心甘情愿的；相比之下，太后是现实主义的，隆科多赴死是后知后觉的。如太后所说："哀家首先是太后，皇帝的生母，乌雅氏的荣耀；然后才是先帝的德妃，你的青梅竹马。你死了，我儿子才放心。"

在这场青梅竹马中，乌雅成璧不过是隆科多政治蓝图中的一张好牌，隆科多对乌雅成璧的情谊究竟深几许，那就不得而知了。一声叹息！愿生生世世，再不生帝王家。

（88）甄嬛：积石如玉，列松如翠。郎艳独绝，世无其二。你在我心中便是如此。

白石郎曲
宋·郭茂倩

白石郎，临江居。前导江伯后从鱼。

积石如玉，列松如翠。郎艳独绝，世无其二。

【解读】我们学到一个夸男孩子长得帅的新词语。

（89）果郡王：嬛儿，在我心里，你就是我的天地人间。没有你，这一切繁花锦绣于我不过是万念俱空。只要有你，从前无论我失去了什么，我都觉得值了。

浪淘沙·怀旧
南唐·李煜

帘外雨潺潺，春意阑珊。罗衾不耐五更寒。梦里不知身是客，一晌贪欢。

独自莫凭栏，无限江山。别时容易见时难。流水落花春去也，天上人间。

（90）果郡王：嬛儿，我带你来见额娘，就是想让你知道，我和你绝对不是朝夕露水之情，而是希望执子之手，与子偕老。

诗经·国风·邶风·击鼓

击鼓其镗，踊跃用兵。土国城漕，我独南行。

从孙子仲，平陈与宋。不我以归，忧心有忡。

爰居爰处？爰丧其马？于以求之？于林之下。

死生契阔，与子成说。执子之手，与子偕老。

于嗟阔兮，不我活兮。于嗟洵兮，不我信兮。

（91）舒太妃：允礼当真什么都没跟我说，只是你们那一日琴笛合奏，真当我老了，什么也瞧不出来了吗？"心有灵犀"这回事，本当是情意相通的人才有灵犀。

无题

唐·李商隐

昨夜星辰昨夜风，画楼西畔桂堂东。

身无彩凤双飞翼，心有灵犀一点通。

隔座送钩春酒暖，分曹射覆蜡灯红。

嗟余听鼓应官去，走马兰台类转蓬。

【解读】舒太妃为保儿子一生平安自请出宫修行，不嫌弃儿媳妇嫁过人生过孩子，堪称中国好婆婆。甄嬛后来给公主起名灵犀，很有可能是受了舒太妃的启发："身无彩凤双飞翼，心有灵犀一点通。公主的封号便叫灵犀可好？"

（92）果郡王与甄嬛和诗——

九张机

宋·佚名

一张机，采桑陌上试春衣。风晴日暖慵无力，桃花枝上，啼莺言语，不肯放人归。

两张机，行人立马意迟迟。深心未忍轻分付，回头一笑，花间归去，只恐被花知。

三张机，吴蚕已老燕雏飞。东风宴罢长洲苑，轻绡催趁，馆娃宫女，要换舞时衣。

四张机，咿哑声里暗颦眉。回梭织朵垂莲子，盘花易绾，愁心难整，脉脉乱如丝。

五张机，横纹织就沈郎诗。中心一句无人会，不言愁恨，不言憔悴，只恁寄相思。

六张机，行行都是耍花儿。花间更有双蝴蝶，停梭一晌，闲窗影里，独自看多时。

七张机，鸳鸯织就又迟疑。只恐被人轻裁剪，分飞两处，一场离恨，何计再相随？

八张机，回纹知是阿谁诗？织成一片凄凉意，行行读遍，恹恹无语，不忍更寻思。

九张机，双花双叶又双枝。薄情自古多离别，从头到底，将心萦系，穿过一条丝。

（93）甄嬛：愿琴瑟在御，岁月静好。

诗经·国风·郑风·女曰鸡鸣

女曰鸡鸣，士曰昧旦。子兴视夜，明星有烂。将翱将翔，弋凫与雁。

弋言加之，与子宜之。宜言饮酒，与子偕老。琴瑟在御，莫不静好。

知子之来之，杂佩以赠之。知子之顺之，杂佩以问之。知子之好之，杂佩以报之。

（94）甄嬛：陌上虽然花开，但请你务必急急归来，因为我在这里等你。

吴越王与庄穆夫人吴氏书
吴越·钱镠

陌上花开，可缓缓归矣。

【解读】五代十国时期，吴越王钱镠很爱自己的王妃庄穆夫人吴氏。吴氏每年春天都要回娘家临安住一段时间。这年春日的一天，身在杭州的钱镠看到西湖岸边花明柳媚、莺飞草长，心中想起了久未相见的吴氏，于是写下了"陌上花开，可缓缓归矣"。

有的人可能不理解，既然内心甚是想念，不应该盼望妻子"急急归"吗？光头觉得钱镠的内心应该是这样的：看到田间的春色迷人、繁花似锦，此时若能与你一同漫步阡陌间，欣赏这红情绿意该是何等赏心乐事，只可惜你不在我身边，你要是能快点回来就好了！不，你缓缓归来就好，记得边走边欣赏路边的撩人春光。"缓缓归"三个字，表现出了一位暖男情真细腻的克制与深情。

许多年后，苏轼在临安出差时想起这段故事，作诗《陌上花》："陌上花开蝴蝶飞，江山犹是昔人非。遗民几度垂垂老，游女长歌缓缓归。"

（95）端妃：皇上可曾听过一句话：不痴不聋，不做家翁。何况是宫女太监们对食之事？

资治通鉴·唐纪·唐纪四十（节选）
北宋·司马光

郭暧尝与升平公主争言，暧曰："汝倚乃父为天子邪！我父薄天子不为！"公主恚，奔车奏之。上曰："此非汝所知。彼诚如是，使彼欲为天子，天下岂汝家所有邪！"慰谕令归。子仪闻之，囚暧，入待罪。上曰："鄙谚有之：'不痴不聋，不作家翁。'儿女子闺房之言，何足听也！"子仪归，杖暧数十。

【解读】 唐代宗把女儿升平公主嫁给大将郭子仪的儿子郭暧，小两口吵架时，郭暧说："你不过就是倚仗你父亲是皇帝，我爹只不过是不屑当皇帝罢了！"升平公主跑到皇帝那里告状，把郭暧的话告诉了皇上。后来郭子仪知道了这件事，便去向皇帝请罪。皇上说："不痴不聋，是当不好家长的。子女们闺房里的话，怎么能当真?"郭子仪回去打了郭暧数十大棍。

（96）甄嬛：至近至远东西，至深至浅清溪。至高至明日月，至亲至疏夫妻。只要四郎时刻相信嬛嬛，那咱们就是至亲夫妻了。

八 至
唐·李冶
至近至远东西，至深至浅清溪。
至高至明日月，至亲至疏夫妻。

【解读】这首诗是唐朝女诗人、道士李冶所作，最后一句一针见血地道明了古往今来的夫妻情感：肉体、情感、利益都足够亲近和谐的，是至亲夫妻；看似同床却异梦、看似貌合却神离的，是至疏夫妻。而此时此刻，皇上对于甄嬛而言，已经是那个间隙难以弥合的至疏夫君了。

（97）皇上：嬛嬛时时不忘却辇之德吗？

【解读】甄嬛生下双生子去皇后宫里行册封礼前，皇上赶来甄嬛宫中想要接她一同前去，被甄嬛拒绝了："今日盛礼，愈发不能失了礼数，皇上请上轿辇，臣妾随行就是。"

"却辇之德"这个典故说的是汉代的班婕妤。班婕妤是甄嬛的偶像，甄嬛常以她作为自己行事的典范。

汉成帝出游时会乘坐辇车，本来后宫妃嫔们都是跟在后面的，汉成帝为了能和班婕妤形影不离，专门命人制作了一辆大辇车，想要和班婕妤同行，但是被班婕妤拒绝了："贤圣之君皆有名臣在侧，三代末主乃有嬖女。"意思就是：古代圣贤君主都是名臣在侧，而像夏桀、商纣、周幽王旁边才是妃嫔相伴，我如果和你同车出进，那就跟他们是一丘之貉了。当时的王太后听到这件事，盛赞："古有樊姬，今有班婕妤。"

（98）甄嬛：掌上珊瑚怜不得，却教移作上阳花。

古 意
清·吴伟业

珍珠十斛买琵琶，金谷堂深护绛纱。
掌上珊瑚怜不得，却教移作上阳花。

【解读】掌中的珊瑚即使再如何呵护都守不住，终究只能在更温暖的地方开成向阳花。你看，分手后送个礼物都是文艺青年的气息啊！

（99）允禧：旁的也就罢了，那双大雁最好。渺万里层云……
玉娆：千山暮雪，只影为谁去。

摸鱼儿·雁丘词
金·元好问

问世间，情为何物，直教生死相许？天南地北双飞客，老翅几回寒暑。欢乐趣，离别苦，就中更有痴儿女。君应有语：渺万里层云，千山暮雪，只影向谁去？

横汾路，寂寞当年箫鼓，荒烟依旧平楚。招魂楚些何嗟及，山鬼暗啼风雨。天也妒，未信与，莺儿燕子俱黄土。千秋万古，为留待骚人，狂歌痛饮，来访雁丘处。

（100）皇上：扬绰约之丽姿，怀婉娩之柔情。张华的《永怀赋》可是褒扬美人的句子。

玉娆：美淑人之妖艳，因盼睐而倾城。这篇《永怀赋》乃是悼亡之作，臣女还活生生站在皇上眼前呢！

皇上：朕不过是打个比方。

甄嬛：既惠余以至欢，又结我以同心。交恩好之款固，接情爱之分深。张华的《永怀赋》乃是悼念亡妻，皇上，您不会是有以玉娆为妻之心吧？

永怀赋
西晋·张华

美淑人之妖艳，因盼睐而倾城。扬绰约之丽姿，怀婉娩之柔情。超六列于往古，迈来今之清英。既惠余以至欢，又结我以同心。交恩好之款固，接情爱之分深。誓中诚于曒日，要执契以断金。嗟夫！天道幽昧，差错缪于参差。怨禄运之不遭，虽义结而绝离。执缠绵之笃趣，守德音以终始。邀幸会于有期，冀容华之我俊。傥皇灵之垂仁，以收欢于永已。

【解读】皇上这辈子是和"wan"过不去了，非要赐玉娆一名叫玉婉，还引了张华的《永怀赋》，可这篇赋是张华为悼念亡妻而作。

（101）果郡王：我只问你一句话，你对玉娆是否真心？允禧：我心匪石，不可转也。

诗经·邶风·柏舟

泛彼柏舟，亦泛其流。耿耿不寐，如有隐忧。微我无酒，以敖以游。

我心匪鉴，不可以茹。亦有兄弟，不可以据。薄言往愬，逢彼之怒。

我心匪石，不可转也。我心匪席，不可卷也。威仪棣棣，不可选也。

忧心悄悄，愠于群小。觏闵既多，受侮不少。静言思之，寤辟有摽。

日居月诸，胡迭而微？心之忧矣，如匪浣衣。静言思之，不能奋飞。

【解读】谈恋爱时当女朋友问你对她是否真心时，可以回答这句。

（102）甄嬛："文"这个字可以说是文静有礼，但更多的时候，是形容一个人腹有诗书气自华，若选了这个字，恐怕安妹妹会多心了。

和董传留别

北宋·苏轼

粗缯大布裹生涯，腹有诗书气自华。

厌伴老儒烹瓠叶，强随举子踏槐花。

囊空不办寻春马，眼乱行看择婿车。

得意犹堪夸世俗，诏黄新湿字如鸦。

（103）弘时：名花倾国两相欢。

清平调·名花倾国两相欢

唐·李白

名花倾国两相欢，常得君王带笑看。

解释春风无限恨，沉香亭北倚栏杆。

（104）弘时：我欲与君相知，长命无绝衰。

上 邪

汉乐府

上邪，我欲与君相知，长命无绝衰。山无陵，江水为竭。冬雷震震，夏雨雪。天地合，乃敢与君绝。

（105）甄嬛：春日宴，绿酒一杯歌一遍，再拜陈三愿：一愿郎君千岁，二愿妾身常健，三愿如同梁上燕，岁岁常相见。

长命女·春日宴

南唐·冯延巳

春日宴，绿酒一杯歌一遍。再拜陈三愿：一愿郎君千岁，二愿妾身常健，三愿如同梁上燕，岁岁长相见。

【解读】皇帝驱使甄嬛的和亲之计实则是一种试探，作为万人之上的天子国君，孤家寡人的形象在此刻体现到极致。站在巅峰、手握权柄的这个人，是个病入膏肓的孤家寡人：身为儿子，他从未听过母亲哄他入睡的儿歌，没有父亲的亲身教导；身为夫君，他痛失一生挚爱，真相又如此骇人；身为兄弟，看到更多的是手足相残；身为父亲，害死和被害死多少亲生骨肉；身为皇帝，被臣子、妃嫔、奴才算计恩宠。

在那种极致环境里，他的人格已经扭曲到变态的地步。他无法相信谁，他也不愿意相信谁。如果之前只是厌恶，那么甄嬛此刻是彻底死心了。死去的是永恒的，记忆里留下的尽是美好，活着才会酿造更多惨剧。所以我们大概可以想到，如果纯元活着，她和这个孤家寡人究竟会度过怎样的婚姻生活。

甄嬛念这首祝酒词表面上是说给皇上，实际上是给果郡王听的，在那个时刻，她没办法再与果郡王做最后的道别，只能以这种方式传达情愫。

（106）胧月：昨日胧月读《孟子》，孟子曰：君子有三乐，而王天下不与存焉。父母俱存，兄弟无故，一乐也；仰不愧于天，俯不怍于人，二乐也；得天下英才而教育之，三乐也。胧月愿做君子，孝顺好皇阿玛和额娘，照顾好弟妹。

孟子·尽心章句

孟子曰："君子有三乐，而王天下者不与存焉。父母俱在，兄弟无故，一乐也；仰不愧于天，俯不怍于人，二乐也；得天下英才而教育之，三乐也。"

（107）甄嬛：婉伸郎膝上，何处不可怜。

子夜歌
晋·子夜

落日出前门，瞻瞩见子度。冶容多姿鬓，芳香已盈路。

芳是香所为，冶容不敢当。天不绝人愿，故使侬见郎。

宿昔不梳头，丝发被两肩。婉伸郎膝上，何处不可怜。

自从别欢来，奁器了不开。头乱不敢理，粉拂生黄衣。

崎岖相怨慕，始获风云通。玉林语石阙，悲思两心同。

见娘喜容媚，愿得结金兰。空织无经纬，求匹理自难。

始欲识郎时，两心望如一。理丝入残机，何悟不成匹。

前丝断缠绵，意欲结交情。春蚕易感化，丝子已复生。

今夕已欢别，合会在何时？明灯照空局，悠然未有期。

自从别郎来，何日不咨嗟。黄檗郁成林，当奈苦心多。

高山种芙蓉，复经黄檗坞。果得一莲时，流离婴辛苦。

朝思出前门，暮思还后渚。语笑向谁道，腹中阴忆汝。

揽枕北窗卧，郎来就侬嬉。小喜多唐突，相怜能几时。

驻箸不能食，蹇蹇步闱里。投琼著局上，终日走博子。

郎为傍人取，负侬非一事。摘门不安横，无复相关意。

年少当及时，嗟跎日就老。若不信侬语，但看霜下草。

绿揽迮题锦，双裙今复开。已许腰中带，谁共解罗衣。

常虑有贰意，欢今果不齐。枯鱼就浊水，长与清流乖。

欢愁侬亦惨，郎笑我便喜。不见连理树，异根同条起。

感欢初殷勤，叹子后辽落。打金侧玳瑁，外艳里怀薄。

别后涕流连，相思情悲满。忆子腹糜烂，肝肠尺寸断。

道近不得数，遂致盛寒违。不见东流水，何时复西归。

谁能思不歌，谁能饥不食。日冥当户倚，惆怅底不忆。

揽裙未结带，约眉出前窗。罗裳易飘飏，小开骂春风。

举酒待相劝，酒还杯亦空。愿因微觞会，心感色亦同。

夜觉百思缠，忧叹涕流襟。徒怀倾筐情，郎谁明侬心。

侬年不及时，其余作乖离。素不如浮萍，转动春风移。

夜长不得眠，转侧听更鼓。无故欢相逢，使侬肝肠苦。

欢从何处来？端然有忧色。三唤不一应，有何比松柏？

念爱情慊慊，倾倒无所惜。重帘持自郭，谁知许厚薄。

气清明月朗，夜与君共嬉。郎歌妙意曲，侬亦吐芳词。

惊风急素柯，白日渐微蒙。郎怀幽闺性，侬亦恃春容。

夜长不得眠，明月何灼灼。想闻散唤声，虚应空中诺。

人各既畴匹，我志独乖违。风吹冬帘起，许时寒薄飞。

我念欢的的，子行由豫情。雾露隐芙蓉，见莲不分明。

侬作北辰星，千年无转移。欢行白日心，朝东暮还西。

怜欢好情怀，移居作乡里。桐树生门前，出入见梧子。

遣信欢不来，自往复不出。金铜作芙蓉，莲子何能实。

初时非不密，其后日不如。回头批栉脱，转觉薄志疏。

寝食不相忘，同坐复俱起。玉藕金芙蓉，无称我莲子。

恃爱如欲进，含羞未肯前。口朱发艳歌，玉指弄娇弦。

朝日照绮钱，光风动纨素。巧笑蒨两犀，美目扬双蛾。

【解读】《子夜歌》写的是女子对负心男儿的谴责和对幸福爱情的向往，放在此处很合此情此景。

卧于病榻的皇帝，想起曾经与甄嬛一起在圆明园避暑的傍晚，嬛嬛头发散开，倚在他的膝上。那时候甄嬛说"春天的时候，臣妾和四郎对着满院的海棠饮酒，臣妾会在梨花满地的时候跳惊鸿舞，夏天的时候和皇上避暑取凉"，皇上道"秋日里朕和你一同酿桂花酒，冬日看飞雪漫天，朕要陪着你，你也要陪着朕"。这都是十年前的事情了。后来世事错落，终究都回不去了。

（108）弘瞻：客从远方来，遗我一端绮。相去万余里，故人心尚尔……

古诗十九首·客从远方来
东汉·佚名

客从远方来，遗我一端绮。

相去万余里，故人心尚尔！

文彩双鸳鸯，裁为合欢被。

著以长相思，缘以结不解。

以胶投漆中，谁能别离此？

【解读】大结局时刻，甄嬛看着凝晖堂院子里的弘瞻在诵读诗歌，弘瞻诵读的是这首《客从远方来》。

甄嬛说道："一转眼秋天了，春禧殿里挪回来的合欢，还是郁郁葱葱的。"当她听到弘曕念到"遗我一端绮，相去万余里"时，又说道："许多年前，允礼或许也是如此，临风窗下，吟诵他原本应该平安闲逸的人生。"

大家不妨仔细读一读这首诗，诗的前四句客从远方送来一匹绸缎，虽然隔着万余里，仍然心怀无尽的惦念，果郡王曾在千里之外的蜀地出差时借华妃之手送给甄嬛绣着夕颜的蜀锦，而这首诗后面提到的"双鸳鸯""合欢被""长相思"，这样来看不就是与甄嬛和果郡王的感情"嬛嬛"相扣吗？

后 记

　　光头在解读《甄嬛传》的过程中，最常听到的一种质疑声音就是"过度解读"，有人开玩笑说我的中学阅读理解题一定是满分。

　　那就有一个问题：写剧评、影评，做影视剧解读是否一定要契合作者的本意和想法呢？

　　李安拍过一部电影叫《少年派的奇幻漂流》，讲的是一个叫派的少年跟随父母坐船举家移民时遇到了海难，他的家人全部丧生。派的父亲是开动物园的，所以随行有很多动物。海难发生后，派和一头孟加拉虎、一只母猩猩、一匹断腿的斑马和一只鬣狗逃到了救生小船上。接下来，鬣狗咬死了斑马和猩猩，老虎又咬死了鬣狗，最终派和这只老虎斗智斗勇，在海上漂泊了200多天后活了下来。

　　但在电影快要结束时，中年派又向来找他寻求灵感的作家讲述了这个故事的另外一个版本：逃上救生小船的一共有4个人，派和他的妈妈以及一位信佛的水手和残暴的厨子，厨子杀死了水手和妈妈，派又杀死了厨子，最终派独自一人漂洋过海活了下来。

　　这两个版本的故事里，角色是可以互相对应的：鬣狗是厨子，斑马是信佛的水手，母猩猩是派的妈妈，而派就是那只孟加拉虎。

这部电影上映后，关于故事结局到底应该是哪一个，有各种各样的解读和评论，大家各执一词、众说纷纭。在这种情况下，大家就希望作为创作者的导演能够给出一个权威的解释，因为我们的教育环境塑造了一种习惯思维——极度渴望找到一个标准答案。但李安并没有给出那个所谓的标准答案：

"其实不止有两个版本，在设计这部片子的时候，感觉就是在设计电子游戏，把各种可能性提供给大家，让各种可能都能够自圆其说，方便大家辩论。"

"我会看影评，有些跟我想的有点像……我觉得，如果把我的想法讲出来会限制观众的想象，跟电影本身的创意不太合。"

"他们理解的不一定是我想的东西，可是这是一个好现象。这是我跟观众的缘分。"

"我觉得无所谓过分解读，爱讨论爱解读是没有办法控制的。我们抒发我们的情怀，想跟观众沟通，我们有一些意愿放在电影里，就会激发一些东西。"

"正如同影片中的派一样，他对那个作家说故事讲完了，就已经是作家的了。他愿意相信哪个，演绎哪个都可以。我觉得不管怎么拍，也永远不会拍出观众或者读者脑子里想象的那个电影，所以，电影还是要留三分给观众想象，怎么想是各位观众的事情，我这边没有解答。我们电影是说故事，这个故事是有智慧的，我觉得可以跟观众分享，大家在一起讨论会觉得人生好像挺有意义的。我特别珍惜这个题材，希望抛砖引玉，能够吸引更多更好的思想与可贵的情感。"

这些都是李安面对媒体采访时讲述的自己的观点和看法，你能从中感受到他的谦逊和包容。

这部电影结尾，当男主角和记者讲完两个版本的故事后，他问："你更偏爱哪个故事？"光头能从"偏爱"这个词中感受到李安的智慧，我觉得他一定是斟酌过这个词的。他没有用"相信"这样更严肃、会上升到信仰的字眼，而是用的"喜欢""偏爱"，他可能更希望我们能够轻松地感受这个故事，而非一定要升华到某种境界。因为我们内心的信仰，可能就是自我感受的一部分。

当然，这些又是我自己的解读。

其实光头一直不认同"过度解读"这个词，不过有个前提是，解读一定是能够自圆其说、逻辑自洽的。因为凡是解读，必是主观感受的产物，而这种主观感受可能会无限接近创作者的本意，但永远不可能完全一致。虽然我更认同文艺作品的解读可以不以作者为中心，但并不是说以作者为中心的解读就是不正确的。

美国文学理论家艾伯拉姆斯在《镜与灯——浪漫主义文论及批评传统》中提出了文学批判的四大要素：作品、作者、读者和宇宙，这里的宇宙可以理解为这部作品要传达的最核心、最本质的价值观和主题。而文艺批评的各种各样的理论，无外乎倾向于这几个要素中的其中一个要素，进而生发出界定和评判文艺作品的主要标准。

李安的观点更接近于读者中心，即一部作品创作出来后，观众有权利去自行解读和评论。德国的接受美学理论就把"读者"推到了一个制高点："文学作品的历史性存在取决于读者的理解，因此读者的理解是作品历史性存在的关键。"

这种理论中定义的读者还不只是"文本指导下的感觉主体"，

不只是那个被动接受文艺作品的读者，他们认为的"真正意义上的读者"是"实质性地参与了作品的存在，甚至决定着作品的存在"。举例说明就是："离开了读者的阅读，摆在桌上的《堂·吉诃德》与摆在桌上的灯有什么两样呢？离开了读者创造性的阅读，今天的《堂·吉诃德》与一千多年前的《堂·吉诃德》有什么两样呢？"从这个观点出发，就像我们阅读《红楼梦》一样，今天的《红楼梦》和曹雪芹时代的《红楼梦》已经不一样了，而再过几百年，那个时代的读者可能又会赋予《红楼梦》新的价值和意义。

法国文学评论家罗兰·巴特提出过一个很有名的理论叫"作品诞生，作者已死"，但这个理论并不是说"作者已死"之后就把作品阐释权交给读者了，这个理论其实是以"作品本身"为中心，作品本身就有它独特的价值。在他的认知里，读者是相对于作者存在的。作者只是一部作品的临时表述者，读者是作者写作时的倾述对象，当作者消逝时，读者也如梦幻泡影般随之消逝。

其实关于文艺批评理论的学派和观点可以说不胜枚举，我也只是摘取了其中的几个典型事例，不管是作品中心、作者中心还是读者中心，我觉得都只是看问题的角度，没必要去分是非对错。

蔡元培先生说过一句话："多歧为贵，不取苟同。"光头觉得解读只要做到两点，一是言之有物，二是能够自圆其说，那这个解读就没有什么问题。好的作品就是千人千面的，就像曹雪芹创作了《红楼梦》，现代红学的研究者挖出了那么多伏笔细节，不见得都是曹雪芹的初衷和本意，也有可能是巧合，或者是研究者自己的理解，但这就是文艺作品无处安放的该死魅力啊！